Leif Davidsen

Der Fluch der bösen Tat

ROMAN

Aus dem Dänischen von
Peter Urban-Halle

Paul Zsolnay Verlag

Die Originalausgabe erschien 1996
unter dem Titel *Den serbiske dansker*
bei Lindhardt og Ringhof in Kopenhagen.

Die Übersetzung wurde vom
Dansk Litteratur Center
in Kopenhagen gefördert.

1 2 3 4 5 05 04 03 02 01

ISBN 3-552-05162-7

Satz: Satz für Satz. Barbara Reischmann, Leutkirch
Druck und Bindung: Friedrich Pustet, Regensburg
Printed in Germany

I

Der schriftsteller und Philosoph Franji Draskuvic war ein zufriedener Mann. Er war mit sich und seinem gepflegten Bart zufrieden, mit dem Spätsommer, der seine schöne Stadt Zagreb anmutig wie ein junges Mädchen erscheinen ließ, und damit, daß das neue starke kroatische Heer die gottverdammten Serben endlich aus der Krajina gejagt hatte. Aber besonders zufrieden war Draskuvic mit dem Rundfunkkommentar, den er soeben in einem Studio des kroatischen Staatssenders unter dem Bild des Präsidenten eingesprochen hatte. Er hatte, wie es seine Gewohnheit war, den Kommentar leise, fast flüsternd, aber mit fester Stimme aufgenommen und die nötige Heiserkeit hineingelegt, so daß es seinen treuen Hörern kalt, aber wohlig den Rücken hinunterlief. Die schönen, blumigen, patriotischen Sätze aus seinem kleinen Mund inmitten des großen grauen Barts waren vom Mikrophon geschluckt und auf Band aufgezeichnet worden, um am Nachmittag an alle guten Bürger des freien, starken Kroatien ausgestrahlt zu werden.

Draskuvic war ein Balkan-Intellektueller und stolz darauf. Der Kommentar hatte in präzisen, aber großartigen Wendungen noch einmal klargestellt, wer einen Anspruch auf die Krajina hatte. Er hatte die Behauptungen der Serben und der internationalen Mafia, sie sei altes serbisches Gebiet, als Lügen entlarvt. Ihnen konnte Draskuvic berichten, daß die Serben dort vor dreihundert Jahren von den blutrünstigen Österreich-Ungarn als Vorposten gegen die heidnischen Türken angesiedelt worden waren. Als Gegenleistung dafür, daß sie Land erhielten, sollten die serbischen Freiherren die äußeren Grenzen des Reiches verteidigen. Die Serben waren Kolonisatoren. Nichts anderes. Nun war die Krajina befreit. Endlich. Trotz internationalen Boykotts und russisch-serbischer Verschwörungen hatte Kroatien mit deutscher und amerikanischer Hilfe sein glorreiches Heer wieder aufgebaut. Sie hatten wie wahre Patrioten gekämpft und gezeigt, daß auf dem Balkan ein neues Gleichgewicht der Kräfte herrschte. Nach vier Jahren der Demütigungen war Kroatien entschlossen, sein heiliges Land zu verteidigen. Zum ersten Mal waren die Serben auf der Flucht. Jetzt bekamen sie ihre eigene Medizin zu schlucken. Als es darauf ankam, verdrückten sie sich wie räudige Hunde, während sich die niederträchtigen UN-Lakaien aus dem verräterischen Ausland in ihren erbärmlichen Schützenlöchern verkrochen.

»Speit sie an. Denn sie verdienen nichts anderes als eure Verachtung, ihr wahren Patrioten!« hieß seine eindringliche Aufforderung. Die Fernsehbilder flüchtender Serben mit ihrem lächerlichen Sack und Pack auf den alten Bauernwagen versetzten ihn in große Zufriedenheit. Es ärgerte ihn nur, daß sie auf ihren vermutlich gestohlenen Traktoren einfach wegfahren durften. Man müßte sie zwingen zu laufen. Auf ihren blutigen Knien zu kriechen. Sie hatten viel zu bereuen. Einen Augenblick lang hatte er überlegt, selbst in die Krajina zu fahren, um die flüchtenden Hunde mit eigenen Augen zu sehen und ihnen womöglich einige wohlgesetzte Worte mit auf den Weg zu geben. Darüber wäre zweifellos in der Zeitung berichtet worden. Einen kurzen Moment lang hatte ihm auch folgendes Bild vor Augen gestanden: der distinguierte europäische Intellektuelle, der keine Angst davor hatte, mit des Volkes tapferen Söhnen ins Feld zu ziehen. Aber er wollte darauf verzichten. Sein Leben war zu wichtig. Er war ein großer Poet und ein älterer Herr, er blieb lieber in Zagreb. Er kämpfte an seiner Front. Der intellektuellen Front. Sie war genauso wichtig wie die andern Fronten. Ohne geistige Nahrung konnten die Soldaten nicht kämpfen. Sie wüßten gar nicht, wofür sie kämpften. Es würde ihnen an moralischer und geistiger Kraft fehlen. Er hatte seinen Kommentar mit den Worten beendet:

»Landsleute! Zieht mit Gott in die Krajina und macht das befreite Land wieder fruchtbar!«

Draskuvic war ein fröhlicher Mann. Trotz der Hitze trug er einen Anzug. Unter dem Arm klemmte eine kroatische Zeitschrift, in der er selbst mit einem Artikel über die Notwendigkeit, die befreiten Gebiete von zwielichtigen Elementen zu säubern, vertreten war. Draskuvic verstand sich als Denker und Patriot. Er schrieb über Tapferkeit und patriotische Gerechtigkeit, so wie serbische Intellektuelle über Mut und Ehre schrieben. Nie sahen die Intellektuellen das Blut und die Leiden. Er schrieb seine giftigen Kommentare als Gegengewicht gegen die serbischen Bösartigkeiten. Von sicheren Büros und komfortablen Wohnungen aus verstreuten die Intellektuellen Worte, die den Haß schürten und hegten.

Langsam bewegte er sich durch die Menge auf sein Lieblingscafé zu. Mit gemessenem Kopfnicken grüßte er die Bürger, die ihn erkannten, und beobachtete mit Abscheu einige halbbetrunkene UN-Soldaten, die mit zwei jungen Mädchen ins Gespräch kommen wollten. Die UN-Soldaten waren Ukrainer, an so was waren die Mädchen kaum interessiert, es sei denn die Ukrainer hätten mit ihren Schmuggelaktivitäten so viele D-Mark verdient, daß das ihren Widerwillen besiegen konnte. Er machte sich im Kopf eine Notiz für seinen nächsten Rundfunkkommentar. Über die Notwendigkeit, in der schweren Stunde des Ringens sauber zu bleiben. Es wäre eine weitere moralische Unterstützung für die Kämpfer an der Front, dachte er zufrieden.

Vuk beobachtete ihn aus einiger Entfernung.

Vuk saß auf einem zerkratzten Motorrad, dessen Kennzeichen von einer Schmutzschicht bedeckt war. Er trug einen Helm mit heruntergeklapptem Visier. Mit seinen blauen Jeans und der braunen zerschlissenen Lederjacke sah er aus wie jeder andere Halbstarke in der Hauptstadt des unabhängigen Kroatien.

Vuk betrachtete Draskuvic sorgfältig. Seinen wiegenden Gang, mit dem er seinen fetten Hintern fast wie eine Frau hin und her bewegte, und die Wampe, die die Luft wie ein schwerer, flachbödiger Prahm die Donau durchpflügte. Seit fünf Tagen erwartete Vuk ihn an dem Café. Am ersten Tag hatte Vuk einen Anzug an und saß an einem Tisch des Straßencafés. Am zweiten Tag war er in der Uniform der dänischen UN-Streitkräfte vorbeigegangen. Am dritten Tag hatte er wieder seinen Anzug an. Am vierten Tag trug er ein kurzärmliges Hemd mit heller Hose und eine dieser ärmellosen Westen, mit denen ausländische Journalisten umherzustolzieren pflegten.

Draskuvic änderte nie seine Route. Er würde um neun im Funkhaus eintreffen und um halb elf zum Café hinuntergehen, um Kaffee zu trinken und Zeitung zu lesen. Vuk fand es absurd, daß er keine Vorsichtsmaßnahmen ergriff. Das Land befand sich im Krieg, und Draskuvic war einer dieser Bastarde, die mit ihrer Propaganda den Haß gegen die Serben schürten. Wußte er denn nicht, daß er ein Ziel sein konnte? War er so dumm? Oder so arrogant?

Vuk schwitzte. Er fühlte, wie ihm die Schweißtropfen den Nacken und die Wangen hinunterliefen. Das T-Shirt klebte am Rücken und am Bauch. Unter dem dicht schließenden Helm und der Lederjacke war es heiß, aber er schwitzte nicht nur deshalb. Vor einer Aktion schwitzte er immer. Man sprach von Angstschweiß, aber der wurde gewöhnlich als kalt beschrieben. Also war es vielleicht keine Angst oder Nervosität, sondern einfach zu viel Adrenalin.

Seine Hände waren relativ ruhig. Seine Sinne waren besonders geschärft und prägten sich Einzelheiten so präzis und klar ein, daß sie wie ziseliert wirkten. Die schön geschwungenen Lippen einer Frau, die beinahe schwarzen Augen eines Kindes, die pickligen Backen eines ukrainischen Soldaten, gelbe Farbe, die von einer Mauer blätterte, das Dröhnen eines defekten Auspuffs, der Geruch schlechten Benzins und eines ungewaschenen Körpers, der an seinem Motorrad vorbeiging. Draskuvic und sein ungeschützter Wanst und sein nichtsahnendes, fast kindliches Gesicht mit der glatten Haut.

Draskuvic setzte sich an einen freien Tisch in der zweiten Reihe, der sich im Schatten der Markise befand. Der Kellner kannte ihn und brachte Kaffee und eine Zeitung. Draskuvic zündete seine Zigarre an, und Vuk startete das Motorrad. Es heulte auf, und wer darauf geachtet hätte, hätte gemerkt, daß sich unter seinem zerkratzten, verschmutzten Äußeren ein neuerer Motor verbarg. Er machte den Reißverschluß der Lederjacke halb auf, steckte die rechte Hand hinein und umfaßte den Schaft der russischen Markarow. Sie enthielt acht Neun-Millimeter-Patronen. Es war eine ziemlich unhandliche Pistole, aber Vuk fand sie zuverlässig, weil sie wie der Großteil der alten sowjetischen Ausrüstung einfach hergestellt und auch unter schwierigen Umständen zu handhaben war. Die Markarow hatte einen recht dicken Griff, aber das machte nichts. Er trug ohnehin dünne Lederhandschuhe. Auf die Entfernung brauchte man keine Präzision, sondern Durchschlagskraft. Zwei Tische von Draskuvic entfernt saß ein jüngeres Paar, die beiden Verliebten unterhielten sich leise mit zusammengesteckten Köpfen. Im Café weiter hinten spielten einige ältere Männer Karten. Rechts von Draskuvic befand sich eine Gruppe, die eventuell gefährlich werden konnte. Es waren drei kroatische Soldaten, aber sie trugen keine sichtbaren Waffen und waren reichlich betrunken. Wahrscheinlich hatten sie schon die ganze Nacht getrunken und würden den Tag über weitertrinken. Grölend stritten sie sich darum, wer die nächste Flasche Sliwowitz ausgeben durfte. In der letzten Viertelstunde hatten sie mit ihren Heldentaten auf dem Feldzug in der Krajina geprahlt. Unter ihren Schüssen waren die serbischen Hunde umgefallen wie die Kegel.

Auf der kleinen Nebenstraße herrschte spärlicher Verkehr. Ein grauschlieriger alter Mercedes fuhr langsam vorbei und zog eine Fahne unverbrannten Diesels hinter sich her. Ein älteres Ehepaar mit leerem Einkaufsnetz ging am Bordstein entlang. Eine Mutter schimpfte mit ihrem Kind und schleifte das protestierende Kerlchen hinter sich her.

Vuk holte dreimal tief Luft und dachte an das Wort des Kommandanten: Sei nie theatralisch. Überlaß das den Filmschauspielern. Schnell rein. Schnell raus. Denke an nichts anderes als ans Überleben.

Er schwang sein Bein über das Motorrad. Die Gummisohlen seiner Reeboks gaben keinen Laut von sich, als er die schmale Fahrbahn mit ein paar Schritten überquerte und die Pistole aus dem Schulterholster zog und mit einer langgezogenen, disziplinierten Bewegung entsicherte. Draskuvic blickte auf und konnte vielleicht Vuks Gesicht hinter dem rauchfarbenen Visier erahnen, aber wer weiß das schon? Vuk schoß ihm zweimal ins Gesicht und einmal in die Brust. Draskuvic kippte hintenüber. Die Zigarre fiel ihm aus dem Mund und auf seine Jacke. Noch ehe Draskuvic auf den Boden prallte, war Vuk mit ruhigen, aber langen Schritten zu dem Motorrad zurückgegangen. Er behielt die Pistole nicht in der Hand, sondern ließ sie auf den Asphalt gleiten, als er sich auf das Motorrad schwang. Es gab genug Pistolen im Lande. Wenn er sie fallen ließ, statt sie im Holster unterzubringen, gewann er eine Sekunde. Die wenigen Menschen, die überhaupt reagierten, blickten auf Draskuvic, nicht auf Vuk. Ihre Augen hefteten sich auf das Blut, das sich auf den Tisch ergoß und auf den Boden tropfte, ehe sich die Kriegserprobten auf die Erde warfen und zu schreien anfingen. Da legte Vuk schon den ersten Gang ein und bog um die Ecke.

Ein brauner Lederrücken und ein Paar Jeans auf einem Motorrad. Wahrscheinlich ein japanisches. Es sah alt aus, aber wahrscheinlich weil es so dreckig und verschlammt war. Das war das einzige, woran sich die Zeugen erinnern konnten. In Wirklichkeit war es sogar ziemlich neu, erst wenige Tage zuvor war es einem berüchtigten Schmuggler gestohlen worden, der sich unten am Hafen von Split herumtrieb und noch überlegte, ob er den Diebstahl melden sollte, schließlich hatte er das Motorrad ohne Wissen der zuständigen Behörden über die Grenze geschafft.

Vuk schwenkte auf die Hauptstraße und fuhr schnell, aber nicht leichtsinnig, einige hundert Meter weiter. Er hielt vor einem Supermarkt und setzte den Helm ab. Er hängte den Helm an den Lenker und fischte eine kleine stupsnasige Smith and Wesson aus der Seitentasche des Motorrads, stopfte sie in seine Lederjacke und ging den Bürgersteig hinunter, ohne sich umzudrehen, während er die Jacke auszog und sie leger über die Schulter warf, den Finger im Aufhänger. Die Handschuhe hatte er in die andere Tasche gesteckt. Er hatte schwarzes Haar. Die Passanten sahen einen jungen Mann, der mit seinem schwarzen Haar und dem dunklen buschigen Schnurrbart wie tausend andere aussah. Er war gut gebaut. Nur die klaren blauen Augen unterschieden ihn von anderen jungen Männern und verleiteten ein paar Frauen dazu, mehr als einen Blick auf ihn zu werfen. Er bog in eine Nebenstraße, schloß einen braunroten Lada auf und fuhr davon.

Dort verlor die kroatische Polizei seine Spur. Niemand erinnerte sich an das Kennzeichen, und die Beschreibungen des Täters waren so verschiedenartig, daß es der Polizei unmöglich war, eine Phantomzeichnung anzufertigen. Der Mörder hatte sich in Luft aufgelöst. Oder im Kriegschaos.

Der junge Mann, der sich Vuk nannte, fuhr in südöstliche Richtung nach Slawonien. Er fuhr ruhig und sicher. Der Verkehr war dünn. Die kleinen Dörfer lagen im gelben Glanz des Spätsommerlichts. In den roten Schindeln der Dächer klafften schwarze Löcher von Granatentreffern. Der Wind verfing sich in den weißen Gardinen und wehte sie durch die zerbrochenen Scheiben hinaus. Es waren nur wenige Menschen draußen, obwohl der Krieg vorübergezogen war. Nach einigen Stunden hielt Vuk auf einem Hügel und schaute auf eine größere Landstraße unter ihm. Eine Kolonne wirbelte Staub auf. Es waren Traktoren, die Pferdewagen im Schlepptau hatten, oder kleine Leiterwagen, die von einem einzelnen Pferd gezogen wurden. Blauer Dieselqualm hing in der Luft. Die Wagen waren mit Kleidungsstücken, alten Möbeln, Kochtöpfen und Matratzen bepackt. Die Kinder starrten mit leeren Augen vor sich hin, und die Männer waren unrasiert. Die bunten Tücher der Frauen waren mit einer feinen Staubschicht bedeckt. Er folgte seinen Landsleuten mit den Augen. Jetzt schmeckten auch sie den Staub der Flucht. Er rauchte eine Zigarette und sah ihnen nach, dann setzte er sich wieder in das Auto. Ein paar hundert Meter fuhr er eine nicht asphaltierte Nebenstraße entlang, dann parkte er am Rande einer Baumgruppe. Er holte einen zerschlissenen Rucksack aus dem Kofferraum und stellte ihn auf die Erde. Er nahm eine Sprengladung aus dem Rucksack, stellte den Zünder auf fünf Minuten ein und legte die Apparatur auf den Vordersitz. Er zog die Lederjacke an, schnallte den Rucksack um und ging mit raschen, aber nicht übereilten Schritten von dem Auto zur Save hinunter, die Kroatien und Bosnien-Herzegowina trennt. Er drehte sich nicht um, als er den dumpfen Knall und das knisternde Geräusch des brennenden Lada hörte. Dann explodierte der Benzintank, und schwarzer Rauch stieg zum Himmel empor. Es war lange her, daß eine Bombe auf dem Balkan größere Aufmerksamkeit zu erregen vermocht hatte. Vielleicht würde irgendwo am blauen Himmel ein neugieriges NATO-Flugzeug in die Kurve gehen, um zu erkunden, was da brannte. Der Pilot würde ein brennendes Auto entdecken und einen kleinen Punkt, der sich bewegte. Einen Hirten, der ganz allein vor sich hin marschierte. Noch einen einsamen Flüchtling in einem Land von Flüchtlingen.

Im Laufe des Abends erreichte Vuk das kleine Haus, das am Dorfrand lag. Seine Schultern schmerzten, er war müde. Aus dem Schornstein stieg weißer Rauch. Dach und Mauern waren intakt. Hier hatte der Krieg nicht angeklopft. Vuk sah sich aufmerksam um. Ein Hund lief mit eingezogenem Schwanz an einer Hausmauer entlang. Er war gelb und schwächlich, aber er bellte nicht. Vuk hob die Hand, um zu klopfen, als die Tür aufging.

»Hallo, Vuk. Ich hab schon auf dich gewartet«, sagte die Frau, die geöffnet hatte. Sie war sehr jung mit schwarzem langem Haar und dunklen, schönen Augen, die leblos schienen.

»Hallo, Emma«, sagte er und küßte sie auf den Mund.

»Ich hab nach dir Ausschau gehalten«, sagte sie. »Es war schon in den Nachrichten.«

Vuk sagte nichts.

»Das mit dem kroatischen Schriftsteller«, fuhr sie fort.

»Es ist am besten, wenn du nichts weißt.«

»Komm herein, Vuk. Bleibst du über Nacht?«

»Ich werde im Laufe der Nacht den Fluß überqueren.«

»Schade. Aber... Er hat eine Nachricht geschickt, der Kommandant. Er will so schnell wie möglich mit dir reden.«

Zum ersten Mal lächelte Vuk. Sein Gesicht hellte sich auf. Die harten Züge schienen zu verschwinden, und er schien wieder der Junge zu werden, der sich hinter der verkniffenen Miene verbarg.

»Komm jetzt rein, Vuk. Ich werde dir die Haare waschen«, sagte Emma und lächelte ebenfalls.

Die Stube war einfach und geschmackvoll eingerichtet. In der Mitte stand ein Eßtisch, an der Wand ein Bücherschrank mit gebundenen Büchern. An den Wänden hingen Bilder mit den bosnischen Bergen, und in der Ecke standen ein Sessel und eine Lampe, die gemütliches Licht gab, daneben ein kleiner Tisch mit einem Spitzendeckchen. Auf dem Tisch lagen ein Buch und Nähzeug. Es war ein sehr sauberer und femininer Raum. Man blickte in eine kleine Küche. Auf dem Herd dampfte ein Kochtopf mit Wasser. Ein kleiner Flur führte in ein Schlafzimmer mit einem Doppelbett. Über dem Bett hing ein orthodoxes Kruzifix.

Vuk betrachtete Emmas schlanke Beine unter dem dünnen Rock, während er seine Lederjacke und das Hemd auszog. Er war dünn, aber muskulös. Auf seiner linken Schulter verlief eine Narbe, als wäre er dort von einem Messer getroffen worden. Emma nahm einen der Stühle vom Eßtisch und stellte ihn auf ein paar Zeitungen, die auf dem gefliesten Küchenboden ausgebreitet waren.

»Setz dich, Vuk«, sagte sie.

Sie nahm einen Eimer und schüttete das heiße Wasser aus dem Kochtopf, der auf dem Herd stand, in eine Schüssel auf dem Küchentisch. Sie goß kaltes Wasser hinzu und fühlte vorsichtig mit dem Ellbogen, ehe sie einen Schwamm ins Wasser tauchte und das schwarze Haar befeuchtete.

Er schloß die Augen, während sie behutsam sein Haar einseifte. Er genoß die starken, weichen Hände, die langsam die Seife einmassierten. Die Seife wurde schwarz und lief auf die Zeitungen, als sie sie ausspülte, ehe sie sein Haar noch einmal einseifte. Als sie zum dritten Mal spülte, waren seine Haare hellblond. Sie befeuchtete seinen schwarzen Schnurrbart. Er saß ganz still. Dann zog sie kurz und riß wie eine Mutter, die ihrem Kind das Pflaster entfernt, mit einem Ruck den Bart ab. Vuk schlug die Augen auf. Emmas Gesicht war ganz nahe an seinem. Er lächelte.

»Hallo, Liebster«, sagte sie.

Er küßte sie.

»Steh auf«, sagte sie.

Er stand auf. Emma löste den Gürtel und zog ihm die Hose aus. Er hatte die Augen wieder geschlossen und hob nur einmal kurz den einen Fuß, dann den andern. Sie ließ ihre Hand hinten in seine Boxershorts gleiten und streifte sie ihm ab. Er hatte die Augen geschlossen und stand ganz still da. Eine zweite Narbe wie von einer weiteren Schnittwunde wand sich wie eine kleine Schlange über sein Hüftbein. Sie berührte sie vorsichtig, und er bekam eine Gänsehaut, als er an den Schmerz des kroatischen Messers erinnert wurde. Sie schüttete das Wasser in die Spüle und goß frisches warmes Wasser in die Schüssel, dann tauchte sie den Schwamm hinein und seifte ihn langsam ein. Sie fing mit den Schultern an und hörte bei den Füßen auf. Nackt und unbeweglich stand er vor ihr. Seine helle Haut wurde ein wenig rot, und sein Geschlecht begann sich zu regen, aber sie kannte auch seine Selbstbeherrschung. Sie wischte die Seife mit dem frisch ausgewrungenen Schwamm ab. Dann zog sie ihr Kleid über den Kopf und nahm ein sauberes Handtuch, das sie auf dem Küchentisch neben der Schüssel bereitgelegt hatte.

Als er hörte, wie sie das Kleid auszog, öffnete Vuk die Augen. Er lächelte, ein Lächeln, das sich bis hinauf zu seinen blauen Augen erstreckte. Langsam und sinnlich trocknete sie seinen Körper ab. Frottierte ihn zärtlich und doch fest. Wieder begann sie mit dem Gesicht und den Schultern und arbeitete sich behutsam nach unten vor. Als sie schließlich seine Hoden massierte, wuchs er rasch, und sie stieß ihn sanft auf den Stuhl und setzte sich auf ihn.

Sie saßen ganz still da. Sie lehnte ihren Kopf ein wenig zurück. Er umfaßte ihren Hintern.

»Bleib heute nacht bei mir, Vuk«, sagte sie.

»Ich bleibe bei dir.«

»Was ist mit ihm?«

»Er kann warten. Der Krieg ist sowieso verloren. Der Verrat ist eröffnet. Ein Tag mehr oder weniger macht keinen Unterschied.«

»Bleib die Nacht über hier, dann kommen die Dämonen nicht«, sagte sie.

»Ich bleibe heute nacht bei dir«, sagte er und drückte sie an sich.

Die Dämonen würden sie trotzdem heimsuchen, dachte er. Sie kamen im gefährlichen Dämmer des Morgens, bevor das Licht hereinbrach. Gespenster, Skelette, Geister und ethnische Säuberer. Schatten aus dem Totenreich, die ihre Familie heimgesucht und vor vier Jahren, im ersten Kriegsjahr, als sie erst fünfzehn war, ausgelöscht hatten. Nun suchten sie sie Nacht für Nacht in ihren Träumen auf, in Alpträumen, die für sie wirklicher waren als das wahre Leben.

Vuk beneidete sie. Emma war imstande, Schmerz und Schuld zu fühlen. Vuk fühlte nur ihren Körper.

Der Rest war Kälte.

2

ZUR ZEIT ERWACHTE Lise Carlsen immer mit den Überbleibseln eines unangenehmen Traums, die irgendwo im noch fast schlummernden Bewußtsein steckten. Ängstlich wachte sie auf und gleichsam außerhalb ihres eigenen Körpers. So als schwebte sie im Morgenlicht des späten Augusts über dem Doppelbett und sähe sich selbst und den Mann, der in gekrümmter Stellung oder auf dem Rücken neben ihr lag. Mit einem angestrengten Ausdruck um die Lippen, als kämpfte er damit, ein paar Worte herauszubringen. Sie konnte sich an ihre Träume nicht erinnern. Sie waren fort, sobald der Radiowecker ertönte. Musik oder Wortbeiträge. Er weckte sie kurz vor den Nachrichten, denn von Tod und Vernichtung wollte sie nicht geweckt werden, dann doch eher von Popmusik oder den neuesten Verkehrsmeldungen. Vierunddreißig Jahre lang waren Schlaf und Erwachen eine Selbstverständlichkeit gewesen. Jedenfalls soweit sie sich erinnerte. Auch als Säugling war sie pflegeleicht gewesen. Hatte nachts durchgeschlafen und war mit Lachen und Plappern aufgewacht und hatte sich dann eine Weile damit beschäftigt, mit ihren Fingern und Zehen zu spielen. Sagte zumindest ihre Mutter. Aber in diesem Sommer fiel das Einschlafen schwer, und morgens hatte sie diesen faden Nachgeschmack unerlöster Träume irgendwo in ihrem Hirn.

Lise Carlsen drehte sich auf den Rücken und starrte an die Decke, während sie die letzten Töne eines Take-That-Songs hörte, das war dieses Jahr der unvermeidliche Sommerhit des dritten Programms. Es würde wieder ein warmer Tag werden. Die Gardine bewegte sich leicht in der warmen Brise. Ole stöhnte und drehte sich auf die Seite, mit dem Rücken zu ihr. Es gab eine Zeit, da hätte er ihre Hand ergriffen und sich an sie gekuschelt. Oder sie sich an ihn. Bei dem Gedanken, daß die einzige Erinnerung an den nächtlichen Beischlaf ein klebriges Gefühl zwischen den Beinen war, wurde sie noch deprimierter. Sie waren beide nackt. Was auch sonst bei der Hitze? Sie sehnte sich nach Regen und Kühle. Die Hitze brachte Schweiß und Geilheit mit sich, man sehnte sich nach dem nächstbesten Körper. Also war es eigentlich egal, ob die eigenen Gefühle brachlagen. Die Hitze forderte Erlösung. Brachte die Hormone dazu, Amok zu laufen. Sie ließ die Decke auf den Nabel hinabgleiten, faltete auf dem feuchten Kissen die Hände hinter dem Nacken und lauschte dem Radio, das sie geweckt hatte. Eigentlich wußte sie nicht, wieso sie jeden Morgen die Welt wieder auferstehen ließ, indem sie die Nachrichten hörte. Eigentlich wußte sie hinterher gar nicht mehr, was gesagt worden war. Nicht, bevor sie die Nachrichten eine Stunde später noch einmal hörte. Aber es gab ihr eine gewisse Sicherheit zu hören, daß ihr eigenes Elend im Vergleich zu den Schrecken, mit denen die unaufgeregte, neutrale Sprecherstimme sie allmorgendlich in die Wirklichkeit zurückholte, minimal war. Vielleicht weil Ole es haßte, von Musik und Gerede geweckt zu werden. War es in Wahrheit ihr tiefster Wunsch, ihn damit aus dem Ehebett zu vertreiben? Oder gar aus der Ehe? Sie war Journalistin, verdiente ihr eigenes Geld, konnte ihren eigenen Radiowecker kaufen, und sie hatte ihn gekauft, ihn angeschlossen, und sie benutzte ihn. Basta! Hatte sie es so gesagt? Und war es gleichzeitig ein Zeichen ihres Wankelmuts, daß sie ihn so leise gestellt hatte, daß sie kaum noch etwas hörte? Ole brauchte Kanonendonner, um zu erwachen, also störte es ihn genaugenommen gar nicht. Während sie schon bei dem geringsten Geräusch hellwach war. Jedenfalls zur Zeit, wo alle Nervenenden mit Juckpulver bestreut zu sein schienen.

Es waren die üblichen Geschichten. Politische Spiegelfechtereien zum kommenden Haushalt, der endlose Krieg in Jugoslawien und die fortgesetzte Trockenheit. Sie hörte gar nicht hin, sie versuchte nur zu verstehen, warum sie so traurig war und warum sie es verdrängen konnte, wenn sie erst einmal geduscht hatte. Aber dann hörte sie, wie Santandas Name genannt wurde. Sie sah sie vor sich. Eine kleine, freundliche Frau mit rundem Gesicht und braunen Augen und der Gabe, von schweren, lebensbedrohlichen Themen zu sprechen, ohne daß einem übel wurde. Sie verstand nicht, wovon die Geschichte handelte. Nur daß Sara Santandas Name und der Iran erwähnt wurden. Und daß der dänische Außenminister mit schläfriger Telefonstimme bedauerte, daß der kritische Dialog mit dem Mullahregime in Teheran nicht die erwarteten Ergebnisse gebracht habe. Sie würden die Geschichte um acht noch einmal wiederholen. Wenn sie wichtig genug war. Sonst mußte sie warten, bis sie in die Redaktion kam.

Sie stieß Ole an und stieg aus dem Bett. Er stöhnte, aber sie sah noch, daß er die Augen aufschlug, ehe sie ins Bad ging. Er roch schwach nach Alkohol.

»Mach doch das Radio aus, zum Teufel!« hörte sie, bevor sie die Tür zumachte.

Die Dusche half wie immer. Erst das warme Wasser, dann das kalte. Als sie erst in der geräumigen Wohnküche stand und das Licht durchs Fenster strömte und der morgendliche Verkehr von Østerbro leise im Hintergrund rauschte, vergingen ihre schwarzen Morgengedanken, wie sie das nannte. Dann vermißte sie Regen und Kühle nicht mehr. Die kamen noch früh genug nach Dänemark, wo Grau die beständigste Farbe war. Sie liebte ja die Wärme und die

Sonne. Sie goß Wasser in die Kaffeemaschine, deckte den Tisch, kochte Eier, stellte den Toaster bereit und entschloß sich zum x-ten Mal, mit Ole darüber zu reden. Wenn man nicht mal mit seinem Mann über eine kleine Morgendepression reden konnte, mit wem dann? Außerdem war er Psychologe. Er kriegte Geld dafür, sich verzwickte psychische Probleme anzuhören. Vielleicht war er deshalb so unfähig, ihr zuzuhören. Vielleicht paßte sie nicht in die Theorie seiner Lehrbücher. Vielleicht war das eigentliche Problem aber auch, daß sie ihm immer nur die Hälfte dessen erzählte, was sie fühlte und dachte.

Lise holte die Zeitungen aus dem Flur. *Politiken* natürlich und *Berlingske Tidende*, um zu sehen, was das Feuilleton von der konservativen Konkurrenz machte. Sofort schlug sie *Politiken* auf und sah, daß sie ihren Artikel über die neue Galerie ziemlich schön unter einen Dreispalter gesetzt hatten, aber die *Berlingske* hatte ein Bild dabei. Das motzte den Artikel auf. Und dann wunderten sich die Idioten bei *Politiken* noch, daß die Auflage sank! Dann blätterte sie auf die Auslandsseiten um und überflog die Überschriften. Sie wollte sie sorgfältig lesen, wenn sie gefrühstückt hatte oder wenn sie in der Redaktion war. In letzter Zeit hielt sie nicht mehr viel zu Hause. Als ob es sie daran hinderte, sich zu konzentrieren. Sie schmiß die Zeitungen auf den großen blankgescheuerten Eichenholztisch, der die Wohnküche beherrschte. Die Kaffeemaschine zischte ein wenig. Draußen sang halbherzig ein Vogel.

Ole kam herein und küßte sie auf die Wange, ehe er sich mit dem ersten Teil der *Berlingske Tidende* hinsetzte. Früher war er mal Linkssozialist gewesen, aber jetzt war er selbständig und hatte seine eigene Praxis.

»Kannst du nicht das Radio ausmachen oder wenigstens leiser drehen?« sagte er.

»Ich möchte die Nachrichten hören. Sie kommen gleich.«

»Ob du sie jetzt hörst oder in einer Stunde, kann doch egal sein.«

»Ich bin Journalistin.«

»Na und?«

»Ich muß mich informieren, Ole.«

»Das kannst du noch auf der Arbeit.«

»Mittlerweile haben wir jeden Morgen dasselbe Spiel.«

»Der Tod muß ja einen Grund haben.«

»Was meinst du denn damit?« fragte sie.

Er blickte von seiner Zeitung auf. Aus dem Toaster ploppten die beiden Brotscheiben. Sie drehte sich automatisch um, um sie herauszunehmen.

»Daß wir meiner Meinung nach unsere Energie damit verschwenden, uns um Bagatellen zu streiten, statt ernsthaft darüber zu reden, warum sich unsere Beziehung offenbar in einer Krise befindet.«

Einen Moment lang stand sie sprachlos mit den heißen Toasts in der Hand da. Dann erst fühlte sie sie und schmiß sie fast auf den Tisch, wedelte mit den Händen und sagte »Au!«. Jetzt hatte sie bestimmt keine Lust, mit ihm zu sprechen. Sie wollte den Zeitpunkt selbst bestimmen.

»Nun übertreib mal nicht. Hast du dich heut nacht nicht prächtig amüsiert? Nur, weil ich morgens Radio hören will.«

Er beschäftigte sich wieder mit seiner Zeitung.

»Ich habe einen langen Tag«, sagte er.

»Stimmt es etwa nicht?«

»Du bist immer heißblütig gewesen, Lise. Ich steh dir jederzeit zur Verfügung.«

»Du bist entsetzlich.«

»Das war übrigens ein Kompliment.«

»Hörte sich nicht so an«, sagte sie, und er schaute wieder in seine Zeitung.

»Vielleicht kann ich einen Termin bei dir kriegen«, fuhr

sie fort. Sie hatte es nicht sagen wollen, es war ihr so herausgerutscht.

Er blickte wieder auf. Er sah sie mit diesen müden, klugen Augen an, die tagtäglich die Torheit der Menschen an sich vorbeipassieren ließen, während die Sprechstundenhilfe die Rechnung ausstellte. Depressionen werden in Kronen und Øre gemessen. Lösungen haben eine Nummer in der Krankenversicherung. Hilfe wird in genau bemessenen Dosen geleistet. Warum hatte sie sich in ihn verknallt? Er war attraktiv, auch wenn er zehn Jahre älter war als sie. Begabt, redegewandt, aufgeschlossen, belesen, idealistisch, gut im Bett, amüsant, reiselustig. Kann sich ein Mensch in acht Jahren so radikal ändern? Oder hatte sie sich verändert?

»Ich bin immer für dich da, Lise«, sagte er. »Das heißt, wenn du es wirklich willst.«

»Ich möchte einfach gern die Rundfunknachrichten hören«, sagte sie und stellte Butter und Käse auf den Tisch, bevor sie in der *Politiken* blätterte, um nachzusehen, wie auf die Artikel von Freund und Feind reagiert worden war.

»Guten Morgen, Lise«, sagte er und brachte sie doch zum Lächeln, so daß sie in Ruhe frühstücken konnten, bis sie den Radiojingle und die sonore Sprecherstimme hörte:

Guten Morgen. In der vergangenen Nacht kam es wieder zu heftigen Kämpfen in Zentralbosnien. Die Serben setzen ihre Flucht aus der Krajina fort. Kopenhagen: Bei der Frage der Ausfuhrsubventionen nach Iran ist die Stimmenmehrheit der Regierung gefährdet. Iran beharrte gestern auf dem Todesurteil gegen die Schriftstellerin Sara Santanda und erhöhte das Kopfgeld auf vier Millionen Dollar. Das Wetter: Es bleibt weiterhin sonnig und warm.

Lise spürte ihre übliche Ohnmacht, ihr Magen zog sich zusammen. Wie konnten sie nur? Wie konnte es heute einen solchen Fanatismus geben? Wie konnte ihre eigene Regierung so schwach sein? Wie konnte man eine Autorin zum Tode verurteilen, nur weil sie einen Roman geschrieben hatte, der die Unterdrückung der Frauen durch diese dreckigen Priester zum Thema hatte? Erst Rushdie und jetzt Santanda. Wer war der nächste? Die westlichen Länder hatten die Verteidigung Rushdies nie ernstgenommen. Deshalb konnten die Unterdrücker mit ihrer rücksichtslosen Politik einfach weitermachen. In ihr brodelte es, aber sie hatte keine Lust, ihre Gedanken Ole mitzuteilen. Sie hatten das schon so oft durchgekaut. Er hörte interessiert zu, aber die Politik fesselte ihn nicht mehr. Weder die große noch die kleine.

Sie sah zu ihm hinüber. Da hockte er mit seiner *Berlingske Tidende* und war ins Klein-Klein des dänischen Alltags vertieft. Wo war der engagierte Mann geblieben, den sie geheiratet hatte? Was war mit ihnen in all den Jahren geschehen? Konnten Liebe, Lust und Freude absterben, ohne daß man es merkte? Sie fühlte die Depression in sich heraufkriechen. Sie fürchtete sie und kämpfte dagegen an. Sie hatte Angst, eines Tages zu kapitulieren und sie zu akzeptieren. Sie wollte nicht die Flagge streichen. Sie mußte sich zusammenreißen.

Irgend etwas mußte es zwischen ihnen aber noch geben, denn er blickte auf, als hätte er ihre chemischen Reaktionen gespürt.

»Stimmt was nicht, Lise?« sagte er.

Sie schob das Toastbrot von sich weg.

»Nein, nein. Es ist nur wegen dieser Sache mit der Santanda. Das ist so eine Schweinerei.«

»Ja. Du hast ja recht.«

Sie seufzte und stand auf.

»Ist das alles, was du dazu zu sagen hast? Hast du nicht gehört, was sie in den Nachrichten gesagt haben?«

Er blickte zum Radiogerät, als wenn er es erst jetzt entdeckt hätte.

»Ich hasse es, morgens Radio zu hören, das weißt du doch. Du bestehst auf Hintergrundgeräuschen, also habe ich mir angewöhnt, mich abzuschotten. Zu verdrängen ... Ich höre ihr Gequassel oder diese elende Musik einfach nicht mehr. Das ist ein einziger Brei für mich. Nichts anderes. Ich lese lieber meine Zeitung. Ich kann nicht zwei Sachen auf einmal machen.«

»Schon gut.«

»Ist das alles, was du dazu zu sagen hast?«

»Ich bin schon weg, Ole. Schönen Tag noch!«

Sie versuchte ironisch zu klingen, aber entweder merkte er es nicht, oder er wollte es überhören.

»Dir auch, mein Schatz«, sagte er bloß.

Die Sonne hob ihre Stimmung ein wenig. Der Sommer nahm kein Ende. Das Wetter war einfach schön und warm, und Kopenhagen hatte wie eine südländische Hafenstadt gekocht und geblubbert. Lise liebte ihre Stadt, wie es nur ein Zugereister tut. Sie war als junge Praktikantin zur *Politiken* gekommen, und sie würde in ihrer Wohnung in Østerbro bleiben, bis man sie mit dem Kopf zuerst hinaustrüge. Sie ist nie wieder in eine Kleinstadt oder einen Vorort gezogen. Sie holte ihr schickes rotes Fahrrad mit den vielen Gängen, mit dem sie sich im Frühling selbst verwöhnt hatte, und fuhr mit erhobenem Kopf los. Sie merkte, daß sie ein, zwei Blicke auf sich zog. Sie wußte, daß sie auf dem Rad eine gute Figur machte. Nicht schlecht, von den jungen Männern solche Blicke zugeworfen zu bekommen, wenn man Mitte Dreißig ist, dachte sie. Dem Sommer sei Dank. Der versetzte die Leute einfach in bessere Laune. Jede Umdrehung der Pedale war eine Erleichterung. Mit jedem Luftzug, der sich in ihrem Rock verfing, stieg ihre Stimmung. Es würde schon gehen. Auch mit ihr und Ole. Sonst müßten sie versuchen, eine Weile getrennt zu wohnen. Das mußte ja keine Katastrophe sein. Nur eine Pause. Dann würde er vielleicht herausfinden, daß er ohne sie nicht leben konnte. Oder sie nicht ohne ihn. Sie wollte nicht länger daran denken. Sie mußten es einfach schaffen, die Sache mal in Ruhe zu besprechen.

Sie nahm nicht die kürzeste Strecke zum Rathausplatz, sondern machte einen Umweg über den Fælledpark und den Sankt Hans Torv, den sie nach seiner Renovierung bezaubernd fand. Und dann weiter an den Seen entlang. Das Durcheinander auf dem Rathausplatz wollte sie sich nicht antun. Diesmal hatte die Stadt ihn wirklich aufgewühlt. Das machte sie jeden Sommer, aber heuer sollte er radikal neu gemacht werden, man hatte ein häßliches schwarzes Fahrkartengebäude errichtet. Untaugliche Lokalpolitiker und unbegabte Architekten, Hamburgerläden und unansehnliche Geschäftsfassaden, stinkende Autos und Papiermüll – nichts davon sollte ihr die Freude an ihrer Stadt vergällen. Jedenfalls nicht heute, wo die Sonne von einem wolkenlosen Himmel schien. Du dänischer Sommer, ich liebe dich! Dieses Jahr hast du mich wirklich nicht im Stich gelassen!

»Tagesen will dich auf der Stelle sehen«, sagte der Pförtner, als sie ihre Post holte.

Sie betrat das berühmte Eckzimmer. Chefredakteur Tagesen drehte sich zu ihr um. Sein Büro war noch unaufgeräumter als ihres. Überall flogen Bücher, Briefe, Papiere und Zeitungsausschnitte herum. Er hatte auf das Chaos und den Staub auf dem Rathausplatz geblickt. Der Lärm ratternder Maschinen und genervter Autos drang durch die Fenster. Tagesen war noch nicht lange im Eckzimmer. Sie mochte ihn gern. Kein Wunder, er hatte sie und einige andere Mitarbeiter aus seinem alten Blatt mitgebracht. Bei den alten *Politiken*-Kämpen hatte das insgeheim einigen Unmut ausgelöst. Aber das war Tagesen und Lise egal. Die Leute bei *Politiken* unterschieden sich nicht von denen anderer Medien: Journalisten waren durch die Bank die konservativsten Mitarbeiter, die es in Dänemark gab. Sie haßten Veränderungen und neue Chefs wie die Pest.

»Tag, Lise«, sagte Tagesen. »Ich wüßte gern, ob dieses Tohuwabohu jemals wieder zu einem vernünftigen Platz wird.« Er war ein kräftiger Mann Mitte Vierzig mit einem buschigen Schnurrbart, an dem er herumzupfte, wenn er in Rage war. Und das war er fast immer. Manche nannten ihn einen Krakeeler. Lise hielt ihn bloß für einen Menschen, der mit Feuereifer bei der Sache war. In seiner Jugend war er einmal ziemlich rechts angesiedelt gewesen, ein Produkt der guten amerikanischen Universitäten, jetzt befand er sich irgendwo in der dänischen Leberpastetenmitte, wo sich die Leute von rechts und links mit der Zeit immer einfanden, wenn sie älter wurden und die Karriere wichtiger als die Ideologie war. So konnte man es jedenfalls sehen. Lise sagte lieber – außer vielleicht, es handelte sich um Ole –, daß wir mit zunehmendem Alter alle klüger werden.

»Na, Lise? Können wir in der Zeitung nicht irgendwas machen? Schreib doch mal eine von deinen spitzen Kolumnen. Spieß den Architekten auf. An den Galgen mit dem Rathaus. Wär das nichts, Lise?« Tagesen sprach hastig, abgehackt. Er brauchte nur wenige Stunden Schlaf und war ein Morgenmensch, er war vor allen anderen am Arbeitsplatz und dann mit tausend Ideen.

»Guten Morgen, Tagesen. Schon agil, bevor wir anderen auch nur gefrühstückt haben«, sagte sie.

Tagesen zog an seinem Schnurrbart und lachte. Er sah jung aus, wenn das schiefe Grinsen über sein Gesicht ging. Lise fand ihn sehr ansprechend und war froh, ihn als Verbündeten zu haben. Bündnisse sind wichtig in einem Zeitungshaus. Mit Tagesen war sie das richtige eingegangen. Sie hatte sich an ihm orientiert, als er Redaktionschef bei der

Konkurrenz gewesen war, und war ihm ohne Zögern zur *Politiken* gefolgt. Natürlich war ihre Karriere dadurch auch in gewisser Weise an seine gebunden.

»Nun setz dich doch, Lise«, sagte er.

Lise entfernte einen Haufen Zeitungen von einem Stuhl und setzte sich. Tagesen setzte sich hinter seinen Schreibtisch und hantierte mit einem Kugelschreiber. Er hatte auch aufgehört zu rauchen. Dafür fummelte er an allem herum, an Brieföffnern, Bleistiften, Kugelschreibern, und knickte Eselsohren in Papierbogen.

»Hör zu! Ich hab hier die Geschichte deines Lebens für dich. Sara Santanda will aus der barbarischen Dunkelheit heraus. Hinaus an die Öffentlichkeit. Ans Licht!«

Lise spürte Freude aufkommen, das schwindelnde Gefühl von etwas Großem. Sie wußte, was kommen würde.

»Ja, Lise. Sie kommt nach Dänemark. Eingeladen von uns. Präsentiert von uns. An der Hand geführt von uns. Beschrieben und bewundert von uns!«

»Aber ich habe gerade erst heute morgen ... in den Nachrichten ... Iran hat eben ...«

»Das Todesurteil. Erhöhung des Kopfgelds. Ich weiß, ich weiß, aber Sara will sich nicht mehr mit diesem Schicksal abfinden, ständig im Untergrund zu leben. Sie will raus!«

Lise mußte aufstehen. Sie trat ans Fenster und schaute auf den Platz. Die Fußgänger schlängelten sich an aufgetürmten Pflastersteinen vorbei. Die nackten braunen Arme und die Beine in kurzen Hosen waren auch heute wieder vorherrschend.

»Warum wir? Warum Dänemark?« sagte sie dann.

Tagesen fing an, einen Zettel in Fetzen zu reißen.

»Dänemark ist ein friedliches Land. Wir haben keinen Terrorismus.«

»Wir sind nicht sehr groß.«

»Die Geschichte hier wird trotzdem um die Welt gehen.«

»Aber warum *Politiken*?«

»Also, in aller Bescheidenheit, für Rushdie haben wir eine Menge getan. Ich habe. Für die Kurden. Wir sind eine aktivistische Zeitung. Außerdem habe ich Sara Santanda durch gewisse Beziehungen mehrmals getroffen ... und du hast sie ja ein paar Mal interviewt. Sie hat sich an dich erinnert. Und dann ist da noch die Kleinigkeit, daß du die Vorsitzende des dänischen PEN bist. Der arrangiert das und wir. Aber vor allem wir, nicht? Sie freut sich, dich wiederzusehen.«

»Wo ist sie jetzt? Hat sie England verlassen?«

»Sie versteckt sich immer noch irgendwo in London. Sie hat die Nase voll, wie im Gefängnis zu leben. Sie will in die Freiheit. Sie möchte auch gern ein paar bürgerliche Worte zum sogenannten kritischen Dialog mit Iran sagen, den unsere Regierung da unten in Brüssel pusht.«

»Keine Ansprachen, Tagesen«, sagte sie.

»Nein, das kommt später«, sagte er zufrieden.

»Wann kommt sie?«

»In einem knappen Monat.«

Lise setzte sich wieder. Sie konnte sich die Komplikationen vorstellen. Für die Vorbereitung war nicht lange Zeit. Es gab zwei Dinge zu bedenken. Tagesen und wahrscheinlich auch Sara wünschten größtmögliche Öffentlichkeit. Das war an und für sich der Sinn und Zweck ihres Entschlusses, aus ihrem Versteck zu kommen. Die Sicherheitsleute vom Polizeilichen Nachrichtendienst und von der Kopenhagener Polizei würden größtmögliche Geheimhaltung und Isolation verlangen. Das würde ihre Arbeit erleichtern. Sie kannte sie noch vom Rushdie-Besuch. Sie waren steif, aber sehr professionell. Und sie wollten nichts riskieren. Sie nahmen ihre Arbeit sehr ernst. Sie benutzten seltsame Wörter. Statt eine konspirative Wohnung, die sie KW abkürzten, auszukundschaften oder als mögliches Versteck zu prüfen, sagten sie, sie wollten das Terrain beschnüffeln. Sie würden sicher mit dem größten Vergnügen sowohl die Vertreter des PEN als auch andere Autoren oder Journalisten, die mit dem Besuch zu tun hatten, herumkommandieren. Da wären einige Konflikte vorprogrammiert. Aber Lise mußte widerstrebend zugeben, daß sie am längeren Hebel saßen. Es war schwer, dagegen zu argumentieren, daß das, was sie sagten, über Leben und Tod entscheiden konnte, aber sie mochte die Art und Weise nicht, in der sie es sagten.

»Hast du mit dem PND gesprochen?« fragte sie.

»Ja, er will, daß wir die Sache geheimhalten, bis sie ihre erste Pressekonferenz gibt. Dann lassen wir die Bombe hochgehen ...«

»Bist du darauf eingegangen?«

»Ich fand das fair. Wir haben die Geschichte immer noch exklusiv.«

»Okay.«

»Ich hab heute nachmittag für dich einen Termin mit dem Sicherheitsoffizier vereinbart, der sich der Sache annimmt. Er heißt Per Toftlund. Sie sagen, er sei gut. In deinem Alter. Sprich mit ihm. *Work something out!* Die Geschichte gehört dir.«

»Yes, sir«, sagte sie mit gespielter Ergebenheit.

»Ich habe auch Svendsen im Staatsministerium informiert, aber im übrigen bleibt die Sache unter uns, nicht wahr, Lise?«

»Selbstredend.«

»Okay... grüß Ole, ja?«

»Ja«, sagte sie, aber sie wußte, daß Tagesen gedanklich schon bei der nächsten Sache war. Es wäre vergebliche Liebesmüh, ihm erklären zu wollen, wie es mit ihr und Ole stand. Im Grunde war Tagesen auch gar nicht daran interessiert. Er interessierte sich für Ideen und die Zeitung, nicht für Menschen. Vielleicht war das ein bißchen zu hart, dachte sie. Aber er kriegte nun mal gern den abwesenden Blick, wenn man zu persönlich wurde. Ein Freund war er wohl trotzdem irgendwie. Aber jetzt hatte er eine Story in Gang gesetzt und ging davon aus, sie werde sie zu Ende führen und nur dann zu ihm kommen, wenn es Probleme gäbe. Er vertraute ihr. Diese Art Chef mochte sie, andere Chefs wollten den ganzen Fall über gepflegt und gehätschelt werden. *Nurses*, wie das mit einem der Anglizismen genannt wurde, die im dänischen Journalistenmilieu so gang und gäbe waren. Sie wollte es lieber allein machen.

3

Kriminalkommissar Per Toftlund hatte einen Kater. Der machte sich meistens im Nacken bemerkbar. Und im Rachen, der zerkratzt war wie eine alte Schellackplatte. Alles war verschwommen, und in seinen Nacken schienen sich harte Finger zu bohren. Eigentlich hatte er nichts gegen einen Kater. Es war die gerechte Strafe, wenn man seinen Körper mißhandelt hatte, aber er hatte etwas gegen einen Kater, wenn er zur Arbeit mußte. Nie hätte er bei einem Polterabend zugesagt, wenn er gewußt hätte, daß Vuldom ihn am nächsten Tag anrufen würde. Obwohl Jens der letzte seiner Kumpels war, der heiratete. Außer ihm selbst natürlich. Sie hatten ordentlich einen zur Brust genommen, wie es nur alte Froschmänner vertragen können. Bald kamen Haus und Kinder, und er stünde bei ihren Treffen als der etwas wunderliche Junggeselle da. Es gab keinen Grund, sich darüber zu grämen. Es war seine eigene Entscheidung, und die Familiengründungen der Freunde waren nach und nach gekommen. Er hatte sich daran gewöhnt, daß die Jugend vorüber war. Vielleicht würde er eines Tages selber Frau, Kinder und Nest vermissen. Aber dann war es wahrscheinlich zu spät.

Er trank einen halben Liter Cola und zwang sich zu fünfundzwanzig Liegestützen, bevor er unter die heiße und dann eiskalte Dusche ging. Er rasierte sich. Der Kopf schmerzte, und die Scherblätter des Apparats raspelten unangenehm in seinen Ohren. Er warf zwei Brausetabletten in ein Glas Wasser. Dann aß er Cornflakes mit Unmengen Milch und trank einen Eimer Kaffee. Im Hintergrund lief das Radio.

Die Küche war klein und modern mit einem Tisch, an dem zwei Personen Platz hatten, einer Spülmaschine, Mikrowelle und eleganten Kupfertöpfen und Pfannen an Metallhaken über dem Küchentisch. Es war peinlich sauber. Er hielt die Wohnung eigenhändig in Schuß. Die Putzfrau, die er mal gehabt hatte, war nicht gut genug gewesen. Ehemalige Militärs wie er gediehen nur in geordneten Verhältnissen. Er liebte eine aufgeräumte Wohnung, glatte Hemden, Bügelfalten und gewichste Schuhe. Das Militär hatte ihm beigebracht, sich selber darum zu kümmern. Er zog sich frischgebügelte Jeans an, ein helles Hemd mit geknöpftem Kragen und blauem Schlips und ein Sommersakko, das das Holster mit der Pistole verdecken konnte.

Sonst bestand die Wohnung aus einem hübschen Wohnzimmer, einem Schlafzimmer und einem kleinen Zimmer, in dem er seine Bücher und den Rechner hatte. Die Möbel waren hell und praktisch. Die Aussicht über die flache Bebauung von Albertslund und den Westwald war schön. Der Wald lag staubgrau in der Morgensonne. Am Horizont lagerte eine Mischung aus Smog und Dunst.

Er nahm das Auto. Daß er die Finger davon lassen sollte, war ihm klar. Der Alkohol war bei weitem noch nicht aus dem Blut, aber er war spät dran und hatte keinen Bock auf S-Bahnen und Busse. Wenn er angehalten würde, müßten es schon unglaublich betonköpfige Kollegen sein, wenn sie ihn ins Röhrchen blasen ließen, obwohl er seine Marke vorzeigte. Oder richtiger die neue Plastikkarte, die die alte Polizeimarke abgelöst hatte. So lief das ja ab, wenn er nicht gerade in einen Unfall verwickelt war. Und dazu fuhr er zu gut. Außerdem liebte er seinen blauen BMW. Den Luxus gönnte er sich. Ein kleiner schicker Flitzer, der zwar seine Spargroschen aufgezehrt hatte, ihn dafür aber jeden Tag aufs neue erfreute. Der Verkehr war spärlich und dünn, als er zur Polizeiwache Bellahøj hinausfuhr, wo in einem modernen Betongebäude die Abteilung G, der Polizeiliche Nachrichtendienst, untergebracht war.

Er überlegte, warum ihn Vuldoms Sekretärin bestellt hatte. Er hatte schon vor langer Zeit um die beiden freien Tage gebeten, und er hatte noch eine ganze Menge Freischichten auf seinem Guthabenkonto. Hoffentlich mußte er nicht den Babysitter für den Kronprinzen spielen. Dazu hatte er echt keine Lust. Damals hatte er seine Aufgabe pflichtgemäß erledigt. Hatte mit einem Mineralwasser dagesessen und zugesehen, wie sich die Jungs absolut keinen Zwang angetan hatten. An und für sich war das in Ordnung. Er war selber kein Heiliger gewesen, als er jung war. Außerdem lag die Sache jetzt etwas anders. Der Kronprinz war selber Froschmann geworden. Er war jetzt einer von ihnen. Davor zog Per den Hut. Er hatte die gleiche Ausbildung durchlaufen. Nie im Leben hatte er etwas Härteres erlebt. Nein, es war eher, weil es ein ziemlich langweiliger Job wäre, der gleichzeitig höllisch ernst wäre. Erstens weil er Kronprinz war, und zweitens weil er ständig die nervtötende Presse auf den Fersen hatte.

Aber er mochte es nicht, Vuldom mit einem Kater von Angesicht zu Angesicht gegenüberzustehen. Trotz Dusche und Deo wußte er genau, daß in jeder Pore der Geruch nach alter Kneipe hing. Er hatte fast nicht geschlafen. Er schwitzte jetzt den Rest des Schnapses aus. Vuldom war ein wunderbarer Chef und eine wunderbare Frau. Per hatte nichts gegen weibliche Chefs. Er hielt sich von den Spielchen in der Kantine fern, wo man sich damit amüsierte, Wortspiele mit ihrem Nachnamen zu machen. Die Chefin »Vulva« zu nennen war nicht seine Art von Humor. Solange die Bosse kompetent und gerecht waren, war es ihm gleich, ob sie Männer, Frauen, schwul oder lesbisch waren. Das war ihr Bier. Außerdem gehörte er einer Generation an, die die ganze Kindheit und Jugend über von Frauen erzogen worden war. Bis zum Militär waren die Männer merkwürdig unsichtbar gewesen. Frauen hatten die Krippe, den Kindergarten, das Freizeitheim und die Schule geleitet, und seinen Vater hatte er eigentlich nie gekannt. Er heiratete wieder und zog nach Jütland, als Per drei war. Erzogen hatte ihn die Mutter. Verschiedene Männer hatten die Wohnung bewohnt, aber die Mutter hatte bestimmt, wo der Schrank stehen sollte.

Vielleicht habe ich deswegen keine Lust, mich an eine Frau zu binden, dachte er, als er den BMW auf den Parkplatz des großen, niedrigen Gebäudes manövrierte. Frauen hatten den größten Teil seines Lebens bestimmt. Jetzt wollte er selbst bestimmen. Aber es war nicht zu ändern. In wenigen Jahren würden die meisten Richter Frauen sein, die meisten Staatsanwälte, Rechtsanwälte, die meisten Behördenchefs, die meisten ... was wußte er schon? So war es eben.

Er begrüßte einen Kollegen von der Verkehrspolizei, der in seiner Motorradmontur aussah, als freute er sich schon, bei dem schönen Wetter auf die Landstraße zu kommen. Seine Kopfschmerzen waren weg, und obwohl der Hals immer noch so trocken war wie der des blaffenden Bierhunds aus dem alten Trinklied, war er eigentlich wieder auf dem Damm. Er war bereit, allem – und jedem – gegenüberzutreten.

Jytte Vuldom empfing ihn sofort. Per Toftlund bemerkte, daß sie ihren gnädigen Tag hatte und zu seinen leicht rotgefleckten Augen keinen Kommentar abgab. Sie sagte bloß, es tue ihr leid, daß er an einem freien Tag herbestellt worden sei. In Pers Augen war sie eine attraktive Frau, obwohl sie die Fünfzig vollendet hatte. Sie war schlank, hatte ein schönes Gesicht mit klaren, braunen Augen und eine wohlklingende Stimme. Nur daß sie pausenlos diese langen Mentholzigaretten qualmte und nie fragte, ob es störe, fand er ziemlich daneben. Sie drückte ihre Zigarette aus und fragte, ob er Kaffee wolle. Er nickte, und sie schenkte ihm eine Tasse aus der weißen Thermoskanne ein, die sie samt einem Foto ihres Mannes und ihrer beiden erwachsenen Kinder immer auf dem Schreibtisch stehen hatte. Die starken Frauen, dachte Per. Sie haben sich mehr als die Männer durchschlagen müssen, und sie sind weit gekommen und legen eine große Lust und Begabung zur Macht an den Tag.

Sie reichte ihm den Kaffee. Dann gab sie ihm ein Bild. Es war ein Farbfoto, das eine jüngere, dunkel gekleidete Frau mit lockigem Haar zeigte. Sie schaute ernst in die Kamera. Sie hatte ein rundes Gesicht, dunkle Augen, einen kleinen Mund und trug goldene Ohrringe. Sie durfte so um die Vierzig sein.

»Kennst du sie, Per?«

»Ja. Sie war ziemlich oft in den Medien. Sie ist Autorin. Sara Soundso.«

»Santanda.«

»Santanda. Stimmt. Diese Drecksiraner haben sie auf dem Kieker. Sie lebt in England im Untergrund. Wie Rushdie.«

»Nur noch schlimmer, Per. Denn sie ist eine Frau.«

»Was hat sie denn geschrieben?«

Er rümpfte die Nase, als sie eine neue Zigarette anzündete. Sie verzog ihre Oberlippe, aber kommentierte seine Mimik nicht. Sie war die Chefin, und in ihrem Büro bestimmte sie, die fanatischen Nichtraucher hatten schnell gelernt, ihren Mund zu halten.

»Sie hat vor fünf Jahren eine Essaysammlung geschrieben, in der sie nachgewiesen hat, wie die Frauen von den fundamentalistischen Priestern im Iran unterdrückt werden. Wie sie den Koran falsch auslegen und mißbrauchen. Sie schmuggelte ihr Manuskript und sich selber ins Ausland, aber es zirkuliert im Iran, schriftlich und als Kassette. Sie wird langsam zum Politikum. Ihr Vater ist ein englischer Geschäftsmann, ihre Mutter Iranerin. Sie ist iranische Staatsbürgerin. Wegen Landesverrats in Abwesenheit zum Tode verurteilt. In ihrem letzten Roman schildert sie einen korrupten Mullah und seinen krankhaften Machthunger und seinen Mißbrauch von Geliebten. Unter anderem bestraft er sie, indem er sie zwingt, Schweinefleisch zu essen, wenn sie ihm nicht zu Gefallen sind. Die Iraner wollen sie aus dem Weg räumen, auch wenn sie das offiziell natürlich nicht zugeben.«

Per lächelte und sagte: »Das ist ein bißchen ironisch, was?«

»Was ist an dieser Sache ironisch, Per?«

»So hat Khomeini den Schah unterwandert. Khomeinis Reden zirkulierten auf Kassette. Bei einer Bevölkerung mit vielen Analphabeten ist das sehr effektiv.«

»Sara Santanda kommt in einem Monat nach Kopenhagen, und du sollst sie beschützen und für die Sicherheit der Veranstaltung sorgen.«

»Wer lädt sie ein? Der Staat?«

»*Politiken*. Deine Kontaktperson ist Lise Carlsen.«

»Wer ist das?«

»Verfolgst du die Kulturdebatten nicht, Toftlund?«

»Nein.«

Vuldom schüttelte ein wenig den Kopf, als wäre er ein Kind, das seine Hausaufgaben nicht gemacht hatte, aber das war Per egal. Er kümmerte sich um Politik, Wirtschaft, Kriminalität und Sport. Kultur interessierte ihn nicht. Die meisten dänischen Künstler jammerten über die Finanzen und waren anscheinend nur darauf erpicht, ihren Rüssel in die Staatskasse zu stecken und Kronen aufzusaugen. Wenn schon Bücher, mußten es internationale Thriller auf englisch sein, im übrigen ging er lieber ins Kino.

»Sie ist die Vorsitzende des dänischen PEN. Eine der jüngsten, die es bislang gab, und eine der wenigen Frauen auf der Welt, die diesen Posten innehaben. Sehr tüchtig. Außerdem ist sie Journalistin bei *Politiken*. In diesem Fall ist sie Gastgeberin.«

»Aber der Gastgeber entscheidet, oder?«

»Gastgeber und Gastgeberin müssen zusammenarbeiten, damit sich die Gäste willkommen fühlen. Ist das klar, Toftlund?«

»Das war ziemlich deutlich.«

Sie lehnte sich über ihren Schreibtisch, auf dem zwei kleine Stapel wohlgeordneter grüner Klarsichthüllen lagen. Sie dämpfte die Stimme. Per war ganz versessen auf diese Stimme. Sie war tief und ganz verschleiert vor lauter Zigaretten und erinnerte ihn an die Stimme von Lauren Bacall in *The Big Sleep*.

»Das ist ein komplizierter Bewachungsauftrag, ich weiß, Per. Zum einen sind die Mittel knapp. Im Spätherbst kommt noch das Gipfeltreffen. Die Planung verschlingt schon Unsummen ... Zum andern mußt du damit rechnen, daß der dänische PEN, die Autorin und die Zeitung soviel Öffentlichkeit wie möglich haben wollen. Das ist ja der Sinn der Sache. Aus ihrer Sicht natürlich. Wir dagegen wünschen größtmögliche Sicherheit. Also bring sie in Sicherheit, diese Sara Santanda, Toftlund.«

»Totale Sicherheit und totale Öffentlichkeit. Das sind unvereinbare Größen.«

»Es ist deine und Lise Carlsens Aufgabe, sie zu verbinden. Aber wir wollen sie nicht verlieren. Verstanden? Sicherheit geht vor. Erst dann kommt die Presse.«

»Es gibt noch etwas anderes«, sagte Per.

Er trank einen Schluck Kaffee. Vuldom wartete. Das war einer ihrer Vorzüge. Sie gab Befehle, legte einen Auftrag fest und ging davon aus, daß er befolgt wurde, aber sie ließ die Leute auch nachdenken, ehe sie antworteten. Sie wünschte gute Antworten, keine flotten Antworten. Per nahm noch einen Schluck und fuhr fort:

»Die Politiker werden sauer sein. Es wird einen Mordsaufstand geben …«

»Und, Per?«

»Dänemark verdient so ungefähr ein paar Milliarden im Jahr am Export in den Iran. In den Zeitungen gab es Gerüchte über Aufträge für den Eisenbahnbau in Randers. Aus dem Iran. Die Firma ist ja auch ziemlich pleite. Also …«

»Also: Für diese Sache ist die Polizei nicht zuständig«, sagte Vuldom und blickte demonstrativ auf ihre Uhr. Per ließ ihre Bemerkung stehen. Aber er wußte, daß es sich nicht so verhielt. Wenn sowohl Journalisten als auch Politiker involviert waren, war es vollkommen unwahrscheinlich, daß irgend etwas geheimgehalten werden konnte. Sie lebten davon, sich die Informationen gegenseitig auszusaugen und abzujagen. Die meisten Politiker würden ihre Mutter verkaufen, um zwei Minuten in den Fernsehnachrichten aufzutauchen. Plötzlich wurde ihm klar, daß Vuldom ihm da elegant einen Riesenscheißhaufen in den Schoß gelegt hatte. Er hob den Kopf, aber Vuldom kam ihm zuvor:

»Du hast jetzt wahrscheinlich zu tun«, beendete sie die Besprechung.

In seinem Arbeitszimmer hängte Per Toftlund das Sakko auf einen Bügel und rief John Nikolajsen zu sich. Sie hatten schon mehrfach zusammen gearbeitet, bei wichtigen Veranstaltungen und als Leibwächter für die königliche Familie und für angereiste Notabilitäten. Sie besaßen gegenseitiges Vertrauen, was auf der ganzen Welt zu den wichtigsten Voraussetzungen für eine funktionierende Zusammenarbeit unter Polizisten gehört. Und John war glücklicherweise nicht für das Gipfeltreffen abkommandiert. Für die Vorbereitung konnten sie noch zwei Mitarbeiter mehr bekommen, und Per bat John, sie in einer Stunde in das Büro im zweiten Stock zu bestellen, das sie vorübergehend als Planungsraum nutzen konnten. Er rief *Politiken* an und verabredete sich mit Lise Carlsen. Ihre Stimme war weich und angenehm. Hatte sie nicht einen leichten jütischen Akzent? Ob sie so freundlich sei, um drei ins Café Norden zu kommen?

Dann ging er daran, das Treffen vorzubereiten. Er hatte das eindeutige Gefühl, daß der eine Monat, der ihnen zur Verfügung stand, viel zu schnell vergehen würde.

Eine gute Stunde später stand er vor seinem Team. Es war nicht groß, aber er war zufrieden damit. Außer John handelte es sich um Bente Carlsen, Mitte Dreißig und eine gute Beamtin und Kollegin, und Frands Petersen, der vielleicht nicht zu den Klügsten auf Erden gehörte, aber methodisch und sorgfältig vorging und die langwierige Nachforschungs- und Überwachungsarbeit mochte. Mit Bente hatte er noch nicht zu tun gehabt, hatte aber nur Gutes von ihr gehört. Per arbeitete gern mit Frauen zusammen. Sie behielten oft einen kühlen Kopf und gaben meist ihr Bestes. Vielleicht mußten sie sich mehr ins Zeug legen als Männer, um vorwärtszukommen. Er wußte es nicht, aber es wurden jedenfalls von Jahr zu Jahr mehr. Es war eine kleine Gruppe, aber das mußte vorläufig reichen. Wenn das Objekt selbst in die Stadt käme, mußte er auf die Unterstützung der Wachabteilung der Kopenhagener Polizei zählen.

Der Raum war schön groß, durch zwei Fenster fiel die herrliche Augustsonne auf ein paar zerkratzte Schreibtische, einige Rechner und Telefone und einen Overheadprojektor, an den sich Per stellte. Auf eine weiße Tafel hatte er in Rot SIMBA geschrieben. In der Ecke zischte eine Kaffeemaschine, und aus vier Pappbechern dampfte es schon. Sie waren alle in Zivil: Jeans und Hemden, was für alle, die schon mal im Einsatzkommando gearbeitet hatten, beinahe eine Art Uniform war.

»Okay«, sagte Per. Er streckte sich, stellte den Becher mit dem schwarzen Kaffee ab und legte eine Folie auf den Projektor. Von seinem Kater war nur noch ein schwaches Brodeln im Magen übrig.

Das Bild zeigte Sara Santanda von vorn. Das runde Gesicht mit dem kleinen schiefen Lächeln, das schwarze, kurz geschnittene, lockige Haar und ein Paar unübersehbare Ohrringe.

»Das ist das Objekt, Freunde«, sagte Per. »Die Schriftstellerin Sara Santanda, von der wahrscheinlich keiner von euch unkultivierten Leuten je gehört hat. Aber sie hat ein paar Bücher geschrieben, weswegen sie die wahnsinnigen Priester im Iran zum Tode verurteilt haben. Ab sofort heißt das Objekt Simba. So werden wir sie unter uns nennen, in Berichten, Memos und im Computer, *comprende*?«

Sie nickten und lächelten. Sie kannten Per. Er plusterte sich gern ein wenig auf und streute hier und da spanische Wörter in seine Rede ein wie kleine Pfefferkörner. Manche hielten das für Protzerei, aber John akzeptierte es, weil er wußte, daß es Pers Art war, eine Aufgabe zu strukturieren. Als müßte Per die Dinge erst einmal ordnen, bevor er sie benennen und im Gedächtnis behalten konnte. Außerdem war er von Spanien und Südamerika geradezu infiziert.

John sagte lachend:

»Verdammt noch mal, wo hast du denn den Decknamen her? Simba! Was kommt als nächstes? Mowgli?«

Die andern lachten. Bentes Zähne waren etwas schief, und sie hickste ein wenig zu laut, wenn sie lachte, aber vielleicht war sie nur nervös. Bis die Zusammenarbeit endlich angefangen hatte.

»So hieß mein Hund, als ich klein war«, sagte Per. Was erneutes Lachen hervorrief. Er ließ sie lachen. Es war nur sinnvoll, das erste operative Treffen mit einem ordentlichen Gelächter zu beginnen. Sie würden schon eine gute Mannschaft werden.

Per hob die Hand.

»So, jetzt beruhigen wir uns mal wieder. Simba kommt in einem knappen Monat. Sie hat Kopenhagen ausgewählt, um ihr reizendes, kleines Gesicht zu zeigen, nachdem sie ein Jahr im Untergrund leben mußte. Die Kollegen in London passen rund um die Uhr auf sie auf. Sie ist Schriftstellerin und deshalb bestimmt meschugge. Sie möchte von dänischen Autoren und Journalisten umgeben sein. Und wie ihr alle wißt, sind die unglaublich nervig und haben nicht die leiseste Ahnung von Sicherheit.«

Bente räusperte sich, und Per schwieg und schaute sie freundlich an.

»Bitte, Bente.«

»So viele rabiate Muslims haben wir in Dänemark ja nicht. Wir haben ein waches Auge auf die Zelle des Ägypters. Wir wissen, mit wem er verkehrt. Und die meisten Muslims im Lande würden uns zweifellos behilflich sein, das heißt, wenn wir die wenigen radikalen überwachen, dann ...«

»Wir nehmen uns nicht nur die Fanatiker vor.« Per nahm einen Stift und warf ihn von einer Hand in die andere. »Die Heiligen dürfen zu Allah in den Himmel, wenn sie sie umlegen. Das ist ihre Droge. Aber der Staat Iran gibt auch uns Ungläubigen eine Chance. Die Belohnung für den, der Simba kaltmacht, beträgt vier Millionen amerikanische Dollar.«

Die Reaktion seiner Kollegen gefiel ihm. Sie schauten sich an, sie pfiffen durch die Zähne. Die Summe gab ihnen zu verstehen, daß sie vor einer wichtigen, großen Aufgabe standen.

»Ja. Das ist verlockend, nicht?« sagte er. »Für die Profis genauso wie für die Gelegenheitskiller. Für jeden, der in die Nähe der kleinen Simba kommt.«

Per drehte sich zur Tafel um und sagte, während er die wichtigsten Punkte aufschrieb:

»Wir müssen konspirative Wohnungen beschnüffeln. Wir müssen eine Strecke vom Flughafen zur KW ausgucken, eine Alternativroute und den Transport von der Wohnung zur Pressekonferenz, und schließlich einen passenden und sicheren Ort für die Pressekonferenz, und wir müssen, da können die Presseleute noch so fiepen oder trällern, alle, die Simba treffen wollen, strengster Kontrolle unterziehen. *Comprende?*«

»Was für Mittel stehen uns zur Verfügung?« Die Frage stellte wieder Bente. Sie wollte von Anfang an sichergehen, mit an Bord zu sein.

»Nie genug. Nicht wie bei einem Staatsbesuch«, antwortete Per. »Die Hauptsache ist: Simbas Besuch zu verheimlichen. Ins Land mit dem Baby. Pressekonferenz. Wieder raus. Operation Ende.«

»Okay«, sagte Bente.

»Nun bring ihn schon, Per!« sagte Frands. Er war ein etwas zu kräftiger Typ, der seinen Bauch nur noch mit Mühe einziehen konnte. Aber er sah so aus, als würde er bald aufgeben und den Bauch über den Gürtel hängen lassen.

Per lachte, richtete sich auf und sagte mit gespieltem Pathos:

»Der Secret Service hat Kennedy verloren. Reagan wurde getroffen. Wir haben nie jemanden verloren. Simba soll nicht die erste sein!«

John und Frands trampelten vor Begeisterung auf den Boden und grölten vor Lachen. Bente schien Schwierigkeiten zu haben, das besonders witzig zu finden.

»Nun sind wir ja auch in Dänemark«, sagte sie.

Per sah sie an.

»Eben, Bente. Rein statistisch kann es eigentlich nicht mehr so gut weitergehen. Also ... *vamos!*«

Per Toftlund fand einen Parkplatz am Gammel Strand. Er fütterte die Parkuhr und ging am Kanal entlang. Die Leute saßen auf dem Kai, ließen die Beine baumeln und tranken Bier und Cola. Er war früh dran, mit Absicht. Über der Stadt lag der schwere Duft eines stickigen Sommers, die Mischung aus Smog und Sonne und Essen und Bierdünsten von Restaurantterrassen und aus offenen Küchentüren. Die Arme und Beine der Radfahrer changierten zwischen rot und braun. Er schlenderte zu dem Café und suchte sich drinnen einen Platz in der hintersten Ecke, damit er den Eingang überblicken konnte. Er holte sich an der Bar eine Tasse Kaffee und schaute wie verabredet ins *Ekstra Bladet.*

Er entdeckte sie sofort. Sie hatte einen suchenden Gesichtsausdruck, aber sie wäre ihm auch sonst aufgefallen. Sie hatte ein schönes Gesicht und einen attraktiven Körper, aber das war nicht alles. Das haben viele Frauen. Ihm gefiel, wie sie den Kopf hob und das helle Haar zurückwarf und wie sie die Füße geschmeidig und leicht auf den Boden setzte. Aus dem leichten Sommerrock ragten schöne Beine und sie benutzte nicht viel Make-up. Er veranschlagte sie auf etwa dreißig, vielleicht etwas älter. Wahrscheinlich würde sie so aussehen, bis sie vierzig war. Wenn sie nicht zufällig einen schwierigen Charakter hatte, würde es ein Vergnügen sein, mit ihr zusammen zu arbeiten.

Er bemerkte ihre Unsicherheit, als sie das Café betrat, obwohl sie eigentlich wie der Typ Frau aussah, der in den angesagten Cafés der Kopenhagener Szene aus- und einging. Aber hier schaute sie sich suchend um, als ob es ihr unangenehm wäre, auf einen ihr Unbekannten zu warten. Als wäre sie überhaupt das Warten nicht gewohnt. Sie glich einer schlechten Schauspielerin in einem schlechten Film, dachte er. Er ließ sie eine Minute zappeln, dann hob er das *Ekstra Bladet* und lächelte ein wenig. Sie lächelte zurück. Das machte ihr Gesicht keineswegs häßlicher, dann ging sie zügig auf ihn zu und setzte sich an seinen Tisch. Per fing sofort an zu reden und sah, wie ihre Miene zuerst verwirrt und dann böse wurde. Ihre Augen waren blau, aber im Zorn wechselten sie ins Graue. Nach seiner Erfahrung, war es am besten, sich von Anfang an an die Spitze zu setzen. Zu zeigen, wer der Leitwolf war. Wenn erst die Rangordnung feststand, klappte die Zusammenarbeit viel besser. Intellektuelle glaubten, sie hätten das Recht zu bestimmen, aber das galt nicht, wenn er für die Sicherheit zuständig war.

»Sie kommen zu spät«, sagte er.

»Ich hatte noch was zu erledigen.« Ihre Stimme war melodisch und freundlich und hatte tatsächlich einen leicht jütischen Einschlag.

»Nicht pünktlich zu sein ist eine schlechte Angewohnheit. Ich kann das nicht leiden. *Comprende?*«

Sie starrte ihn an, als wäre er vom Mond gefallen. Gerade wollte er die Situation mit einem Scherz bereinigen, aber ihre Antwort ließ ihn stocken.

»Entiendo, cuño«, sagte Lise Carlsen ruhig.

Per lehnte sich zurück und grinste verschmitzter, als er wollte.

»Jetzt bin ich aber platt«, sagte er.

»Danke. Ich hätte auch gern einen Kaffee.«

»Milch? Zucker?«

»Schwarz.«

Er stand auf und ging zur Theke. Lise sah ihm nach. Er war ein ungehobelter Kerl, so viel hatte sie schon mitbekommen. Der erste Eindruck trügt in der Regel nicht. Das war zwar Unsinn, aber ihr gefiel der Ausdruck. Immerhin sah er ziemlich gut aus, wenn man auf diese durchtrainierten Typen mit den wohlüberlegten Bartstoppeln stand. Gut angezogen. Vielleicht war die Kleidung ein bißchen konservativ und zeitlos, aber sauber und tadellos gebügelt. Über Polizisten und ihr Leben wußte sie nicht viel, aber sie ging davon aus, daß Leute, die sich um einen eher ans Militär als an ziviles Leben erinnernden Job bewarben, nicht gerade die hellsten Köpfe des Landes waren. Vielleicht war die Selbstsicherheit, die er ausstrahlte, bloß eine Folge seiner Pistole und seiner physischen Macht über die Menschen. Wenn sie den Gedanken festhalten konnte, könnte er durchaus zum Ausgangspunkt eines kleinen bissigen Artikels werden. Zumindest hatte sie von Anfang an für ein gleichberechtigtes Verhältnis gesorgt. Er hatte seinen spanischen Scheiß abgefeuert, und sie hatte mit gleicher Münze zurückgezahlt: Verstanden, Arschloch.

Per Toftlund kam mit dem Kaffee zurück und stellte ihn Lise mit einem Bitteschön hin. Lise reichte ihm die Hand, und als er sie ergreifen wollte, hätte er beinahe seine eigene halbvolle Tasse umgekippt. Sie stellte sich vor, und Per sagte etwas verdattert:

»Per Toftlund … Arschloch. Also, ich meine mich – wie Sie schon sagten.«

Sie lachten beide. Er hatte ein schönes Lachen. Regelmäßige weiße Zähne und ein Grübchen. Ein starkes Kinn, braune Augen und dunkles Haar, das an den Schläfen etwas dünner wurde, was er aber nicht zu verstecken versuchte. Das gefiel ihr, dachte sie unvermittelt, und war plötzlich selbst ein wenig verlegen.

»Sie sprechen also Spanisch?« sagte sie und griff nach ihrer Tasse.

»Wie Hemingway.«

»Klar, das ist natürlich ein Autor, der zu Ihnen paßt.«

»Ich kann buchstabieren, wenn ich mich anstrenge.«

»Sind Sie sicher?« sagte sie.

Er leerte seine Tasse und schaute sie an. Sie zwang sich, ihre Tasse hinzustellen. Sie durchwühlte ihre Handtasche nach Zigaretten.

»Nichts dagegen?«

»Wenn ich nicht mitqualmen muß«, sagte er.

»Militant?«

»Nur vernünftig«, sagte er.

Sie steckte sich die Zigarette an und blies den Rauch in eine andere Richtung.

»Wo waren wir stehengeblieben?« sagte sie.

Per lehnte sich über den Tisch und sprach leise, als wären sie ein verliebtes Pärchen, das Vertraulichkeiten austauscht.

»Wir haben über ein Wesen zu reden, das Simba heißt.«

»Wie bitte?« fragte Lise.

»Sara S. Die von nun an Simba heißt. Wenn wir von ihr reden, reden wir von Simba. Wir beide müssen eine Form der Zusammenarbeit finden, so daß Sie Simba präsentieren können und ich sie beschützen kann. Okay?«

»Okay. Aber ich bin ein denkendes Wesen und mein Verständnis von Zusammenarbeit ist nicht, daß Sie die Befehle geben und ich und der PEN die Hacken zusammenknallen und jawoll brüllen wie irgendein dämlicher Rekrut.«

Er sah sie an.

»Wer weiß, daß Simba kommt?« sagte er bloß.

»Tagesen, also mein Chefredakteur. Ich. Sie. Und dann der Staatsminister und sein Staatssekretär. Tagesen kennt den Regierungschef persönlich und hat ihn informiert, um euch mit dabei zu haben.«

»Okay. Die Sache muß innerhalb einer so kleinen Gruppe wie möglich bleiben.«

»Sie können Santanda nicht wegschließen ...«

»Simba.«

»So ein Quatsch! Sie muß unter Menschen. Verstehen Sie nicht, daß das gerade der Zweck ist ...«

»Nein. Das ist nicht der Zweck.«

»Und was dann?«

»Sie am Leben zu erhalten«, sagte Per.

4

Der aussenpolitische ausschuss ist eine ständige Kontrollkommission des Folketings für die außen- und sicherheitspolitische Arbeit der dänischen Regierung. Er kommt einmal in der Woche unter Leitung eines Vorsitzenden zusammen, der die Tagesordnung bestimmt. Sowohl Außen- wie Verteidigungsminister, ja sogar der Staatsminister, also der Premier, können zu den Ausschußsitzungen geladen werden. Oder sie können selbst darum bitten, vorgelassen zu werden, um den Ausschuß über laufende Vorgänge in Kenntnis zu setzen. Auch die Chefs des Militärischen Nachrichtendienstes, MND, und des Polizeilichen Nachrichtendienstes, PND, können die Parlamentsmitglieder im Außenpolitischen Ausschuß über aktuelle Bedrohungen oder in der Szene kursierende Gerüchte auf dem laufenden halten. Die Beratungen sind geheim, und die Mitglieder dürfen mit den Informationen, die sie hinter verschlossenen Türen erhalten, nicht an die Öffentlichkeit treten, da sie überwiegend von den beiden dänischen Nachrichtendiensten stammen oder auf vertraulichen Berichten der königlichen Botschaften fußen.

Das wußte das Mitglied des Folketings, Johannes Jørgensen, sehr gut, aber er war aufgebracht, so aufgebracht, daß er davon überzeugt war, daß der vorliegende Fall irgendwie nach draußen gelangen mußte. Wenn der Bruch des Amtsgeheimnisses bedeutete, daß auf diese Weise gute jütische Arbeitsplätze gerettet werden konnten, dann kannte er seine Pflicht und wußte, wem er Loyalität schuldete. Seinen Wählern nämlich. Und nicht irgendeiner ausländischen Heidin.

Er war der Repräsentant der Wähler. Das war er nun seit fünfzehn Jahren, er brauchte das Leben in Christiansborg, um zu gedeihen. Hier saß das Parlament, und er kannte die politischen und praktischen Schleichwege und Flure des hohen Hauses. Er wollte nicht in seine etwas langweilige Anwaltskanzlei in Mitteljütland zurück. Um die kümmerte sich sein Bruder vorbildlich. Johannes Jørgensen war 56 Jahre alt, hatte einen schönen Posten als Fraktionssprecher und fand, die Zeit sei in Bälde reif für ein Regierungsamt. Aber das erforderte natürlich seine Wiederwahl, und man wußte in diesem Land nie, wann eine Wahl stattfand. Die scheinbare Stabilität und Waffenruhe konnte bei der geringsten Gelegenheit Risse bekommen.

Also mußte der Fall an die Öffentlichkeit. Es war einfach seine Pflicht.

Außerdem wäre es nicht das erste Mal, daß ein Mitglied Informationen benutzte, die es im Ausschuß bekommen hatte. Man mußte ja nicht unbedingt damit hausieren gehen, woher man sein Wissen hatte. Doch zunächst einmal wollte er versuchen, vernünftig mit dem Staatsminister zu sprechen.

Johannes Jørgensen war ein schlanker Mann mit breiten Schultern. In seiner Jugend hatte er geboxt, wovon er eine leicht schiefe Nase zurückbehalten hatte. Eine Zeitlang hatte er überlegt, sie richten zu lassen, aber seine Wähler konnten den etwas rohen, maskulinen Look, den ihm seine Nase verlieh, eigentlich ganz gut leiden. Er machte keinen Hehl daraus, Boxer gewesen zu sein, und liebte es, in Fernsehinterviews Boxmetaphern zu gebrauchen. Er hatte in Kopenhagen Jura studiert und sprach ein erstklassiges Hochdänisch, aber im Fernsehen änderte er mühelos die Sprache, und schon war ein deutlicher Einschlag seines jütischen Dialekts zu vernehmen. Nicht bäurisch, versteht sich. Aber eine Prise jütischer Glaubwürdigkeit ging in diesen Zeiten runter wie Öl.

Er ließ die Ausschußmitglieder vor sich zur Tür herausgehen. Die meisten beeilten sich und waren nur daran interessiert, dem draußen wartenden Grüppchen von Journalisten zu entkommen. Einige unbekanntere Abgeordnete gingen betont langsam und hielten Ausschau, ob die Journalisten sie um einen Kommentar bitten würden. Aber die Fernsehjournalisten waren nur am Staatsminister und seiner Haltung zur neuesten Entwicklung in Bosnien interessiert. Das war auch der Grund, weshalb der Außenpolitische Ausschuß zusammengetreten war, obwohl das Folketing Ferien hatte. Alle sprachen von den dänischen Soldaten, die unter NATO-Kommando dorthin geschickt werden sollten. Und wenn das Fernsehen daran interessiert war, konnte man sicher sein, daß es die Zeitungen auch waren. Die unroutinierten Ausschußmitglieder dachten nicht im Traum daran, die Informationen weiterzugeben, die ihnen der Staatschef unter »Sonstiges« und dem Siegel der Verschwiegenheit anvertraut hatte. Vielleicht würden sie in ein paar Tagen diskret ein Wort fallen lassen. Gegenüber Ehepartnern oder Geliebten. Um sozusagen zu erkennen zu geben, daß man ein Wissen mit sich herumtrug, das nicht alle hatten.

Das waren Jørgensens Gedanken, während er wartete. Er kannte seine Kollegen und ihren brennenden Ehrgeiz. Wenn einem die Politik erst ins Blut ging, war man für das Leben infiziert. Politik und Macht konnten süchtiger machen als die schlimmste Droge. Hörte man vor der Zeit auf oder wurde von den Wählern verschmäht, konnte das zu einer richtigen Depression führen. Er dachte an den Fall Krag. Krag hatte freiwillig aufgehört. Er hatte gemeint, er könne es sich ohne die Last der Macht gemütlich machen, aber seine letzten paar Jahre wurden zu einer Tragödie, weil sich herausstellte, daß er ohne Politik, ohne die süße Macht nicht leben konnte. Er kannte andere, die von treulosen

Wählern in die Wüste geschickt worden waren und in Alkoholismus und Selbstverachtung geendet wären, wenn ihnen nicht schnellstens ihr politisches Comeback gelungen wäre.

Johannes Jørgensen wünschte sich kein solches Schicksal. Er wollte bleiben, wo er war, und eines Tages dem engsten Kreis angehören.

Er grüßte freundlich ein paar Presseleute, nickte einem Kameramann zu, der, soweit er sich erinnerte, einige Male hinter der Kamera gestanden hatte, wenn er im Fernsehen interviewt worden war, und ging dann etwas weiter den Flur entlang. Er sah, daß sich der Staatsminister bereit machte und gleich mit seinen charakteristischen langen Schritten die Journalisten abschütteln und auf die Sicherheit garantierenden Glastüren des Staatsministeriums zusteuern würde.

Staatsminister Carl Bang war ein großer, etwas gebeugter Mann. Wie die meisten dänischen Regierungschefs lebte er von seinem Talent, die vielen verschiedenen Interessen im Folketing zu vereinen und aufeinander zuzuführen, damit wieder einmal eine Minderheitsregierung überlebte. Er war ein begabter Kartenspieler und begabt darin, Parteien und Menschen gegeneinander auszuspielen. Gleichzeitig hielt er sein Wort und konnte gute Umfrageergebnisse vorweisen, so daß er so sicher auf seinem Posten saß, wie es von einer dänischen Regierung überhaupt zu erwarten war. Er hatte früh gelernt, daß es in der dänischen Politik besser ist, von Jahr zu Jahr die Kompromisse durchzubringen, die die stets vor ihm sitzende Mehrzahl eben zuließ. So hatte man es mehr oder weniger seit dem Krieg gehandhabt, und so wünschten es die Dänen anscheinend. Die Regierung befand sich in einer stabilen Phase, und Carl Bang war eigentlich auch der Überzeugung, daß das Nötige getan wurde und der Laden lief.

Johannes Jørgensen schloß zu ihm auf. Er sah zwar, daß

Staatssekretär Svendsen ihm etwas ins Ohr flüsterte, aber das war ihm jetzt egal. Wenn er um einen formellen Termin bat, konnten Tage vergehen, ehe der Staatsminister einen Platz in seinem Kalender fand.

»Staatsminister! Darf ich mal einen Augenblick ...«

Carl Bang stoppte und setzte sein bekanntes Lächeln auf.

»Das ist jetzt ein bißchen schlecht«, sagte er und schaute auf seine Uhr.

Johannes Jørgensen sah sich um. Sie waren allein. Svendsen trat diskret einen Schritt zurück. Im Grunde hätte er ruhig zuhören können, denn Bang würde ihn ohnehin informieren.

»Nehmen Sie sich lieber die Zeit. Denn mit dieser Sache will ich mich auf keinen Fall abfinden.«

»Ja, Jørgensen.« Carl Bang lächelte nun nicht mehr. Mit einer Neigung des Kopfes machte er ein Zeichen, daß sie zum Fenster gehen sollten. Svendsen würde sie abschirmen. Jørgensen und Bang waren fast gleich groß und trugen den gleichen dunklen Anzug und eine Krawatte mit kleinen Quadraten, mit der in diesem Jahr offenbar alle herumliefen. In Christiansborg war es kühl, obwohl draußen Hitze herrschte. Das Parlament ruhte sommerstill und duftete nach Lack und Farbe. »Ich kann das nicht akzeptieren«, flüsterte Jørgensen. »Ich werde es nicht so ohne weiteres hinnehmen, daß man drei Milliarden gute Exportkronen zum Fenster rauswirft.«

Carl Bang sah ihn an. Es war ja nur eine Kleinigkeit, aber er verbarg seinen Ärger.

»Es ging nur um eine allgemeine Information. Das ist kein Regierungsprojekt.«

»Hören Sie zu, Bang! Meine Partei gehört zwar nicht zur Koalition, aber wir dulden die Regierung. Und wenn Sie glauben, ich wäre damit einverstanden, daß ein wichtiger Arbeitsplatz ...«

Bang konnte es sich nicht verkneifen, zu lächeln und zu sagen: »Eine Meierei in Ihrem Wahlkreis ...«, aber Johannes Jørgensen überhörte die dreiste Bemerkung geflissentlich und fuhr fort:

»... wegen einer kleinen, lächerlichen, sinnlosen Demonstration verschwindet, dann kennen Sie mich schlecht.«

Carl Bang blickte ihn an, als kennte er den populistischen Politiker nur allzu gut. Diesen Typ, der gern auf Sachlichkeit pochte und ein paar politische Sommerballons steigen ließ, um ins Fernsehen zu kommen.

»Das ist kein Regierungsprojekt, Jørgensen. Wir können nichts tun.«

»Und es geht nicht nur um Feta. Im Augenblick herrscht im Handelsverkehr ein gutes Klima. Es ist ein Markt mit großer Zukunft. Es gibt keinen Grund, daß wir zu Europas Pimpfen degradiert werden.«

»Sie wissen, daß wir den kritischen Dialog fortzusetzen wünschen. Und ich wiederhole: Es handelt sich um eine private Veranstaltung. Die Regierung ist darin nicht verwickelt.«

»Und von der Regierung will sie keiner treffen?«

Carl Bang hielt einen Moment inne.

»Es handelt sich um eine private Veranstaltung. Wir können nichts tun. So oder so. Es ist nicht unsere Aufgabe«, sagte er.

»Lassen Sie sich was einfallen, Staatsminister. Diese Sache ist mir eine Herzensangelegenheit.«

»Ich werde sehen, was sich tun läßt. Jetzt muß ich mich aber beeilen.«

Johannes Jørgensen nickte kühl und blickte Bang und Svendsen hinterher, wie sie den Flur hinuntereilten.

Carl Bang besprach die dringendsten Dinge mit Svendsen, und als er endlich in seinem Arbeitszimmer allein war, wählte er Tagesens Durchwahlnummer bei *Politiken*. Sie waren alte Studienfreunde aus Århus. »Freunde« war vielleicht zuviel gesagt, aber immerhin trafen sie sich doch regelmäßig und unterhielten sich gut über Politik und Bücher. Sie freuten sich beide, daß es ihnen bisher gut ergangen war im Leben, auch wenn sich der eine die Medien und der andere die Politik ausgesucht hatte. Zwischen ihnen herrschte die unausgesprochene Überzeugung, daß sie keine Gegner waren, sondern daß verantwortungsvolle Medien und die Politiker in Christiansborg eine Symbiose eingingen, die der Grundpfeiler der Demokratie war. Daß sie gegenseitig voneinander abhängig waren. Das Land war klein, es war unausweichlich, daß sich die Macher in Medien, Verwaltung und politischem System mehr oder weniger intim kannten.

Es war Tagesens Geheimnummer, und er war selbst am Apparat. Sie tauschten ein paar Höflichkeitsfloskeln über den Sommer und die hohen Temperaturen aus, fragten nach Gattinnen und Kindern und beklagten sich ein wenig darüber, daß beschäftigte Männer wie sie schuften und rackern mußten, während die anderen das süße Leben am Strand genossen.

Dann sagte Bang:

»Es gibt da noch eine Kleinigkeit, über die ich mit dir sprechen wollte.«

»Nur zu, Carl.«

»Der Besuch dieser Schriftstellerin. Könnte der vielleicht abgesagt werden? Oder zumindest auf einen späteren Zeitpunkt verschoben?«

Tagesen war sofort auf der Hut, und die Freundlichkeit verschwand aus seiner Stimme.

»Warum denn das?«

»Es gibt Leute, die diesen Besuch nicht für wünschenswert halten. Und du weißt, in der gegenwärtigen politischen Lage brauche ich ... besonders wenn wir an Bosnien denken und die dänischen Soldaten, die da hin sollen. Es muß absolute Priorität haben, daß wir eine breite Mehrheit bekommen, die dahintersteht. Da sollte keine Parteipolitik im Wege stehen. Wie du ja selber in deinem Leitartikel schreibst, nicht?«

»Das habt ihr im Ausschuß besprochen!« Tagesens Stimme klang zornig. Er hatte Svendsen in aller Vertraulichkeit informiert und darauf aufmerksam gemacht, daß diese Sache nicht unbedingt weitergegeben zu werden brauchte. Das Folketing hatte Sommerpause, so daß alle Möglichkeiten bestanden, daß das Ganze ohne größere Debatten seinen Gang gehen konnte. Aber Bang war nervös geworden. Allzu oft schon hatte das Folketing die Regierung wegen ungenügender Informationen gerügt, also hatte er sich gewappnet und die Sache gleich mit angesprochen, da nun der Außenpolitische Ausschuß ohnehin zusammengetreten war und ihn zu der Sitzung geladen hatte ...

»Das war nur ein freundlicher Rat«, sagte Carl Bang. Er bereute seinen Anruf schon. Mit Journalisten kannte man sich nie aus. Urplötzlich konnten sie ihre Unabhängigkeit höllisch ernst nehmen. Und an anderen Tagen wiederum ließen sie sich für ein Stück gebratenen Specks mit Petersiliensoße kaufen.

»Und ich erweise dir gern den Gefallen, ihn zu vergessen«, sagte Tagesen gelassen, und sie beendeten ihr Gespräch mit einem kurzen Abschiedsgruß und ohne die obligatorische Versicherung, daß sie sich bald mal wieder im Kreise der Familie wiedersehen müßten.

In der Regel schlug Johannes Jørgensen das Kellerrestaurant »Gitte Kik« vor, wenn er mit einem Kollegen oder Journalisten einen kleinen vertraulichen Plausch halten wollte. Schon als junger Kommunalpolitiker in Jütland hatte er gelernt, daß ein gutes Verhältnis zur Presse das ein und alles war. Und daß es eigentlich keinen großen Unterschied machte, ob es ein Mitarbeiter eines kleinen Provinzblatts oder die Journalisten des Fernsehens, der Ritzau Presseagentur oder einer großen Kopenhagener Zeitung waren, zu denen man ein gutes Verhältnis aufbauen wollte. Man mußte sie gut behandeln, auf ihre Fragen antworten und ihnen hin und wieder beim Mittagessen eine gute Story zukommen lassen. Die sie ausschlachten konnten. Die wasserdicht war – zumindest eine Weile. Politiker und Journalisten waren voneinander abhängig, es rentierte sich nicht, auf die Presse zu schimpfen. Dänemark hat die Presse, die es hat, und es ist Zeitverschwendung, darüber zu klagen – das war sein Motto. Benutze die Journalisten. Sie benutzen dich. Diesen Rat gab er den neu gewählten Parlamentsfrischlingen gern, wenn sie beklommen durch die Flure von Christiansborg schlichen und kleinen Kindern ähnelten, die zum ersten Mal von Mama getrennt waren.

Wie gewöhnlich war das »Gitte Kik« zum Bersten gefüllt. Das Lokal war von den Machtzentren bequem zu Fuß zu erreichen, und Beamte, Politiker, Journalisten und Geschäftsleute gaben sich hier ein Stelldichein, um ein anständiges Smørrebrød einzunehmen. Die Gesundheitswelle hatte in die niedrigen Räume noch nicht ihren verheerenden Einzug gehalten. Hier kamen Schmalz und Jus, Leberpastete und Wurst, Hering und reifer Käse, Bier und Schnaps und natürlich Aschenbecher auf den Tisch.

Unter den Gästen war auch die eine oder andere Frau, aber normalerweise war das »Gitte Kik« ein Treffpunkt für Männer. Johannes Jørgensen saß ganz hinten an einem Zweipersonentisch, so daß er die Tür mit den zwei Stufen, die in den Gastraum hinunterführten, im Blick hatte. Er sah, wie der Journalist eintrat und sich umschaute. Er war groß, mittleren Alters und hatte eine Glatze. Sein Hemd war zerknittert, der Schlips hing schief. Der oberste Knopf stand offen. Auf der Stirn standen Schweißperlen. Ein Tief über der Nordsee hatte dem Land kaum Erfrischung gebracht, es war immer noch so schwül, als hätte der Herrgott Dänemark mit einem Federbett zugedeckt.

Johannes Jørgensen winkte Torsten Hansen zu sich heran. Hansen stellte seine Tasche neben den Tisch und reichte ihm die Hand. Sie bestellten jeder drei Smørrebrød mit Hering, Aal und Käse sowie ein Bier und einen Klaren. Sie unterhielten sich zunächst über die politische Lage und die dänischen Soldaten, die unter NATO-Kommando ihren Dienst in Ex-Jugoslawien tun sollten. Jørgensen versicherte Hansen, daß in dieser Frage volle politische Einigkeit herrschte. Und er könne auch mit seinem Namen dafür einstehen, daß das Folketing deswegen nicht einberufen würde. Hinter dem Beschluß der Regierung stand eine solide Mehrheit.

Torsten Hansen machte sich eine Notiz und aß. Es war warm, alle Gäste hatten ihre Sakkos abgelegt. Der Tabakrauch brannte in den Augen. Hansen war Nichtraucher und sehnte sich oft nach den restriktiven amerikanischen Rauchergesetzen. Kann schon sein, daß es dort für die rauchende Minderheit schwer war, in Ruhe zu paffen, aber für Nichtraucher war es in den Büros und Restaurants ein wahres Paradies. In Dänemark hielt er freilich lieber den Mund. Er wollte einfach keinen Streit.

Johannes Jørgensen legte Messer und Gabel beiseite und leerte seinen Schnaps.

»Ich will dir noch was sagen, was nicht fürs Protokoll bestimmt ist, Torsten«, sagte er und beugte sich über den Tisch.

»Sprich«, sagte Torsten und legte demonstrativ seinen Kugelschreiber hin.

»Du kennst doch diese Sara Santanda, die zum Tode verurteilt wurde, nicht wahr?«

Torsten Hansen nickte und nahm einen Schluck Bier.

»Sie kommt nach Dänemark.«

»Sie versteckt sich doch in London.«

»Eben. Aber jetzt müssen wir also dafür herhalten. Ich versteh nicht, wieso ausgerechnet Dänemark für eine sinnlose Demonstration mißbraucht werden soll.«

Torsten Hansen schnitt sich ein Stück Käse ab. Er wußte, daß das hier eine gute Geschichte war, und er war erfahren genug, um den Mund zu halten und Johannes Jørgensen reden zu lassen. Jørgensen hatte ihm schon einmal eine gute Story vermittelt. Die war auch nicht fürs Protokoll bestimmt gewesen und war trotzdem absolut wasserdicht gewesen. Jørgensen war eine gute Quelle. Ein etwas frustrierter Politiker, der zwar Einfluß hatte, sich aber übergangen fühlte, als Bang kürzlich das Kabinett neu geordnet hatte. Die Presse lebte von solchen Typen. Daß es immer einen gab, der mit irgend etwas herausrücken wollte. Torsten konnte an einer Hand abzählen, daß es hier um ein Thema der gestrigen Ausschußsitzung ging, aber das würde Jørgensen nie sagen. Jørgensen rechnete damit, daß sich Hansen das denken konnte und also wußte, daß die Informationsquelle verläßlich war.

Johannes Jørgensen nahm noch ein Schlückchen Bier, ehe er leise fortfuhr:

»Ich halte das für keine gute Idee. Die Handelsbilanz ist nicht mehr so gut. Es gibt keinen Grund, einen anderen Staat zu ärgern, der ein guter Handelspartner ist und potentiell ein noch besserer werden kann. Und dann wegen einer Ausländerin, die einen Roman von zweifelhafter literarischer Güte geschrieben hat, soweit ich gehört habe. Und den im übrigen kein Mensch gelesen hat!«

»Wann soll sie kommen?«

»In Kürze. Ich weiß nicht. Die *Politiken* hat sie eingeladen. Aber natürlich sind es wieder mal die Steuerzahler, die für die Sicherheit zahlen dürfen. So ist es ja immer. Aber alle

Beteiligten versuchen es geheimzuhalten. Und das ist in einer demokratischen Gesellschaft an sich schon falsch. Deshalb erzähle ich es dir auch.«

Johannes Jørgensen lehnte sich zurück.

»Und dann gibt's ja auch noch den Feta-Käse, oder? Ist nicht die Meierei in deinem Wahlkreis davon abhängig?«

Jørgensen beugte sich wieder vor und sagte, ohne die Stimme zu senken:

»Man muß alle Religionen respektieren. Auch die der Mohammedaner. Auch sie haben das Recht, sich gegen Gotteslästerung zu schützen. So wie wir Christen auch. Natürlich distanziere ich mich von dem Todesurteil. Ist doch klar. Willst du noch Käse? Ein Bier?«

Torsten Hansen schüttelte den Kopf.

»Was ist mit einem offiziellen Kommentar? Vor der Kamera?«

Johannes Jørgensen schüttelte den Kopf.

»Heute nicht. Heute bekommst du erst mal die Information. Wenn sie sich bestätigt, stelle ich mich zur Verfügung ... aber ...«

»Aber dann kriegen sie die andern auch?«

»Genau.«

»Morgen?«

»Selbstverständlich habe ich morgen als Mitglied des Außenpolitischen Ausschusses eine Meinung zu der Sache, wenn ihr sie weiterverfolgen wollt.«

Torsten Hansen erschien das korrekt. Heute abend konnte er die Geschichte exklusiv als reine Nachricht haben und morgen zu den Parteien gehen, denn da hatte er ja auch noch Dienst. Wenn man jetzt anfing herumzutelefonieren, kämen einem die Kollegen fix auf die Spur. Es war besser, in den 18.30-Uhr-Nachrichten die Neuigkeit als solche zu bringen und dann zu schauen, ob man daraus für die 21-Uhr-Nachrichten eine größere Sache mit ein paar Kommentaren machen konnte. Es war jedenfalls eine prima Story. Die Santanda war nie zuvor aufgetreten. Reuter und CNN würden sich sofort auf die Geschichte stürzen. Aber er wäre der erste. Und selbst nach so langer Zeit in der Branche: Eine Exklusivnachricht brachte jedesmal ein gutes Gefühl im Magen.

In ein paar Stunden würde die ganze Welt wissen, daß sich Sara Santanda Dänemark als Ort auserkoren hatte, um den verrückten Mullahs und ihrem barbarischen Todesurteil die Stirn zu bieten. Wenn die Veröffentlichung dazu führte, daß sie einen anderen Ort wählte, könnte er damit problemlos leben. Er wußte, daß es eigentlich Jørgensens Geschäft war. Aber er war nicht Journalist geworden, um die Dinge geheimzuhalten. Das hier war eine gute Story, und es war seine.

5

Vuk sass allein an einem Tisch in den Anhöhen über Pale. Um den braunrot beschichteten Tisch standen vier Plastikstühle. Die Tür des kleinen Cafés hing lose in den Angeln. Eine schmuddelige Gardine hing in dem Fenster, das noch eine Scheibe hatte. Das andere war vor längerer Zeit von einer verirrten Kugel zerschmettert worden, als ein paar besoffene Milizsoldaten einen unwichtigen Streit austrugen. Es ging um irgendeine Frau. Ihre Wut war größer gewesen als ihre Treffsicherheit. Vuk trank Sliwowitz. Eine neue schlechte Angewohnheit. Früher war es nie nötig gewesen, die Tage mit Branntwein herumzukriegen, aber jetzt tat es hin und wieder gut. Er war nie betrunken, aber es machte so angenehm gleichgültig. Es ließ die Bilder verschwinden, die ihn gern ohne Vorankündigung heimsuchten. Er hatte länger überlebt als die meisten, und laut Statistik müßte seine Nummer bald auf der Anzeigetafel erscheinen. Außerdem hatte er das Gefühl, daß die Vergangenheit dabei war, ihn einzuholen. Die Taten, die im euphorischen Siegesrausch so bizarr natürlich gewesen waren, verwandelten sich nun in Schreckenserinnerungen, die immer dann auftauchten, wenn man sie am wenigsten erwartete.

Er leerte das kleine Glas in einem Zug. Drinnen hinter der Gardine saß der Wirt. Er sah Fußball auf irgendeinem deutschen Kanal. Die Parabolantenne auf seinem heruntergekommenen Café funktionierte immer noch einwandfrei. Nur sah sie auf den weißen Betonsteinen und dem grauen Dach ziemlich seltsam aus. Vielleicht war sie errichtet worden, als man sich noch Hoffnungen machen durfte, daß sich ein oder zwei Touristen hier oben hin verirren würden. Der letzte Tourist war längst abgehauen. Vuk füllte erneut sein Glas. Die Sonne stand tief über den grünen Berghängen, und es duftete nach Spätsommer. Dieser Duft ließ ihn immer an seinen Vater und die kleine Katarina denken, aber das wollte er nicht. Pale und weiter unten Sarajewo lagen unter einem Dunstschleier begraben. Es herrschte Ruhe dort unten. Zweifellos neigte sich der Krieg seinem Ende zu, und das Ende war nicht gut. Er wußte, viele andere würden es nicht akzeptieren, aber sie hatten verloren. Auf jeden Fall die erste Runde. Alles weitere würde man sehen, wenn ein weiterer Winter ins Land gegangen war. Es würde nicht lange dauern, bevor die Kühle kam und dann die Kälte weiß von denselben Hängen atmete, die nun in einem goldenen Licht badeten, in dem die Insekten umherschwirrten.

Vuk hörte das Auto, ehe er es sah. Vuks Hand glitt zu der Kalaschnikow zu seinen Füßen, aber dann umfaßte sie wieder das Branntweinglas. Es war der alte Mercedes des Kommandanten. Er erkannte das schwere Motorengeräusch und den schnarrenden Ton der Hinterachse.

Der Kommandant war nicht allein. Er war in Begleitung eines Mannes mittleren Alters. Er trug einen gut sitzenden dunklen Anzug mit weißem Hemd und Krawatte und schwarze Schuhe. Der Kommandant hatte seine übliche grüne Uniform an, mit der Pistole am Gürtel. Für Vuk war er immer eine jüngere Ausgabe Fidel Castros gewesen. *El jefe*. Das war er ja auch. Vuk wußte, daß er ein Vaterersatz war, aber was machte das schon? Der Kommandant hatte ihm alles beigebracht, was man auf der besten Militärschule der Welt lernen konnte: der Spezialschule des Jugoslawischen Bundesheeres, auf der die zähesten jungen Männer in Sabotage, Infiltration, Schießen aus dem Hinterhalt, Kommunikation, Selbstverteidigung, Unterwasserschwimmen und Überleben im Feld trainiert wurden. Es war Titos ureigene Idee: Einheiten auszubilden, die imstande waren, wie Guerillagruppen zu operieren, wenn die Scheißrussen versuchen sollten, was die Deutschen nicht geschafft hatten. Statt dessen hatte der Kommandant seine teure Ausbildung und seine besten Schüler gegen die verräterischen Muslims und die faschistischen Kroaten einsetzen müssen. Daß dies einmal nötig sein würde, hätte sich Tito wahrscheinlich nicht träumen lassen.

»Noch zwei Gläser«, sagte Vuk.

Der Cafébesitzer schaute auf, und Vuk streckte zwei Finger in die Luft. Der Besitzer brachte zwei Gläser und stellte sie wortlos auf den Tisch.

Der Kommandant und der Mann im Anzug standen an dem großen, schmutzigen Mercedes, der am Fuße des kleinen Hügels parkte, und sprachen miteinander. Zum Café führte eine Treppe mit etlichen verwitterten Steinstufen hinauf. Vuk sah Radovan, der aus dem Wagen stieg und sich eine Zigarette anzündete. Die beiden winkten sich zu. Radovan fungierte als Chauffeur und Leibwächter, obwohl sie hier in Sicherheit waren. Es hatte Vuk zwei Tage gekostet, hierher zu gelangen, nachdem er spät in der Nacht den Fluß überquert hatte. Wie so oft nach einer Aktion war er einen Tag länger bei Emma geblieben. Hatte sie morgens geliebt, den größten Teil des Tages geschlafen, sie abends noch einmal geliebt und danach mit seinem kleinen, zusammenklappbaren Floß den Fluß überquert. Es war völlig undramatisch verlaufen. Im Osten und Süden hatte er Schießereien gehört, aber von kleinkalibrigen Waffen und außerdem weit genug weg, so daß er kein Versteck gesucht hatte, sondern allein weiter durch die Nacht gegangen war.

Der Kommandant und der Mann im Anzug gingen Vuk entgegen. Radovan blieb stehen. Er fuhr den Wagen und wachte über die Sicherheit des Kommandanten, aber er vertrat die Auffassung, je weniger er von den eingegangenen

Verabredungen wußte, desto besser. Eines Tages käme die Stunde der Abrechnung, und dann kam es darauf an, so wenig wie möglich gesehen, gehört und erlebt zu haben.

Der Mann im Anzug war ebenfalls kompakt und muskulös, obwohl sein Bauch langsam Fett ansetzte. Er schwitzte, behielt die Jacke aber an. Vuk trug verwaschene Jeans und ein weißes T-Shirt. Die braune Lederjacke hing über der Stuhllehne. Vuk vermutete, daß der Mann im Anzug Russe war. Es war genauso wie mit den Amerikanern. Vuk erkannte sie sofort. Einerlei, ob sie sich anders anzogen oder versuchten, ihren Typ zu ändern. Es war die Art, wie sie gingen, wie sie den Kopf bewegten, die ganze Körpersprache. Wie mit den Dänen. Über Verkleidungen wußte Vuk eine ganze Menge. Er wußte auch, daß Gangart, Haltung, Angewohnheiten die Leute entlarvten, und die sorgfältige Beobachtung anderer Leute war ihm zu einer ständigen Übung geworden.

Der Russe trug einen eleganten westlichen Anzug, aber irgendwie roch er nach Militär oder altem KGB, der jetzt vielleicht seine Talente einsetzte, um für die streitenden Parteien des jugoslawischen Bürgerkriegs Waffen einzuschmuggeln. Er hatte ein breites slawisches Gesicht und dunkle Augen. Sein kurzes schwarzes Haar war dicht und artig gescheitelt. Im Grunde stank er nach Mafia.

Vuk erhob sich und verhielt sich abwartend. Der Kommandant trat einen Schritt auf ihn zu und reichte ihm die Hand. Als Vuk sie ergriff, zog ihn der Kommandant an sich und umarmte ihn kurz, wobei sie sich gegenseitig auf den Rücken klopften.

»Das war wieder einmal tadellos, mein Junge. Ich bin stolz auf dich«, sagte der Kommandant auf serbokroatisch mit einer vom schwarzen Tabak des Balkans heiseren Stimme.

»Schon gut«, sagte Vuk und trat einen Schritt zurück.

»Du liebst das Töten, Vuk«, sagte der Kommandant.

»Das sagst du immer.«

»Stimmt es nicht?«

»Nein«, sagte Vuk.

»Du machst es gut.«

»Wer ist das?« fragte Vuk.

Der Kommandant drehte sich zu dem Russen um und sagte auf englisch, obwohl er und Vuk genug Russisch konnten, um ein Gespräch zu führen:

»Das ist mein Junge. Von dem ich glaube, daß du ihn brauchen kannst. Der serbische Däne. Vuk.«

Sein Akzent war unüberhörbar, aber der Tonfall war amerikanisch. In aller Heimlichkeit hatte er mehrere Kurse bei den Green Berets in Texas mitgemacht. Damals während des kalten Krieges, als Jugoslawien zwar neutral war, aber den russischen Bären mehr fürchtete als die Imperialisten in Washington. Die Amerikaner bildeten mit größtem Vergnügen alle und jeden aus, der vorübergehend als Verbündeter angesehen werden konnte. Ob der irakische Offizier, der gegen den Iran war, oder der serbische Soldat, der gegen die Sowjetunion war. Die Amerikaner hatten kein historisches Bewußtsein, und im strategischen Denken waren sie totale Nullen, hatte der Kommandant ihn belehrt. Der Kommandant war stolz auf sein Ami-Englisch, was er bei jeder Gelegenheit vorführte.

Der Russe reichte ihm die Hand, und Vuk ergriff sie. Der Russe hatte einen festen Händedruck und sah einem gerade in die Augen.

»Pleased to meet you, Vuk«, sagte er in gepflegtem Englisch. Bestimmt ein ehemaliger KGB-Mann, der unter diplomatischem Deckmantel in London und vielleicht noch in anderen europäischen Städten agiert hatte. »Ich hab viel von Ihnen gehört. Nur Gutes.«

»Haben Sie einen Namen?

»Krawtschow.«

»Dann setzen Sie sich, Herr Krawtschow, und trinken Sie einen mit.«

Krawtschow zog ein Taschentuch heraus und wedelte sorgfältig die verstaubten, abgenutzten Plastiklamellen seines Stuhls ab, bevor er sich setzte. Vuk füllte die drei Gläser und hob sein eigenes.

»Worauf trinken wir?«

»Auf gegenseitiges Verstehen«, sagte der Russe.

»Auf den Sieg«, sagte Vuk.

Krawtschow sah den Kommandanten an und leerte sein Glas in einem langen Zug.

»Kurwa!« sagte er. »Das schmeckt gut, richtig gut, aber ohne Salzgurken ist es nicht sehr zivilisiert.«

Der Kommandant lachte.

»Daran muß ich beim nächsten Mal denken!«

»Was will Krawtschow von uns?« fragte Vuk.

Er schenkte nach. Es war offensichtlich, daß Krawtschow und der Kommandant vorher miteinander gesprochen hatten. Er hatte das Gefühl, daß sie schon irgendeine geschäftliche Absprache getroffen hatten. Die ihn und seine besonderen Talente betraf. Das verstand sich von selbst. Aber es fuchste ihn irgendwie, daß der Kommandant so selbstverständlich über ihn verfügte. Die Zeiten waren vorbei, heute nahm er das nicht mehr so einfach hin.

Der Kommandant spielte an seinem Glas herum und zündete sich eine Zigarette an. Krawtschow tat das gleiche. Er bot Vuk eine von seinen Marlboros an.

Der Kommandant entschuldigte sich bei Krawtschow und wechselte ins Serbokroatische. Der Russe wird trotzdem noch eine Menge verstehen, dachte Vuk, der dem Kommandanten zuhörte, ohne ihn zu unterbrechen.

»Vuk. Vor dem Zusammenbruch hat Krawtschow für den KGB gearbeitet. Er hat noch immer die richtigen Verbindungen. Er kriegt die nötigen Informationen. Er kann uns auch Waffen besorgen.«

Vuk sagte immer noch nichts, sondern schaute den Russen aufmerksam an. Der Kommandant fuhr fort:

»Er will uns vier Millionen Dollar für einen Hit bezahlen.«

Vuk sagte auf englisch:

»Ich töte nicht für Geld.«

Krawtschow beugte sich über den Tisch und sagte in derselben Sprache:

»Das ist verflucht viel Geld, Vuk!«

»Ich töte nicht für Geld.«

»Es ist nicht für dich. Es ist nicht für mich. Es ist für die Sache«, sagte der Kommandant.

»Ich töte nicht für Geld«, wiederholte Vuk.

Krawtschow ließ seine Arme auf dem Tisch liegen und sagte leise:

»Ich kann Ihre Gefühle verstehen, Vuk. Glauben Sie mir. Ich verstehe Sie. Aber überlegen Sie sich's noch mal. Der Krieg geht dem Ende entgegen. Die erste Runde habt ihr nicht gerade gewonnen. Ihr braucht Geld. Ihr seid Ausgestoßene. Ihr braucht Geld für Waffen. Um die Zukunft zu sichern.«

»Hör dir sein Angebot an«, sagte der Kommandant.

Vuk antwortete nicht. Er wartete. Krawtschow wechselte wieder einen Blick mit dem Kommandanten, ehe er fortfuhr:

»Ich kann nicht ins Detail gehen, bevor ich nicht weiß, ob du mitmachst. Das verstehst du doch, oder? Du kennst ja die operationellen Bedingungen, nicht? Nur so viel: Ich bin der Mittelsmann einer Nation, die bereit ist, vier Millionen Dollar zu bezahlen, um ein Ziel abzuräumen, das etwas zu vielen Leuten auf die Zehen getreten ist.«

»Warum ich?« fragte Vuk.

»Das Ziel taucht in Dänemark auf. Du bist perfekt«, sagte der Kommandant.

Vuk leerte sein Glas.

»Perfekt«, sagte Krawtschow.

»Das Ziel ist kein Feind an sich«, sagte der Kommandant. »Aber unschuldige Zivilisten sterben in jedem Krieg. Das weißt du besser als andere, Vuk. Krawtschow hat einen guten Plan. Wir werden einen anderen Schuldigen finden, einen Muslim. Einen unserer Feinde. Wir kriegen das Geld. Die kriegen die Schuld.«

Vuk stand auf und entfernte sich vom Tisch. Der Kommandant ging ihm nach.

»Was ist das hier für 'ne Sache?« fragte Vuk.

Der Kommandant warf seine Zigarette auf die Erde und zerdrückte sie mit der Sohle seiner amerikanischen Militärstiefel.

»Letzten Endes eine Fahrkarte von hier weg«, sagte er trocken.

»Das dachte ich mir.«

»Wir sind am Ende, Vuk. Bald rennen hier überall die Amis und die NATO rum. Diesmal meinen sie es ernst. Diesmal sind es keine blaubehelmten Weicheier mit leichten Waffen von der UNO. Diesmal kommen sie mit Panzern und Artillerie und mit dem Recht und der Lust zu schießen. Und vielleicht fangen sie an zu graben. An den verkehrten Stellen, Vuk. Denk drüber nach. Denk drüber nach.«

Das war das einzige, woran Vuk nicht denken wollte. An den grauen, dreckigen Frühlingsnachmittag in dem muslimischen Dorf, wo jede Menschlichkeit vor die Hunde ging und es schwer und süß nach Blut roch. Wo nicht einmal die später aufgeschüttete Erde und die brennenden Häuser den Geruch vertreiben konnten. Er würde das ganze Leben in seinen Nasenlöchern sitzen. Wo sie der Blutrausch gepackt hatte und sie wie die Berserker gewesen waren, von denen er in der Schule eines anderen Landes gehört hatte.

»Ich traue dem Rußki nicht«, sagte Vuk.

»Vertraust du mir?«

Vuk schaute ihn an.

»Du bist der einzige, den ich habe. Vielleicht noch Emma, aber das weiß ich nicht«, sagte Vuk.

»Vuk! Hör mir zu. Milošević verkauft uns. So sicher, wie die Nutte ihre Beine spreizt. Er will, daß das Embargo aufgehoben wird, und er will seine Macht behalten. Er verkauft die bosnischen Serben. Wir können bei ihm wohnen, aber in unser altes Land kommen die Muslims. Wir sind erledigt. Slobodan hat uns für dreißig Silberlinge verhökert. Und er liefert uns auch noch aus, wenn es die Amis verlangen. Vuk! Ich kenne die Amerikaner. Die verstehen die Nuancen nicht, die haben keine Ahnung von Politik, den Balkan kapieren sie schon gar nicht, aber sie verstehen was von Geschäften.«

»Also du und ich?«

»Das ist der Kern«, sagte der Kommandant. Er tastete nach seinen Zigaretten. Vuk sah ihn zum ersten Mal nervös, nein, fast panisch. Hinter der Uniform und dem verschlossenen Gesicht verbarg sich ein verschreckter Mann.

»Der Kern?«

»Die, denen wir beide vertrauen.«

»Ich verstehe nicht«, sagte Vuk, obwohl er sehr gut verstand.

»Das Geld des Russen gibt uns die Freiheit. Wir können hierbleiben. Weiterkämpfen. Wir können nach Serbien ziehen. Oder nach Südamerika. Ein neues Leben beginnen. Es ist eine Chance. Du kannst derjenige sein, der sein Glück versucht. Für seine Kameraden.«

»Für dich«, sagte Vuk.

»Für dich und mich. Für Emma, vielleicht.«

»Also nicht für die Sache.«

»Die Sache ist tot, Vuk. Jetzt geht es um uns selber. Das bist du mir schuldig. Ich hab dich zu dem gemacht, der du bist. Ich hab dich aufgesammelt, als Grünschnabel, der zitternd und verängstigt darüber weinte, was sie seinen Eltern angetan haben ...«

»Halt's Maul«, sagte Vuk. Er war nicht lauter geworden, aber er sah in den Augen des Kommandanten, daß er ihm Angst eingejagt hatte. Zum ersten Mal erlebte Vuk, daß der Kommandant Angst vor ihm hatte. Natürlich hatte er recht. Er war nur so weit gekommen, weil ihn der Kommandant an den Haaren aus dem Dreck gezogen und ihm eine Mission gegeben hatte. Ihm die Süße der Rache beigebracht und ihm die Mittel zur Rache in die Hand gegeben hatte. Aber da war auch die Sache gewesen. Jetzt ging es nur noch ums Geld.

Der Kommandant ergriff seinen Arm.

»Vertraust du mir noch, Vuk?«

»Ja«, log Vuk.

»Dann beweise es«, sagte der Kommandant.

Vuk ging an den Tisch zurück und setzte sich. Er leerte sein Glas wieder. Seine Hände waren ruhig, aber sein Hals war noch immer trocken. Es war, als gäbe es einen Fleck, der nie verschwand. Auch der Kommandant setzte sich und hob sein Glas und trank es aus und nickte Krawtschow zu.

»Kannst du dir vorstellen, eine Frau zu töten, Vuk?« sagte Krawtschow.

»Solange es klar ist, daß ich nicht für Geld töte«, sagte Vuk.

»Natürlich.«

»Wen und wann?«

Der Russe beugte sich vor und senkte die Stimme, als stünden sie auf vertraulichem Fuß miteinander. Vuk sah den Kommandanten an, dessen Gesicht feucht vor Schweiß war und der sich eine neue Zigarette ansteckte. Zum ersten Mal, seit sie sich begegnet waren, empfand Vuk keine Achtung, keinen Respekt, keine Liebe. Er fühlte nur Verachtung. Der Kommandant hatte ihn verkauft, aber Vuk würde schon dafür sorgen, daß er den Profit nie einstrich. Er hatte nicht gehört, was der Russe gesagt hatte, er bat ihn, es noch einmal zu wiederholen.

»Ich habe gesagt, daß wir uns in drei Tagen in Berlin treffen. Ich halte mich in Berlin auf. Berlin ist ein guter Ausgangspunkt. Ist das okay?«

»Das ist okay.«

»Wie kommst du hin?« fragte der Russe.

»Das geht dich nichts an.«

»Selbstverständlich.«

Krawtschow hob sein Glas, prostete ihm wortlos zu und kippte den Schnaps hinunter.

»Wer ist das Ziel?« sagte Vuk.

Krawtschow zog ein Foto aus der Innentasche und schob es Vuk hinüber. Das Gesicht sagte ihm nichts. Eine hübsche Frau um die Vierzig, die große goldene Ohrringe liebte. Sie hatte ein rundes Gesicht und lockiges Haar. Sie sah einerseits sehr sanft und mild aus, aber irgend etwas in ihrem Gesicht ließ sie andererseits bestimmt und dominant erscheinen.

»Hat sie einen Namen?« fragte Vuk.

»Sara Santanda.«

Vuk lehnte sich zurück und lachte auf einmal. Es war ein leises Lachen, das eher aus der Brust kam, trotzdem richteten sich der Kommandant und Krawtschow auf ihren Stühlen auf.

»Was ist los, Vuk?« sagte der Kommandant.

»Ich soll eine Frau abservieren, auf die die Scheißpriester in Teheran ein Kopfgeld ausgelobt haben, weil sie den Propheten und die Religion angepinkelt hat, die ich mehr als alles andere hasse.«

Jetzt lachte der Kommandant selbst. Sein Lachen war laut und kratzig und ging rasch in Husten über.

»Genau, mein Junge. Ganz genau«, sagte er zwischen den Hustenanfällen. »Das macht die ganze Sache ja so wunderbar. Du servierst sie ab, irgendeinem beschissenen Mohammedaner wird die Schuld in die Schuhe geschoben, und wir kassieren vier Millionen Dollar.«

Vuk sah ihn an und dann Krawtschow.

»Wir sehen uns in Berlin, Herr Krawtschow. Bis dahin bleibt es unter uns. Das geht nur dich und mich was an. Verstanden?«

»Und deinen Kommandanten?«

»Und meinen Kommandanten.«

»Abgemacht«, sagte Krawtschow und streckte ihm die Hand entgegen, aber Vuk nahm statt dessen die Flasche und füllte sein Glas noch einmal. Er leerte es in einem Zug, stand auf und ging.

6

VUK FUHR NOCH am selben Abend. Er packte seinen Rucksack mit ein paar Hemden, einer hellen Hose, einem blauen Schlips, Unterwäsche, Tarnschminke, einem schwarzen Rollkragenpullover und schwarzen Jeans. Seine Wohnung in Pale bestand nur aus zwei Zimmern. Das Bett war nicht gemacht, und in der Küche stand ein Topf mit Essensresten. Gebackene Bohnen mit Spiegelei. Außer dem Bett war die Wohnung mit einem Eßtisch mit drei hochlehnigen alten Stühlen und einem leeren Bücherschrank möbliert. Der Boden war nackt und staubig.

Er verzichtete auf die Flasche und trank schwarzen Kaffee. Heute nacht war das nicht so wichtig, aber in ein paar Tagen würde er alle seine Sinne brauchen. Er fühlte sich leer und erleichtert zugleich. Er hatte einen Entschluß gefaßt, der nicht mehr zu ändern war. Er fühlte den Verrat wie einen Klumpen im Magen, aber nun hatte er entschieden, daß es keinen anderen Weg gab. Eine Karte war ausgespielt worden. Nun mußte das As gezogen werden. Er wußte, daß er das Licht und den Duft der grünen Hügel vermissen würde, aber er spürte, daß seine Zeit vorbei war. Die des Kommandanten auch.

Vuk bereitete die Sprengladung vor. Es war einfach. Einige Gramm Semtex und ein Zündstift. Wenn er ihn zerbrach, fraß sich innerhalb einer Stunde eine Säure hindurch. Der Kommandant war ein Sklave seiner Gewohnheiten. Jeden Tag zwischen fünf und sieben Uhr nachmittags besuchte er seine Mätresse, dann ging er nach Hause zu seiner Frau und den beiden Kindern. Während der Kommandant sich vergnügte, würde Radovan mit einem Kaffee und einem Branntwein im nahe gelegenen Café sitzen. Vuk traute dem Kommandanten nicht mehr. Er hatte ihn einmal verkauft. Er würde ihn wieder verkaufen. Das erste Mal war immer das schwerste. Beim zweiten und dritten Mal ging der Verrat leichter. Behutsam drückte er den Stift in den weichen Sprengstoff und befestigte den Magneten auf der anderen Seite. Er klackte fest, als er ihn auf den Eisentopf auf dem Herd stellte. Er wackelte ihn hin und her, um ihn wieder loszukriegen, und wickelte schwarzgraues Klebeband um den kleinen Klumpen, damit alles gut saß, bevor er seine Smith and Wesson mit einer kleinen Schachtel Patronen in die Tasche der Lederjacke steckte.

Er machte den eingebauten Besenschrank neben dem alten Gasherd auf und nahm einen Besen, einen Eimer und eine Kehrschaufel heraus. Er klappte sein rotes Armeemesser auf und lockerte vorsichtig zwei Bodenbretter. Aus dem Hohlraum unter den verbliebenen Brettern fischte er einen braunen Lederbeutel, aus dem er drei Pässe holte, einen dänischen, einen schwedischen und einen russischen. Sie waren abgenutzt. In dem russischen hatte Vuk schwarze Haare und einen Schnurrbart. In dem schwedischen und dem dänischen war er blond und glattrasiert. In den Pässen waren mehrere Stempel. Außerdem lagen zwei Eurocards und eine Kreditkarte von American Express sowie ein schwedischer Presseausweis dort. Das Foto zeigte einen jüngeren Mann. Er ähnelte ihm nicht allzu sehr, aber zur Not ginge es vielleicht. Vuk stopfte alles in die Innentasche seiner Lederjacke. Er griff wieder unter die Dielen und holte einen zweiten Beutel hervor. Er öffnete die Schnur und zog zwei Bündel Geldscheine heraus. Ein dickes, von einem Gummiband gehaltenes Bündel Hundert-Dollar-Scheine und ein Bündel DM-Scheine in einer Klammer. Die Mark-Scheine stopfte er in die Hosentasche und die Dollars in die Lederjacke.

Er war ruhig. Der Alkohol war verflogen, und wenn er eine Aktion plante oder vorbereitete, hatte er seine Nerven immer im Griff. Sein Gehirn war ausschließlich damit beschäftigt, zu berechnen, einzuschätzen und vorherzusehen, was der Feind vorhaben könnte. Es war, als ob die ohne Vorwarnung auftauchenden Gedanken und Dämonen in diesen Momenten keine Chance hätten.

Es war mittlerweile leichter geworden, außer Landes zu kommen. Aus Belgrad starteten wieder Flüge, nachdem das Embargo teilweise aufgehoben worden war. Milošević verkaufte sie für ein paar Tickets. Das war natürlich noch nicht der Ausverkauf, dachte Vuk. Aber es war der Anfang vom Ende für die bosnischen Serben.

Er mußte ein wenig auf die Verbindung mit Belgrad warten, kam aber schließlich durch.

»Hier ist Vuk«, sagte er.

»Ja, Vuk?« erklang eine Stimme.

»Warschau morgen.«

»1000 DM plus Ticket.«

»In Ordnung.«

»Welchen Namen willst du benutzen?«

»Sven Ericson, schwedischer Staatsbürger.«

»Buchstabiere!« sagte der Schwarzmarkthändler in seiner kleinen Wohnung im fernen Belgrad. Das Embargo und die Sanktionen hatten eine völlig neue Klasse von Geschäftsleuten in Belgrad entstehen lassen. Alles konnte beschafft werden. Alles konnte organisiert werden. Man mußte nur die richtigen Beziehungen haben. Vuk buchstabierte den Namen und legte auf. Draußen dämmerte es. Er schnallte den Rucksack um, löschte das Licht und schloß die Tür hinter sich ab.

Es gab keinen Grund, sich umzudrehen. In der Wohnung gab es nichts, das verriet, wer hier gelebt hatte. Wenn in der selbsternannten Hauptstadt der bosnischen Serben überhaupt jemand auf den Gedanken käme, die Wohnung zu untersuchen, fände er keine einzige Spur, die irgendwo hinführte. Vuk schien nie existiert zu haben. Nur ein Mensch kannte seine Adresse, und der würde nicht plaudern können. Emma wußte nicht, wo er wohnte. Einen kurzen Moment hatte er ein beklommenes Gefühl, aber dann schob er die kleine Sehnsucht von sich weg.

Vuk ging die Treppe hinunter zu seinem Auto. Es war ein russischer Niwa mit Belgrader Kennzeichen. Er parkte in einer Nebenstraße und war mit einer Persenning bedeckt. Den kleinen allradgetriebenen Wagen hatte er einen Monat lang in der Hinterhand gehabt. Er war vollgetankt und würde die schmalen Wege schaffen, die ihn im Laufe der Nacht nach Serbien und Belgrad führen würden. Er hatte ihn illegal gekauft, aber der Schwarzmarkthändler hatte ihm versichert, daß er sauber sei. Neues Kennzeichen. Der ukrainische Offizier war längst wieder zu Hause in Kiew. Er hatte einen Totalschaden gemeldet und sein Geld dafür bekommen. Es war ein Geschäft, mit dem alle zufrieden gewesen waren.

Vuk zog die Persenning ab, faltete sie zusammen und legte sie auf den Rücksitz. Die vorbereitete Sprengladung legte er auf den Vordersitz. Das Auto startete beim dritten Versuch. Der Motor hörte sich gut an. Er war laut, aber das waren Niwas immer. Er hatte das kleine, starke Auto selber sorgfältig durchgecheckt. Vuk hatte schon beizeiten gelernt, daß es immer klug war, ein Transportmittel an der Hand zu haben. Es war noch warm, aber es waren nicht viele Menschen auf der Straße. Ein paar Soldaten gingen den Bürgersteig entlang, als Vuk zu dem Mercedes des Kommandanten fuhr, der wie üblich fünfzig Meter vom Haus der Mätresse entfernt in einer Nebenstraße parkte. Vuk stieg aus, ließ aber den Motor laufen. Er blickte sich um. Die Soldaten waren weg. Er war allein. Radovan saß um die Ecke in seinem Café. Um ihn war es schade, aber in jedem Krieg gibt es Opfer, die schlicht zur falschen Zeit am falschen Ort sind. Es war kein Mensch zu sehen. Er schaute auf die Uhr. Halb sieben. In dreißig Minuten würde Radovan den Kommandanten nach Hause fahren. Er hatte in den Hügeln ein Palais besetzt, das einem reichen Slowenen gehört hatte. Die Heimfahrt würde eine dreiviertel Stunde dauern. Vuk sah noch einmal in beide Richtungen der stillen Nebenstraße, dann legte er sich schnell auf den Boden und klackte den Magneten unter den Tank. Das grauschwarze Klebeband machte die Bombe fast unsichtbar, und Vuk wußte, daß der Kommandant es mit der Sicherheit nicht so genau nahm, wenn er sich in Pale befand und erst recht nicht, wenn er gerade von seiner Geliebten kam. Er würde nach Kognak duften und sich auf dem Rücksitz seine Zigarre anzünden. Auf den Bergstraßen, die ihn zu seinem Palais führten, wäre Schluß. Die Zeitspanne des Zündsatzes betrug plus/minus zwei Minuten.

Vuk fuhr durch die Nacht. Er nahm die kleinen Straßen, niemand begegnete ihm. In dieser letzten Phase des Krieges blieben die meisten lieber zu Hause. Die gegenwärtigen Treffen nannte man Friedensverhandlungen, aber in Vuks Augen waren es eher Kapitulationsverhandlungen. Sein Volk würde verkauft werden. Es war nur eine Frage von Monaten, dann würden sie unter muslimische und kroatische Kontrolle gestellt. Vor ein paar Jahren war die Lage anders gewesen. Sie waren kurz davor gewesen, fast ganz Bosnien-Herzegowina zu erobern, aber sie waren sich ihrer nicht sicher genug gewesen und hatten im entscheidenden Augenblick gezögert. Nun würde Bosnien ein starkes Regierungsheer aufbauen, und die verräterischen Serben in Belgrad würden sie für den Preis verkaufen, der internationale Anerkennung und Aufhebung der Blockade hieß. Und sie würden den gierigen Wölfen im Westen ein paar sogenannte Kriegsverbrecher ausliefern, um selber heil davonzukommen. Sein Entschluß war richtig. Es war an der Zeit, das Feld zu räumen.

Gleich hinter Srebenica tauchte im Dunkeln die Grenze auf. Mit einem verschlafenen Grenzposten. Vuk drosselte die Fahrt und kurbelte das Fenster herunter. Der Posten war ganz jung. Sie waren auf serbischem Gebiet, und er sah keine bosnischen Grenzer. Vuk tippte sich mit den Fingerspitzen an die Schläfe, als wollte er militärisch grüßen, und reichte dem Posten seinen Militärpaß, der vom Kommandanten unterschrieben war und gewöhnlich sämtliche Türen öffnete. Zur Sicherheit hatte er noch eine deutsche Banknote hineingelegt. Man wußte nie in diesen Zeiten, aber es sah nicht nach erhöhter Bereitschaft aus, obwohl der Kommandant seine Unterschrift jetzt hoffentlich nicht mehr bestätigen konnte. Der Grenzer nahm den Fünfzig-Mark-Schein und gab den Paß mit einer trägen, nachlässigen Bewegung zurück, ehe er den Schlagbaum öffnete und Vuk nach Serbien einreisen ließ. Vuk setzte die Geschwindigkeit herauf und nahm Kurs auf Belgrad.

Am frühen Morgen erreichte er den Belgrader Flughafen. Er lag gespenstisch und still im weichen, dunstigen Morgenlicht. Einst war er ein belebter, moderner Flughafen mit Verbindungen zu den meisten wichtigen Städten gewesen, aber in den letzten Jahren hat das internationale Embargo die täglichen Abflüge und Landungen auf ein Minimum reduziert. Langsam kam der Verkehr wieder in Gang, und Vuk entdeckte mehrere flugbereite Flugzeuge der alten jugoslawischen Luftfahrtgesellschaft. Auf dem Parkplatz standen nur wenige Autos. Er stellte den Niwa dort ab. Er zog den Revolver aus der Innentasche, ließ die Patronen herausfallen und stieß sie und den Revolver unter den Beifahrersitz. Er war zwar nicht gerne unbewaffnet, aber es war viel zu riskant, auf einem Flughafengelände eine Waffe zu tragen.

Er lehnte sich an den Niwa, stellte den Rucksack zu seinen Füßen ab und zündete sich eine Zigarette an. Sein Kopf war ein bißchen schwer, weil er so wenig geschlafen hatte, aber das würde bald vorübergehen. Er hatte es schon öfter mehrere Tage hintereinander mit nur wenigen Stunden Schlaf geschafft, und er wußte, daß er es auch diesmal schaffen würde. Er hörte eine Autotür ins Schloß fallen und sah, wie ein kleiner, dreißigjähriger Mann im dunklen Anzug von einem grauen Ford Scorpio auf ihn zukam. Vuk straffte den Rücken und wartete. Er kannte ihn. Man nannte ihn »die Schlange«, weil er auf seiner rechten Pobacke angeblich eine Kobra tätowiert hatte, ein Souvenir aus dem Gefängnis.

Die Schlange ging zu Vuk und reichte ihm die Hand.

»Irgendwelche Probleme?«

»Nein«, sagte Vuk.

»Man sagt, dein Kommandant habe einen Unfall gehabt.«

»Wir leben in gefährlichen Zeiten«, sagte Vuk.

»So ist es«, sagte die Schlange und reichte Vuk ein Ticket. »Mit den Jugos nach Wien, in anderthalb Stunden, eine Stunde Wartezeit in Wien und dann mit LOT nach Warschau. Das macht genau zweitausend. Es mußte ja alles ein bißchen flott gehen.«

Vuk stopfte die Flugkarte in die Innentasche. Sie war sicher in Ordnung. Der Preis war zu hoch, aber man bezahlte für Qualität, und die Schlange hatte so lange überlebt, weil sie wußte, die beste Versicherung für zukünftige Geschäfte ist der Ruf, daß man eine Transaktion in dem Augenblick vergaß, in dem sie zu Ende war. Er gab der Schlange die zweitausend Mark. Die Schlange zählte nicht nach, sondern steckte die ordentlich gefalteten Scheine in die Innentasche.

»Mit dem Auto kannst du machen, was du willst«, sagte Vuk.

»Ist es heiß?«

»Vielleicht warm.«

»Okay.«

»Unterm Sitz ist eine heiße Sache.«

»Verstanden. Ich lasse es abholen.«

Vuk reichte ihm die Schlüssel und schwang den Rucksack über die rechte Schulter.

»Bon voyage«, sagte die Schlange.

»Merci«, sagte Vuk und ging in die Abfertigungshalle.

Vuk schlief im Flugzeug nach Wien und nahm auf dem betriebsamen Wiener Flughafen schnell eine Dusche und rasierte sich, bevor er die halbvolle Maschine nach Warschau bestieg. Er aß ein Brötchen mit etwas Käse und schlief wieder. Die Paßkontrolle in Warschau war etwas gründlicher, als er erwartet hatte, aber sein Flugzeug kam gleichzeitig mit einer SAS-Maschine aus Kopenhagen an. Vuk verließ seine Warteschlange und stellte sich zu den dänischen und schwedischen Geschäftsleuten. Es war merkwürdig, aber auch schön, wieder einmal Schwedisch und Dänisch zu hören. Besonders Dänisch. Es rief viele Erinnerungen hervor, aber er schob sie beiseite und beobachtete lieber konzentriert, mit welcher Sorgfalt sie die Pässe überprüften. Sobald es sich jedoch um skandinavische Pässe handelte, waren sie oberflächlich. Als er an der Reihe war, schaute die Beamtin nur flüchtig auf seinen Paß und in sein Gesicht. Er lächelte sie breit an, und sie konnte nicht anders als zurückzulächeln.

»Have a nice stay in Poland, Mr. Ericson«, sagte sie.

»I will try, madam«, antwortete er, nahm seinen Paß und betrat Polen.

Vuk ging zu den Toiletten. Er suchte sich eine leere Kabine und stellte den Rucksack auf den Boden. Er holte seinen Schminkkasten hervor und einen kleinen Spiegel und färbte mit Pulver sein Haar schwarz. Dann klebte er sorgfältig den Schnurrbart an und setzte sich eine Mütze auf den Kopf. Er packte den Schminkkasten wieder ein und nahm den russischen Paß hervor. Er setzte sich hin und wartete, bis er sicher war, daß alle Passagiere, die mit ihm zusammen gekommen waren, mittlerweile ihr Gepäck geholt hatten und in Richtung polnische Hauptstadt verschwunden waren. Dann kam er heraus und ging zur Bank, wo er Deutsche Mark in polnische Zloty umtauschte.

Dem Mädchen am Avis-Schalter legte er seinen roten russischen Paß zusammen mit dem russischen Führerschein vor. Die polnische Mitarbeiterin des Autoverleihs schaute ihn zuerst gereizt an, aber dann gewann das Personaltraining doch die Oberhand, und sie schenkte ihm ihr schönstes Avis-Lächeln. Sie war sich natürlich darüber im klaren, daß er als Russe bar bezahlen würde. Die Autoverleihfirmen operierten nur ungern ohne Kreditkarte, aber das Geschäft mit den vielen legalen, aber auch mit den etwas lichtscheueren Russen, die sich in Ost- und Westeuropa bewegten, war so groß, daß man es nicht einfach sausen lassen durfte. Vielleicht ging das eine oder andere Auto dabei verschütt, aber das erledigten die Versicherungen. Paß und Führerschein schienen in Ordnung zu sein, so daß sie sich entschloß, keinen Vorgesetzten zu rufen. Außerdem hatte der Russe nur um ein Mittelklassemodell gebeten. Wenn sie was einsacken wollten, dann waren es immer Luxusmodelle.

»Cash or credit?« fragte sie trotzdem.

»Cash«, sagte Vuk und zündete sich eine Zigarette an, während sie das Formular mit den Angaben aus Paß und Führerschein ausfüllte. Als Polin konnte sie die kyrillischen Buchstaben mühelos lesen, aus dem Pflichtunterricht in der Schule konnte sie sicher auch noch einige russische Brocken, aber sprechen wollte sie es nicht. Vuk konnte sie sehr gut verstehen. Einer Versicherung stimmte er zu. Und gab an, er wolle das Auto lediglich zwei Tage nutzen. Er zog,

wie es bei den Russen Usus ist, ein zusammengerolltes Bündel Hundert-Dollar-Noten aus der Tasche und zählte ihr das Geld hin. Er bekam die Schlüssel für einen Ford Fiesta, und einige Minuten später fuhr er in südwestlicher Richtung nach Breslau. Herr Ericson war in Polen angekommen und hatte sich jetzt in Luft aufgelöst. Herr Jenikow hatte ein Auto gemietet, obgleich keine Paßbehörde seine Einreise in die polnische Republik registriert hatte. Das war allerdings weniger ungewöhnlich. Es gab einen lebhaften Verkehr von Russen und Ukrainern über die polnisch-ukrainische Grenze. In der jungen galoppierenden Marktwirtschaft, die östlich des ehemaligen Eisernen Vorhangs die Planwirtschaft abgelöst hatte, wurden eben nicht alle Formalitäten immer und überall eingehalten.

Vuk hielt in einer mittelgroßen Stadt an einem Supermarkt und kaufte Brot, Wurst, Käse, ein paar Äpfel und zwei große Flaschen Mineralwasser, dann fuhr er auf einer gut ausgebauten Landstraße nach Westen weiter, während über der flachen polnischen Landschaft die Dämmerung hereinbrach. Als er tankte, kaufte er noch ein paar Flaschen Cola. Er bezahlte in bar. In der Nacht parkte er auf einem Rastplatz, aß das Brot und die Wurst und trank eine Flasche Mineralwasser. Er schloß das Auto von innen ab und schlief vier Stunden. Zweimal wachte er von den kreischenden Bremsen schwerer polnischer Laster auf.

Es war wieder ein schöner Morgen. Das Licht changierte zwischen rosig und blauweiß, und auf den Feldern glitzerte der Tau. Neben ihm standen die beiden Lastwagen. Anscheinend schliefen die Fahrer noch. Vuk putzte sich die Zähne mit Mineralwasser und aß das restliche Brot und den Käse. Er sehnte sich nach einem Kaffee. Er bürstete den Großteil des schwarzen Pulvers aus, seine Haarfarbe lag jetzt irgendwo undefinierbar zwischen Hell und Dunkel. Seine Glieder waren steif, er streckte sich und machte zwanzig Liegestütze.

Ehe er weiterfuhr, zog er sich die schwarzen Jeans an und tauschte die grauweißen Reeboks gegen gewöhnliche schwarze Gummischuhe aus. Das rotkarierte Hemd behielt er an. Er wollte nicht ganz in Schwarz gekleidet in einer Grenzstadt ankommen. Er hielt an einer modern aussehenden Imbißbude, trank Kaffee und aß ein Käsebrötchen. Er bestellte auf deutsch und ging auf eine alte, übelriechende Toilette, wo er noch ein bißchen Schwarz aus den Haaren bürstete und sich das Gesicht wusch. Seine Augen waren etwas rotunterlaufen, und er hatte leichtes Kopfweh, aber sonst fühlte er sich gut. Das Adrenalin trieb ihn an. Der Verkehr war dünn. Zumeist polnische Autos und vereinzelte Landmaschinen. Die Felder waren abgeerntet, und an manchen Stellen waren sie schon dabei zu pflügen. Die Pflüge wurden von Pferden gezogen, und hin und wieder überholte er ein Fuhrwerk, vor das ein starker Gaul gespannt war. Es war leicht bewölkt und lau. In einer Kleinstadt bei Breslau ging er aufs Postamt und besorgte sich die Nummer der Zimmervermittlung in Berlin. Er rief an und bekam eine Reihe kleinerer familienfreundlicher Hotels in der Innenstadt genannt. Die beiden ersten waren ausgebucht, aber im dritten war noch Platz. Er sagte, er heiße Per Larsen, rufe aus Dänemark an und wolle gern ein Zimmer für zwei oder drei Nächte reservieren. Er sprach englisch mit der Empfangsdame.

Auf der Weiterfahrt aß er Äpfel und hörte Popmusik auf einem polnischen Sender. Als es richtig dunkel geworden war, kamen die ersten deutsche UKW-Stationen durch. Er hörte Nachrichten. Nur das übliche: Vereinzelte Kämpfe in Bosnien, Verhandlungen, eine interne deutsche Debatte, Staus auf der Autobahn. Der Lastwagenverkehr nahm in beiden Richtungen zu. Bald würde am Übergang Görlitz die lange Warteschlange polnischer LKW anfangen, die in die EU wollten. Er bog ab und fuhr ins Zentrum des polnischen Teils von Görlitz und parkte an einem kleinen Marktplatz. Er war baufällig und staubig, aber hier und da konnte man sehen, daß der Wiederaufbau und die Renovierung alter Häuser bereits in Angriff genommen war.

Er verschloß sorgfältig das Auto. Hier konnte es ein paar Tage stehenbleiben, wenn es nicht gleich heute nacht gestohlen wurde. Das war nicht sein Problem. Er schnallte den Rucksack um und ging los. Er bemerkte mehrere Gruppen bunt gekleideter Zigeuner oder Rumänen in einer Ecke des Platzes. Eine polnische Patrouille fuhr an ihnen vorbei, und sie drängten sich zusammen wie verschreckte Hühner.

Mit seinem dunklen Haar, der Mütze, den abgetragenen Jeans und der Lederjacke sah er wie ein polnischer Landarbeiter aus, der wie so viele in die Stadt gegangen war, um ein, zwei Bier zu trinken. Und vielleicht über die vielen sonderbaren ausländischen Kreaturen zu reden, die in der Hoffnung, einen Weg über die Grenze ins gelobte EU-Land zu finden, in ihre Stadt kamen. Er ließ die Autoschlüssel in einen Gully gleiten und verließ die Stadt. Am Stadtrand holte er seinen kleinen Kompaß aus der Tasche und suchte die Richtung: Südwest. Bis zur Neiße, die schmal und flach die reiche Welt vom armen Teil Europas trennte, wären es knapp acht Kilometer. Der Abend war nicht sehr günstig: Die Flußniederung wurde von einem Dreiviertelmond erleuchtet, aber er registrierte zufrieden, daß der Mond immerhin ab und zu von dunklen, schweren Wolken verdeckt wurde, die den weißen Schein auf den abgeernteten Feldern erlöschen ließen. Außerdem hatte er keine andere Wahl. Er rechnete auch damit, heute nacht nicht allein zu sein. Es ging ein leichter Wind aus West, der die Fetzen seines russischen Passes und des Führerscheins mit sich nahm und über die Felder wehte, sobald er wieder eine Seite in kleine Stücke zerrissen und wie Konfetti hinter sich in die Luft geworfen hatte. Er hatte einen langen, mühsamen Weg gewählt, aber Vuk hatte gelernt, daß der heutige Mensch, der sich mit Reisepaß und Kreditkarte, automatischer Fahrkartenregistrierung und computergesteuerter Reservierung über den Kontinent bewegte, ständig elektronische Spuren hinterließ. Sie zu verwischen bedurfte es besonderer Sorgfalt.

Er roch den Fluß, noch ehe er ihn sah. Er überquerte das Feld und betrat ein Wäldchen. Dann vernahm er die Stimmen. Sie flüsterten, ihnen war offenbar nicht bewußt, daß ein Flüstern in der Nacht sehr laut klingen kann. Er sah auch die Glut einer Zigarette. Sie war weit entfernt, trotzdem schloß er rasch die Augen, um seine Nachtsicht zu bewahren. Die Stimmen waren rumänisch. Er hörte ein lautes Psst, und als er das eine Auge vorsichtig einen Spaltbreit öffnete, war die Zigarettenglut verschwunden. Eine Kinderstimme sagte irgend etwas und wimmerte dann. Wahrscheinlich hatte eine erwachsene Hand fest um einen Kinderarm gepackt. Vuk zog sich ein wenig von ihnen zurück, aber nicht weiter, als daß er jederzeit wieder Kontakt zu der Gruppe herstellen konnte. Sie waren zu unerfahren und zu ängstlich, um mucksmäuschenstill zu sein.

Er kauerte sich hin, zog langsam und vorsichtig die Lederjacke aus und legte sie zusammen. Er streifte den schwarzen Rollkragenpullover über und steckte die Lederjacke in den Rucksack. Im Dunkeln trug er Tarnfarbe auf Gesicht und Hände auf. Das konnte er mit geschlossenen Augen. Es war ein wichtiger Teil im Spezialtraining des Kommandanten gewesen: Alles, was bei Tageslicht getan werden konnte, mußte ebenso sicher und schnell in völliger Dunkelheit ausgeführt werden können. Und hier war es nicht einmal völlig dunkel. Hin und wieder warf der Mond einen schwachen Schein über die einzeln stehenden Bäume und die ebenen Wiesen. Er roch das Wasser. Bald würden die Deutschen auf ihrer Seite Zäune bauen und Stacheldraht ziehen. Es war nur eine Frage der Zeit. Eine neue Mauer würde errichtet werden. Sie wäre nach Osten verschoben und würde die Leute nicht mehr einschließen, sondern ausschließen. Eine neue Wohlstandsmauer, dachte Vuk. Noch immer war die Welt aufgeteilt in die, die besitzen, und die, die nicht besitzen. Und wenn man etwas haben will, muß man es sich schon selber nehmen.

Er legte sich hin und wartete. Vertrieb die Gedanken aus seinem Kopf und konzentrierte sich darauf, zu lauschen, zu riechen und seine Augen auf die Nacht einzustellen. Ein Vogel flatterte geräuschlos, stieß einen Meter neben ihm nieder und erhob sich mit einer kleinen Maus im Schnabel. Das Gras war feucht vom Tau, es war kühl, aber nicht kalt.

Gegen Mitternacht, nach anderthalb Stunden des Wartens, während dessen er einer Eule bei ihrer erfolgreichen Jagd zugeschaut hatte, hörte er die Rumänen. Er zählte zehn Schatten: Sieben Erwachsene und drei halbwüchsige Kinder. Sie wurden von einem kräftigen, schwarzgekleideten Mann angeführt, der sie flüsternd zur Eile antrieb. Er war ihr Führer, dem sie ihr letztes vieles Geld gegeben hatten und der ihnen versichert hatte, er kenne den Rhythmus der deutschen Grenzpatrouillen. Die Gruppe ging nur zehn Meter von Vuk entfernt vorbei, sah ihn aber nicht. Vor den Behörden auf polnischer Seite hatten sie keine Angst. Die waren unterbesetzt und unterbezahlt, außerdem war es nicht mehr verboten, das freie Polen zu verlassen. Die Männer trugen jeder einen Koffer, und die drei Frauen hielten die Kinder an der einen Hand und hatten ein zusammengerolltes Bündel unter dem anderen Arm.

Vuk ließ die Schar verschreckter Flüchtlinge passieren. Dann folgte er ihnen. Obwohl die Aufmerksamkeit der Rumänen nach vorn gerichtet war, setzte er die Füße mit dem Ballen zuerst auf, um lose Steine oder trockene Zweige sofort bemerken zu können. Seine Vorsicht zahlte sich aus.

Plötzlich tauchte etwa fünfzig Meter vor ihm der seichte Fluß auf. Er sah, wie der Führer die Richtung wies und gleichzeitig zum Mond zeigte, der wieder zum Vorschein gekommen war. Dann zeigte er auf die Erde. Die Flüchtlinge kauerten sich zusammen. Der Führer drehte sich um und ging in Vuks Richtung zurück. Vuk machte langsam, aber geschmeidig erst einen, dann zwei, dann drei Schritte nach links, hockte sich hin und legte sich schließlich auf den Bauch. Es sind die schnellen Bewegungen, die man im Dunkeln sieht. Der Führer hielt inne, als hätte er etwas gesehen. Oder gehört. Da strich die Eule wieder knapp über das Wiesengelände, stürzte nieder und flatterte auf. Die Maus piepste ein wenig, ein schwacher Ton, aber deutlich hörbar in der Nacht. Der Führer schüttelte den Kopf und ging mit raschen Schritten weiter. Vuk ließ ihn vorbeigehen und ging wieder in die Hocke. Er hörte, wie sich die Rumänen leise zankten.

Der Mond versteckte sich hinter einer Wolke. Sie war nicht groß genug, trotzdem stand einer der Männer auf und ging in den seichten Fluß hinaus, der nicht breiter war als eine gewöhnliche Landstraße. Die restlichen Männer folgten, dann die Frauen mit den Kindern an der Hand. Die Koffer und Bündel trugen sie auf dem Kopf. In der Mitte des Flusses reichte ihnen das Wasser bis zur Taille, während die Kinder den Kopf heben mußten, als ihnen das Wasser bis über die Brust stieg. Seltsamerweise weinten sie nicht. Vuk huschte ihnen langsam hinterher. Er nahm den Rucksack ab und ging wenige Meter vom Flußufer entfernt wieder in die Hocke. Er glitt hinter einen kleinen Busch. Er hörte den Hund bellen und machte die Augen zu, als er den tanzenden Lichtkegel bemerkte und das zischelnde Geräusch von Stiefeln im feuchten Gras hörte. Er legte sich auf den Bauch und blieb mit geschlossenen Augen liegen. Er konnte hören, was passierte.

Die vier deutschen Grenzposten warteten geduldig, bis alle an Land waren. Sie hatten Decken dabei, die sie um die nassen, verängstigten und verfrorenen Rumänen schlangen. Der Hund saß artig auf seinen Hinterbeinen. Die Rumänen blinzelten in das grelle Licht der starken Stablampen. Der eine Grenzbeamte wies den Weg, und die Gruppe fing an, über das Feld zu gehen. Selbst mit geschlossenen Augen spürte Vuk den Lichtkegel, als der deutsche Grenzer die Taschenlampe über polnisches Gebiet gleiten ließ. Ein Funkgerät knisterte, er hörte die undeutliche Stimme des deutschen Grenzers, der eine Weisung erhielt und die Festnahme einer Gruppe meldete. Wieder schweifte der Lichtkegel über das schwarze Flußufer.

»Da sind keine mehr, Hans«, sagte die deutsche Stimme. »Das war die Gruppe der heutigen Nacht. Komm jetzt! Wir müssen sie morgen wieder zurückschaffen.«

Vuk hörte, wie die Schritte langsam verhallten. Er wartete nur einen kurzen Moment, dann richtete er sich auf und ging schnell zum Ufer. Es gab Gerüchte, der Bundesgrenzschutz habe Sensoren installiert. Falls das zutraf, würden die Rumänen und die deutschen Posten sie jetzt gerade stören. Mit dem Rucksack auf dem Kopf watete er durch den Fluß wie eine Afrikanerin, die zum Brunnen ging. Das Wasser war kalt. Auf deutscher Seite schnallte er den Rucksack um und marschierte mit kräftigen Schritten in die Bundesrepublik Deutschland hinein.

Er war nur ein paar hundert Kilometer von Berlin entfernt. Er ging eine Stunde lang über die Felder, bis er an eine Landstraße gelangte, an der eine Tankstelle lag. Sie sah modern und neu aus. Die ehemalige DDR veränderte sich in Windeseile, stellte Vuk fest. Jedesmal wenn er herkam, gab es etwas Neues zu sehen. An der erleuchteten Tankstelle hielten vier, fünf Autos und viele LKW. Vuk hatte die Tarnfarbe so weit wie möglich vom Gesicht gewischt, aber er war sich nicht sicher, ob er alles entfernt hatte. Aber in den späten Nachtstunden sehen die Menschen sowieso seltsam aus. Vuk fand eine Toilette am Ende des Gebäudes und klatschte sich Wasser ins Gesicht und drückte den Schnurrbart fest. Besser ging es nicht, aber es würde schon reichen. Vuk wartete an einem Lastwagen mit polnischem Kennzeichen. Der Fahrer war klein und kompakt und unrasiert. Er kam aus dem Verkaufsraum.

Mit dem Rucksack in der Hand trat Vuk ins Licht und fragte mit breitem Lächeln auf deutsch:

»Können Sie mich mitnehmen?«

Der Fahrer blieb stehen. Er sah einen unrasierten jungen Mann, der aber freundlich lächelte. Es war drei Uhr morgens, und der LKW-Fahrer mußte noch einige Stunden auf den Bock, ehe er sein Ziel erreicht hatte.

»Ich muß nach Berlin«, sagte er mit schwerem Akzent.

»Ich auch.«

»Mein Chef mag das nicht so gern.«

»Er muß ja nichts erfahren.«

»Ich weiß nicht recht.«

»Ich kann was zum Sprit dazugeben«, sagte Vuk und reichte ihm einen Fünfzig-Mark-Schein.

»Na, komm mit«, sagte der Mann. »Was er nicht weiß, macht ihn nicht heiß. Ich bin Karol.«

»Werner«, sagte Vuk.

Unterwegs sprachen sie über Fußball. Sie hörten deutsche Schlager und später die Nachrichten über den Verkehr nach Berlin. Es gab mehrere Staus. Im Morgendunst tauchte Berlin auf. In den grauen Ostberliner Vororten erhoben sich überall Baukräne. Karol hatte Textilien aus Krakau geladen und setzte Vuk nicht weit vom Alexanderplatz ab. Vuk fand ein Café, in dem drei Männer offenbar ihren Kater mit Kaffee und Schnaps pflegten. Vuk holte sich einen Kaffee und ging auf die Toilette. Wenn die drei etwas bemerkt haben sollten, ließen sie sich jedenfalls nichts anmerken, als Vuk zurückkam. In diesem Viertel kümmerte man sich anscheinend um seine eigenen Angelegenheiten. Er hatte jetzt eine helle Hose und ein sauberes gestreiftes Hemd mit bläulichem Schlips an. Der Schnäuzer war weg und das Haar mit Gel nach hinten gekämmt. An den Füßen hatte er braune Loafers. Er trank seinen Kaffee und ging.

Vuk suchte den U-Bahn-Eingang, kaufte eine Fahrkarte und fuhr Richtung Westen. Das Hotel Heidelberg lag in der Knesebeckstraße, einer Nebenstraße des Kurfürstendamms. Es war ein kleines Familienhotel mit einem Restaurant gleich am Eingang. Die Rezeption lag am hinteren Ende des Lokals. Drei Geschäftsreisende waren mit einem späten Frühstück beschäftigt.

Vuk stellte den Rucksack vor die Theke und legte einer jüngeren Frau seinen dänischen Paß vor.

»Es müßte ein Zimmer auf den Namen Per Larsen reserviert sein«, sagte er auf englisch.

Sie schaute im Computer nach und fand seinen Namen. Sie schob ihm ein gelbes Anmeldeformular hin und ließ es ihn ausfüllen. Auf den Paß warf sie nicht einmal einen Blick. Er war Däne und Mitglied der EU.

Sie reichte ihm einen altmodischen Schlüssel.

»Nummer 67«, sagte sie.

»Danke«, sagte Vuk und stieg die Treppe hinauf. Er verspürte plötzlich eine ungeheure Müdigkeit. Außerdem sehnte er sich nach einer warmen Mahlzeit. Aber das Wichtigste war, daß er sich nun unbesorgt ausruhen konnte.

Das Zimmer war geräumig und hatte ein Doppelbett. Er stellte seinen Rucksack hin und wählte die Nummer, die ihm Krawtschow in Bosnien gegeben hatte.

»Ich bin's«, sagte Vuk auf englisch.

»Willkommen in Berlin«, sagte Krawtschow. »Er möchte dich gern schnellstmöglich sehen.«

»Ich muß erst schlafen«, sagte Vuk. Er spürte jetzt die Erschöpfung. Er war drei Tage lang in Aktion gewesen, und er hatte keine Reserven mehr, von denen er zehren konnte. Selbst während der paar Stunden, in denen er ein bißchen Schlaf ergattert hatte, war sein Körper in Verteidigungsbereitschaft gewesen. Es war nur ein oberflächliches Ausruhen gewesen.

»Das verstehe ich«, sagte Krawtschow.

»Ich rufe in ein paar Stunden an.«

»In Ordnung. Wo bist du?«

»Das erfährst du noch früh genug.«

»Schlaf gut«, sagte Krawtschow mit einem Lachen in der Stimme.

Vuk hängte das »Bitte-nicht-stören«-Schild an die Tür und schloß sie ab. Keiner wußte, wo er war, aber auf dem Bett sitzend rief er trotzdem die Rezeption an und bat darum, nicht gestört zu werden. Er hätte sich die Zähne putzen müssen, aber als er sich nur einen Augenblick auf den Rücken gelegt hatte, schlief er auf der Stelle ein.

7

Wenn Lise Carlsen die letzten Tage Revue passieren ließ, brauchte sie sich über ihre Müdigkeit nicht zu wundern. Daß sie aber gleichzeitig so ungewöhnlich beschwingt war, war schon schwerer zu begreifen. Es fiel ihr nicht leicht, aus ihren Gefühlen schlau zu werden. Und sie hatte es aufgegeben, mit Ole darüber zu sprechen. Sie wußte nicht, was mit ihm los war. Er kam spät nach Hause und roch nach Bier und Kneipe. Dann holte er noch mehr Bier aus dem Kühlschrank oder eine Flasche Wein aus dem Regal und fing an zu picheln. Es war wahrscheinlich ihre Schuld. Sie wich ihm aus und hatte keine Lust, von ihm berührt zu werden. Sie konnte nicht anders, obwohl sie es selber falsch fand, aber wenn er zärtlich zu ihr sein wollte oder sie zum Beispiel am Tisch nur zufällig berührte, zog sie sich instinktiv zurück. Obwohl sie versuchte, den Schein zu wahren, und ihm zur Begrüßung oder zum Abschied einen Kuß gab. Aber dann verachtete sie sich selbst, denn sie verspürte einen kleinen Widerwillen in sich, den sie aber nicht zuzulassen wagte.

In den immer noch warmen Nächten träumte sie von Per Toftlund. Seltsame lange Träume, in denen er auf einem Motorrad fuhr oder ein Netz aus einem Meer zog. Das Netz war mit silbern glänzenden Fischen gefüllt, die affenähnliche Köpfchen hatten, und auf seinem kräftigen Rücken zeichneten sich die Muskeln ab, wenn er das grüne, feinmaschige Netz einholte. Die Fische zappelten, und ihre Schuppen schimmerten in dem weißgelben Licht wie Silbertaler. Draußen am Horizont war ein Riff mit vielen Vögeln. Sie waren gelb und so groß wie Möwen. Sie wollte Per warnen, weil sie fürchtete, die gelben Vögel würden die tanzenden Silberfische fressen. Aber sie konnte keinen Kontakt mit ihm aufnehmen.

Sie erwachte schweißgebadet. Ole schlief neben ihr. Er roch nach Tabak und Alkohol. Lise stand auf. Sie war nackt und fröstelte ein wenig. Sie schlang ihren Bademantel um sich, ging in die Küche und trank ein Glas Milch. Es war kurz vor vier. Bald würde das erste freundliche Licht den Horizont verbrämen. Sie war müde und hellwach zugleich. Es war ein deutliches Zeichen für Streß. Das müßte sie eigentlich wissen.

Vielleicht war es der ganze Trubel, nachdem die Fernsehnachrichten enthüllt hatten, daß Sara Santanda nach Dänemark kam.

Tagesen raste. Sie wußte nicht recht, ob er wütend war, weil die Sache durchgesickert und das Risiko für Saras Leben gestiegen war oder weil das Fernsehen seiner Zeitung die Schau gestohlen hatte. Er hatte Lise fast so etwas wie einen Anschiß verpaßt. Als ob es ihre Schuld wäre. Dabei war es sonnenklar, daß die undichte Stelle irgendwo in Christiansborg lag. Toftlund wollte den Besuch abblasen oder auf unbestimmte Zeit vertagen, aber dem wollten weder Lise noch Tagesen zustimmen. Und Sara Santanda glücklicherweise auch nicht. Sie blieb standfest. Sie war eine tapfere Frau. Eventuell konnten sie es ein paar Wochen hinausschieben. Mit der Zeit wurden alle Dinge vergessen, obwohl die Zeitungen den Fall natürlich groß aufgemacht hatten. Lise selbst hatte die Story und ein Porträt in *Politiken* geschrieben. Gleichzeitig war sie von beiden Fernsehkanälen und dem Rundfunk interviewt worden. Sie trat morgens, mittags, abends in Talkshows auf. Strax, Fax, Bax – oder wie diese flachköpfigen Radiosendungen hießen. Eine Platte und dann ein bißchen Gequatsche über irgendwas Seriöses. Ole haßte diese Sachen. Überhaupt verachtete er die elektronischen Medien, die Fernsehnachrichten guckte sie sich meist allein an. Eigentlich könnte sie ebensogut allein wohnen, denn mittlerweile hatten sie sowieso nichts Gemeinsames mehr. Sie hatten ja nicht mal mehr Lust zu diskutieren. Die Meinungsverschiedenheiten lagen wie eine Wüste zwischen ihnen.

Lise goß sich noch ein Glas Milch ein. Und dann war da dieser Per Toftlund. Er war nervtötend und anziehend zugleich. Reizvoll in seiner rauhen Art. Eigentlich war er überhaupt nicht ihr Typ. Sie wollte Tiefe. Gleichzeitig war er dominant und belehrend, wenn er das Blaue vom Himmel herunterschwatzte über sichere Wohnungen, notwendige Vorkehrungen bis zur Pressekonferenz, Fluchtwege und Sicherheitskorridore und den schnellsten Weg vom und zum Flughafen. Und über Schußwinkel und Biographien der bekanntesten Heckenschützen und Killer. Er kannte furchtbare Geschichten von Liquidierungen politischer Gegner durch iranische Geheimagenten. Ihr war klargeworden, daß sie rücksichtsloser und mindestens so professionell vorgingen wie die Killer des alten KGB. Und ihr war auch klargeworden, daß der PND ein umfangreiches Archiv über dänische und ausländische Staatsbürger angelegt hatte, und obwohl sie natürlich einsah, daß das gerade in der jetzigen Situation ungeheuer praktisch war, ärgerte es sie auch. Daß es derart umfangreich war!

Aber es war auch angenehm, mit ihm zusammenzusein.

Sie hatten auf einer Bank am Øresund gesessen und jeder ein französisches Hotdog gegessen, daß er für sie geholt hatte. Als wüßte er schon, daß sie es liebte zu essen. Das Wetter war noch immer wunderbar und nicht mehr so drückend. Drüben lag Schweden im Dunst, und sie bekam Lust zu reisen. Egal wohin. Sie sehnte sich nach Bewegung. Einfach ins Auto und ab nach Süden, nach Spanien. Richtig lange fahren, bis sich das Auto um dich schmiegt und du ein

Teil von ihm wirst. So daß du nach ihm riechst und das Auto nach dir. Aussteigen, die Glieder recken und Spaniens rote Erde sehen und beschließen, ins große, leere Landesinnere abzubiegen.

»Haben Sie geträumt?« fragte Per Toftlund. Er trug eine dünne Windjacke, darunter ein offenstehendes kurzärmliges Hemd. Langsam gewöhnte sie sich an die Pistole im Gürtel, aber sie machte sie immer noch ein wenig nervös. Noch nie war sie stundenlang mit einem Mann zusammen gewesen, der eine Pistole trug, als wäre es das Selbstverständlichste auf Erden. Sie wußte nichts über seine Welt.

»Vom Reisen.«

»Das wär nicht schlecht. Wohin geht die Fahrt?«

»Spanien«, sagte sie und biß ein Stück Wurst ab. »Mhm ... es ist so unappetitlich – schön.«

»España sea muy buena«, sagte er.

Sie kaute. Sie waren offenbar dabei, einander näherzukommen. So auf einer Bank sitzen und Hotdog essen und mit vollem Mund sprechen. Das tat man nur, wenn man sich wohl fühlte, dachte sie.

»Wo haben Sie Spanisch gelernt?« fragte sie.

»In Südamerika. Ich bin da durchgetrampt, nach dem Militär, da hab ich gut verdient. Auf der Abendschule. Und in Spanien.«

Toftlund kaute auch.

»Macho«, sagte sie ohne Verachtung. »Wahrscheinlich waren Sie Fallschirmjäger oder sowas Verrücktes.«

»Kampftaucher. Sonst stimmt es schon.«

»So, so. Wie der Kronprinz. Wie vornehm.«

»Ich war's zuerst. Und was ist mit Ihnen? Und Spanien, meine ich?«

»Spanisch gelernt? In Spanien. Vor einer Ewigkeit.«

»Schönes Land, nicht wahr?«

Er stand auf und machte ein paar leichte Tanzschritte vor

ihr. Es sah ein bißchen schwerfällig aus, einige Passanten starrten ihn an. Ein großer Mann, der sich eigentlich trotzdem ziemlich elegant wie ein Stierkämpfer in Positur stellte und den schwarzen Stier mit einem imaginären roten Tuch an sich vorbeiziehen ließ. Das hätte wirklich Eindruck gemacht, wenn er nicht ein angebissenes Hotdog in der Hand gehalten hätte. Erst zog er den Stier rechts herum, dann links herum, und er deklamierte dabei. Ein großer Schauspieler war er nicht: *»Andalucia. Estremadura. Euskadi. Madrid. Valencia. Sol y sombra. Toros. Vino. Señoritas. Olé.«*

Sie lachte über seine Clownerien und verschluckte sich an ihrer Wurst. Er setzte sich und klopfte ihr vorsichtig auf den Rücken.

»Fahren Sie oft hin?« fragte sie, als sie wieder Luft bekam.

»Mindestens einmal im Jahr. Und Sie?«

»Ist schon ein paar Jährchen her.«

Er sah sie an. Er hatte freundliche blaue Augen.

»Ole hat keine Lust mehr auf Spanien«, hatte sie gesagt. Vermutlich hatte sich ein wenig mehr Melancholie in ihre Stimme geschlichen, als sie beabsichtigt hatte. Aber Per hatte es völlig richtig aufgenommen. Er hatte eine saubere Serviette aus seiner Jackentasche gezogen und behutsam ihren Mund abgetupft und ihr den kleinen roten Fleck gezeigt.

»Ketchup«, hatte er gesagt, und dann hatte sie wieder zu lachen angefangen.

Sie war gestreßt. Das mußte die Erklärung sein, dachte sie an dem blank gescheuerten Küchentisch. Daß sie sich wie ein kicherndes Schulmädchen aufführen konnte.

Es war nichts weiter dazu zu sagen, daß sie müde und gestreßt war. In der letzten Woche war sie praktisch nicht zu Hause gewesen. Man durfte sich gar nicht vorstellen, wie es wäre, wenn auch noch Kinder da wären. Wenn sie welche hätten bekommen können. Wie hätten sie und Ole die in ihrem mit Arbeit vollgepfropften Leben unterbringen sollen? Das war zumindest die positive Seite ihrer Kinderlosigkeit. Daß sie unabhängig waren. Und doch tat es wie gewöhnlich weh, daran zu denken und die Leere in sich zu spüren. Die Sehnsucht wie einen Hohlraum, der nicht gefüllt werden konnte. Vielleicht hätte es ihnen doch noch etwas anderes geben können, einen Sinn, der sie miteinander verband. Und genau darüber hatten sie ja gesprochen. Sie hatten es zusammen durchgekaut und waren sich einig gewesen, daß es die perverse Logik der Natur war, daß sie nicht schwanger wurde und daß sie es nicht auf künstlichem Wege versuchen wollten. Zur Adoption hatten sie keine Lust. Sie hatten einander, das mußte reichen. Das hatten sie sich damals gesagt. Warum tat es dann immer noch so weh?

Sie spürte Ole mehr, als daß sie ihn hörte, wie er in der Küchentür stand. Sie drehte sich um. Sein Haar war zerzaust, und sie bemerkte, daß seine Brusthaare langsam grau wurden. Er sah richtig ein bißchen alt aus im frühen Tageslicht. Das hatte sie noch nie zuvor über ihn gedacht. Er tat ihr ein wenig leid, sie bekam eine Art Mitgefühl, das sofort in Selbstverachtung umschlug. Warum konnte sie ihn nicht einfach lieben wie früher?

Er stand in der Türöffnung und lehnte sich gegen den Rahmen.

»Kannst du nicht schlafen?« sagte er.

»Sieht so aus, nicht?«

Er schwieg ein paar Sekunden.

»Gibt es einen anderen, Lise?« sagte er dann.

Sie versuchte zu lachen, aber es klang verkehrt.

»Nein. Weiß Gott nicht.«

»Du bist nicht sehr oft zu Hause. Auch nachts meistens nicht.«

»Lies die Zeitung. Dann weißt du, womit ich mich rumschlage.«

»Vielleicht solltest du auch ein bißchen Zeit in uns investieren.«

Sie drehte den Kopf weg.

»Oder, Lise?« sagte er.

»Das dauert ja nicht ewig«, sagte sie.

»Wie lange noch?«

Sie sah ihn wieder an.

»Ich habe versprochen, nichts darüber zu erzählen. Per sagt ...«

»Er sagt 'ne ganze Menge, dieser Per.«

»Ich bitte dich, Ole.«

»Komm und schlaf ein bißchen«, sagte er.

Er hatte recht, aber sie blieb noch ein wenig sitzen. Sie war wütend auf sich. Ole hatte ihr doch die Hand gereicht, warum ergriff sie sie nicht? Es gab ja keinen anderen, oder wußte sie, daß es bald jemanden geben könnte?

Als sie ein paar Stunden später in Per Toftlunds BMW saß, waren ihre schwarzen Gedanken wie weggeblasen. Es war nur eine Morgendepression gewesen, die etwas länger als gewöhnlich gedauert hatte. Konnte man niedergeschlagen sein, wenn die Sonne wieder schien und die Leute auf der Langen Linie flanierten und Eis aßen und die Japaner die unansehnliche kleine Meerjungfrau filmten, daß es eine Lust war? Sie hörten das dritte Programm im Autoradio, einen schönen, sentimentalen Schlager. Toftlund summte mit, im übrigen ging es ihm wie ihr. Das Radio lief, weil es einfach angenehm war. Er wirkte ruhig und zufrieden wie immer. Als ob die Welt noch jung und frisch wäre und es herrlich wäre, den neuen Tag zu beginnen.

»Sind Sie immer so guter Laune?« fragte sie.

»Normalerweise schon. Ich habe mich über nichts zu beklagen.«

»Manche würden sagen, es sei ein Zeichen mangelnder Intelligenz. Das Leben sei nicht so gut. Es sei eigentlich ziemlich gräßlich. Nur Menschen ohne Phantasie könnten leben, ohne deprimiert zu sein.«

»Ich bin klüger als die meisten, und ich habe einen Job, den ich mag«, sagte er ohne Ironie. Er war selten ironisch. Sie war im täglichen Leben von Medienleuten umgeben, die die Ironie wie eine mittelalterliche Rüstung trugen.

Sie hatte keine Lust, Kontra zu geben. Der Tag war zu schön.

»Finden Sie Ihren Job wirklich gut?« fragte sie nur.

»Er ist hervorragend.«

Eigentlich fuhren sie ohne Ziel und Zweck. Sie mußten noch ein paar Wohnungen anschauen, die ihr zur Verfügung gestellt worden waren. Sie mußten auch ein Hotel checken. Oder beschnüffeln, wie Per sagte. Aber er war nicht so sehr für öffentliche Hotels. Es war zu leicht, in ihnen aus und ein zu gehen. Er bevorzugte eine diskrete Privatwohnung. Aber keine war ihm gut genug. Er hatte immer etwas auszusetzen. Mal gab es keinen Hinterausgang. Mal gab es dann gerade einen Hinterausgang, der die Bewachung erschwerte. Mal war die Wohnung schwer zu erreichen. Mal war sie zu gut zu erreichen. Sie hatte es aufgegeben, seine Ansprüche an eine geeignete Wohnung zu verstehen.

Er fuhr langsam am Kai entlang und hielt an.

»Sie können ruhig rauchen, wenn Sie das Fenster runterkurbeln«, sagte er.

»Heute ist man aber tolerant«, sagte sie und zündete dankbar eine Zigarette an und blies den Rauch aus dem offenen Fenster.

»Und was ist mit Ihrer Arbeit?« sagte er.

»Die ist okay.«

»So im Leben der Leute herumschnüffeln, nur damit andere Leute unterhalten werden.«

Sie konnte es nicht verbergen, daß sie ein bißchen beleidigt war.

»Ich bin Kulturjournalistin!« Kaum hatte sie es gesagt, bereute sie es schon. Es klang übertrieben, aber Per sagte bloß:

»Noch schlimmer. Aufgeblasene alberne Künstler mit den Pfoten in der Staatskasse.«

»Erlauben Sie mal ...«

»Die den ganzen Tag greinen, weil kein Schwein ihre grottenschlechten Bücher lesen oder ihre Mistfilme sehen will.«

»Meine Vermutung mangelnder Intelligenz vorhin war anscheinend doch nicht so daneben.« Sie wurde richtig wütend. Derlei billige Behauptungen konnte sie nicht ausstehen. Dummheit und Unwissenheit fand sie ärgerlich und kleinlich. Dänemark war ein reiches Land mit einem guten Bildungssystem. Es gab keine Entschuldigung dafür, unwissend zu sein. Und die vielen Kulturangebote nicht zu nutzen. Ihrer Meinung nach war Kultur etwas bedingungslos Gutes.

»Clint Eastwood braucht jedenfalls keine finanzielle Unterstützung.«

Lise machte demonstrativ die Tür auf und stieg aus. Es wehte mild und kühl von Schweden herüber, und der Öresund glich einer Postkarte mit blauem Wasser, kunterbunten Segeln und ruhigen Fähren. Es roch einfach gut nach Meer und Sonne. Sie sah einen Kutter hinaustuckern. Das Achterdeck war voller Leute.

»Stop, Per!« rief sie.

Er stieg auch aus und blieb an der Tür stehen. Sie schnippte ihre Zigarette über die Kaimauer.

»Ja«, sagte er friedlich, »es gibt wirklich keinen Grund, sich über Kunst zu streiten.«

Sie ging um den Wagen herum und hakte sich bei ihm ein.

»Das meine ich nicht, Dummkopf. Ich hab nämlich eine Idee. Sie haben doch so einen Bammel vor der Pressekonferenz, nicht wahr?«

Per nickte. Sie zog heftig an seinem Arm, als wäre er ein Kind. Sie fühlte seine Muskeln. Der Arm war weich und straff zugleich. Ganz anders als Oles. Sie hatte ein warmes Gefühl in der Brust.

»Da!« sagte sie und zeigte auf die Hafenausfahrt und den Öresund.

»In Schweden?« sagte Per.

»Nein. Mitten im Wasser. Auf einer Insel.«

Toftlund schwieg kurz, schaute übers Wasser, sah sie an und dann wieder aufs Wasser.

»Alle Achtung!« sagte er. »Sie sind ein Teufelsweib. Das Flakfort! Leicht zu beschnüffeln. Leicht zu bewachen. Leicht abzusperren. Das ist absolut perfekt, *chica*. Verdammt tüchtiges Mädchen.«

Sie fühlte sich wie ein Schulmädel, das für einen guten Aufsatz gelobt wird. Das war eine gute Idee gewesen, und sie konnte nicht umhin, ausgelassen herumzuhüpfen und sich dann von ihm auffangen zu lassen, er drückte sie fest an sich und klopfte ihr sanft auf den Rücken, und ein Strom warmer Empfindungen durchlief sie vom Nacken über die Wirbelsäule bis zu den Füßen hinunter.

8

Vuk träumte in seinem Hotelzimmer in Berlin. Wie gewöhnlich fing der Traum gut an. Er sah seine Eltern weit weg auf einem grünen Hügel unter hellblauem Himmel. Sie winkten ihm zu. Das Licht war golden und vertrauenerweckend, aber es währte nicht lange. Dann änderte die Sonne ihren Charakter. Sie wurde feuerrot, obwohl sie hoch am Himmel stand. Sie ähnelte einer Kinderzeichnung mit einem angedeuteten Lächeln und langen Flammenstrichen. Aber in der sonnenroten Landschaft nisteten Gelächter und schwache Musik. Er war auch auf dem Bild und betrachtete es gleichzeitig von außen. Dann begann das tiefe Grollen in der Ferne, und er wußte, daß die Blutwalze auf dem Weg war. Das polternde Grummeln nahm zu, gleichzeitig füllte sich das Traumbild mit Menschen. Erst winkten sie, dann fingen sie an zu schreien. Lautlose Schreie. Er konnte nur seine Eltern hören. Sie riefen klagend nach seiner Schwester, aber er konnte sie nirgends sehen. Er wußte nur, daß sie sich irgendwo in der Menge befand. Gleich würde die Blutwalze erscheinen, und er wußte, daß er selber sie fahren würde. Er war drei Menschen zu gleicher Zeit. Drei Schatten in einer Landschaft aus Blut.

Vuk bemühte sich aufzuwachen, und diesmal gelang es, ehe die Blutwalze am Horizont auftauchte. Er saß aufrecht im Bett und zitterte und schwitzte. Das Laken war durchnäßt. Das Zimmer lag im Dunkel, die Möbel standen da wie Schatten, die sich bewegten. Er hatte den ganzen Tag geschlafen. Er machte Licht und holte sich zwei kleine Flaschen Wodka aus der Minibar. Den einen trank er direkt aus der Flasche, dann ging er ins Badezimmer, wo er den anderen in ein Zahnputzglas goß und ihn ebenfalls trank. Langsam bekam er seinen Atem unter Kontrolle. Er sah sich im Spiegel: ein junges, verschrecktes Gesicht mit zusammengekniffenen Augen. Der Traum suchte ihn immer öfter heim. Bei Bewußtsein konnte er sein Leben kontrollieren, aber im Schlaf wurde es schwerer und schwerer, die Dämonen fernzuhalten. Deshalb versuchte er, so wenig wie möglich zu schlafen. Er fürchtete den Schlaf, wie andere die Katastrophen des wachen Lebens fürchteten. Aber diesmal hatte der Körper das Bewußtsein besiegt. Er hatte die vielen Stunden Ruhe ganz einfach gebraucht. Er schmeckte den Schlaf in seinem Mund wie eine fettige Schicht. Sein Kopf war schwer, aber er merkte es seinem Körper an, daß er endlich ausgeruht war.

Vuk nahm ein Bad. Dann rief er Krawtschow an und erhielt den Namen eines Cafés in der Nähe des Alexanderplatzes. Er wollte gegen Mitternacht dort sein. Er steckte sein Armeemesser in seine Lederjacke und verließ das Hotel.

Vuk kaufte sich die aktuelle *Herald Tribune* und trank in einem Café hastig eine Tasse Kaffee und ein Glas Mineralwasser. Er überflog die Zeitung. In Bosnien lief es nicht gut. Eine Meldung auf der Rückseite berichtete, daß die iranischstämmige Autorin Sara Santanda eine Reihe europäischer Länder besuchen werde, darunter Dänemark. In einem anderen Artikel stand, daß dem CIA sechzehn Milliarden Dollar bewilligt worden seien, um das Mullahregime im Iran zu unterminieren. Vuk begriff die USA nicht. Wie konnte man nur veröffentlichen, daß der Geheimdienst solch ein Projekt plante? Vuk hoffte auf einen Erfolg des CIA-Unternehmens. Er haßte die Iraner. Er hatte sie in Bosnien erlebt, wo die heiligen Krieger auf Regierungsseite kämpften. Sie waren Fanatiker, die schonungslos metzelten. Aber sie schonten sich auch selbst nicht. Sie glaubten wohl,

Allah halte ihre Hand über sie, aber er hatte mehrere von ihnen mit dem Gewehr erwischt, als sie bosnisch-muslimische Rekruten ausbildeten. Da nützte auch Allah nichts.

Er war wieder auf dem Damm. In der großen, anonymen Stadt fühlte er sich geborgen. Hier war er mit seinen Jeans, dem karierten Hemd und der braunen, abgetragenen Lederjacke lediglich ein junger Mann unter vielen jungen Leuten. Der Berliner Abend war kühl, aber nicht kalt. Die Straßen waren voller Menschen. Er ging den Kurfürstendamm hinunter und weiter in Richtung Brandenburger Tor. Die Baukräne erhoben sich vor dem Nachthimmel wie die Kirchturmspitzen der neuen Zeit. Der Verkehrslärm hämmerte in seinen Ohren und ließ seine Nerven flattern. Er war schon lange nicht mehr in einer Großstadt gewesen, die nicht unter Krieg oder Blockade zu leiden hatte. Aber er empfand die Stadt rasch als einen freundlichen Handschuh, in dem er sich verkriechen und verschwinden konnte. Er war achtsam, fühlte sich aber sicher. Keiner wußte, wo er war. Trotzdem traf er seine Vorsichtsmaßnahmen. Mehrmals wechselte er den Bürgersteig. Ging den Weg zurück, den er eben gekommen war. Betrat schnell ein Café und verließ es wieder. Verharrte lange vor einer Schaufensterscheibe und benutzte sie als Spiegel. Er war allein unter vielen.

Er sah eine Weile zu, wie ein paar Rumänen einige Berlinbesucher zu betrügen versuchten. Der Trick war uralt, funktionierte aber offenbar immer noch. Eine kleine Erbse lag auf einem eilig aufgeklappten Tisch. Die Erbse wurde abwechselnd unter insgesamt drei Streichholzschachteln verborgen. Die Kunden sollten mit dem Mann und seinen Helfershelfern wetten, unter welcher Schachtel sich die Erbse befand, nachdem der Rumäne die Schachteln in Windeseile hin- und herbewegt hatte. Vielleicht war der Trick doch zu alt. Denn die Rumänen spielten meist für sich selbst, um Opfer anzulocken, und der Mann an den Schachteln verlor.

Vuk wußte, daß der Schwindler gewinnen konnte, wann immer er wollte. Die wenigen Neugierigen am Tisch schienen das Schauspiel jedenfalls bereits zu kennen.

Vuk ging weiter und fand schließlich ein Steakhaus. Am Fenster war ein Tisch frei. Er aß ein Steak und trank eine Flasche Wasser und hinterher einen Kaffee. Dann ging er weiter. Er überquerte die alte Sektorengrenze. Von der Mauer gab es keine Spur mehr. Sie schien nie etwas anderes als ein Alptraum gewesen zu sein. Niemand hatte daran gedacht, sie als historisches Denkmal zu bewahren. Anstelle der Mauer befand sich dort nun ein breiter Streifen aufgewühlter Erde, Grasbüschel und verwitterter Steine. Und natürlich waren da noch die Kräne und die halbfertigen Bauten. Aber Vuk wußte sofort, daß er jetzt im östlichen Teil war. Er war umgeben vom sowjetischen Betonbaustil und hätte sich auch in Belgrad oder Minsk befinden können. Aber jetzt gab es hier mehr Neon und Westautos, und die Schaufenster warfen ein goldenes Licht auf die Bürgersteige vor den einheitlichen Blöcken, die wie Riesensoldaten eines versteinerten Heeres aufmarschiert zu sein schienen.

Vuk erreichte den Alex, der nur von wenigen Menschen bevölkert war. Marx und Engels standen allein unter dem Fernsehturm und sahen verlassen und vergessen aus. Sie sahen auch klein aus. Als hätte das Regime doch nicht so sehr an sie geglaubt, daß es mehr Granit zu opfern bereit gewesen war. Vuk ging zu der Statue und zündete sich eine Zigarette an. Er holte den Berliner Stadtplan hervor und überzeugte sich, daß die Nebenstraße mit dem Café nur ein paar hundert Meter entfernt lag.

Es glich einer alten ostdeutschen Kneipe, immerhin hatte der Besitzer ein neues Schild und etwas Wandfarbe geopfert, als es privatisiert wurde. Er konnte sich vorstellen, daß Russen hier tatsächlich gerne hinkämen. Vuk postierte sich in einer Türöffnung gegenüber dem Café. Er zog den Reißverschluß seiner Jacke hoch und wartete.

Es war fast Mitternacht, als Krawtschow kam. Er war in Begleitung eines schlanken, aber kleinen, schwarzhaarigen Mannes. In ihren blauen Anzügen und blauen Mänteln sahen sie beide wie Geschäftsleute aus. Krawtschow ließ dem Iraner den Vortritt. Vuk blieb stehen. Er wartete eine Viertelstunde, aber es kam niemand mehr. Dann ging er die Straße hinauf und auf dem anderen Bürgersteig wieder hinunter. Ihm begegneten nur ein paar Nachtschwärmer. Die beiden Männer waren allein gekommen.

Das Lokal war größer, als Vuk erwartet hatte. Es erstreckte sich weit in das Haus hinein. Die Ausstattung war einfach, eine Theke, eine Reihe brauner Tische und Stühle. Eine Handvoll Gäste saß bei Bier und Schnaps. Einige warfen ihm einen Blick zu und wandten sich dann wieder ihrem Bier und ihrem Gespräch zu. Vuk mußte wegen des Qualms, der das blaue Licht in den dunklen Räumen verschleierte, die Augen zusammenkneifen. Der Russe und der Iraner saßen allein an einem Tisch in der hintersten Ecke. Krawtschow hatte sich so hingesetzt, daß er die Tür im Auge behalten konnte, während der Iraner ihr den Rücken zukehrte. Er hatte kurzes schwarzes Haar, das mit Gel gestriegelt war. Krawtschow hatte ein fast ausgetrunkenes Bier vor sich. Der Iraner trank offenbar Kaffee. Neben der Kanne standen noch zwei weitere Tassen auf dem Tisch.

Als Krawtschow Vuk entdeckte, hob er ein wenig die Hand. Lautlos ging Vuk in seinen Joggingschuhen zu ihrem Tisch. Der Iraner wandte ihm den Kopf zu. Vuk merkte, daß er über sein jugendliches Aussehen überrascht war. Er hatte einen erfahreneren Mann erwartet. Als hätte Erfahrung nur mit dem biologischen Alter zu tun. Ebenso sehr kam es auf das Leben an, das man führte. Vuk hatte in vier Jahren mehr gelernt, als die meisten in einem ganzen Leben lernen konnten. Und er hatte überlebt. Vuk setzte sich ans Tischende, so daß er die Wand im Rücken, Krawtschow zur Rechten und den Iraner zur Linken hatte.

Krawtschow lächelte. Seine Augen lächelten nicht mit. Der Iraner betrachtete Vuk aufmerksam. Er hatte schwarze, dicht beieinander sitzende Augen. Er spielte mit seinem Löffel.

»Kaffee?« fragte er auf englisch.

Vuk nickte.

Der Iraner ergriff die Kanne und schenkte ihm eine Tasse Kaffee ein.

»Vuk, darf ich vorstellen: Mr. Rezi. Mr. Rezi: Das ist Vuk.«

Vuk nickte noch einmal und hob seine Tasse. Seine Hand war ruhig.

Krawtschow zuckte die Schultern und sagte:

»Okay. Mr. Rezi ist autorisiert, im Namen seiner Regierung zu sprechen.«

»Dann laß ihn reden«, sagte Vuk ironisch. Der Iraner betrachtete ihn, und Vuk betrachtete den Iraner. Krawtschow spürte die Frostigkeit zwischen ihnen. Damit hatte er gerechnet. In diesen Zeiten einen Serben und einen Muslim an einen Tisch zu setzen, war vielleicht nicht unbedingt das Cleverste, aber Krawtschow hatte in seinem langen Leben gelernt, daß sich bei Geschäften am Ende die unterschiedlichsten Leute einig werden. Auch wenn Rezi sicher wußte, daß Vuk in Bosnien seine Landsleute gejagt und getötet hatte. Aber das hier war Geschäft. Die früheren Feinde hatten jetzt ein gemeinsames Interesse. Hier gab es keinen Platz für Ideologie und Idealismus.

Auch Rezi hob seine Tasse, trank einen Schluck und stellte sie lautlos auf die Untertasse zurück. Er steckte sich eine Zigarette an und beugte sich über den Tisch. Er sprach leise. Sein Englisch war schön. Wie sie beim BBC reden, dachte Vuk. Er war um die Vierzig, wirkte gebildet und kultiviert, aber Vuk wußte, daß Rezi genauso ungerührt töten würde, wie er Kaffee trank. Ob er nun selbst auf den Abzug drückte oder einen anderen schickte. Die iranische Geheimpolizei kannte kein Mitleid mit ihren Gegnern.

»Wir wollen den Tod dieser ungläubigen Hure«, sagte er mit trockener, ruhiger Stimme. »Wir sind bereit, Ihnen und der Organisation von Mr. Krawtschow vier Millionen Dollar für den Job zu bezahlen. Der Vertrag gilt sechs Monate.«

Vuk beugte sich ebenfalls über den Tisch.

»Ich töte nicht für Geld«, sagte er.

»Das verstehe ich. Sie können das Geld verwenden, wofür Sie wollen.«

Vuk wartete wieder. Er nahm noch einen Schluck Kaffee. Er war lauwarm. Im Lokal herrschte ein angenehm gedämpftes Stimmengewirr. Der Wirt hatte den Fernseher eingeschaltet und verfolgte ein Fußballspiel. Vuk schaute Rezi an, als dieser fortfuhr:

»Offiziell schickt der Iran keine Killergruppen aus. Das würde sich im Augenblick politisch nicht gut machen. Unsere wirtschaftliche Lage erfordert, daß wir mit den Ungläubigen zusammenarbeiten. Aber wir wollen die Hure aus dem Weg schaffen. Eine Fatwa ist endgültig. Politiker können nicht umstoßen, was Allah beschlossen hat. Was auch immer wir sagen und offiziell tun. Verstehen Sie mich?«

»Absolut«, sagte Vuk.

»Also Mr. ...?«

»Vuk reicht.«

»Also Mr. Vuk. Was ist Ihre Position?«

Vuk hatte die Nase voll von seiner geschliffenen Diplomatensprache.

»Ich hasse die verdammten Muslims«, sagte er.

Vuk sah, daß Rezi mit den Augen blinzelte. Sie wurden

ganz schwarz. Es war, als ob der Geschäftsmann und Diplomat mit einem Mal verschwände. Als ob der blaue Anzug nicht mehr zu ihm paßte. Der Geheimagent, der Henkersknecht aus Teheran konnte nicht mehr verbergen, wer er wirklich war.

»Beruhige dich, Vuk. Please.« Krawtschow fummelte nervös an seinem Teelöffel.

Rezi lächelte und hob beschwichtigend die Hände.

»Schon gut, schon gut«, sagte er. »Er ist jung. Ich verstehe das. Vielleicht hat seine Familie gelitten. Krieg ist furchtbar. Wir wissen das. Wir haben acht Jahre gegen die gottlosen Iraker gekämpft. Ich habe selbst in den Sümpfen von Basra gelegen. Der Krieg zeichnet einen Menschen, auch wenn die Narben nicht sichtbar sind.«

Krawtschow lächelte, aber auf seiner Stirn perlte Schweiß. Er trank den letzten Schluck Bier und sagte:

»Erzählen Sie ihm von dem Plan, Mr. Rezi. Wie schön er ist.«

»Es ist Ihr Plan. Ich finde also ...«

Krawtschow faßte Vuk am Arm, zog aber schnell die Hand zurück, als er Vuks Gesichtsausdruck sah. Statt dessen sagte er rasch:

»Hör zu, Vuk. Mr. Rezi liefert einen bosnischen Muslim. Und du haßt diese Leute doch. Einen guten, toten bosnischen Muslim. Er bekommt die Schuld. In Teheran wird er zum Märtyrer erklärt. Die können da unten jederzeit eine Volksmenge auf die Beine stellen. Und die gutherzigen Idioten im Westen werden rasen vor Wut! Und ihr Serben könnt ein bißchen Sympathie gut gebrauchen. Überleg dir das! Was bedeutet schon irgendeine Schriftstellerin für dich? Keinen Fatz! Und irgendein blöder bosnischer Muslim und seine Kumpanen kriegen die Schuld. Ist doch schön. Siehst du das nicht?«

Vuk lächelte zum ersten Mal. Die Stimmung am Tisch

war besser. Das war nicht zu übersehen. Jedenfalls sah er es klarer als Krawtschow, weil das alte KGB-Schwein nicht ahnte, was Vuk eigentlich vorhatte.

»Deine alte Organisation hat dich gut geschult«, sagte Vuk. »Was hast du eigentlich davon? Und hör auf, vom Geld zu reden. Denn das kriegen wir.«

»Das geht dich wirklich nichts an«, sagte Krawtschow.

»Irgendwann vielleicht doch«, sagte Vuk.

Rezi beugte sich wieder vor. Er schenkte Vuk und sich Kaffee ein und bot ihnen eine Marlboro an. Dann gab er ihnen Feuer und sagte:

»Gentlemen, lassen Sie uns jetzt geschäftlich reden. Mr. Vuk! Meine Regierung möchte Mr. Krawtschow und seinen, wie soll ich sagen, seinen Geschäftsfreunden Zugang zu Bankkonten geben. Legalen Konten. Sauberen Konten.«

Krawtschow beugte sich vor.

»Hör zu, Vuk! Heutzutage ist es leicht, Geld zu verdienen. Aber es ist schwer, es zu gebrauchen. Wir brauchen Kanäle. Legale Kanäle.«

Vuk lächelte breit.

»Ihre Regierung will also das Geld der russischen Mafia waschen.«

Jetzt lächelte Rezi ebenfalls. Es war ein kaltes Lächeln, aber er gab Vuk mit einer Armbewegung zu verstehen, daß er den Zusammenhang verstanden hatte.

»Es ist perfekt, Vuk«, sagte Krawtschow. »Perfekt. Es gibt keinen Verlierer dabei.«

»Außer Sara Santanda«, sagte Vuk.

Rezi sagte hart:

»Bringen Sie die Ungläubige bloß zum Schweigen. Schikken Sie sie zur Hölle, wo sie bis in alle Ewigkeit schmoren soll.«

»In Ordnung«, sagte Vuk und stand auf.

Krawtschow sah ihn an.

»Alles übrige spielt sich zwischen uns ab«, sagte Vuk.

Vuk ging, ohne Rezi die Hand zu reichen. Krawtschow stand auf und ging ihm nach. An der Tür blieben sie stehen.

»Wir treffen uns morgen im Tiergarten. Am Goethe-Denkmal. Um zwölf«, sagte Vuk.

»Gut«, sagte Krawtschow.

»Paß auf Rezi auf. Die Deutschen haben ihn garantiert im Visier.«

»Er ist gestern erst gekommen.«

»Trotzdem.«

»Okay, Vuk. Es ist ein guter Deal.«

»Wir werden sehen.«

Vuk legte die Hand auf die Klinke. Krawtschow flüsterte ihm ins Ohr:

»Ich habe gehört, dein Freund in Pale ist bei einem Unglück umgekommen.«

Vuk drehte sich um und blickte ihm direkt in die Augen.

»Wir leben in einer gefährlichen Welt. Denk dran, Krawtschow«, sagte er.

Krawtschow nickte. In seinem Magen spürte er plötzlich einen kalten Block. Vuk war jung, aber wenn man ihm gegenüberstand, hatte man das Gefühl, eine Giftschlange vor sich zu haben. Er hatte ein nettes Lächeln, aber Zähne aus Stahl, dachte Krawtschow.

»Morgen, Vuk«, sagte er nur und entließ Vuk in die Berliner Nacht, während er zu Rezi zurückging, um die näheren Dinge zu besprechen: Sicherheiten, Überweisungswege, Waffen und sonstige Logistik. Er wollte die iranische Regierung dazu bringen, alles mit der diplomatischen Post zu liefern. Am besten alles noch heute nacht klären. Da ging es ihm wie Vuk. Als alter KGBler hatte Krawtschow einen Heidenrespekt vor dem deutschen Nachrichtendienst und wollte nicht öfter als unbedingt nötig mit dem iranischen Agenten gesehen werden. Außerdem waren die Iraner unberechenbar. Er hatte nicht viele Freunde aus den guten alten Tagen in Teheran behalten. Im iranisch-irakischen Krieg war Moskau auf der anderen Seite gewesen, aber Krawtschow hatte seine Verbindungen trotzdem warmgehalten. Damals, als er einem Staat diente, der allgemein respektiert war. Er verdiente jetzt mehr, aber wenn er könnte, würde er gern die Zeit zurückdrehen und wieder einem Staat dienen, der Einfluß auf der ganzen Welt hatte. Nichts konnte mit dem Gefühl verglichen werden, der Elite des Staates anzugehören. Krawtschow empfand also irgendwie auch eine kitzelnde Freude. Ein wenig erinnerte ihn das hier an die gute alte Zeit, als er alle Fäden in der Hand hielt und Agenten in Feindesland schickte. Nichts konnte sich mit einer verdeckten Operation messen. Nicht einmal Sex, dachte er.

Diese Gedanken gingen ihm auch am nächsten Vormittag durch den Kopf, als er den Tiergarten durchquerte. Das Laub der Parkbäume war staubgrün, und die ersten gelben Blätter lagen zu seinen Füßen, als er den Kiesweg zum Goethe-Denkmal hinaufschlenderte. Ab und zu wurde er von einem Fahrrad überholt. Mütter schoben Kinderwagen. In der Ferne hörte man den Verkehr der Großstadt. Ein verliebtes Paar ging eng umschlungen. Ein Eichhörnchen kletterte behende einen Stamm hinauf. Es erinnerte ihn an die Parks in Moskau und an seine Kindheit. Er war ganz in Gedanken verloren. Ein gut gekleideter, mittelaltriger Herr bei seinem Vormittagsspaziergang. Wenn man ihn betrachtete, konnte man leicht auf den Gedanken kommen, er sei ein Geschäftsmann, der es so weit gebracht hatte, daß er sich schon im frühen Alter zur Ruhe setzen konnte.

Krawtschow bemerkte den jungen Mann im blauen Jogginganzug nicht, der ein Dutzend Meter hinter ihm an einem Baumstamm seine Dehnübungen machte. Er war bloß einer von vielen Joggern. Neben dem jungen Mann hielt ein Radfahrer an. Er hatte eine Kamera um den Hals, und auf dem Gepäckträger lag ein Buch über die Vögel des Tiergartens. Der Jogger nickte diskret. Der Ornithologe nahm seine Kamera und machte rasch eine Fotoserie von Krawtschow. Dann setzte er sich wieder aufs Rad und fuhr an dem spazierenden Russen vorbei. Ein Stückchen weiter bremste er und schaute in sein Buch. Er ließ das Rad stehen und betrat die Grasfläche, die leicht anstieg. Er hob die Kamera und machte mehrere Fotos von einem entfernt stehenden Baum. Rasch schielte er auf den herankommenden Krawtschow hinunter, und macht schnell zwei Fotos von seinem Gesicht, bevor er sich wieder in das Vogelbuch vertiefte.

Krawtschow sah den Mann mit der Kamera sehr wohl. Einen Moment lang war er auf der Hut, aber als er das Buch bemerkte, seine karierte Mütze und den entzückten Gesichtsausdruck eines Menschen, der ein seltenes gefiedertes Wesen erblickt hatte, kehrte er zu seinen Gedanken zurück. Er dachte an seine Jugend und seine Laufbahn im KGB. Im großen und ganzen war vielleicht alles umsonst gewesen, aber die Erinnerungen an gelungene Aktionen und echte Kameradschaft konnte ihm keiner nehmen. Er dachte an Vuk. Ein sonderbarer junger Mann. Über die Maßen begabt. Charmant, wenn er Lust dazu hatte. Kaltblütig und ohne jede Nervosität. Mit den seltsamen blauen Augen, die so kalt wirkten, aber einen Schmerz enthielten. Er hatte diese jungen Männer in Afghanistan gesehen. In Angola und natürlich in Bosnien. Sie verrieten nichts und verrieten doch alles. Es war gut, sie auf seiner Seite zu haben. Es war lebensgefährlich, sie als Feinde zu haben. Wenn sie Skrupel hatten, zeigten sie sie nicht. War er einst nicht selbst so gewesen? Einst. Wenn er sich aus drei Kilometer Höhe furchtlos aus der Maschine fallen ließ und auf die dunkle Erde zusauste und bis zum letzten Augenblick wartete, bevor er den Fallschirm öffnete. Wo die Angst, die alle Menschen empfanden, sich statt zu lähmen in einen Brennstoff verwandelte, der alle Sinne schärfte und alle Muskeln dazu brachte, zusammenzuspielen und ihr Bestes zu geben. Er war selbst im Felde gewesen und wußte, daß er ein guter Führungsoffizier gewesen war. Anspruchsvoll, bestimmt und entschieden, aber stets loyal und verständnisvoll. Und das alles hatte keinerlei Nutzen gebracht. Oder …? Er besaß jetzt genug Geld, aber im stillen wußte er natürlich, daß er seine Kräfte nicht nur deshalb in einer neuen Geheimorganisation einsetzte. Er konnte auf Spannung nicht verzichten, außerdem wußte er zuviel, als daß sie ihm erlaubten, sich zurückzuziehen und seinen Lebensabend zu genießen. Die Organisation war seine Familie. So war es immer gewesen. Nun hieß sie nur anders. Sie diente nicht mehr einem Land, sondern dem Götzen Geld, aber wie früher der KGB fühlte sich auch die Mafia hoch erhaben über alle Gesetze mit Ausnahme ihrer eigenen.

Krawtschow entdeckte Vuk. Er stand am Denkmal und rauchte eine Zigarette. Er hatte die üblichen Jeans und die Lederjacke an. Aber er war beim Friseur gewesen, schön kurz mit Seitenscheitel. Krawtschow sah, wie Vuk einem Läufer mit den Augen folgte und kurz darauf dem Vogelliebhaber, der auf seinem hohen Herrenrad vorbeifuhr. Er war wachsam, dieser Vuk. Wie wohl sein richtiger Name lautete? Und was war seine Geschichte? Würde er sie ihm vielleicht einmal erzählen? Die jungen Agenten hatten oft einen Vater nötig. Am Ende wurde es doch oft persönlich. Etwas für das Vaterland zu tun war merkwürdig abstrakt. Schwierige und manchmal furchtbare Dinge für einen Freund, einen Kameraden, einen Ersatzvater zu tun war viel leichter. Auf diese Weise hatte er immer sein Netz ausgeworfen. Sich Zeit genommen, zuzuhören, zu trinken, sich etwas anvertrauen zu lassen. Das erzeugte Loyalität. Aber leider schien Vuk das nicht zu brauchen. Als hätte er einen Eisklumpen in seinem Innern. Aber vielleicht …

wenn alles überstanden war, konnte er Vuk nach Moskau einladen. Wenn es richtig Winter wurde und sie am Kamin seiner neuen Datscha Wodka trinken und Geschichten erzählen konnten.

»Guten Morgen, Vuk«, sagte er.

»Laß es uns kurz machen, Krawtschow«, sagte Vuk.

»Niemand weiß, daß ich hier bin. Ich bin pensioniert.«

»Kurz, Krawtschow«, sagte Vuk. »Komm, laß uns gehen.«

Sie gingen nebeneinander den Kiesweg entlang.

»Ich brauche einen dänischen Paß. Sauber. Nicht gestohlen.«

»*No problem*. Zwei Tage. Wann bist du geboren?«

»1969.«

Einen dänischen Paß zu fälschen oder zu ändern war das Einfachste von der Welt. Krawtschow verstand nicht, warum die Dänen einen Paß hergestellt hatten, in dem die beiden wichtigsten Seiten problemlos herauszunehmen waren und das Bild nicht einmal beschichtet war. Aber das machte das Leben für einen wie ihn ja nur einfacher, je länger der Paß also in Gebrauch war, um so besser für ihn.

»Okay. Sonst noch was?« sagte er.

»Einen britischen Paß. Auch sauber. Einen Führerschein unter demselben Namen samt Kreditkarte. Die muß mindestens eine Woche halten.«

»No problem.« Das war schwieriger, ließ sich aber machen.

Vuk gab ihm zwei Paßbilder. Auf den Fotos trug er einen Schlips, wahrscheinlich waren sie heute morgen in einem Automaten aufgenommen worden. Auf dem Bild ähnelte Vuk einem jungen, ehrgeizigen Geschäftsmann, der dem Betrachter unbefangen und selbstsicher in die Augen schaute.

»Keine Treffen mehr. Wir kommunizieren per Post. Poste restante, Købmagergades Postkontor, Købmagergade 33, 1000 København K.« Er gab Krawtschow einen Zettel mit der dänischen Adresse und fuhr fort: »Das ist das Postamt im Bahnhof Zoo. An Mr. John Smith, falls nötig. Du schickst mir einen Schließfachschlüssel, wenn die Waffen da sind. Du bringst sie nach Dänemark.«

»Okay. Welche?«

»Eine Dragunow mit Tag- und Nachtfernrohr. Beretta 92. Zwei Extramagazine. Munition natürlich.«

Das war zu erwarten, dachte Krawtschow. Die Dragunow war eine in Rußland hergestellte Heckenschützenbüchse, und das jugoslawische Bundesheer hatte ein Kopiemodell gebaut. Die Beretta 92 war eine moderne Pistole, die fünfzehn Schuß enthielt und in großen Mengen produziert wurde. Es waren vielleicht nicht die ausgeklügeltsten Waffen der Welt, aber sie waren stabil und verläßlich und leicht zu beschaffen. Eine gute Wahl.

»Okay. Was noch«, sagte er ruhig, ohne sich eigentlich ruhig zu fühlen. Vuk war nervös unter der ruhigen Oberfläche. Plötzlich überkam Krawtschow der Gedanke, daß der Bursche irgendwo unter der ganzen Selbstsicherheit zusammenzubrechen drohte. Aber seine Augen und Hände waren ruhig.

Vuk blieb stehen und reichte ihm ein Stück Papier mit einer Reihe von Zahlen. Krawtschow studierte einen Moment die Zahlen und steckte sie dann in die Tasche. Keiner von beiden bemerkte den Ornithologen. Er hatte sein Rad am Rand des Rasens abgestellt und lag hinter einem Baum im Park. Er hatte Krawtschow Gesicht im Tele. Der Nacken des jungen Mannes war im Weg, aber es war das bislang beste Bild. Er ließ den Motor der Kamera laufen und nahm schnell eine Serie auf. Dann zog er Kamera und Kopf ein. Sie hatten ihn gewarnt, Krawtschow sei ein ehemaliger Profi und mit mehr Antennen ausgestattet als ein mobiler Rundfunksender, und er hatte Befehl erhalten, vorsichtig zu sein. Also mußte das jetzt reichen.

Vuk schaute Krawtschow in die Augen und sagte:

»Veranlasse deinen iranischen Freund, eine Million Dollar auf dies Konto auf Cayman Island zu überweisen. Die Anzahlung. Ich überweise sie sofort weiter, irgendwelche Tricks sind also zwecklos!«

»Wofür hältst du mich eigentlich, Vuk? Wir sind Partner. Du kannst mir vertrauen.«

»Niemals. Und ich will 50 000 in dänischen Kronen. In bar.«

»Das wird ein paar Tage dauern. Wohin soll es geliefert werden?«

»Steck die beiden Pässe, Kreditkarte, Führerschein und Geld in eine abschließbare Tasche und gib die Tasche bei der Gepäckaufbewahrung im Bahnhof Zoo ab. Schick die Quittung und den Schlüssel per Post an Per Larsen, Poste restante, Hauptpostamt Berlin. Okay?«

Krawtschow reichte ihm einen Zettel mit einer achtstelligen Nummer.

»Falls was sein sollte ... ruf diese Handynummer an. Entweder ich oder ein anderer ist immer zu erreichen ... unter dieser Nummer. Du brauchst nur ›Vuk‹ zu sagen und uns eine Nummer zu geben, dann rufen wir zurück. Betrachte das als eine Art Versicherung. Und laß sie nicht in falsche Hände gelangen.«

Vuk zögerte einen Augenblick, bevor er die Nummer in die Tasche steckte. Er würde sie später auswendig lernen.

»Und der Rest des Geldes?« fragte Krawtschow.

»Du kriegst später eine andere Kontonummer auf den Cayman Islands.«

»Wann?«

»Ich bin mir sicher, daß du das in der Zeitung lesen wirst«, sagte Vuk ohne Ironie.

»In Ordnung«, sagte Krawtschow. Vuk wußte, daß das Geld fließen würde. Für die russische Mafia waren es Pimperlinge, und Krawtschow hatte garantiert keine Lust, sich bis zum Ende seines Lebens vor Vuk in acht nehmen zu müssen. Es war schlecht fürs Geschäft und fürs Klima, jemanden in derartigen Angelegenheiten über den Tisch zu ziehen. Außerdem könnten sie ihn noch einmal nötig haben. Sie wußten ja nicht, daß er Europa nach dieser Sache für immer verlassen würde.

»Okay«, sagte Vuk. »Das war's.«

Vuk schaute sich um. Der Park lag friedlich in der Sonne. Etwas entfernt spielten einige Kinder, während ihre Mütter auf der Bank saßen und plauschten. Ein Mann führte seinen Hund aus. Er warf einen Stock, den der Hund apportierte. Es war eine friedvolle Szenerie, die Vuk plötzlich mit einer Sehnsucht nach anderen Zeiten erfüllte, aber er zwang sich, den Gedanken nicht weiterzuspinnen. Der Kommandant hatte ihm beigebracht, sich auf den Auftrag zu konzentrieren und alles, was ablenken könnte, fernzuhalten und sich nie von der Sehnsucht nach dem Unerreichbaren auffressen zu lassen.

Krawtschow reichte ihm die Hand, und Vuk drückte sie kurz.

»Hals- und Beinbruch«, sagte Krawtschow.

»Ja«, sagte Vuk.

»Es ist wie in alten Tagen. Als ich die Agenten in die Schlacht schickte. Euphorisch und erschreckend zugleich. Es war eine gute Zeit.«

Vuk nickte und wandte sich um, um zu gehen. Krawtschow sagte ihm noch:

»Hast du was dagegen, nach Dänemark zurückzukehren?«

Vuk wandte sich wieder um und sagte beinahe träumerisch, wie es Krawtschow schien:

»Überhaupt nicht. Es ist kinderleicht, in Dänemark einen Menschen zu töten.«

9

Vuk war gezwungen, noch weitere fünf Nächte in Berlin zu bleiben. Er verbrachte die Zeit mit Schlafen oder Fernsehen, entweder CNN oder deutsche Privatsender mit amerikanischen Filmen, in denen Cary Grant und John Wayne, Tom Cruise und Sean Connery mit falschen Synchronstimmen sprachen. Morgens und abends lief er zehn Kilometer im Tiergarten und führte ein hartes Krafttraining auf dem Boden des Hotelzimmers durch. Liegestütze, Streckübungen und Rumpfbeugen. Die körperliche Beschäftigung lenkte ihn von den Versuchungen der Minibar ab. Das Fernsehen half die nagenden Dämonen auf Abstand zu halten, nur ein einziges Mal träumte er von der Blutwalze, und es gelang ihm aufzuwachen, bevor sie unter der flammenden Sonne erschien.

Er kaufte einen hübschen mittelgroßen Koffer, eine Sporttasche und einen dunkelblauen Anzug sowie ein helles Hemd und eine Krawatte mit kleinen rotblauen Vierecken. Ihm war aufgefallen, daß die meisten Geschäftsleute so herumliefen, wenn sie mit Diplomatenköfferchen in der einen und Handy in der andern Hand durch Berlins Straßen hasteten.

Das Hotelpersonal war diskret und betrachtete ihn offenbar als harmlosen Touristen, der das neue wiedervereinigte Berlin erleben wollte. Er nahm im Hotel nur das Frühstück zu sich und suchte sich jeden Abend ein anderes anonymes Steakhaus in der Umgebung des von Menschen wimmelnden Ku'damms. Das Wetter war weiterhin mild, obwohl vereinzelt Wolken über die Stadt zogen und er am nächsten Morgen, als er unter den hohen Bäumen des Tiergartens seine Runden drehte, naßgeregnet wurde. Der Spätsommer bereitete sich darauf vor, in den Herbst überzugehen, und die größten Blätter an den Bäumen hatten schon gelbe Ränder bekommen. Beim Laufen durch den milden Regen und mit dem Summen des Verkehrs von der Straße des 17. Juni im Ohr fühlte er sich wohl. Das Laufen erinnerte ihn an die schönen Zeiten in der Gruppe der Auserwählten auf der Spezialschule, wenn sie am frühen Morgen ihre sieben Kilometer liefen und der Körper vor Freude sang, weil er gebraucht wurde.

Er kaufte eine Dänemarkkarte und einen Stadtplan von Kopenhagen, den er sich abends, wenn der Fernseher mit schwacher Lautstärke im Hintergrund lief, genau einprägte. Er schloß die Augen und rief sich die bekannten Straßen ins Gedächtnis zurück. Er hatte keine Mühe, die Flächen des Stadtplans in Straßen, Häuser, Gassen, S-Bahn-Linien und Vororte zu verwandeln. Er sah Häuser und Wohnviertel vor sich. Er belebte den Rathausplatz, die Nørrebrogade, die Valby Langgade und die Fußgängerzone Strøget mit dänischen Gesichtern und versuchte, sich im Geiste die Sprache zurückzurufen. Er stellte einen Würstchenwagen an eine Straßenecke und holte eine Zeitung in einem Kiosk, dessen pakistanischer Besitzer schlechter Dänisch sprach als sein Vater. Er erinnerte sich an alles und ließ die Erinnerungen nach Belieben kommen und gehen. Es waren überwiegend gute Erinnerungen. Sein Leben hätte anders verlaufen können, wenn ihn der Vater nicht zurückgerufen hätte. Vielleicht hätte er Mathematik oder Ingenieurwesen studiert, eine feste Freundin gehabt und in einem Studentenheim gewohnt wie alle andern auch. Womöglich hätte er jetzt Frau und Kinder. Hätte ihnen von seiner alten Heimat erzählt und versucht, ihnen verständlich zu machen, warum es notwendig war zu kämpfen. Und doch. Hätte er es selbst verstanden? Wenn er nicht fortgezogen wäre, sondern in dem kleinen sicheren Land geblieben wäre, das so gemütlich und geschützt vor heftigen Wettern und heftigen, von Menschen verursachten Katastrophen und Umwälzungen dalag. Das wußte keiner. Im übrigen war es auch vergeudete Zeit, über dies Was-wäre-wenn nachzudenken. Er war als der geboren, der er war, mit der Nationalität, die er zumindest innerlich mit sich trug, auch wenn es ihm niemand ansah. Er hatte nicht im entferntesten slawische Züge, eher nordische. Er wußte nicht warum, aber die Familie seiner Mutter stammte aus Slowenien und hatte deutsche Ahnen. Vielleicht hatte er deswegen blonde, helle Haare und die blauen Augen seiner Mutter. Vom Vater steckte nicht viel in ihm. Der war dunkel und stämmig gewesen und hatte breite Schultern und Hände. Aber er fragte sich, ob er nicht die sichere Hand und die Kaltblütigkeit des Vaters geerbt hatte. Er ließ die Gedanken an die Familie nicht weiter auf sich einstürmen. Es wäre zu schmerzlich, wenn er es zuließe.

Er fand einen Kiosk, wo es eine dänische Zeitung gab, die erst einen Tag alt war. Aber in der Zeitung ergaben nur die Auslandsmeldungen einen Sinn. Die dänischen Geschichten verstand er nicht. Aber er verstand, daß Dänemark nach wie vor ein Land war, in dem kleine Probleme groß gemacht wurden, weil es eigentlich nicht viel gab, worüber man schreiben konnte. Er las sich laut vor, und die Wörter kamen leicht und fließend. Er prägte sich bei der Lektüre ein, wer der Staatsminister war und worüber die Dänen anscheinend gerade sprachen. Die Fernsehprogramme füllten nun eine ganze Seite. Die Nachrichten wurden zweimal gesendet und zu ganz neuen Zeiten. Das zweite Programm sendete mehr oder mindestens so viel wie der alte Sender Danmarks Radio, der sich jetzt offenbar TV1 nannte. Es gab auch viele ausländische Sender, die die Dänen empfangen konnten, jedenfalls war deren Programm detailliert abgedruckt. Die

Dänen konnten dasselbe sehen, was er in Berlin sah. Anscheinend konnte ganz Europa dasselbe Programm sehen, wenn es wollte.

Jeden Tag ging er zur Hauptpost und zeigte am Poste-restante-Schalter seinen Per-Larsen-Paß. Am Tag nach seiner Begegnung mit Krawtschow rief er die Bank auf den Cayman Islands an, die eifriger über das Bankgeheimnis wachten als die Schweizer. Er rief von einer Zelle auf dem Postamt an, wo er das Gespräch in bar abrechnen konnte. Er gab der Bank seine Geheimzahl, versicherte sich, daß das Geld eingegangen war, und bat darum, es abzüglich einer geringen Gebühr auf eine Bank in Liechtenstein zu überweisen, bei der Vuk in den letzten vier Jahren seine Einkünfte und Prämien eingezahlt hatte. Sie war diskret und hielt die Identität ihrer Kunden vor den lokalen und nationalen Finanzbehörden geheim. Möglicherweise könnte ein Gericht den Zugang zu einem Konto verlangen, aber soweit die Bank orientiert war, war das nie vorgekommen. Man sah in dem kleinen Fürstentum keinen Grund, das Huhn zu schlachten, das ohne jeden Aufwand goldene Eier legte. Vuk hatte das Konto auf den Namen Peter Nielsen einrichten lassen und konnte davon abheben, indem er einfach seine Geheimzahl durchgab.

Am vierten Tag wurde ihm ein gefütterter Umschlag ausgehändigt, in dem sich lediglich ein Kofferschlüssel und eine Marke für die Gepäckaufbewahrung im Bahnhof Zoo befanden. Er suchte sich auf seinem Stadtplan die betreffende U-Bahn-Linie heraus und fuhr hin. Junge Leute aus der ganzen Welt standen vor der Gepäckaufbewahrung herum, wo sie ihre Rucksäcke abgaben und wieder abholten und alles mögliche verglichen: Übernachtungsmöglichkeiten, Preise billiger Lokale und Ziele, die man besuchen mußte, und Orte, wo man sogar umsonst wohnen konnte. Vuk gewann den Eindruck, daß der eigentliche Sinn und

Zweck des Rucksacktourismus darin bestand, so billig wie möglich durchzukommen und nur mit Gleichgesinnten zu verkehren. Sie reisten, um sich und andere kennenzulernen, aber auf der Jagd nach Sicherheit hielten sie sich doch nur an Menschen, die so sprachen, dachten und angezogen waren wie sie selber. Mit seinen Jeans, den Laufschuhen und der braunen Lederjacke fiel er unter ihnen nicht weiter auf. Er mischte sich unter sie und schaute sich sorgsam, aber diskret um. Der Bahnhof strahlte hektische Normalität aus.

Er gab seine Marke ab.

»Einen Moment«, sagte der kräftige ältere Mann, der sie in Empfang nahm.

Vuk blickte sich um. Er spürte die Nervosität wie ein Zittern im Kreuz. Wenn sie ihn nun beobachteten? Wenn Krawtschow nicht der war, für den er sich ausgab? Oder wenn er ihn verkauft hatte, dann war jetzt der Augenblick gekommen, in dem die deutsche Polizei zuschlagen würde. Er hielt sich illegal in Deutschland auf, und auf CNN hatte er gesehen, daß man angefangen hatte, bosnische Serben festzunehmen, um sie dem Kriegsverbrechertribunal in Den Haag auszuliefern. Aber Vuk wußte, daß er immer vorsichtig gewesen war. Ihn kannten nur wenige. Das eine Mal, wo er zusammen mit dem Kommandanten zu weit gegangen war, hatten sie keine Zeugen hinterlassen. Er war Soldat in einem schmutzigen Krieg gewesen, aber er war mit sich einig, daß er nur seine Pflicht getan hatte. Nur die Blutwalze erzählte ihm, daß er den Nachmittag, an dem er die Besinnung verloren hatte und sie mit dem Töten einfach weitermachten, bis im Dorf nichts Lebendes mehr übrig war, womöglich nie vergessen würde.

Der ältere Mann kam mit einem kleinen grauen Samsonite-Koffer zurück. Vuk nahm ihn, bezahlte und ging schnell davon. Niemand nahm von ihm Notiz. Täglich gingen Hunderte von Taschen, Rucksäcken und Koffern über die Theke der Gepäckaufbewahrung.

Er nahm ein Taxi, bat aber, an der Ecke Knesebeckstraße und Kurfürstendamm abgesetzt zu werden. Mit dem Koffer zu seinen Füßen blieb er ein paar Sekunden stehen und betrachtete die Menschenmenge, bevor er den Koffer aufnahm und die paar hundert Meter zu seinem Hotel ging. Der Koffer war ziemlich leicht. Als er die Zimmertür hinter sich abgeschlossen hatte, öffnete er ihn mit dem Schlüssel aus dem Umschlag. Er enthielt das Vereinbarte: den dänischen Paß, den britischen Paß, den englischen Führerschein und eine in London ausgestellte Eurocard sowie Geldbündel von je 2000 dänischen Kronen, die aus Hundert- und Fünfhundert-Kronen-Scheinen bestanden. Vuk packte ein paar der Bündel aus. Es stimmte alles. Krawtschow war ein Profi. Ganz offensichtlich konnte er weiterhin seine Kontakte aus alten Zeiten bemühen, als der KGB in ganz Ost- und Mitteleuropa operierte. Die rasche Verbreitung der russischen Mafia und ihre Fähigkeit zu handeln waren ihrem engen Kontakt zum Geheim- und Parteiapparat der ehemaligen Regime zu verdanken. Das Netzwerk der alten Kumpels funktionierte noch immer, diskret, aber einflußreich.

Die Pässe waren relativ neu, sahen aber normal gebraucht aus. Er unterschrieb sie mit zwei verschiedenen Handschriften. Krawtschow hatte ein paar vertrauenerweckende Namen gefunden. Carsten Petersen im dänischen und John Thatcher im britischen Paß. Vielleicht hatte Krawtschow nach wie vor Zugang zu den Fälschungsabteilungen in Moskau, oder er war vorausschauend genug gewesen, beim Zusammenbruch des Systems einen Stapel Pässe mitgehen zu lassen. Oder hatte die russische Mafia einen derart großen Einfluß, daß sie im neuen russischen Geheimdienstapparat Dienstleistungen einfach anfordern konnte? Vuk wußte, daß die Pässe allemal ausreichten, um innerhalb der EU zu reisen. Die Flughafencomputer waren immer ein Problem, aber er hatte ohnehin nicht vorgehabt, nach Dänemark das Flugzeug zu nehmen. Krawtschow hatte versprochen, daß die Papiere sauber waren, und Vuk mußte ihm vertrauen. So wie die Grenzen innerhalb der EU heutzutage waren, rechnete er nur mit einer oberflächlichen Kontrolle. Mit allzu vielen unbekannten Karten mochte er nicht spielen, aber er hatte nichts dagegen, ein wohlüberlegtes Risiko einzugehen.

Vuk steckte seinen Rucksack in Krawtschows Koffer und ging zum Bahnhof Zoo zurück. Unterwegs warf er den Koffer in einen Abfallcontainer, der an einem Bauplatz stand. Er studierte sorgfältig den Fahrplan und kaufte für den nächsten Vormittag eine einfache Fahrkarte zweiter Klasse nach Hamburg. Im Fernsehen guckte er sich ein Fußballspiel an und lief dann seine zehn Kilometer im Tiergarten. Dann duschte er und ging essen, wie gewöhnlich ein Steak mit einer Ofenkartoffel. Dazu trank er fast eine ganze Flasche Wein. Heute nacht wollte er schlafen. Als er ins Hotel zurückkam, packte er seine alte Kleidung, die Lederjacke, die Joggingschuhe und den Großteil des Geldes in seinen neu gekauften Koffer. Dann setzte er sich in den Sessel und sah CNN, bis die Nachrichtenströme und die immergleichen Werbespots vor seinen Augen verschwammen und er spürte, daß ihn der Schlaf übermannte.

Vuk erwachte ausgeruht am nächsten Morgen. Er fühlte sich fit und unverwundbar, aber die Sicherheit sollte darunter nicht leiden. Er machte fünfundzwanzig schnelle Liegestütze, dann ging er ins Bad und zog sich das helle Hemd mit dem rotblauen Schlips und dem dunkelblauen Anzug an. Er schlüpfte in ein Paar neuer schwarzer Schnürschuhe und nahm den Koffer. Er bezahlte bar in DM und dankte auf englisch für einen angenehmen Aufenthalt. Er hatte noch genug deutsches Geld für die letzten Ausgaben, so daß er weder die Dollars noch die dänischen Kronen eintauschen mußte.

Er lief den Ku'damm hinunter bis zum Bahnhof, wo er in einem Café mit der *Herald Tribune* und einer Tasse Kaffee auf die Abfahrt des Zuges wartete.

Die Hauptverkehrszeit war so gut wie überstanden, als der Zug Berlin langsam verließ und in Richtung Hamburg fuhr. Vuk saß allein in einem Abteil und schaute auf die flache norddeutsche Landschaft. Überall waren Baukräne, und als sie die Autobahn erreichten, sah er einen dichten Strom von Autos in beide Richtungen. Vor seinen Augen schmolz die alte DDR wie Schnee in der Sonne. In einigen Jahren stünde die Mauer nur noch im Bewußtsein der Leute, während alle anderen Spuren des geteilten Deutschlands getilgt wären. »Wir sind ein Volk«, hatten sie 1989 gerufen. Wie die meisten hatte Vuk damals, als die Regime zusammenbrachen und das Volk die Fossilien vor die Tür warf, eine fast unbegreifliche Euphorie gepackt. Er war noch ganz jung und hatte wie andere junge Leute den Zusammenbruch als gerechte Strafe für die alten Männer empfunden. Die Regime stürzten wie Kartenhäuser ein, ohne Widerstand. Er verstand noch immer nicht, warum die Machthaber kampflos aufgegeben haben. Sie hatten die Macht gewaltsam ergriffen, mit Terror und Unterdrückung bewahrt, aber freiwillig abgegeben. Wieso? Er wußte es nicht, und er verstand es nicht. Er hatte geglaubt, es sei ein Neuanfang. Aber dieser Glaube hatte nicht lange gehalten. »Wir sind ein Volk«, hatten sie im Osten gerufen. Das sind wir auch, sagten sie schnell im Westen, als der Zusammenbruch anfing, dem Geldbeutel des reichen Westeuropa weh zu tun, das doch auf Kosten der andern Seite wohlhabend geworden war. Das Volk hatte die Revolution erschaffen. Die neuen Mächtigen hatten sie rasch entwendet.

Die Deutsche Bahn war pünktlich abgefahren und kam pünktlich in Hamburg an. Dort kaufte Vuk wiederum in bar eine einfache Fahrkarte nach Århus mit dem neuen deutschen InterRegio. Vor der Abfahrt um 12 Uhr 30 schaffte er es noch, ein Würstchen zu essen und ein paar deutsche Zeitungen zu kaufen. Es war mitten in der Woche, so daß nur wenige Reisende im Zug saßen. Ein deutscher Geschäftsmann und ein dänisches Pärchen, das leise miteinander sprach. Eine schöne Frau mit ihrem großen Sohn, dessen Walkman so laut eingestellt war, daß die Musik zischelnd durch den Wagen hallte. Sie bat ihn auf dänisch, auf seine Ohren achtzugeben und leiser zu drehen. Er gehorchte murrend. Vuk hatte die Zeitung vor sich aufgeschlagen und lauschte dem Tonfall der dänischen Sprache. Der deutsche Schaffner kontrollierte seine Fahrkarte, ohne ihn näher anzusehen. Vuk bedankte sich auf deutsch und legte die Zeitung beiseite. Die norddeutsche Tiefebene glitt vorüber. Die Häuser waren gut erhalten, die Felder abgeerntet und der Himmel über den dichten Wäldern im Hintergrund war hoch. Er hatte das erwartungsvolle Gefühl, auf einer Urlaubsreise zu sein. Das Gefühl einer Normalität, die er seit langem hinter sich gelassen hatte. Fühlte er auch ein gewisses umgekehrtes Heimweh? Er näherte sich zwar nicht seinem Vaterland, aber es war doch ein Land, das er einmal mit Selbstverständlichkeit sein Zuhause genannt hatte. Sein gemütliches Zuhause. Die dänischen Wörter rollten fremd und doch bekannt in seinem Kopf.

Sie näherten sich der Grenze. Der Zug hielt in Pattburg und setzte sich wieder in Bewegung. Der dänische Grenzbeamte ging durch den Zug. Vuk sah durch den Zuggang, daß er meist nur einen einzigen Blick auf die grünen deutschen und roten dänischen Pässe warf, nur einmal schaute er ein wenig gründlicher darauf. Jetzt hatte er Vuk erreicht.

»Den Paß, bitte«, sagte er auf deutsch.

»Guten Tag. Na, sehr viel geguckt wird ja heute nicht«, antwortete Vuk auf dänisch. Sein Dänisch war ohne Akzent. Er reichte dem Paßkontrolleur seinen Rote-Bete-farbenen Paß mit dem Namen Carsten Petersen. Der Beamte öffnete den Paß, schloß ihn gleich wieder und gab ihn zurück.

»Ja. Das wird zur Zeit mal so, mal so gehandhabt«, sagte er. Er hatte einen jütischen Dialekt. »Ich wünsche einen fortgesetzt guten Tag.«

»Vielen Dank«, sagte Vuk und wunderte sich ein wenig über den Ausdruck. Einen fortgesetzt guten Tag. Das hatte man früher nicht gesagt. Hörte sich wie eine Übersetzung aus dem Englischen an. Das Dänische schluckte fremde Wörter und Wendungen und machte sie zu seinen eigenen wie wenige andere Sprachen, die Vuk kannte.

Der Zug rollte durch Jütland. Das Land sah aus wie erwartet. Von der Sonne beschienen und unschuldig lag es unter einem hohen Himmel und lächelte Vuk zu, der sich in seinem Sitz zurücklehnte. Die Autos waren neu, die Häuser größer und die Gärten gepflegter, als er es in Erinnerung hatte. Aber vielleicht hing es damit zusammen, daß sein eigenes Land aus Ruinen und Flüchtlingsströmen bestand. Der Kontrast war groß, gerade weil er den Eindruck hatte, daß es in der dänischen Landschaft keine Kontraste gab. Es gab nur unzählige Nuancen, die einem Dänen wie große Unterschiede erschienen, für einen Ausländer aber wie ein Musikstück waren, das ständig das gleiche Thema spielte. Der Zug hielt an den meisten Stationen, und im stillen sprach er die Namen mit: Røde Kro, Vojens, Kolding, Fredericia, Vejle. Die Dänen waren ganz die alten. In Jeans, die sie Cowboyhosen nannten, und praktischen Jacken. Die wenigen Kinder waren gut gekleidet und wohlgenährt. Das Land strotzte vor Gesundheit und Überfluß. Den ganzen

Weg bis Århus sog er die Landschaft und die ruhigen dänischen Stimmen in sich auf. Ihm war, als legte er die Balkankappe ab, um statt dessen eine dänische Identität anzunehmen. Das fiel ihm so leicht, daß er einen Augenblick lang zweifelte, wer er eigentlich war und warum er zurückreiste.

Als er um 17 Uhr 28 in Århus ankam, war er wie alle anderen.

10

Lise carlsen ertappte sich wiederholt dabei, und doch konnte sie nicht anders, als Per zu betrachten, der lässig auf einer Tischkante saß und so verdammt präsent war. Er sagte nicht sonderlich viel, sondern ließ seine Chefin das Wort führen. Per war das vorläufige Programm durchgegangen. Er hatte sachlich und ohne große Umschweife berichtet, wie sie sich die Pressekonferenz vorstellten und daß sie noch immer nach einem sicheren Übernachtungsort suchten. Er wirkte souverän auf eine Art, die sie aus ihrer Branche nicht kannte, wo man seinen Wert durch Ozeane von Wörtern unter Beweis stellte. Per dagegen benutzte nur wenige Worte, sie ließen erkennen, daß er davon überzeugt war, seinen Job gut zu machen, und daß man ihm schon zuhören würde. Brauchte er nichts mehr zu beweisen? War er mit dem zufrieden, was er konnte? War das sein Geheimnis? Per hatte von Gerüchten aus dem Milieu berichtet, daß bezüglich des Objekts ein fester Vertrag eingegangen worden sei. Das hatte Lise überrascht, denn davon hatte er ihr nichts gesagt. Dabei waren sie doch jeden Tag stundenlang zusammen.

Auch Lise hielt sich zurück und ließ Tagesen im Namen der Zeitung und der Presse sprechen. Als Vorsitzende des dänischen PEN hatte sie das Recht, jederzeit zu sprechen und ihre Meinung zu sagen. Sie war zwar noch jung und relativ unerfahren in dem Job, den sie erst vor einem Jahr angetreten hatte, aber sie war eine angesehene Kulturjournalistin und Gesellschaftskritikerin. Und sie hatte in verschiedenen Komitees für verfolgte Autoren und inhaftierte

Intellektuelle auf der ganzen Welt mitgearbeitet. Seit fast zehn Jahren war sie Mitglied des PEN. Sie war für die Organisation gereist und sie war gewählt worden, weil sie tüchtig war und die Mehrheit meinte, daß ein Generationswechsel ihnen guttue. Aber sie mußte sich eingestehen, daß sie sich ein wenig unsicher fühlte. Das war sie normalerweise nicht, aber es verwirrte sie, daß sie sich mitten in einer Ehekrise befand. Das war neu für sie. Darüber hinaus hatte sie für eine derart wichtige Sache wie diese noch nie die Verantwortung getragen. Bei der es um Leben und Tod gehen konnte. Außerdem hatte Tagesen das Treffen gewünscht. Irgendwie waren die Machthaber ja nicht daran interessiert, sich mit den Medien anzulegen. Medienstürme konnten sich so plötzlich erheben wie Staubstürme in Texas und über das Land fegen und ein Lebensmittelprodukt im Laufe eines Tages aus den Regalen verbannen oder einen Beamten oder Politiker innerhalb einer Woche vernichten, wenn erst einmal alle nach derselben Melodie tanzten. Wenn erst einmal alle Register gezogen waren, zählten Tatsachen nur noch wenig. Dann wurden die Ereignisse von Gefühlen gesteuert. Ole meinte, die Leute müßten angesichts des Lebens, das sie führten, zu Tode erschreckt sein, wenn sie so leicht zu beeinflussen waren. Die Leute hätten keinen Anker, keinen festen Glauben mehr, und deshalb könnten die Medien sie ohne weiteres beeinflussen und einschüchtern. Sie mochte diese Vorstellung eigentlich nicht, aber so war es wohl.

Sie versuchte sich zu konzentrieren, aber immer wieder kehrten ihre Gedanken zu Per und dann zu Ole zurück. Sie und Ole schienen sich kaum noch zu sehen. Er schlief, wenn sie ging, und war nicht da, wenn sie nach Hause kam. Er kam spät in der Nacht und roch nach Schnaps und kroch wortlos neben sie ins Bett, wo sie mit geschlossenen Augen lag und so tat, als schliefe sie. Es wirkte, als wäre es schon seit Jahren so, dabei kriselte ihre Beziehung eigentlich erst seit ein paar Monaten. Und ihr war nicht recht klar, ob sie schon über dem Abgrund schwebten oder ob noch etwas zu retten war. Oder ob sie oder er überhaupt wünschte, das Porzellan zu kitten. Sie mußten endlich miteinander reden.

Sie konzentrierte sich wieder auf die Sitzung. Der Mann vom Staatsministerium, der sich als Stig Soundso vorgestellt hatte, hatte eine unangenehm schneidende Stimme. Er war so ein richtiger kleiner, ambitiöser Dr. rer. pol.-Typ in ihrem Alter, der schon Abteilungsleiter war und seine Rolle als Kannegießer und Spielmacher liebte. Er war ein Kind der 70er Jahre genau wie sie, hatte sich aber von jener turbulenten Zeit total distanziert. Bei ihm saß alles, wie es sollte: der Anzug und die Überzeugungen.

Die Sitzung fand in einem anonymen Büro des Polizeipräsidiums statt, und sie war so wichtig, daß sogar Pers Chefin Jytte Vuldom aus Bellahøj gekommen war, um daran teilzunehmen. Sie hingegen imponierte Lise. Sie hatte eine kräftige Stimme und brauchte sie nicht zu heben, um die Männer zum Zuhören zu zwingen. An der Art und Weise, wie Per zu seiner Chefin hinüberblickte, konnte Lise erkennen, daß sein Bericht über den möglichen Vertrag vorher mit ihr abgesprochen worden war. Sie ahnte, daß er Teil einer Einschüchterungstaktik war. Sie erkannte jetzt, worauf das hinauslief.

»Ich möchte gern unterstreichen, daß auch der Staatsminister es unglücklich findet, daß die Sache publik geworden ist, aber die Information stammt selbstverständlich nicht aus unserem Amt. Das nur *for the record*«, sagte Stig Thor Kasper Nielsen, wie er mit vollem Namen hieß. Er wurde nicht müde zu versichern, daß die undichte Stelle nicht bei ihm zu suchen sei – was eine gegenteilige Wirkung hatte. Mittlerweile glaubten alle, daß Stig Nielsen selber die Quelle war. Aber offenbar war es ihm so wichtig, diesen

Verdacht zu entkräften, daß er seine Karten überreizte, oder es lag daran, daß er im Grunde nichts zu sagen hatte oder einfach nicht zur Sache zu kommen wagte.

»Na, es hat ja keinen Zweck, weiter darin herumzutreten«, sagte Tagesen. »Ich bin sicher, daß unsere hervorragende Polizei für den nötigen Schutz sorgen kann.«

»Das ist klar«, sagte Vuldom und steckte sich eine neue Zigarette an. »Aber wir müssen, wie alle anderen auch, Prioritäten setzen: Uns stehen ein hoher Staatsbesuch und ein Gipfeltreffen ins Haus, die beide das Äußerste unserer Mittel verlangen.«

»Und was wollen Sie damit sagen?« fragte Tagesen.

»Nichts anderes als das, was ich gesagt habe«, sagte Vuldom. »Nicht mehr und nicht weniger.«

Lise sah, daß Per zum Sprechen ansetzte, aber sie bemerkte auch, daß Vuldom ihn mit einem einzigen Blick zurückpfiff.

»Dann lassen Sie mich«, sagte Tagesen mit wachsendem Zorn. Lise kannte das ja: Er fing an, an den Jackenknöpfen zu fummeln. Er zupfte sich am Schnurrbart. »Sie sagen, Sie können zu Saras Schutz nicht alle Mittel einsetzen, weil andere Dinge wichtiger sind.«

»Ich glaube nicht, daß die Polizei das sagt«, bemerkte Stig Thor Kasper Nielsen. »Ich glaube, die Polizei wollte nur sagen, daß vielleicht der Zeitpunkt ein wenig unglücklich gewählt ist, weil er mit einer Reihe wichtiger Staatsangelegenheiten zusammenfällt.«

Lise verstand genau, was er meinte, und Tagesen natürlich auch.

»Das kommt nicht in Frage«, sagte er.

»Was kommt nicht in Frage?« sagte Stig Nielsen.

»Daß wir den Besuch absagen oder verschieben. Das fordern Sie ja sozusagen. Das weiterzugeben – darum hat der Staatsminister Sie gebeten, hab ich recht? Aber daran sind weder wir noch Sara Santanda interessiert. Ich habe noch gestern mit ihr gesprochen.«

»Das ist Ihre Interpretation«, sagte der Mann vom Staatsministerium, aber Lise merkte, daß Tagesen ins Schwarze getroffen hatte.

Wieder wollte Per sich einmischen, und wieder warf ihm seine Chefin einen warnenden Blick zu.

»Aber sie stimmt wahrscheinlich«, sagte Tagesen.

»Es fiele uns niemals ein, uns in einen privaten Besuch einzumischen«, sagte Stig Thor Kasper Nielsen und betonte sorgfältig das Wörtchen »privat«. »Der *Politiken* bleibt selbstverständlich unbenommen zu tun, was die *Politiken* will.«

»Na prima, danke«, sagte Tagesen. »Das haben wir verstanden. Was ist dann mit der Einladung beim Staatsminister?«

Der Beamte erhob sich, straffte den Rücken und schaute demonstrativ auf seine Uhr.

»Die Dinge hängen ja zusammen, Tagesen. In den kommenden zwei Monaten haben wir ein volles Programm vor uns: der Staatsbesuch, die Reise des Staatsministers in die jütischen Wahlkreise und, wie Sie wissen, einige äußerst komplizierte Haushaltsdebatten. Im Kalender ist schlicht und ergreifend kein Platz. Wie gern die Regierung auch zeigen würde, daß sie sich dem Druck nicht beugt.«

»Genau das tun Sie aber. Sie wissen ebensogut wie ich, daß es für uns und Sara wichtig ist, ein Regierungsmitglied zu treffen. Daß wir zeigen, daß sich Dänemark gerade nicht dem Druck einer Gangsterbande beugt.«

»Die Fortsetzung des kritischen Dialogs mit Iran gehört zur Politik der Regierung. Wir sind der Meinung, daß dies letztendlich die besten Resultate erzielen wird. Wir haben den Zeitpunkt nicht ausgewählt. Unser Terminkalender ist für das ganze kommende Jahr ausgebucht. Das ist keine Frage der Politik, sondern der Praktikabilität.«

Stig Thor Kasper Nielsen schaute sich um. In diesem Augenblick wußte Lise, was die Redensart »Ein Engel geht durch den Raum« bedeutete. Das künstliche Wort »Praktikabilität« hing in der Luft. Es war künstlich, aber so wunderbar geräumig und brauchbar. Es war ja ein Teil des ganzen Projekts, daß eine westliche Regierung öffentlich eine Intellektuelle empfangen sollte, die ein Staat gegen alle internationalen Vereinbarungen zum Tode verurteilt hatte. Es wäre eine Manifestation, die in der ganzen Weltpresse beachtet werden würde. Und da sagt die Regierung nein. Sie würde das Realpolitik nennen, aber Lise wußte, daß es mit Exportkronen und der knappen Mehrheit der Regierung zusammenhing. Einer Regierung, die, wie ihre Kollegen in der politischen Redaktion sagten, von internen Unruhen gebeutelt war und wirkte, als hätte sie sich bereits totgelaufen.

Sie konnte ihren Mund nicht halten.

»Das ist mir alles zu feige hier!« sagte sie, und ihre Stimme überschlug sich beinahe. Die andern sahen sie verdattert an. Sogar Tagesen fand wohl, ihr Ausbruch gehe zu weit. Sie hütete sich, noch mehr zu sagen. Sie fürchtete, vor Wut zu weinen, was ihr die anderen als typisch weibliche Schwäche ausgelegt hätten. Aber sie fühlte Verachtung und Zorn wie eine Schlange in ihrer Brust.

»Es wird schon gehen, Lise«, sagte Tagesen. »Ich gehe jedenfalls davon aus, daß wir von der Polizei die nötige Unterstützung erhalten werden.«

»Das ist selbstverständlich«, sagte Jytte Vuldom. »Per Toftlund ist einer meiner erfahrensten Mitarbeiter. Wir tun, was wir können – mit den Mitteln, die uns zur Verfügung stehen. Wenn der Besuch nicht verschoben werden kann.«

Sie ließ den Satz in der Luft hängen, aber Tagesen kam ihr nicht zu Hilfe. Statt dessen drückte er ihr und Toftlund zum

Abschied die Hand, während er dem Vertreter des Staatsministers lediglich ein Nicken gönnte. Toftlund erhob sich auch, aber Vuldom bat ihn, noch einen Augenblick dazubleiben.

»Können Sie draußen auf mich warten, Lise, ja?« sagte Toftlund.

Jytte Vuldom ließ die andern hinausgehen, dann schloß sie die Tür.

»Das war wohl nichts, was?« sagte sie.

»Nee. Hatte ich auch nicht erwartet.«

»Aber ... wir und das Außenministerium haben uns ein wenig umgehört. Die Typen in Teheran nehmen es gelassen, wenn die Sache hier nicht zu einem offiziellen Staatsbesuch wird. Das mit der Fatwa ist eher für den internen Gebrauch. Ich glaube nicht, daß wir etwas befürchten müssen. Außerdem ... die Schweden und Norweger sind ja in einer ähnlichen Lage. Also fix rein und fix raus, dann passiert schon nichts, oder?«

»Tolle Welt, in der wir leben«, sagte Per.

»Ich habe ja einen diskreten Wink bekommen, daß man die ganze Sache am liebsten abgeblasen hätte. Aber wenn es nicht anders geht, dann gehe ich davon aus, daß du dafür sorgst, daß wir nicht hinterher die Gelackmeierten sind.«

Per mußte lächeln. In Jytte Vuldoms Mund klang das Wort verkehrt, aber es war der in der ganzen Oberen Verwaltungsbehörde verbreitete Ausdruck dafür, daß die Politiker schon dafür sorgten, daß irgendeinem höheren oder niederen Beamten der Schwarze Peter zugeschoben wurde, falls irgend etwas schieflief.

»Dann brauche ich mehr Leute«, sagte er.

»Das mit den Mitteln stimmt nun mal leider. Wir sind immer noch dabei, die Überstunden vom Sozialgipfel abzubummeln. Aber du kriegst natürlich alle, die wir beim Wachdienst entbehren können – am betreffenden Tag selbst.

Sonst mußt du mit dem auskommen, was du hast. Wer sagt eigentlich, daß es für das Objekt einen festen Vertrag gibt?«

»Das ist ganz entschieden mein Eindruck.«

»Brauchst du irgendwas?«

»Ja.«

»Aber in Grenzen.«

»Die KW im Nygårdsvej.«

»Geht in Ordnung, Per.«

Stig Thor Kasper Nielsen unterrichtete Staatsminister Carl Bang zwischen zwei Sitzungen. Er spürte, daß Bang über den Ausgang nicht sehr glücklich war, aber er mußte ihn akzeptieren, und immerhin schien er doch überzeugt zu sein, daß sich Nielsen, so gut wie es in der gegenwärtigen Lage überhaupt möglich war, aus der Affäre gezogen hatte. Und das war die Hauptsache. Am selben Nachmittag suchte Bang Johannes Jørgensen in der Wandelhalle des Folketings auf. Der Verteidigungsausschuß tagte, und am nächsten Tag sollte sich der Außenpolitische Ausschuß treffen, in Christiansborg herrschte also reges Leben, und es war ganz natürlich, daß sie ein paar Worte wechselten. Sie gingen nebeneinander her und rauchten, während sie sich leise unterhielten, wie es Usus war. Sie sprachen ein wenig über den Haushalt, machten auf dem Absatz kehrt und promenierten langsam zurück. Wie so oft leitete Bang das eigentliche Gespräch mit der rituellen Formel ein, das nun Folgende sei streng vertraulich, worauf Johannes Jørgensen ebenso rituell antwortete, daß das selbstverständlich sei; freilich merkte er schnell, daß da gute Neuigkeiten auf ihn warteten, so daß er ohnehin keinen Grund sah, sie weiterzugeben.

»Kein Regierungsmitglied empfängt ... sie«, sagte Bang. »Es wird ein ganz und gar privater Besuch. Arrangiert von einer Tageszeitung. Ich dachte mir, du könntest vielleicht dafür sorgen, daß kein – wie soll ich sagen – Prominenter von der Opposition Zeit abzweigen kann … für ein Treffen.«

Jørgensen sah den Staatsminister anerkennend an. Er war dafür bekannt, ein großer Taktiker zu sein. Das mußte man in der dänischen Politik auch sein, wenn man in einer Minderheitsregierung überleben wollte. Das hier war gutes Handwerk. Er stand mit seiner Entscheidung nicht allein, sondern hatte den maßgeblichen Teil der Opposition in die Verantwortung genommen. Jørgensens Partei duldete die Regierung jetzt nur noch, aber in der letzten Legislaturperiode hatte sie mit zur Koalition gehört, und Bang wußte, daß er dort noch seine Kontakte hatte. In der dänischen Politik kann man hervorragend im einen Jahr zur Regierung gehören und im nächsten zur Opposition. Das war keine politische Frage, sondern eine der praktischen Notwendigkeit.

»Das wird sich schon machen lassen«, sagte Jørgensen. »Aber es gibt ja immer ein paar Hinterbänkler, die gern in die Medien wollen.«

»Das wär nicht so schlimm. Soweit ich informiert bin.«

Jørgensen blieb einen Augenblick stehen, dann schloß er wieder zu ihm auf.

»Das heißt, ihr habt Kontakt mit …?«

Bang unterbrach ihn sofort.

»Unterderhand wurde uns zu verstehen gegeben, solange die Betreffende nicht von offiziellen Vertretern empfangen wird, würde die Beziehung zwischen unseren Nationen keinen Schaden nehmen.«

»Daß die Vernunft siegt, finde ich mehr als löblich«, sagte Jørgensen mit zufriedener Miene. Staatsminister Carl Bang hingegen lächelte nicht; er verabschiedete sich mit einem kurzen Nicken, als wollte er das Gespräch so schnell wie möglich von sich abschütteln.

Im Auto machte Lise Carlsen ihrer Empörung Luft, und Per mußte dafür herhalten, aber schließlich hatte sie sich Wut und Frustration aus dem Körper geschrien und wurde statt dessen sehr hungrig. Eigentlich ihre übliche Reaktion, wenn sie erregt oder traurig war. Dann kriegte sie Lust zu essen.

»Sie müssen einen guten Stoffwechsel haben«, sagte Per und lächelte auf eine Art, die sie reizend fand.

»Er hat ein schönes Lächeln, aber Zähne aus Stahl«, sagte sie.

»Wie bitte?«

»Das ist ein Zitat. Ich weiß nicht mehr, von wem.«

»Gromyko«, sagte er. »Als er Gorbatschow zum neuen Generalsekretär der KPdSU nominierte. In der guten alten Zeit.«

»So kann man sie wohl kaum nennen«, sagte sie und dachte an die langweiligen Bürokraten, die sie im Osten getroffen hatte, und die vorsichtigen Autoren, die auf des Messers Schneide balancierten, um die Zensur zu täuschen, und schließlich die Verfolgten, die außer Landes getrieben wurden, falls sie nicht sogar im Gulag endeten. »Gut« würde sie diese Zeit wirklich nicht nennen.

»Damals war es einfacher, den Unterschied zwischen Freund und Feind zu erkennen«, sagte er.

»Ich giere nach Pasta.« Sie hatte plötzlich absolut keine Lust mehr, noch irgendeine Debatte zu führen. Und zwar nicht nur wegen des bevorstehenden Besuchs, sondern auch wegen ihrer Beziehung zu Ole. Warum benutzte sie das Wort nicht? Die Ehe. Sie war nicht in Ordnung. Ständig dachte sie daran, sie müßten miteinander sprechen, aber im Grunde wollte sie gar nicht. Ihre Ehe war am Ende, aber das wagte sie nicht laut zu sagen, weder sich noch Ole gegenüber. Sie befand sich in einer unsäglichen Lage, alles kam jetzt zusammen: ihre größte Story, ihre erste große Aufgabe als PEN-Vorsitzende und ihre persönliche Krise. Und dann ihre Begegnung mit Per. Aber was für eine Rolle spielte er eigentlich? Die eines Katalysators oder eines Blitzableiters? Oder einer Entschuldigung. Zumindest war sie Per für sein Schweigen dankbar. Er hatte eine Antenne dafür, wann er den Mund zu halten hatte. Statt zu reden, fuhr er nach Nørrebro und parkte in einer Nebenstraße vor einem italienischen Restaurant.

In dem Restaurant mit den traditionellen rotkarierten Tischtüchern und niedrigen Lampen saßen nur noch drei weitere Gäste. Per und Lise bestellten beide Fettucine, eine Karaffe vom Wein des Hauses und zwei Zitronenwasser. Durch die kleinen Fenster fiel weiches Licht. In dem grauen Schimmer machte sich schon der Herbst bemerkbar, so als würde das Licht von einem dünnen blauen Tuch gefiltert, das eine willkommene melancholische Stimmung schuf.

Er brach sich ein Stück Brot ab und kommentierte diesmal nicht, daß sie sich eine Zigarette ansteckte. Es war im übrigen seine einzige richtig nervtötende Eigenart, daß er ihr ständig versteckt oder offen zu verstehen gab, daß er ihr Rauchen für eine schlechte Angewohnheit hielt. Statt dessen fing er an, über konspirative Wohnungen, Beschnüffelung, Pressekonferenzen und einen Mordauftrag zu sprechen.

»Woher weißt du das?« fragte sie.

»Wir haben unsere Quellen wie die Journalisten auch«, sagte er und wollte gerade fortfahren, als sie ihn unterbrach:

»Können wir nicht über was anderes reden? Können wir die Sache nicht ein bißchen vergessen? Können wir nicht einfach so tun, als ob du mich nett findest und mich deshalb zum Essen eingeladen hast? Und nicht weil es zu deiner Arbeit gehört?«

Es schien ihr, als ob sich seine Augen verfärbten. Sie wurden ganz sanft.

»Wir brauchen gar nicht so zu tun, als ob«, sagte er.

Einen Augenblick fürchtete sie, rot zu werden. Noch mit Ende Zwanzig war ihr das ständig passiert, und so ganz unter Kontrolle hatte sie es immer noch nicht. Statt dessen strich sie über das Tischtuch, drückte ihre Zigarette aus und fuhr sich mit den Fingern durchs Haar. Er sah sie nur an, sie mußte lachen, und dann lachten sie beide, und später beim Essen erzählte er ihr amüsant und selbstironisch von seinen Reisen nach Spanien. Für eine kurze Zeit machten sie gemeinsam Ferien von der Wirklichkeit. Sie erzählte Geschichten über die Zeitung und aus dem Kulturleben, von eingebildeten Schriftstellern und aufgeblasenen Kritikern.

Sie ließ ihn sogar bezahlen, und leicht beschwipst vom Wein, dem sie tüchtig zugesprochen hatte, setzte sie sich in sein Auto und ließ sich chauffieren.

»Wohin fahren wir?« fragte sie dann doch, als sie bemerkte, daß sie Richtung Østerbro fuhren. Er sagte nie, was sie vorhatten. Er fuhr mit ihr herum und ging davon aus, daß sie mitmachte. Sie fürchtete plötzlich, er wolle sie nach Hause bringen. Dazu hatte sie keinerlei Lust. Sie hatte Lust, mit ihm zusammenzubleiben und noch ein wenig die sorglose, alberne Stimmung zu genießen. Zu Hause erwartete sie nur eine Finsternis, die sie wie ein dicker, schwarzer Mantel einhüllen würde, zusammen mit der panischen Angst, diesen Mantel nie wieder abwerfen zu können.

»Ich werde dir Simbas Hundehütte zeigen«, sagte er und brachte sie damit zum Lachen.

Sie kurbelte ihr Fenster hinunter und machte wau-wau zu einem jungen Mann auf dem Bürgersteig, der seinen großen schwarzen Rottweiler spazierenführte. Der junge Mann merkte gar nichts, aber zu ihrem großen Vergnügen spitzte der Hund die Ohren, und Per lachte.

Am großen *Irma*-Supermarkt mit dem vertrauten blauen Schild verließen sie den Lyngbyvej und fuhren über den Sankt Kjelds Plads in den Nygårdsvej. In dieser Gegend war sie schon lange nicht mehr gewesen. Der Weg von ihrer Wohnung am Triangel führte sie immer in Richtung Innenstadt oder zu den neuen angesagten Bars in Nørrebro. Auch ein bißchen wegen ihrer Arbeit. Sie schrieb Zeitungsglossen über das Leben in der Stadt. Artikel, die leicht und ein wenig träumerisch wirken sollten. Für ihre fiktiven Unterhaltungen zwischen zufälligen Menschen wählte sie oft ein Café als Kulisse. Sie waren in der Ich-Person geschrieben, und es steckte eine Menge Wunschdenken darin; sie beschrieb das Leben, wie sie es sich wünschte und weniger, wie es wirklich war.

»Hier habe ich mal gewohnt«, sagte sie.

Per hielt vor einem roten Gebäude. Ein Tor führte in einen Hof. Der Hof war frisch renoviert, mit Bänken, Spielplatz und vielen grünen Büschen und Bäumen. Er erinnerte an einen großen abgeschlossenen Stadtgarten, der von gelben und roten Häuserblöcken umgeben war.

»Es war sogar hier«, sagte sie. Sie zeigte auf die andere Seite. »Da drüben! Ich habe ein paar Jahre lang mit einer Freundin zusammengewohnt, während wir studiert haben. Die Welt ist klein. Aber damals lag da drüben eine Fabrik. Für Prothesen, glaub ich. Jetzt haben sie dort ein Haus gebaut.«

Per antwortete nicht, sondern ging durch die erste Tür und drei Treppen hoch. Er schloß die braune Eingangstür auf. Auf dem Namensschild stand mit kleinen weißen Buchstaben »Per Hansen«.

Die Wohnung war klein, aber geräumig. Rechts lag eine Kammer und geradeaus das Schlafzimmer. Dazu kamen Wohnzimmer, Küche und ein kleines Bad. Es roch sauber, aber auch ein wenig ungelüftet. Wie ein Ferienhaus, das nach langer Zeit wieder genutzt wird. Die Möbel waren hell und zeitlos, das Parkett war sauber. Die Wohnung war mit Radio, Fernseher samt Video und vielen Büchern ausgestattet.

Per schien sich bestens auszukennen. Das Licht fiel grau und schon nachlassend durch die beigefarbenen Gardinen, die im Wohnzimmer vorgezogen waren. Lise betrachtete die Buchrücken. Es waren englische, dänische und russische Bücher. Thriller und dänische Klassiker. Sie zog ein Buch heraus, konnte aber die kyrillischen Buchstaben nicht lesen.

»Das ist doch russisch, oder?« sagte sie.

Per sah sie an. Er warf den Wohnungsschlüssel ein paarmal in die Luft und fing ihn wieder auf. Er sah sie etwas sonderbar an, fand sie. Sie fühlte sich noch immer leicht ums Herz und ein bißchen betütert vom Wein. Sie hatte nicht die Absicht, ihre gute Laune aufzugeben.

»Das ist korrekt«, sagte er.

»Bist du auch«, sagte sie.

»Okay, *chica*. Die Wohnung hier ist ein bißchen besonders. Fremden wird sie gewöhnlich nicht präsentiert.«

»Ach, jetzt bin ich fremd. Und was ist daran denn so besonders? Daß sie mit russischen Romanen bestückt ist?«

»Es ist ein altes *safehouse*«, sagte er.

»Was ist das denn?«

Er nahm ihr das Buch aus der Hand und stellte es wieder an seinen Platz. Sie spürte seinen Handrücken an ihrem, und plötzlich schien die Zeit stillzustehen, bis er einen Schritt zurücktrat und sagte:

»Du solltest lieber mehr Krimis lesen als deine feine Literatur. Da könntest du was lernen.«

»Warum, Per?«

»Warum du Krimis lesen solltest?« Jetzt war der nekkende Ton in seine Stimme zurückgekehrt. Das war schön.

Lise zog den Roman wieder heraus und hielt ihn ihm unter die Nase.

»Nein, *hombre*! Was ist das, ein *safehouse*? Warum russische Romane?«

»Das ist eine Wohnung, für die wir Miete bezahlen, von der aber keiner was weiß.«

Sie machte einen Schritt auf ihn zu. Sie konnte ihn riechen. Er duftete ein wenig nach italienischen Gewürzen und einem scharfen, aber angenehmen Rasierwasser. Wie in der Werbung, dachte sie und fühlte sich ein wenig lächerlich.

»Komm schon, Per! Wir sind Partner!«

Er nahm ihr das Buch wieder ab und stellte es ins Regal zurück. Wieder spürte sie die Berührung seiner Hand wie eine Feder.

»Es ist eine Wohnung, in der wir russische Flüchtlinge untergebracht haben ... oder Leute, mit denen wir privat sprechen wollten, du weißt schon. Während des kalten Krieges. Aber heutzutage auch noch.«

»Meine Steuergroschen gehen also auch für die Mieten des PND drauf. Ich hab doch tatsächlich direkt neben einer Abhörzentrale gewohnt.«

Er ergriff sanft ihren Arm. Ein schönes Gefühl.

»Paß auf, Lise. Ein Flüchtling kommt in die Stadt. Oder ein Agent. Wir wollen ihn ein wenig für uns haben. Wir müssen mit ihm reden. Hier kann er wohnen, angenehm und sicher. Leicht zu überwachen. Wir kennen das Viertel. Der Garten ist überschaubar. Der Stadtteil ist normal. Wir haben alles im Umkreis beschnüffelt. Es gibt versteckte Alarmanlagen. Von einer Wohnung vis-à-vis können wir alles beobachten. Für Simba perfekt. Weil die Wohnung nicht existiert. Mit einer Abhörzentrale hat das nichts zu tun. Es ist einfach nur eine sichere Unterkunft.«

»Ah, ja«, sagte sie nur.

Er ließ ihren einen Arm los, den anderen hielt er immer noch fest.

»Komm mit. Ich will dir was zeigen«, sagte er. Er zog sie mit sich, und seine Hand glitt ihren Arm hinunter und faßte ihre Hand, und er zog sie weiter wie ein Wohnungsmakler, der einen widerspenstigen Kunden vom Wert der Wohnung überzeugen will. Er nahm sie mit in die Küche, und obwohl es ein wenig unpraktisch war, ließ er ihre Hand nicht los, während er Kühlschrank, Schubläden und Schranktüren öffnete und ihr die Trivialitäten des alltäglichen Lebens wie seltene Antiquitäten zeigte. Sie konnte nicht anders, sie mußte über sein Maklergerede lächeln, während er weitersprudelte und Besteck und Geschirr vorwies, Kaffee und Teebeutel, Töpfe und Pfannen, Instantsuppen und Konserven. Luftdicht verpackten Aufschnitt, Fruchtsaft und Wasser und für die nagelneue Mikrowelle ordentlich gestapelte Fertiggerichte in der Tiefkühltruhe.

»Ich nehme sie«, sagte Lise ironisch, aber er hörte nicht zu, sondern schleppte sie weiter und zeigte ihr das ganz und gar durchschnittliche Badezimmer mit weißen Fliesen, einer weißen Toilette und einer Duschkabine mit einem Vorhang, der einen Wechsel nötig gehabt hätte.

»Ganz bezaubernde Wohnung«, sagte sie.

»Ja. *Perfecto*, nicht?«

»*Perfecto, hombre*. Davon träumt jede Frau.«

Er hörte wieder nicht zu, sondern zog sie weiter. Seine Hand in ihrer strahlte eine Wärme aus, die sich langsam im ganzen Körper ausbreitete. Er führte sie zum Schlafzimmer. Es war nicht sehr groß. Es paßte kaum mehr als das Doppelbett und der Kleiderschrank hinein. Die Gardinen waren fast ganz vorgezogen. Ein schmaler Lichtstreifen beleuchtete das Bett, das nach Hotelmanier gemacht war. Das Bettzeug sah weiß und sauber aus.

»Was kann man mehr verlangen?« sagte er dann.

Lise und er standen Hand in Hand nebeneinander. Es kam ihr plötzlich unpassend und linkisch vor. Die Pause wuchs und wurde lang wie bei einer Funkstille im Radio, bei der einem jede Sekunde der Stille wie eine ganze Minute vorkommt. Lise machte ihre Hand frei. Sie spürte Widerstand, aber er ließ sie los.

»Ja. Dann dürfte ja alles soweit ... ich weiß nicht«, sagte sie, als die Stille sie zu ersticken drohte.

»Es fängt an, Gestalt anzunehmen«, sagte er.

Die Stille nahm wieder zu. Sie sah ihn an, mit einem Seitenblick, der kurz sein sollte, aber sie merkte, daß er sie auch ansah. Sie hatte ein ungutes und ein wohliges Gefühl zugleich im Magen, während sie dachte: Ich mache jetzt nichts mehr. Ich bin schon zu weit gegangen. Jetzt liegt es an ihm. Wenn er die Hände nach mir ausstreckt, ist es zu spät, um sich zurückzuziehen und alles zu bereuen. Dann überschreite ich eine Grenze, die ich nie zuvor überschritten habe, dann beginnt eine neue Phase in meinem Leben.

Per nahm erst ihre eine, dann die andere Hand. Sein Blick schweifte einen kurzen Moment zum Bett, dann sah er sie wieder an. Er zog sie an sich.

»Okay. Okay. Es ist bestimmt okay«, sagte sie und ließ seine Hand los und legte ihre Arme um seinen Hals.

11

Vuk nahm das Telefonbuch von Kopenhagen zur Hand und überflog die Liste der Hotels. Dann kaufte er eine Fahrkarte für den Intercity-Nachtzug nach Kopenhagen. Der Zug Nummer 590 fuhr um 1.06 Uhr ab und kam um 7 Uhr an. Er reservierte ein ganzes Schlafwagenabteil für sich und konnte den Zug schon ab 22.30 Uhr besteigen. Von einer Telefonzelle rief er das Hotel an und bestellte ein Zimmer. Das alles war ein wenig unwirklich. Der Bahnhof in Århus lag in gelblichem Licht und war nur von wenigen schweigsamen Menschen mit müden Augen bevölkert. Eine Gruppe junger Immigranten belauerte ihn, aber offenbar machte er einen so bedrohlichen Eindruck, daß sie ihn mit seinen Zeitungen in Ruhe ließen. Er mußte an die Gruppe von Türken auf dem Kopenhagener Hauptbahnhof denken, als er ein Junge war. Sie hatten verzagt herumgestanden und ausgesehen, als wollten sie sich dafür entschuldigen, daß es sie überhaupt gab. Aber die hier gehörten zur zweiten Generation und wirkten selbstbewußt und aggressiv. Sie fanden Kraft in ethnischer Gruppenzugehörigkeit. Sie wollten sich weder weiter mit Rassismus abfinden noch mit der dänischen Umklammerung, die erwartete, daß alle, die ins Land kamen, so wurden wie die Dänen selbst. Sie wollten sich nicht zu Klienten machen lassen. Sie kehrten ihre Wut nach außen. Irgendwie konnte er sie verstehen, aber ihr Krieg war nicht seiner, und er vertiefte sich wieder in seine Zeitungen. Aber er las nicht, er beobachtete lieber seine Umgebung. Die Abfallkörbe quollen vor Resten von Hamburgern, Papier, Pommes-frites-Tellern und Apfelsinenschalen über. Flaschen gab es nicht. Vuk hatte schon bemerkt, daß sie meist von ärmlich gekleideten Männern herausgefischt wurden. In seiner Abwesenheit war Dänemark reicher und ärmer zugleich geworden. Die neuen Autos hatten zugenommen und die Bettler auch. Die Gegensätze waren jetzt größer. Die blassen Menschen glitten wie Schatten durch die Bahnhofshalle. Drei betrunkene Männer tranken Starkbier in einem Café und zankten sich wegen eines Fußballspiels. Anscheinend hatte der Wohlfahrtsstaat Risse bekommen. Oder hatte die Mehrheit nur endgültig beschlossen, die ausgestoßene Minderheit sich selbst zu überlassen?

Um Mitternacht ging er die Treppe zu seinem Zug hinunter. Der Zug schien halb leer zu sein. Er war allein und konnte sich nun langsam entspannen. Im Abteil gab es ein Handwaschbecken, die beiden Betten waren frisch bezogen. Er wusch sich und zog die neuen Sachen an. Es war eine lange Reise gewesen, aber er war überzeugt, sämtliche Spuren hinter sich verwischt zu haben. Der Umweg hatte nicht nur dazu gedient, in der dänischen Menge unterzutauchen und einer unter vielen zu werden. Er wollte auch sichergehen, daß ihn weder der Kommandant noch seine Iraner beschatteten. Vielleicht taten sie das gar nicht, aber Vuk hatte vier Jahre Krieg überlebt, weil er keine unnötigen Risiken einging. Sorgfalt und Vorsicht kosteten Zeit, aber sie waren es wert. Daher gönnte er sich noch immer keinen Schlaf. Der mußte bis zum Hotel warten. Er schaute aus dem Fenster und ließ die Dunkelheit vorüberjagen. Die Straßen waren leer. Nur hin und wieder fegten die langen Lichter eines einsamen Autos über eine schwarze Landstraße. Nachts schien Dänemark leer zu sein. Er war ganz allein in seinem Waggon und lehnte die Stirn gegen die kühle Scheibe.

Auf der Großen-Belt-Fähre trank er eine Tasse Kaffee und aß ein Käsebrot. Die wenigen Reisenden kümmerten sich nicht um ihn. Er ging an Deck. Es war jetzt ziemlich frisch, und niedrige Wolken trieben an einem Halbmond vorbei. Es roch gut nach Meer und Diesel. Die Küste Fünens verschwand, und überrascht bemerkte er die lange, niedrige Brücke, die aus dem Ufer herauswuchs. Sie war beleuchtet, und an der Insel Sprogø tauchten majestätische Pylonen auf. Sie waren in Licht gebadet und reichten bis zum Himmel. Sie waren weit gekommen mit ihrer Brücke, während er weg gewesen war. Damals war sie nur eine Idee gewesen. So riesig hatte er sie sich nicht vorgestellt. An den Fundamenten der Pylonen sah er Schiffe, und an den Spitzen blinkten Lichter. Er fand Brücken imponierender als Kathedralen. Sie waren die Kirchen und Tempel der modernen Zeit, die gewaltigsten Bauwerke, die der Mensch heutzutage errichtete. Er rauchte eine Zigarette und konnte sich gar nicht satt sehen. Vermutlich war es das letzte Mal, daß er den Großen Belt auf einer Fähre überquerte. Und es war zweifelhaft, ob er je über die fertige Brücke fahren würde. Es machte einen großen Eindruck auf ihn, daß ein kleines Volk wie das dänische einen solchen Bau über dem Wasser errichten und gleichzeitig einen Tunnel unter dem Meeresboden graben konnte. Als ihn die Lautsprecherstimme in den Zug hinunterrief, wurde er ein wenig melancholisch und traurig. Er hätte gern noch mehr Zeit gehabt, um einfach nur zu gucken. Hier gab es etwas Ewiges, das ihn und den sinnlosen Krieg, den er eben verlassen hatte, überdauern würde. Er war dankbar für den Anblick, und irgendwie nahm er ihn als Aufmunterung – als gutes Omen. Als Beweis dafür, daß er die richtige Reiseroute gewählt hatte.

Das Hotel in Kopenhagen lag in einer Nebenstraße der Istedgade. Er kannte Vesterbro und hatte das Viertel bewußt ausgewählt. Die Leute in Vesterbro stellten nicht zu viele Fragen und hegten Mißtrauen gegen die meisten Autoritäten. Sie wollten in Frieden gelassen werden und ließen darum auch die anderen in Frieden. Von Osten wehte ein steifer Wind. Er war ein erster Vorbote des Herbstes, er war so scharf, daß sich die Leute die Jacken zuknöpften, aber die Sonne hatte noch Kraft. Auf der Straße herrschte bereits lebendiges Gedränge. Es war eine andere Art Leben als auf dem Kurfürstendamm in Berlin. Alles war heruntergekommener, die Autos waren kleiner, selbst die Geschäfte mit all ihrem Überfluß erschienen klein. Türkische oder vielleicht arabische Frauen liefen verschleiert herum, und die Sexshops waren geschlossen. Aber vor allem die Fahrräder machten den Unterschied. Vuk liebte den Anblick der Fahrräder, besonders die Frauen mit ihren kräftigen braunen Beinen hatten es ihm angetan, wenn sie auf ihren neuen funkelnden Rädern vom Einkauf bis zu Kindern alles transportierten. Fahrräder waren für Vuk die Essenz Kopenhagens. Er blieb ein wenig stehen und betrachtete sie. Ein junger Mann ging mit einem Bier an ihm vorbei. Es hatte ein gelbes Etikett. Wie hieß es noch mal? Elefantenbier. Der junge Mann trank aus, schüttete den Schaum in den Rinnstein und rülpste, aber die Flasche behielt er in der Hand.

Vuk trug seinen Koffer in der Rechten und die Sporttasche in der Linken. Er hatte seine helle Hose an, ein dunkelblaues Hemd und eine neue braune Lederjacke. An den Füßen trug er braune, praktische Halbschuhe. Ein junger verwahrloster Mann mit langen fettigen Haaren versuchte ihn mit ausgestrecktem Arm aufzuhalten, aber er würdigte ihn keines Blickes. Er betrat das Hotel und ging in den ersten Stock. Hinter der Rezeption, die zur Linken lag, stand ein jüngerer Mann. Er war in Hemdsärmeln, trug aber eine blau-rot karierte Krawatte. Es war ein ordentliches, bezahlbares Hotel und wurde daher gern von jütländischen Geschäftsleuten aus mittleren Unternehmen besucht.

Vuk stellte sein Gepäck auf den Boden.

»Es wurde ein Zimmer für Carsten Petersen, Jysk Teknoplast, reserviert«, sagte er.

»Eine Sekunde«, sagte der Mann. Er hatte einen Computer auf seiner Theke stehen, aber er schlug trotzdem in einem Buch nach.

»Ja, richtig«, sagte er. »Bestelleingang heute nacht.«

»Es mußte schnell gehen«, sagte Vuk.

»Muß heutzutage ja manchmal sein«, sagte der Mann. »Wie lange wollen Sie bleiben?« Er reichte Vuk einen Schlüssel.

»Ein paar Tage. Eine knappe Woche vielleicht. Kommt darauf an, wie schnell ich das Problem gelöst bekomme.«

»311. Die Treppe hoch und dann rechts.«

»Danke«, sagte Vuk, nahm sein Gepäck und stieg die Treppe hoch, ohne sich umzudrehen. Die Dänen waren ein argloser Menschenschlag. Sie erkannten einander an der Sprache, und wenn man sie ohne Akzent sprach, würde man niemals nach einem Paß oder Ausweis gefragt werden. Vuk war davon ausgegangen, daß sich das nicht geändert hatte, und hatte glücklicherweise recht behalten. Falls nicht, hätte er sich mit irgendeiner Entschuldigung wieder verabschiedet und ein anderes Hotel gesucht und sich ein paar Tage als britischer Staatsbürger eingetragen, aber dazu hätte er eigentlich keine Lust gehabt. Solange es sich vermeiden ließ, wollte er keine elektronischen Spuren hinterlassen. Das kam noch früh genug. Er entschloß sich, nach zwei, höchstens drei Übernachtungen in ein ähnliches kleineres Hotel zu ziehen, damit er in bar bezahlen konnte, ohne daß es größere Aufmerksamkeit erregte.

Das Zimmer war klein, aber komfortabel; es hatte ein breites Bett, einen Nachttisch, einen kleinen Schreibtisch und einen Fernseher. Er stellte seine Gepäckstücke ab, schloß die Tür ab und zog sich aus. Dann nahm er eine heiße Dusche. Sein Schädel brummte, und die Müdigkeit überkam ihn nun mit Macht. Er legte sich aufs Bett und schlief augenblicklich ein.

Vuk schlief sechs Stunden und schlenderte den restlichen Nachmittag durch die Stadt. In seiner blauen Jeans, dem hellen Hemd und der Lederjacke fiel er nicht weiter auf, obwohl er bemerkte, daß ihm einige Mädchen lange Blicke hinterherwarfen. Er hatte vergessen, wie direkt die dänischen Mädchen sein konnten. In einem Geschäft, das sich auf Abenteuerurlaub spezialisiert hatte, kaufte er sich ein Fahrtenmesser und einen Schleifstein. In einem Spielwarengeschäft kaufte er ein altmodisches Springseil mit Holzgriffen und bei einem Eisenwarenhändler eine kleine Rolle dünnen Stahldraht. Er packte alles zusammen in eine Tragetüte der Eisenwarenhandlung. Ein netter junger Mann auf dem Weg vom Einkauf nach Hause.

Kopenhagen war wie immer, die Stadt lag im goldenen Licht des Spätnachmittags und schmiegte sich an ihn wie ein alter, weicher Pulli. Nur den Rathausplatz erkannte er nicht wieder. Es sah aus, als wäre man dabei, nach umfangreichen Straßenarbeiten aufzuräumen. An dem einen Ende erhob sich ein großer, viereckiger schwarzer Kasten. Er glich einer überdimensionalen Panzersperre, hinter der die Einwohner einer belagerten Stadt vor Heckenschützen Zuflucht suchen konnten. Aber dahinter hielten die bekannten gelben Busse, die er auch mit Kopenhagen verband. Sie schaukelten so ruhig davon. Außer morgens und abends saßen immer nur wenige Fahrgäste darin. Auch die grüngekleideten Fahrradboten, die sich schnell und behende durch den Verkehr schlängelten, waren neu. Er ging die Strøget hinunter. Sie war belebt, aber nicht überfüllt. Papierfetzen und Essensreste flogen herum, und viele hatten ein Sandwich in der Hand. Keiner beachtete ihn. Er war ein wenig besorgt gewesen, ob er sich noch immer dem besonderen Rhythmus der Stadt anpassen konnte, aber ihm war, als wäre er erst gestern hier entlanggegangen. Er verschmolz mit der Menge und konnte rasch die Fremden erkennen, seien es amerikanische Geschäftsleute oder schwedische Touristen.

Aber der Kultorvet-Platz war eine Überraschung. Das große Gebäude stand noch, aber wo war die Bibliothek? Die Buchhandlung war da, aber die Hauptbibliothek mit dem Zeitungslesesaal war weg. Zwei junge Mädchen rempelten ihn versehentlich an, als er einen Moment unaufmerksam war.

»Entschuldigung«, sagte die eine, als sie sein Gesicht sah, eine eiskalte Maske. Er war überraschende und unerwartete Berührungen nicht gewohnt. Der Krieg saß ihm im Körper und ließ ihn sofort an einen Feind denken, aber er riß sich gleich zusammen, und ein gewinnendes Lächeln zeigte sich auf seinem Gesicht, so daß sie auch lächeln mußten.

»Ich hab geschlafen«, sagte er.

»Wir hätten besser aufpassen müssen.«

»Ich wollte in die Bibliothek ...«

»Dann mußt du in die Krystalgade«, sagten sie wie aus einem Munde und lachten.

»Ach ja, natürlich. Aber wißt ihr ... die Macht der Gewohnheit ...«

»Ja, ist aber auch komisch, daß sie alles so hin und her schieben, nicht?« sagten sie und lachten wieder.

»Danke.«

»Keine Ursache.«

Sie hakten sich unter und zogen weiter.

»Hab noch einen guten Tag«, riefen sie ihm nach.

Den Ausdruck mußte er sich merken. Den benutzten offenbar alle.

Er setzte sich in den Lesesaal der neuen Hauptbibliothek. Er bat um die *Politiken* des letzten Monats und begann seine systematische Lektüre, während der Nachmittag in den Abend überging. Er fand den Artikel über Sara Santanda, schaute sich ihr Foto an und das von Lise Carlsen. In der Bildunterschrift stand, daß die *Politiken*-Mitarbeiterin und Vorsitzende des dänischen PEN, Lise Carlsen, die Gastgeberin sei und das Programm des Besuchs bis auf weiteres geheimgehalten werde. Es werde auch noch ein Geheimnis bleiben, wann die zum Tode verurteilte Autorin nach Dänemark komme. Aber *Politiken* gehe davon aus, daß der Besuch trotz der unbesonnenen undichten Stelle stattfinden werde. Er schaute sich das Foto von Lise noch einmal an und sah eine schöne junge Frau, die leicht in die Kamera lächelte.

Vuk verließ mit seiner Tragetasche den Lesesaal und ging zu einer Telefonzelle, die aber keine Münzen annehmen wollte. Da stand, man müsse eine Telefonkarte benutzen. Was war denn das schon wieder? Er ging weiter. In der nächsten Zelle konnte er seine Münzen benutzen. Er rief die Auskunft an und erhielt Lise Carlsens Nummer und ihre Adresse in Østerbro. Er ging in die unterirdische S-Bahn-Station Nørreport, kaufte sich eine Telefonkarte und eine Sammelkarte der Verkehrsbetriebe und studierte die Busverbindungen.

Die Wohnung lag im dritten Stock. Über der Sprechanlage stand im dritten Stock: Ole Carlsen und Lise Carlsen. Gegenüber lag ein Wirtshaus wie aus alten Tagen, das noch nicht in ein Café oder eine Snackbar umgemodelt worden war. Draußen standen Tische und Stühle, obwohl das Wetter irgendwo zwischen Spätsommer und Herbst lag, aber der Bürgersteig hatte nachmittags noch Sonne. Vuk stellte seine Tragetasche ab und setzte sich. Er bestellte ein Bier vom Faß und zündete sich eine Zigarette an, während er durch seine dunkle Sonnenbrille das Haus gegenüber betrachtete. Es war groß und gepflegt und hatte neue Fenster. Nach und nach kamen die Bewohner nach Hause. Vuk betrachtete die Szenerie nicht mit Neid, aber mit einer gewissen Nostalgie. Er sah gern dem Alltag anderer Menschen zu. Es war angenehm, die Dänen mit ihren Einkaufstüten von *Irma* oder *Super Brugsen* nach Hause kommen zu sehen. Das würde nie sein Leben werden, aber sich darüber den Kopf zu zerbrechen war Zeitverschwendung. Obwohl er natürlich ab und zu ins Spekulieren geriet, was geschehen wäre, wenn er nicht zurückgekehrt, sondern in diesem friedlichen kleinen Land geblieben wäre. Er trank sein Bier und dachte an seine Eltern und seine Schwester und an Emma, verdrängte die Gedanken aber. Wenn er ihnen nicht Einhalt gebot, würde die Blutwalze heute nacht wieder rollen, und das war unerträglich. Ein Auto hielt am Bordstein, und ein Mann Mitte Vierzig stieg aus. Er sah müde und verbissen aus. Er schloß die Autotür ab und ging mit dem Hausschlüssel in der einen und einer braunen Aktentasche in der anderen Hand zur Haustür. Er hatte einen leicht krummen Rücken und schlurfte ein wenig mit den Füßen. Er schloß die Tür auf. Der Kellner kam heraus und leerte den Aschenbecher. Vuk bestellte noch ein Bier. Kurz darauf kam der Mann von eben aus dem Haus, überquerte die Straße und ging auf die Kneipe zu. Er ging direkt an Vuk vorbei und durch die offenstehende Tür.

»Tag, Ole«, sagte der Kellner, der Vuk das neue Bier hinstellte. Er war jünger und hatte einen muskulösen Oberkörper, der im Vergleich zu den kurzen Beinen zu groß wirkte. Ein Körper aus dem Fitneßcenter, dachte Vuk. Er sah stark aus, aber wenn es darauf ankam, fehlte ihm bestimmt die Zähigkeit. Vor einem Bodybuilder würde er nie Angst haben.

»Tag, Mads«, sagte der Mann, ohne sich aufhalten zu lassen. »Ich möchte ein Gedeck.«

»Erna ist drin.«

Vuk nahm einen Schluck von seinem Bier.

»Wollen Sie nicht reingehen? Es wird langsam kalt«, sagte der Kellner.

»Nein, danke. Ich trink hier draußen aus«, sagte Vuk.

»Na, gut.«

Er ließ noch eine Viertelstunde verstreichen. Dann meinte er, nicht länger bleiben zu dürfen. Er stand auf und ergriff die Tragetasche, als er Lise Carlsen heranradeln sah. Sie stellte ihr Rad hin und schloß es ab. Lise blickte auf das Auto des Mannes und zur Kneipe herüber und dann zu ihrer Wohnung im dritten Stock. Vuk drehte den Kopf weg und rief in die Dunkelheit des Lokals:

»Darf ich zahlen bitte?«

»Ja, gern«, hörte er den Muskelmann sagen.

Er kam heraus.

»38 Kronen«, sagte er und bemerkte Lise auf der anderen Straßenseite. Er nahm Vuks Hundert-Kronen-Schein entgegen, ließ Lise aber nicht aus den Augen.

»Eine Sekunde«, sagte er und machte einen Schritt auf die Fahrbahn.

»Lise!« rief er. »Lise! Ole ist hier!«

Lise schaute herüber. Vuk wandte sein Gesicht ab, behielt sie aber aus dem Augenwinkel im Blick.

»In Ordnung, Mads. Sag einfach, ich bin nach Hause gekommen.«

»Alles klar, Lise«, sagte Mads und gab Vuk das Wechselgeld heraus.

Vuk mußte an die Szene denken, als er später in seinem Zimmer saß und fernsah. Das Fernsehen war nur ein angenehmes Hintergrundgeräusch. Es lief irgendeine dänische Talkshow, an der nur sehr gut gekleidete und sehr gesprächige Frauen teilnahmen. Er hatte es aufgegeben, das Thema ihres Geredes herauszukriegen, und hatte leiser gedreht. Er arbeitete.

Er schnitt die Holzgriffe von dem Springseil und zog statt dessen einen halben Meter des dünnen, biegsamen Stahldrahts durch sie hindurch. Er befestigte ihn an jeder

Seite mit einem Knoten und kniff dann die Enden zusammen. Um ein Rohr im Badezimmer wickelte er ein Handtuch, schlang dann mit schneller Bewegung den Stahldraht herum und zog heftig an beiden Holzgriffen. Der Draht gab nach, aber die Knoten hielten, und zufrieden legte er die Garotte auf sein Nachttischchen.

Er sah ein paar Stunden fern, aber er dachte an Lise und ihren Mann Ole. Während er überlegte, wie er mit ihr in Kontakt treten könnte, schliff er die stumpfe Seite des Fahrtenmessers scharf, so daß er einen zweischneidigen Dolch erhielt. Dabei machte er langsame, ruhige, effektive Bewegungen, die besänftigend wirkten und förderlich für das Denkvermögen waren. Die beiden Messerschneiden waren nun scharf wie Rasierklingen. Es war guter Solingen-Stahl, der nicht so leicht zu brechen war. Jetzt war er nicht mehr ganz und gar unbewaffnet, und das machte ihn einen Tick ruhiger. Frühestens morgen oder übermorgen dürfte er die Postkarte von Krawtschow mit der Mitteilung erhalten, wo er die bestellten Waffen abholen konnte. Er wußte, daß nicht mehr viel Zeit blieb, und er ahnte, daß das schwächste Glied in der Kette nicht Lise, sondern Lises Mann war. Es war nur so ein Gefühl, aber er hatte es Lises Gesichtsausdruck angesehen, daß sie enttäuscht und traurig und ein wenig sauer war. Sie wollte nicht zu ihrem Mann hinüber und nach Feierabend einen mit ihm trinken. Im Gegenteil, sie hatte mit zusammengekniffenen Augen zur Kneipe hinübergeschaut, bevor sie ganz unerwartet schnell und fest gegen das eine Vorderrad von Oles Autos trat, ihr Rad wieder aufschloß und wegfuhr, ohne sich noch einmal umzublicken.

12

Lise fuhr so schnell, daß sie zu ihrem Ärger zu schwitzen anfing, und schon bald kam sie sich reichlich albern vor. Auf dieseWeise löste man ja wohl keine Probleme. Sie sollte Ole lieber mit der Tatsache konfrontieren, daß sie sich einen Liebhaber zugelegt oder sich auf einen Verehrer eingelassen oder daß sie eben eine Affäre hatte. Egal, wie sie es nannte, es verursachte ein warmes Gefühl in ihrem Körper und die Lust, ständig mit Per zusammenzusein. Aber es hatte sie so wütend gemacht, als ihr klar wurde, daß Ole wieder einmal in diese Dreckskneipe gerannt war, die nach alten Zigarren und abgestandenem Bier stank. Wenn er wenigstens in einem Café oder einer ordentlichen Bar saufen ginge. Er wußte doch, daß sie Kneipen haßte. Die Vorstellung war ihr unerträglich, daß er mit diesen Dumpfbacken da unten zusammenhockte und mit ihnen womöglich über die Alte zu Hause quatschte, also auch über sie. Und sie war davon überzeugt, daß Männer das in solchen Kneipen taten. Volkstümlichkeit wurde heutzutage vollkommen überschätzt. Sie setzte sich für Hochkultur und gebildete, zivilisierte Menschen ein. Sie verabscheute Festhallen, Bingo und altfränkische Bierstuben mit Billard und dem Gestank von Männermief. Er wußte, daß es sie ärgerte, wenn er dorthin ging, genauso wie sie wußte, daß es ihn ärgerte, wenn sie morgens das Radio anschaltete. Warum konnten sie plötzlich nicht mehr miteinander reden, verflucht noch mal? Warum versuchten sie, sich gegenseitig weh zu tun? Warum starb die Liebe?

Bei den Seen stieg sie vom Rad und schob und murmelte halblaut vor sich hin:

»Wo kommen wir her? Wer sind wir? Wo stehen wir? Wo gehen wir hin, und wo sollen wir die leeren Flaschen abstellen?«

Dann lachte sie über sich selbst. Eine ältere Dame mit einem kleinen dicken, schwarzgefleckten Hund sah sie erstaunt an. Sie sah sauer aus, und Lise konnte es nicht lassen, ihr die Zunge rauszustecken, gleichzeitig schwang sie sich auf den Sattel wie ein Mann und peste den Weg hinunter, daß der Kies spritzte. Teufel, war sie kindisch! Aber sie war es nicht gewohnt, mit einer Situation wie der ihren zurechtzukommen.

Sie fuhr nach Hause. Ole war noch nicht da. Wahrscheinlich blieb er jetzt den ganzen Abend dort. Und knobelte und sprach über Fußball oder Politik mit minderbemittelten Mannsleuten, die verlassen, weggejagt oder einsam waren oder alles auf einmal. Und sie hatte endlich einen freien Abend. Sie könnten miteinander reden. Ein ordentliches Gespräch führen. Sie hatte sich von der Zeitung, von Sara und von Per freigenommen. Mit Absicht, weil sie merkte, daß sie ihre Gefühle nicht ganz so unter Kontrolle hatte, wie sie es sich wünschte. Außerdem konnte Per heute abend sowieso nicht. Er hatte nicht gesagt, was er vorhatte, und es ging sie ja im Grunde auch nichts an. Aber es ärgerte sie trotzdem. Sie sollte sich etwas kochen. Jetzt war sie schon wieder aufgebracht, und das machte sie natürlich hungrig. Statt dessen setzte sie Teewasser auf und hatte sich gerade einen Becher vollgeschenkt, als sie die Wohnungstür hörte und Ole mit leicht geröteten Augen, aber im übrigen ebenso ruhig und fern wie sonst, in die Wohnküche kam.

»Hallo, Schatz! Wo warst du? Hast du schon gegessen?« fragte sie und verachtete sich selbst, weil sie hören konnte, wie künstlich es klang.

»Hej«, sagte er nur und blieb stehen und schaute sie an, was sie verwirrte. Sie stand auf und ging zur Spüle. Obwohl sie Tee in ihrem Becher hatte, holte sie sich noch ein Glas Wasser, bloß um irgend etwas mit ihren Händen zu tun. Sie spürte Oles Blick auf ihrem Rücken und nahm sich zusammen und drehte sich um. Plötzlich empfand sie die gemütliche Küche als stickig und beklemmend. Als wäre von draußen die Dunkelheit hereingekommen und drosselte das Licht.

»Was ist los? Was glotzt du mich so an?« sagte sie gereizt.

Ole sah sie nur forschend an. Sie fühlte sich wie eine seiner neurotischen reichen Patientinnen. Oder Klientinnen, wie er sie beharrlich nannte. Die Anzahl der Psychologen hatte sich in den letzten zwanzig Jahren verzwanzigfacht, man sollte also eigentlich denken, daß es viele waren, die sich den Kuchen teilen mußten, aber Ole hatte noch nie soviel verdient wie jetzt. Den Dänen mußte es seelisch beschissen gehen, und offenbar hatten sie keinen, mit dem sie darüber reden konnten. Sie ließ ihre Gedanken immer weiter schweifen, weil sie seinen untersuchenden Blick nicht aushielt. Sie zündete sich eine Zigarette an und sagte:

»Ole! Was gibt's?«

»Ich wollte nur sehen, ob man einen physischen Unterschied diagnostizieren kann. Aber das kann man offenbar nicht. Oder doch?«

Seine Zunge war doch ein wenig schwer. Sie hörte Bier und Magenbitter aus seinen Vokalen heraus.

»Ich weiß nicht, wovon du redest.«

Sie konnte seinem Blick nicht standhalten und guckte weg.

»Du weißt, das Stinkbanale. Daß du einen andern hast«, sagte Ole.

Sie merkte, daß ihr Nacken rot wurde. Verdammt noch mal, der Mann war schließlich Psychologe, und mit dem menschlichen Gemüt kannte er sich doch wohl ein bißchen aus. Sie nahm sich zusammen und ging zu ihm hin und ergriff seine Hand. Sie war schlaff. Er roch nach Kneipe.

»Ole. Jetzt hörst du mal auf, ja?«

Ole sah sie mit seinen verschleierten, aber auch klugen Augen an, die sie einst geliebt und schön gefunden hatte. Er zog seine Hand weg und trat einen Schritt zurück.

»Vielleicht gibt es bestimmte physische Zeichen, die man anführen könnte«, sagte er. »Wie zum Beispiel die verstärkte Benutzung des Bads? Ein neues Parfüm? Häufigerer Wechsel der Unterwäsche? Das ist das Klassische, aber du warst ja schon immer oberpingelig mit dir selber. Dann gibt es andere Zeichen. Du wirst zur Zeit schnell rot. Steht dir gut. Aber etwas sonderbar für eine Frau in deinem Alter. Du kratzt dich ein bißchen nervös. Und dann mußt du dir ständig durchs Haar fahren.«

Er sah sie mit seinen forschenden Augen an, und sie merkte zu ihrem Schrecken, daß sie errötete und sich durchs Haar fuhr. Sie wandte sich um, drehte den Wasserhahn auf und hielt die Zigarette unter das laufende Wasser, warf sie in den Mülleimer unter der Spüle und nahm sich noch ein Glas Wasser.

»Das habe ich immer schon gemacht«, sagte sie.

»Hast du einen Liebhaber, Lise?«

Sie stand mit dem Rücken zu ihm. Dafür war sie dankbar. Ihre Miene würde ihm verraten, daß er ins Schwarze getroffen hatte. Warum sagte sie nicht einfach die Wahrheit? Warum wagte sie es nicht? Weil sie nie in einer solchen Situation gewesen war? Sie wollte jetzt keine Aussprache. Sie wollte Zeit und Ort selbst bestimmen.

»Ich bin nur ein bißchen gestreßt. Nervös. Das mit der Santanda geht mir auf die Nerven.«

»Hast du, Lise?«

Sie drehte sich um.

»Das mußt du doch kapieren. Streß! Davon lebst du doch. Du bist Psychologe. Wieso raffst du eigentlich gar nichts, zum Teufel?«

Sie hatte den letzten Satz geschrien, aber Ole ließ sich nicht aus der Ruhe bringen.

»Okay«, sagte er bloß, aber das reizte sie nur noch mehr.

Sie machte einen Schritt auf ihn zu, trat aber schnell wieder zurück, so daß sie wieder die sichere Tischkante im Rücken verspürte.

»Was meinst du mit ›okay‹?« sagte sie. »Ich bin nicht eine von deinen Patientinnen. Also hör auf, mir dein Psychologen-Okay zu geben. Das soll ja nur heißen: Ich höre zu, aber leck mich!«

»Okay.«

»Ole, verdammt. Gib mir ein bißchen Zeit. Sara kommt in vierzehn Tagen, dann müssen wir miteinander reden. Wenn der Besuch überstanden ist. Ich bin gestreßt ...«

»Okay.«

»Jetzt hör mit deinem ›okay‹ auf, Ole.«

Sie tat wieder einen Schritt, zögerte aber, ehe sie sagte:

»Ich hab heut abend frei. Sollen wir nicht was Schönes kochen? Wir legen uns ins Bett und gucken einen Film im Fernsehen. Wie früher. Ich bin nur ein bißchen gestreßt.«

Ole sah sie an. Sein Blick veränderte sich. Er war nicht mehr nur forschend, fand sie, sondern auch verächtlich. Er betrachtete sie eine Weile, dann wandte er sich um und ging.

»Wo willst du hin?« fragte sie.

»Ich verdiene es nicht, auch noch bemitleidet zu werden«, sagte er beim Hinausgehen.

Sie rief ihm hinterher:

»Was soll das heißen? Das tu ich doch gar nicht. Wo willst du hin?«

Er blieb stehen und drehte den Kopf zu ihr um.

»In die Stadt.«

»Schon wieder. Soll ich nicht was kochen? Ole? Oder wir gehen zusammen. Und gehen irgendwo was essen. Bleib doch hier. Wir müssen uns aussprechen.«

Er blickte sie wieder forschend an.

»Ich hab keinen Hunger«, sagte er und ging, ohne sich umzusehen.

»Oh, verdammt noch mal!« sagte Lise und hörte die Wohnungstür ins Schloß fallen. Sie wählte Pers Nummer und ließ es mehrmals klingeln, aber er hatte ja gesagt, daß er nicht zu Hause war.

»Oh, Per«, sagte sie zum Klingelzeichen. »Wenn ich bloß wüßte, was ich machen soll.«

Sie machte sich schließlich ein Omelette und setzte sich vor den Fernseher und sah sich eine alte dänische Komödie an. Die waren inzwischen wieder total angesagt. Sie sehnte sich nach Ablenkung. Morgen würde sie sich zusammenreißen und einen Artikel über dieses Phänomen schreiben. Über das nostalgische Bedürfnis der Bevölkerung nach dem sicheren, vertrauten Rahmen vergangener Zeiten. In denen die landwirtschaftlichen Betriebe noch sauber und die Geschlechterrollen klar definiert waren. Bei denen man vergessen konnte, daß die siebziger und achtziger Jahre überhaupt existiert hatten. In denen Dänemark wie eine unveränderliche Morten-Korch-Landschaft im ewigen Sonnenschein dalag, und die Vagabunden Lieder anstimmten, statt verwahrlost herumzustreunen und Flaschen aufzusammeln und auf der Straße zu betteln. Gegen Mitternacht rief sie Per noch einmal an, aber er antwortete noch immer nicht. Ole kam in dieser Nacht nicht nach Hause.

Am nächsten Morgen setzte sie sich in ihr kleines gemütliches und feminines Arbeitszimmer in der Redaktion und schrieb ihren Artikel. Das Zimmer war mit Büchern und Plakaten und ausländischen Kulturzeitschriften und Pflanzen vollgestopft. Sie dachte an Ole, und sie dachte an Per, aber sie zwang sich mit leichter Hand und wachem Geist zu schreiben, wie Tagesen immer sagte, und es flutschte tatsächlich ganz gut, so daß sie es ans Sekretariat weiterschickte. Dann machte sie die Datei zu Sara Santandas Besuch auf. Sie hatte ihr ein Kodewort gegeben, damit kein Unbefugter Zugriff darauf hatte. Sie schaute sie sich an. Es sah gar nicht so schlecht aus, und für Fernsehzwecke bot das Flakfort ein hervorragendes Ambiente. Hauptsache, das Wetter spielte mit. Heute war es kühl geworden, über den Himmel jagten graue Wolken. Später würde es bestimmt regnen, obwohl die Vorhersage von Wetterbesserung gesprochen hatte. Das Telefon klingelte. Sie meldete sich. Am anderen Ende hörte sie eine angenehme Männerstimme.

»Guten Tag. Keld Hansen hier«, sagte die Stimme. »Ich bin freier Mitarbeiter für ein paar jütische Fachzeitungen. Sie haben doch mit dem Besuch der Schriftstellerin Sara Santanda zu tun, nicht wahr?«

»Das kann ich nicht so recht kommentieren«, sagte sie.

»Das hat Ihre Zeitung doch selber geschrieben.«

»Ist auch wieder wahr«, sagte Lise und kam sich selbst etwas albern vor. Per hatte sie schon richtig angesteckt.

Die Stimme fuhr fort:

»Ich bin ein Kollege von Ihnen. Es ist ungemein wichtig für mich. Ich kann als Freier eine Story immer gebrauchen. Und meine Zeitungen wollen gern ihre eigene Geschichte daraus machen. Das können Sie als feste Redakteurin doch gut verstehen, oder?«

Sie bekam fast ein schlechtes Gewissen.

»Das verstehe ich schon. Aber es ist gar nicht sicher, daß sie kommt.«

»Ich versteh schon, daß man aufpassen muß, aber falls nun ...«

»Dann müssen Sie den dänischen PEN kontaktieren. Es ist eigentlich nicht *Politiken* ...«

»Verstehe. Aber Sie sind doch die Vorsitzende. Können Sie mir die Adresse des PEN-Klubs geben?«

»Das ist meine eigene.«

»Also, was soll ich tun?«

»Sie schreiben mir, ich setze Sie auf die Liste, und dann werden Sie akkreditiert. Die Sicherheit wird bei diesem Besuch großgeschrieben.«

»Wann kommt sie?«

»Kann ich nicht sagen, aber schreiben Sie lieber heute als morgen. Dann kommen Sie auf die Liste.«

»Danke. Und herzlichen Dank für die Hilfe«, sagte die angenehme Stimme, die Vuk gehörte. »Es ist schön, hier drüben mitzubekommen, daß ihr in Kopenhagen uns auch berücksichtigt.«

»Es ist immer schön, einem Kollegen weiterhelfen zu können«, sagte Lise und legte auf. Wahrscheinlich hatte sie schon zu viel gesagt. Jedenfalls mehr als angedeutet, daß Sara kam, und zwar bald. Aber es hatte ja auch keinen Zweck, daß sie weiterhin so vage blieben. Er war ja nicht der erste Kollege, der angerufen hatte. Irgendwann mußten die Leute ja zusammengetrommelt werden, aber wie stellte man das an? Vielleicht hatte Per eine Idee. Er hatte sie heute morgen angerufen und gesagt, er wolle sie gegen vier abholen. Sie freute sich wie ein Schulmädchen. Mit ihm zusammenzusein. Ihn in der konspirativen Wohnung zu lieben, denn sie konnte ihn ja nicht mit nach Hause nehmen, und er hatte sie nicht zu sich eingeladen.

Es klopfte an der Tür, und Tagesen kam hereingerauscht, dasselbe Energiebündel wie immer. Sie konnte gerade noch auf F7 und auf ja tippen und die Liste speichern, als die Tür aufging.

»Kannst du nicht warten, bis ich herein sage?« sagte sie böse.

»Ich hoffe, du verwahrst es gut«, sagte Tagesen.

»Natürlich. Kodewort und so weiter. Sara ist Simba. Die Wohnung ist die KW ohne Adresse. Und so weiter. Ich schreibe ja auch nicht einfach so, worum es sich dreht, nicht wahr. Ich mach das zu Hause fertig. Dann kannst du es sehen.«

Sie erzählte, daß noch ein Journalist angerufen hatte. Und daß sie einen Weg finden mußten, wie die Pressekonferenz einzuberufen war, damit die Journalisten kamen, aber ohne zu wissen, weshalb. Wie sollten sie das Problem lösen?

»Verstehst du, Tagesen? Man weiß, daß sie kommt, aber nicht wann. Ich kann doch nicht schreiben: Bitte kommen Sie um 13 Uhr zur Pressekonferenz mit Sara Santanda. Damit es jeder Terrorist in der Tagesliste der Agenturen nachschlagen kann.«

»Nee, aber sie müssen angelockt werden«, sagte Tagesen und fummelte an einem Knopf herum. Plötzlich hatte Lise eine Idee. Tagesen war bekannt für seine vielfältigen Kontakte zum europäischen Kulturleben. Sie dachte an die Geschichte, die heute früh über den deutschen Schriftsteller Scheer auf den Auslandsseiten gestanden hatte, dessen Leben von deutschen Rechtsradikalen bedroht wurde. Sie verlangten seinen Kopf, weil er die Türken und andere Immigranten verteidigte.

»Du bist doch ein guter Bekannter von Scheer, nicht?« sagte sie.

Tagesen nickte zufrieden. Er war stolz auf sein Netz von Beziehungen und machte keinen Hehl daraus.

»Und wenn du ihn herbekommen könntest? Dann könnten wir eine Pressekonferenz mit ihm einberufen.«

Tagesen lächelte und machte einen seiner kurzen, energischen Hüpfer.

»Genau. Herbert Scheer ist Nobelpreisträger, in Dänemark sehr bekannt. Ihn würde man also ...«

»Normalerweise würden höchstens ein paar schräge Pressevögel Lust haben, zur Konferenz zu kommen. Und das Fernsehen schon gar nicht«, sagte Lise und genoß es sehr, daß sie Tagesen ausnahmsweise einmal einen Schritt voraus war.

»Dann verstehe ich nicht ...«, sagte er.

»Normalerweise bist du schneller, Tagesen«, sagte sie und erklärte ihm den Zusammenhang. Scheer verbrachte den Sommer oft in seinem Ferienhaus in Dänemark. Man müßte andeuten, daß er auch in Dänemark bedroht sei. Das würde dann auch das Fernsehen und die Boulevardpresse wie *Ekstra Bladet* anlocken. Die Einwandererdebatte schwelte ja immer unter der Oberfläche. Ständig gab es irgendwelche Geschichten über Rassismus und Neofaschisten. Tagesen fand die Idee gut.

»Schlag sie deinem PND-Freund vor«, sagte Tagesen.

»Das werde ich«, sagte sie.

Tagesen blieb einen Moment stehen, dann packte ihn wieder die Rastlosigkeit.

»Ich muß weiter. Aber gute Arbeit, Lise! Ein bißchen was habe ich auch getan. Ich habe mit der Kulturministerin gesprochen. Sie will Santanda gern treffen. Sagt sie.«

»Und macht sie's?«

»Ich glaube, kaum. Bang wird sie davon abbringen, und sie wird irgendeine Entschuldigung finden.«

»Geld hat immer das letzte Wort«, sagte Lise. Sie war enttäuscht.

»Ja. Daran kann kein Leitartikel etwas ändern«, sagte Tagesen mit einem seltenen Eingeständnis der Ohnmacht, die er hin und wieder empfand, sich aber hütete, öffentlich zuzugeben. Aber Lise hatte recht. Geld hat immer das letzte Wort. Das bewiesen sowohl der Fall Rushdie als auch der Fall Santanda. Denn in Wirklichkeit waren beide Fälle ja geradezu banal, und es ging überhaupt nicht um die freie Meinungsäußerung, sondern um Paragraphen des Strafgesetzbuches. Aber man kann nun mal kein ganzes Land und seine Regierung verhaften, besonders dann nicht, wenn das Land Einfluß auf die Handelsbilanz hat.

Lise sinnierte vor sich hin. Sie dachte an Per. An ihre Beziehung. Eigentlich war er überhaupt nicht ihr Typ. Nicht sehr gesprächig, ohne Interesse für Kunst und Kultur, reserviert. Er sah gut aus, hatte einen tollen Körper und war ein guter Liebhaber. Aber reichte das? Im Grunde wußte sie nicht recht, in was sie sich da verliebt hatte. Vielleicht war es nur physisch. Vielleicht war er nur der Anlaß, auf den sie gewartet hatte, damit sie Ole verlassen konnte. Vielleicht war er in Wirklichkeit keine neue Beziehung, sondern ein Komma zwischen einer verbrauchten und einer neuen, unbekannten, die noch auf sie wartete. Vielleicht wollte sie nur fühlen, was es bedeutete, begehrt zu werden, denn das tat er. Er begehrte ihren Körper und stellte wunderschöne Sachen mit ihm an. Sie freute sich schon darauf und schämte sich überhaupt nicht über ihre Vorfreude.

Doch wie auch immer, so konnte es nicht weitergehen. Irgendwann mußte sie sich entscheiden. Jetzt mußte sie sich auf ihre Aufgabe konzentrieren, statt dazuhocken und zu grübeln, was ihr Geheimagent und geheimer Liebhaber so machte, wenn er nicht mit ihr zusammen war.

13

PER TOFTLUND PARKTE seinen BMW am Hafen von Vedbæk nördlich von Kopenhagen. Der Wind vom Öresund trug den Geruch von Tang und Salz herüber, die Wellen hatten kleine weiße Kronen, aber die Sonne schien noch immer, und kalt war es eigentlich nicht. Schon früher hatte sich Igor gern zu einem Plausch im Hotel Marina eingefunden. Igor interessierte sich für Fußball, und halb im Spaß, halb im Ernst hatte er einmal gesagt, daß er sich gut vorstellen könne, in diesem Hotel, in dem die dänische Nationalmannschaft wohnte, wenn sie im Trainingslager war, zu Mittag zu essen. Es war ein ausgezeichneter Ort, die Dinge, an denen sich Diplomaten und Politiker festgebissen hatten, in geschäftsmäßiger Sachlichkeit zu diskutieren.

Igor Kammarasow war Kulturattaché an der russischen Botschaft in Kopenhagen. Er hatte dieses Amt schon inne, als auf dem Schild noch »Botschaft der Union der Sozialistischen Sowjetrepubliken« stand, aber sein eigentlicher Arbeitgeber war der KGB gewesen. Jetzt wurde er vom Sicherheitsministerium in Moskau entlohnt. Toftlund hatte ihn zum ersten Mal beschattet, als er herauskriegen sollte, welche dänischen Agenten Kammarasow abzuwerben versuchte, und später hatte er ihn immer dann getroffen, wenn es um die Sicherheit bei wichtigen politischen Besuchen aus Moskau ging. Per kannte seinen Igor in mehr als einer Hinsicht. Der PND hatte ihn von dem Augenblick an beobachtet, als er zum ersten Mal seinen Fuß auf dänischen Boden setzte. In jüngster Zeit hatte die Überwachung ja deutlich nachgelassen, aber nach Pers Auffassung war es nur vernünftig, den Bären weiterhin an die Leine zu legen und nachzuforschen, was sich eigentlich abspielte. Igor sprach fließend dänisch und hatte jenen charakteristischen Akzent der Studenten des alten Instituts für nordische Philologie der Universität von Leningrad, dem jetzigen Sankt Petersburg. Igor hatte Per auf dem Handy angerufen und ein Treffen an ihrem alten Ort vorgeschlagen, und Per hatte natürlich zugesagt, obwohl er nicht wußte, worum es ging. Er hatte ja mit der Santanda-Sache genug zu tun, aber Igor war ein Kontakt, der gepflegt werden mußte.

Per schaute sich um. Die Boote schaukelten leicht in ihren Vertäuungen. Masten und Segelleinen klatschten sanft im Wind, aber der Hafen war verhältnismäßig leer. Er dachte einen kurzen Augenblick an Lise. Es waren angenehme Gedanken, aber er war ein Schubladenmensch, der sich auf das konzentrieren konnte, was gerade anstand, und andere Gedanken und Gefühle in ein Kämmerchen schloß, bis er Zeit hatte, sie wieder hervorzuholen und zu analysieren. Aber Lise wegzuschließen war schwierig. Mit ihr zusammenzusein war verdammt schön und verdammt angenehm. Man konnte sich richtig in sie verlieben. Eigentlich war sie gar nicht sein Typ, aber sie lachten und unterhielten sich gut miteinander. Er empfand mehr für sie als für irgendeine andere Frau seit Jahren. Die Tatsache, daß sie verheiratet war, kümmerte ihn wenig. Er hatte schon des öfteren Beziehungen zu verheirateten Frauen gehabt. Es war nicht sein Problem, daß sie verheiratet waren oder in einer festen Beziehung lebten. Offenbar reichte es ihnen nicht mehr. Die Frauen lebten in einem Land, in dem sie frei wählen konnten, dachte er und ließ dann doch die Gedanken schweifen. Wenn der Simba-Besuch überstanden wäre, könnte er ein paar von den Freischichten nehmen, die ihm zustanden, und Lise nach Spanien mitnehmen. Es gab nicht viele Frauen, mit denen er Spanien teilen mochte, aber Lise war eine von ihnen, und er wäre enttäuscht, wenn sie nein sagen würde.

Kammarasow stand am Rand der Mole. Er war ein großer schlanker Mann mit kräftigem dunklem Haar und einem schmalen Gesicht. Igor trug den dunklen Anzug der Diplomaten und einen dunkelblauen Mantel, der wegen der milden Temperaturen offenstand. Per hatte seine üblichen Sachen an: gut gebügelte Jeans, ein Hemd mit geknöpftem Kragen und Schlips und eine helle Windjacke.

Per winkte Kammarasow zu, der die Hand zum Gruß erhob. Per ging ihm entgegen, und sie reichten sich die Hand und wechselten ein paar Bemerkungen über Wind und Wetter, und Per fragte nach Igors Frau und den beiden halbwüchsigen Kindern. Es freute ihn, daß sie gesund und munter waren. Igors Frau war zur Zeit in Moskau, aber die Kinder gingen auf ein dänisches Gymnasium.

»Bald sind sie mehr dänisch als russisch, Per«, sagte er in seinem fließenden Dänisch, dessen schwacher Akzent Per an die Abhörbänder der nahen Vergangenheit erinnerte. Es war in vielerlei Hinsicht eine schöne Zeit gewesen. Die Fronten waren klarer, die Spielregeln einfacher, und Per hatte immer das Spiel der Katze mit der Maus geliebt, auch wenn die Maus hin und wieder die Rollen vertauscht hatte. Jetzt waren sie weder Freunde noch Feinde, sondern eine Art Partner in dieser großen verworrenen und zerrissenen Zeit nach dem kalten Krieg, und sie unterhielten sich fast wie alte Bekannte. Trotzdem hatten sie die Vorsicht und die Umschweife noch im Blut. Allein der Kleinigkeit, daß Igor auf dem schwer abzuhörenden Mobiltelefon angerufen hatte und nicht zu Hause oder im Büro, konnte Per entnehmen, daß er eine alte Schuld begleichen oder einen neuen Wechsel ausstellen wollte, der später eingelöst werden konnte. Das war in Ordnung. So lauteten die Spielregeln ja nach wie vor.

»Es freut mich zu hören, daß es den Jungen gutgeht, Igor«, sagte Per. »Gehen wir ein bißchen spazieren?«

Sie gingen auf die Mole hinaus. Es war ein herrlicher Tag. Schweden zeichnete sich deutlich auf der anderen Seite des Sundes ab. Es war ein Bild wie auf einer Ansichtskarte, ein Küstenmotorschiff stach in den Öresund, und einige weiße und bunte Segel blähten sich im frischen Wind. Er sah auch einen dieser flachen russischen Prahme, die mittlerweile die dänischen Fahrwasser befuhren. Sie unterboten die Frachtgebühren, und nach Pers Überzeugung war es nur eine Frage der Zeit, bis einer von ihnen unterging. Sie waren für die ruhigen, breiten Flüsse Rußlands gebaut und nicht für die See. Früher hätte er den KGB verdächtigt, sie als Vorwand für Spionage zu gebrauchen, aber er wußte, daß sich bloß arme Seeleute auf der Jagd nach ein bißchen harter Valuta an Bord befanden, samt einer gehörigen Anzahl von Schmugglern. Es gab zwei von ihnen. Wolga-Balt, die mit Stückgut, Futter und Dünger fuhr, und Wolga-Nefti, die Öl transportierte. Das Meer changierte von Blau bis Grün und duftete frisch und sauber. An so einem Tag kriegte man Lust, mit einem alten Kutter hinauszufahren und mit den Jungs Dorsch zu fischen, dachte Per. Und hinterher aß man Labskaus oder gebratenen Aal und Rahmkartoffeln und trank Bier und Schnaps dazu.

Igor nahm sich eine Zigarette und bot Per aus Höflichkeit eine an, obwohl er natürlich genau wußte, daß er nicht rauchte.

»Was hast du für mich, Igor?«

»Eine freundliche Warnung.«

Per dachte schnell nach. Soweit er unterrichtet war, hatte Dänemark in Rußland keine Geheimaktionen zu laufen. Vielleicht verfolgte der MND die eine oder andere Sache im Baltikum, aber er war lange nicht so aktiv wie die Schweden. Wovor wollte Igor ihn also warnen, wovon hatten sie

Wind bekommen, was wollten sie stoppen, ehe es öffentlich bekannt wurde?

Per konnte sehen, daß Igor seinem Gedankengang folgte. Wahrscheinlich kannten sie sich schon zu lange.

»Es ist nicht das, was du denkst«, sagte der Russe. »Es geht um Sara Santanda.«

Per blieb stehen und sah Igor an.

»Was hat das mit Rußland zu tun?«

»Die russische Mafia erledigt den Auftrag für die iranische Regierung. Davon sind wir überzeugt. Sie haben den Auftrag einem Berufskiller übertragen.«

»Wem, Igor?« sagte Per, der nicht zu fragen brauchte, woher Igor wußte, daß er mit dem Fall beauftragt war. Beobachten und gut unterrichtet sein war das A und O auf beiden Seiten.

»Das wissen wir nicht. Aber wir glauben nicht, daß er aus dem Milieu kommt. Er ist kein Russe. Sondern aus Ex-Jugoslawien. Wahrscheinlich Serbe, aber die Schuld wird einem fanatischen Muslim in die Schuhe geschoben. *They found a fallguy.*«

»Das ist ein bißchen mager«, sagte Per, ohne es ernst zu meinen.

»Komm, laß uns gehen«, sagte Igor, und sie gingen weiter bis ans Ende der Mole.

»Es ist eine freundliche Warnung«, sagte Igor wieder.

»Ich glaube, du hast mehr auf dem Herzen, Igor.«

»Ich habe keine Beweise, Per.«

Per lachte.

»Wir sind hier nicht im Gerichtssaal. Wann haben du und ich in unserer Branche jemals Beweise gebraucht, zum Teufel?«

Kammarasow lachte ebenfalls und warf seine Zigarette ins Wasser. Der Filter schaukelte auf den kleinen Wellen.

»Du erweist mir einen Dienst«, sagte Per. »Ich schulde dir was. Ich schmeiße die nächste Runde.«

Kammarasow zog ein Schwarz-Weiß-Foto aus der Innentasche. Es war eine 15×20-Aufnahme, die Krawtschow in Berlin zeigte. Toftlund studierte Krawtschows Gesicht, das deutlich und klar getroffen war. Er sprach mit einem anderen Mann vorne rechts im Bild, von dem man aber nur den Nacken erkennen konnte. Es war der Nacken eines jungen Mannes mit hellem kurzgeschnittenem Haar. Per sah Kammarasow an, der sagte:

»Das Gesicht gehört Krawtschow. KGB. Ehemals. Ein fauler Apfel.«

»Ah, ihr seid also über ein Nebengleis auf die Geschichte gestoßen.«

Igor nickte. Per wußte, daß noch mehr dahintersteckte, aber man gab nur das Notwendige weiter, ohne die operativen Methoden zu enthüllen. Sie mußten Krawtschow seit langem unter Beobachtung gehabt haben – mit Kameras und Mikrofonen. Vielleicht mit weitreichenden bis in die Umgebungen unter freiem Himmel, wo das Foto gemacht wurde.

»Wo ist es aufgenommen?«

Igor zögerte, aber dann sagte er:

»Berlin.«

»Worauf seid ihr aus?«

»Wir haben ihn in Verdacht, ein Mafiamann zu sein. Geldmann. Wir beschatten ihn seit geraumer Zeit. Euer Problem ist eine Nebeneinkunft unsrer Nachforschung. Komm, ich muß ins Büro zurück.«

Sie begannen auf der Mole zurückzugehen. Zwei Freunde im Gespräch.

»Wem gehört der Nacken?« fragte Per.

»Krawtschow hat ihn ein paarmal getroffen. Ich glaube, es ist euer Mann. Sie hatten ein gemeinsames Treffen mit einem Mitarbeiter aus dem Iran. Wir kennen ihn. Rezi, einer ihrer Besten.«

»Und wem gehört also der Nacken, Igor?«

»Das wissen wir nicht.«

»Schlepp Krawtschow nach Moskau. Zu einer kleinen Unterredung.«

»So was geht nicht mehr, Per. Wir *glauben*, er hat Verbindungen zur Mafia, aber er verwischt seine Spuren gründlich. Er hält sich legal in Deutschland auf. Er ist in eine gute Schule gegangen. Wir haben keine Beweise. Noch nicht. Heutzutage können wir ihn nicht mehr einfach so einbuchten. Wir sind eine Demokratie.«

Per lachte verächtlich.

»Und der Mond ist ein grüner Käse.«

Igor blieb stehen und faßte ihn sanft am Arm.

»Wer kann hier eigentlich die alten Feindbilder nicht vergessen, hm?«

Per machte sich los.

»Hör auf, wie ein Gymnasiast zu reden. Wir beide werden doch nie arbeitslos.«

Kammarasow trat einen Schritt zurück. Per blickte ihm in die Augen. Igor blinzelte nicht, er hielt seinem Blick stand. Die Stimmung zwischen ihnen wurde ein wenig frostig, aber Igor sah als erster weg und sagte:

»Wir sind ziemlich sicher, daß er bereits in Dänemark ist. Der Attentäter.«

»Damit der Auftrag ausgeführt wird.«

»Wie abgemacht. Wir sind uns ziemlich sicher.«

»Es ist ein bißchen mager«, sagte Per, obwohl es nach wie vor nicht sein Ernst war. Es war eine aufrichtige Warnung, und es gab keinen Zweifel, daß Igor viel mehr wußte, als er erzählte, aber er erzählte so viel, daß Dänemark seine Vorkehrungen treffen konnte.

»Das ist alles, was wir wissen«, sagte Igor.

»Okay«, sagte Per.

Sie gingen. Kammarasow war in einem blauen Ford Escort mit dem blauen Diplomatenkennzeichen gekommen, er hatte nichts dagegen, daß sein Auto am Hafen gesehen wurde. Es war kein Geheimtreffen, sondern ein Treffen, über das der Botschafter unterrichtet werden würde. Daß Dänemark von Rußland rechtzeitig gewarnt worden war, falls später Schwierigkeiten aufträten. Bei der neuen sensationslüsternen russischen Presse wußte man nie.

Per begleitete Igor zu dessen Auto und reichte ihm die Hand.

»Danke, Igor.«

»Schon gut. Vielleicht stehen wir bei bestimmten Dingen immer noch auf verschiedenen Seiten des Zauns, aber heutzutage sind wir auch Partner. Und es ist unsere Pflicht, einen Partner vor Terror zu warnen.«

»Ja, nun mach mal halblang, Igor. Grüß die Gattin und die Kinder.«

»Auf bald, Per«, sagte der Russe mit einem Lächeln, zog die Autotür zu und fuhr los.

»Darauf kannst du Gift nehmen. So leicht kommst du mir nicht davon«, sagte Per zu sich selbst. Er zog sein Handy hervor, um seine Chefin anzurufen und einen Termin in ihrem überfüllten Kalender durchzusetzen.

Er bekam ihn auf der Stelle, als er andeutete, worum es ging.

Er fuhr nach Bellahøj und ging direkt zu Jytte Vuldom, die hinter ihrem Schreibtisch saß und telefonierte. Sie nickte ihm freundlich zu, und er setzte sich und wartete. Als sie aufgelegt hatte, berichtete er von seinem Gespräch mit Kammarasow. Jytte Vuldom lauschte, ohne ihn zu unterbrechen.

»Er weiß natürlich mehr«, sagte Toftlund.

»Das tut der gute Igor mit Sicherheit«, sagte Vuldom und zündete sich eine Zigarette an.

»Ich brauche noch mehr Leute. Die Bereitschaftspolizei muß mitmachen und sich in der Szene durchfragen. Der Heckenschütze ist bestimmt in irgendeinem Hotel in der Innenstadt abgestiegen.«

Jytte Vuldom blies den Rauch von ihm weg. Sie war heute rücksichtsvoll.

»Ohne Personenbeschreibung ist er unmöglich zu finden«, sagte sie.

»Ich brauche mehr Ressourcen.«

Vuldom beugte sich etwas vor. Sie war diskret und sorgfältig geschminkt und sprach ruhig, ohne die Stimme zu heben.

»Per. Laß es mich wiederholen. Wie die Dinge stehen, wird die Autorin von keinem Regierungsvertreter empfangen. Es ist keine Staatsangelegenheit.«

»Wir haben die Pflicht, sie zu beschützen.«

»Ganz klar, aber vor kurzem waren Justizminister und Staatsminister hier, um die Sicherheit des kommenden EU-Gipfels zu diskutieren. Das ist eine Staatsangelegenheit, und zwar eine sehr wichtige, Per. Vielleicht könnten also die neuen Informationen Anlaß zu Überlegungen geben? Eine Denkpause?«

»Dem werden sie nie zustimmen«, sagte Per und dachte sowohl an Lise als auch an Tagesen. Sie waren fest entschlossen, gemeinsam mit Sara Santanda den Besuch durchzuführen.

»Na, gut«, sagte Vuldom. »Dann müssen wir halt sehen, welche Mittel wir übrig haben. Denn natürlich tun wir, was in unserer Macht steht, damit alles glattgeht.«

»Okay. Ich schau, was ich tun kann.«

Jytte Vuldom lächelte.

»Und das wäre, Per?«

»Hilfe von den Russen bekommen, wenn du's mir erlaubst. Igor kann noch viel mehr herausbekommen. Wenn er will ...«

Per sah sie aufmerksam an. Er sah ihr an, daß sie genau verstand, worauf er hinauswollte, aber der Vorschlag sollte von ihr kommen, falls es später zu Komplikationen käme. Er wollte sich den Rücken freihalten.

»Igor. Unser alter Freund«, sagte sie.

»Er hält sich zurück. Also, ich hab gedacht ...«

»Ich weiß, woran du gedacht hast, Per. Ist schon in Ordnung. Du kannst die verdammte Datei benutzen. Aber das bleibt unter uns.«

»Gut«, sagte Toftlund erleichtert.

Sie drückte die Zigarette aus und lehnte sich zurück.

»Also kein Grund, die Sache zu Protokoll zu nehmen, oder?«

»Nein, nein, da lassen wir keinen reingucken«, sagte Per.

Er fuhr zum *Politiken*-Gebäude. Das ist noch mal gutgegangen, dachte er. Mit Erlaubnis der gnädigen Frau konnte er Kammarasow noch einmal kontaktieren, aber ohne daß sie einen Bericht schreiben mußten. Es gehörte also nicht zu den Fällen, von denen nach Vuldoms Meinung der parlamentarische Kontrollausschuß unterrichtet werden mußte. Wenn es gutging, war sowieso alles in Butter. Und wenn es schiefging, existierte die Sache offiziell gar nicht. So operierten Toftlund und Vuldom am liebsten, wenn Feuer unterm Dach war.

Er entdeckte Lise, die an der Schwingtür von *Politiken* wartete. Sie sah zum Anbeißen aus, dachte er, mit ihrem hellen Haar, den Jeans und der Bluse in klaren Farben unter der kurzen Jacke. Er freute sich auf einmal riesig darauf, mit ihr zusammenzusein. Er traf einen raschen Entschluß und wußte im selben Augenblick, daß er damit eine Schwelle übertreten und in ihrer Beziehung einen Schritt weiter gehen würde. Er langte mit dem Arm über den Vordersitz und öffnete die Beifahrertür, und Lise setzte sich hinein und gab ihm ohne Rücksicht auf das hupende Auto hinter ihnen einen langen Kuß.

»*Hola, mi amor*«, sagte sie.

»Ganz meinerseits«, sagte er und legte den ersten Gang ein. »Ich lade dich zum Essen ein, also müssen wir eben noch einkaufen.«

»Wo essen wir denn?«

»Bei mir.«

»Ist das was Besonderes?«

»Du ahnst gar nicht, wie besonders das ist«, sagte er und beschleunigte, um einen langsamen Bus zu überholen, so daß sie in ihren Sitz gedrückt wurde.

»Fahr anständig, auch wenn du 'n Bulle bist«, schrie sie.

Ihr ging eine Menge durch den Kopf, als sie in seiner kleinen Wohnung herumging. Was sie eigentlich von ihm dachte, ganz nüchtern betrachtet. Sie war von ihm angetan, um nicht zu sagen, in ihn verliebt, aber worin eigentlich? In ihn selber – oder weil er Oles diametrales Gegenteil war? Ole war verbal, Per war physisch. Aber das konnte nicht die ganze Antwort sein. Vielleicht gab es keine Antwort. Vielleicht sollte sie nicht nach etwas suchen, sondern es einfach geschehen lassen. Die Wohnung spiegelte ihren Bewohner deutlich wider. Diesen Stadtteil hätte sie sich nie ausgesucht. Eigentlich war es hier ganz nett, wenn sie bedachte, welche Vorurteile sie gegenüber Albertslund hatte. Das Viertel bestand aus einer Reihe vierstöckiger Wohnblöcke aus gelbem Backstein mit einem gepflegten Hofareal, das von Müttern, Kinderwagen und Kindern bevölkert war. Die Aussicht war schön: grüne Felder und in der Ferne der Westwald. Per hatte die Wohnung nur gemietet. Er wolle nicht an Dinge gebunden sein, sagte er. Das war er nun in der Tat nicht. Die Wände waren weiß und leer bis auf zwei schmucke Samuraischwerter, die über Kreuz an der einen Wand hingen, und ein Stierkampfplakat von Las Ventas in Madrid an der anderen. Erst dachte sie, es sei eines dieser kitschigen Dinger, auf die Touristen den eigenen Namen drucken lassen konnten, aber es war ein Original mit Paco Camino als Hauptkämpfer. Auch die Schwerter wirkten echt und waren wahrscheinlich in Japan gekauft worden. Sie hatte mitbekommen, daß Per den größten Teil seines Geldes für Reisen ausgab. Oder es jedenfalls getan hatte. Auf dem Regal standen nur wenige Bücher: ein paar Kriminalromane und etliche Sachbücher auf englisch über Polizeiarbeit und Geheimdienstfälle. Sie hielt ein Glas Rotwein in der Hand und schaute sich um. Draußen in der Küche hörte sie Per. Er pfiff. Im Wohnzimmer stand ein CD-Spieler mit Kassettendeck. Zu ihrer Überraschung bestand seine Sammlung zumeist aus klassischen Sachen wie Mozart, Beethoven, Bartók und Vivaldi, außerdem Opern und etwas spanischer Gitarrenmusik. Die Möbel sahen aus, als wären sie in einem anständigen, aber nicht übertrieben teuren Möbelhaus gekauft worden. Er besaß einen 20-Zoll-Fernseher mit Videorekorder. Einen ovalen hellen Eßtisch mit sechs Stühlen. Ein Ledersofa und zwei Ledersessel um einen hellen Couchtisch machten die Einrichtung komplett. Auf dem Parkettboden lag lediglich ein farbenprächtiger Perser. Sie fand den Raum reichlich kühl, hatte aber sofort bemerkt, daß die Wohnung peinlich sauber und aufgeräumt war. Er hatte sie kurz herumgeführt. Im Schlafzimmer stand ein normales Doppelbett und am Fenster ein Schreibtisch mit einem tragbaren Computer und einem dieser kleinen Drucker. Das Bett war gemacht, und alles war ordentlich und nett und sehr männlich. »Gibst du mir die Adresse deiner Putzfrau«, hatte sie ironisch gefragt, aber er hatte es für bare Münze genommen und geantwortet, er habe keine. »Ach so, und deine Hemden bügelst du wohl auch selber, was?« »Natürlich«, hatte er gesagt, »ich war vier Jahre Berufssoldat«, als erklärte das alles.

Sogar die Küche war wie geleckt, immerhin sah es hier ein wenig danach aus, als investierte er sein Gehalt auch in die Einrichtung, denn über dem Küchentisch hingen glänzende Kupfertöpfe und Pfannen, die im Kaufhaus *Illum* ein Heidengeld kosteten. Daneben hing ein Zopf Knoblauch, der auch benutzt wurde, und auf den Schränken lagen Flaschen mit Rot- und Weißwein in Regalen. Einfach und praktisch wie alles in dieser Wohnung. So würden sie und Ole sich nie einrichten. *Hätten* sie sich nie eingerichtet, korrigierte sie sich gleich. Sie kauften nur das Beste und waren sich der Wirkung und Adresse ihrer Wohnung sehr bewußt. Es wäre für sie undenkbar, woanders als in einem der Kopenhagener Brückenviertel zu wohnen oder eventuell noch im Norden in einem interessanten, individuell entworfenen Haus. Es fiele ihnen nicht im Traum ein, nach Albertslund oder in den Westen zu ziehen. Das ging einfach nicht. Sie hatten sich von der Bürgerlichkeit ihrer Eltern verabschiedet, aber irgendwie hatte Oles und ihre Generation eine Werteskala geschaffen, die genauso bürgerlich wie die ihrer Eltern war. Gewisse Dinge tat *man* einfach nicht. Irgendwie war sie ein bißchen neidisch auf Per. Hier wohnte ein Mensch, der genau das besaß, was er brauchte, und von heute auf morgen packen und abreisen konnte. Sie und Ole dagegen hatten an materiellen Werten so viel zusammengeschleppt, daß ihr ein Aufbruch völlig unüberschaubar vorkam. Oder eine Scheidung, dachte sie und verdrängte den Gedanken schnell wieder. Sie stellte sich ans Fenster und schaute über den grünen Wald. Was sollte sie bloß tun? Sie fühlte sich fremd, überhaupt nicht wie die Male, als sie zusammen in der konspirativen Wohnung waren. Das war anders und etwas frech, es paßte zu einer heimlichen Affäre und war, als machte man es in einem Hotel. Aber hier in seiner Wohnung empfand sie es anders. Für ihn war es ein Heimspiel, für sie nicht. Was sollte sie machen, wenn Sara

Santandas Besuch überstanden war? So ginge es jedenfalls nicht weiter. Oder etwa doch? Lag das nicht in dem Wort »Affäre«? Daß sie eine Weile dauerte, und dann war Schluß? Aber wenn es nun, für sie und für ihn, mehr als eine Affäre war? Was sollte sie dann tun? Ihre Gedanken bewegten sich im Kreis.

Lise ging in die Küche. Es duftete nach Basilikum, Knoblauch und Tomaten. Per hatte sich eine blaue Schürze umgebunden. Er hatte kleingeschnittene Salatblätter und Tomaten in einer Schüssel vermischt und ein italienisches Brot aufgeschnitten. In einem großen Topf fing das Nudelwasser an zu kochen. Er arbeitete schnell und effektiv. Er lächelte ihr zu und zeigte auf die Rioja-Flasche.

»Gleich gibt's was zu essen«, sagte er.

Sie trat auf ihn zu, nahm ihm den Löffel aus der Hand und küßte ihn lange und innig.

»Das kann warten«, sagte sie.

»Aber es ist gleich fertig«, sagte er.

»Es dauert nur ein paar Minuten, das Wasser zum Kochen zu bringen. Mach die Töpfe aus und komm«, sagte sie.

Er sah sie an und schaltete die Ceran-Platten aus, dann fing er an, ihre Bluse aufzuknöpfen.

Hinterher setzten sie sich an den Tisch und aßen sein gutes Essen. Er hatte Shorts und ein T-Shirt an, und sie hatte sich ein Hemd von ihm geborgt. Sie fühlte sich warm und zufrieden und sah ihm an, daß es auch ihm richtig gut ging. Es war auch besser als je zuvor gewesen. Allmählich lernten sie ihre Körper und Reaktionen kennen. Er sah sie mit seinem Schlafzimmerblick an.

»Hör auf, mich so anzugucken«, sagte sie.

»Das kann ich nicht.«

Er brach ein Stück Brot ab und tupfte den letzten Rest der Pastasoße auf.

»Bleibst du heute nacht, Lise?«

Sie wußte es nicht. Draußen war es dunkel geworden. Sie saßen im Licht zweier Lampen, und sie hatte nicht die geringste Lust aufzubrechen.

»Ich geh wohl lieber nach Hause«, sagte sie.

»Warum?«

»Ich glaube, ich bin nicht in der Lage, Ole zu verlassen … noch nicht.«

Er sah sie wieder an und gab die überraschende Antwort:

»Ich habe noch nie jemanden darum gebeten, aber wenn du willst, kannst du gern mit deiner Zahnbürste kommen.«

Was er da sagte, schien ihn beinahe selbst zu überraschen. Sie spürte eine Wärme in ihrer Brust, aber gleichzeitig wuchs die Verwirrung, und sie hatte das Gefühl, daß sie gleich anfangen würde zu weinen.

»Oh, Per, verdammt«, sagte sie. »So was darfst du nicht sagen.«

»Jetzt ist es raus.«

»Nimm mich wieder mit ins Bett«, sagte sie. Denn sie konnte den Gedanken nicht ertragen, nach Hause zu fahren und Ole in die Augen zu sehen und mit ihm im Wohnzimmer zu hocken, während Schweigen und Kälte zwischen ihnen zunahmen, als wollten sie ihre ureigene Berliner Mauer errichten.

14

Vuk wechselte das Hotel, damit es nicht auffiel, daß er bar bezahlte. Er rief von seinem Vesterbro-Hotel aus an und reservierte ein Zimmer in einem entsprechenden Haus ein paar Straßen weiter. Es gab eine Menge kleiner Hotels in diesem Viertel. Er meldete sich wieder an, ohne seinen Ausweis zeigen zu müssen. Nach dem Frühstück ging er wie gewöhnlich in das Postamt in der Købmagergade. Er trug eine dunkle Sonnenbrille und schritt kräftig aus in dem kühlen Spätsommerwetter, das langsam in den Herbst überging. Er dachte daran, was er tun würde, wenn ihm jemand von früher über den Weg liefe. Müßte er ihn töten? Oder könnte er sich anders aus der Affäre ziehen? Er mußte es nehmen, wie es kam. Die Wahrscheinlichkeit, einem alten Bekannten zu begegnen, war nicht sehr groß. Er ging nicht mehr aus als unbedingt nötig, aber er mußte zugeben, daß seine alte Liebe zu Kopenhagen wieder aufblühte. Er hatte Lust zu flanieren, die Stadt zu erobern. Die Stadt hatte ihren eigenen friedlichen Rhythmus, so langsam und angenehm wie der Verkehr. Es amüsierte ihn, daß die Dänen ihren Verkehr überwältigend und chaotisch fanden, obwohl er doch im Vergleich zu anderen Großstädten ruhig und fließend war. Die Autos parkten in den dafür vorgesehenen Buchten und waren nicht wie in anderen Städten wild auf Bürgersteigen und an allen möglichen Ecken und Enden abgestellt. Vielleicht flog mehr Papier herum als früher. Die Straßen hatten Löcher, und eine eigentümliche Unveränderlichkeit lag über der Stadt, die nie in die Höhe zu wachsen schien, aber sie war trotzdem sauber und gut gepflegt, und das alte Nørrebro-Viertel wimmelte von neuen Cafés und Restaurants. Andere Großstädte hatten sich mit großer Hast verändert, aber Kopenhagen wirkte noch immer provinziell und klein, als wäre es gar keine richtige Großstadt. In der Zeitung las er von Mord und Totschlag, aber er sah auch die Statistik. Kopenhagen hatte vierzehn bis fünfzehn Mordopfer jährlich. So viele kamen in einem bosnischen Dorf in der Stunde um. Wenn er ein anderes Leben führte, hätte er ohne Schwierigkeiten in Kopenhagen leben können. Hell und klar, vom Meer gespiegelt, lag das Licht über der Stadt, und nachts, wenn es regnete, glänzten die Tropfen wie Perlen in den Rinnsteinen und auf dem Asphalt. Es war eine merkwürdig leise Stadt, in der alle Geräusche verhallten, als wären Menschen und Häuser in Watte gepackt, besonders wenn die Dunkelheit hereinbrach. Die vereinzelten Stimmen klangen wie von weit her, und die wenigen Autos fuhren mit einem weichen, gepflegten Motorengeräusch.

Auf dem Postamt in der Købmagergade zog Vuk eine Nummer, wartete und fragte dann nach Post. Er fragte auf englisch und zeigte seinen britischen Paß. Er sah sich um, aber niemand nahm von dem netten jungen Mann Notiz, der geduldig am Schalter wartete. Endlich hatte Krawtschow die Ware geliefert, und die Frau reichte ihm einen weißen Umschlag mit dänischen Briefmarken, aber ohne Absender. Der Brief war korrekt adressiert an John Thatcher, poste restante, Købmagergades Postkontor, Købmagergade 33, 1000 København K. Die Adresse war mit Maschine geschrieben.

Vuk trat auf die Straße. Die Sonne kam hinter grauweißen, hochgelegenen Wolken hervor, und von Westen blies ein kühler Wind. Er öffnete den Umschlag, der zwei dünne Pappscheiben enthielt, zwischen die irgendein iranischer Diplomat mit durchsichtigem Klebeband einen

Kofferschlüssel geklebt hatte. Außerdem fand er ein Ticket aus steifer, laminierter Pappe für die Garderobe im Kopenhagener Hauptbahnhof. Am Datumstempel, der sich unter einer Werbung für Gourmet Food befand, konnte Vuk sehen, daß der Koffer gestern eingeschlossen worden war. Es war für 72 Stunden bezahlt worden. Vuk ging davon aus, daß die Iraner seine Waffen mit der diplomatischen Post in die Botschaft geschafft hatten, so daß sie jede Grenzkontrolle umgehen konnten. Vuk hoffte, sie hatten eine unverfängliche Person gefunden, um den Koffer zu hinterlegen. Was derlei Unternehmungen betraf, hatte er vor dem PND oder anderen Geheimdiensten großen Respekt. Er wußte, daß Iraner, Iraker, Syrer, Sudanesen, Libyer und andere, die verdächtigt wurden, Terroristen oder islamische Fundamentalisten zu unterstützen, immer unter Beobachtung standen. Falls der PND die Gepäckaufbewahrung observierte oder falls die Beamten der Drogenfahndung den Verdacht hatten, die Schränke des Hauptbahnhofs würden als Postfach benutzt, wäre es bis auf weiteres der absolut gefährlichste Moment, wenn er die »Ware« abholte. Falls er also das Pech hätte, daß eine Operation im Gange war, von der er keine Ahnung haben konnte. Der Vorteil war, daß im Bahnhof reger Betrieb herrschte. Die Menschen kamen und gingen. Der Nachteil war, daß er immer von irgendeiner Abteilung der Polizei observiert wurde. Vuk hatte den Bahnhof untersucht und sich sein neues Aussehen eingeprägt. Er hatte sich sehr verändert. Die Garderobenschränke lagen nun im Untergeschoß. Sie wurden mit Kameras überwacht, hatten aber auch einen Ausgang zu den Gleisen, so daß er sich nicht in eine reine Sackgasse wagen mußte. Das Problem war, daß sie so leicht zu kontrollieren und abzuriegeln waren.

Vuk ging Richtung Hauptbahnhof. Er hatte nicht die Strøget genommen, sondern ging an den Kanälen entlang.

Er dachte an Ole. Vor zwei Tagen war es ihm endlich gelungen, einen Kontakt herzustellen.

Es geschah in der Kneipe gegenüber von Oles und Lises Wohnung. Vuk saß an einem Tisch gleich neben der Tür, als Ole hereinkam und rief:

»Hallo, Erna. Ein Gedeck!«

Erna war eine kräftige Frau in einem blauen Kleid, die ihm die Gläser auf den Tisch geknallt hatte, als wäre sie sauer auf ihn.

»Du solltest lieber zu deiner süßen Frau nach Haus gehen«, hatte die Frau gesagt, die er Erna nannte.

»Sie ist sowieso nie zu Hause«, hatte Ole gesagt.

Vuk lächelte und sagte, er würde gern das gleiche bestellen. Zuerst hatte ihn Ole verärgert und schief angeguckt, aber dann waren sie doch ins Gespräch gekommen. Vuk hatte sich als Handelsreisender aus Jütland vorgestellt, und nach einer Weile hatte er eine Runde spendiert. In einer Kneipe war es immer leicht, mit den Leuten ins Gespräch zu kommen. Es war anonym und anheimelnd zugleich. Und Wörter verpflichteten hier nicht so sehr wie an anderen Orten.

Vuk schlenderte an den Kanälen entlang und dachte an Ole und seine eigene Fähigkeit, mit Menschen in Kontakt zu kommen. Diese Fähigkeit hatte er immer schon gehabt. Seine Mutter hatte erzählt, daß er mit seinem Lächeln und seinem Charme schon als kleiner Junge jedes Eis und jede Limonade erbetteln konnte, die er haben wollte, und daß er so niedlich ausgesehen hatte, daß ihm alle den Kopf streicheln und durch die hellen Locken fahren wollten. Sie hatte ihn und seine kleine Schwester sehr spät bekommen und sie beide verwöhnt. Dafür hatten sie ihre Mutter bedingungslos geliebt. Er sah sie vor sich und bemühte sich, das Bild wieder loszuwerden, indem er sich auf Ole konzentrierte.

Ole hatte ziemlich viel von sich erzählt. Er war Psychologe, besaß aber nicht gerade das Talent, sich selbst richtig einzuschätzen. Oder war es einfach seine Art, sich anderen anzuvertrauen und offen zu sein? Vuk wußte jetzt, daß er Probleme mit seiner Frau hatte, daß die Arbeit ihn anödete, daß das Leben für sein Empfinden zu schnell an ihm vorbeiraste. Daß er eigentlich keine Freunde hatte, weil er all seine Bekannten im Grunde durch Lise kennengelernt hatte. Er sagte es nicht direkt, aber Vuk merkte deutlich, daß er eine Heidenangst davor hatte, Lise zu verlieren. Deshalb hing er auch in der Kneipe herum, obwohl das natürlich bedeutete, daß sie ihm noch mehr entglitt. Aber er konnte die leere Wohnung nicht ertragen. Wenn er allein in der Wohnung saß, sah er ständig Lise mit einem andern im Bett. Das war im Laufe der Nacht herausgekommen, nachdem sie einiges getrunken hatten. Vielleicht hatte er nur das Bedürfnis, über sich selbst zu reden, weil er den ganzen Tag gezwungen war, sich die unlösbaren Probleme anderer anzuhören. Es war eine leichte Übung gewesen, Ole zu hofieren und ihn als Agenten anzuwerben, dachte Vuk. Es war nett, mal wieder einen zu trinken. Das hatte er schon lange nicht mehr getan, und Bier und Bitter waren ihm runtergegangen wie Öl, aber er hatte einen starken Kopf und einen starken Körper und hatte sich zu keiner Zeit betrunken gefühlt, während Ole mehr und mehr lallte.

Agenten anzuwerben war eines der Kursthemen auf der Spezialschule gewesen, das Vuk wirklich hervorragend beherrschte. Es fiel ihm leicht, die Leute zum Reden zu bringen. Er war imstande zuzuhören, ohne zuviel von sich selbst preiszugeben, aber so, daß seine Gesprächspartner glaubten, auch er würde sich ihnen anvertrauen. Er konnte seinen Charme an- und ausschalten wie eine Sonne, die hinter einer Wolke hervorkam und sich wieder dahinter versteckte. Es war einst eine natürliche Seite seines Charakters gewesen, offen und freundlich, charmant und witzig zu sein. So war er einfach. Ein ziemlich unkompliziertes, lustiges Kind, das zu einem kessen, fröhlichen und reizenden jungen Mann heranwuchs, auf den die Mädchen flogen und mit dem die Jungen befreundet sein wollten. Bis zu seinem siebzehnten Lebensjahr war sein Leben ziemlich unkompliziert gewesen. Während er durch das schöne, alte Kopenhagen ging, mußte er wieder daran denken, wie sein Leben ausgesehen hätte, wenn die Familie nicht nach Bosnien zurückgekehrt wäre, weil die Mutter es so gern wollte. Der Rücken des Vaters machte die Arbeit auf der B&W-Werft nicht mehr mit, und seine Frühpension reichte in der alten Heimat ja viel länger. Die Mutter wollte gerne in der Heimaterde begraben werden. Wollte in ihren letzten Jahren mit den alten Freunden ihres Dorfes zusammensein. Eigentlich wäre der Vater am liebsten in Dänemark geblieben, dachte Vuk, aber er folgte Lea, so wie sie ihm gefolgt war, als sie jung waren und er sie in das ferne kapitalistische Land im Norden mitnahm, das so reich war, daß es Fremdarbeiter fürs Grobe importieren mußte. Sie hatten gespart, um ein kleines Haus in Bosnien bauen zu können. Vuk hätte problemlos in Dänemark bleiben können, aber er hatte die Schule satt und hatte keine Lust mehr, noch länger aufs Gymnasium zu gehen, die Fluchtmöglichkeit nach Jugoslawien reizte ihn, obwohl das bedeutete, daß er seine Wehrpflicht ableisten mußte. Aber dagegen hatte er nichts, und der Vater unterstützte ihn. Jugoslawiens Söhne mußten dem Vaterland dienen, sonst kamen die Russen oder die Deutschen wieder. Das hatte Genosse Tito gepredigt, und was Tito sagte, war für den Vater Gesetz.

Und dann kam der Bürgerkrieg. Und mit ihm der Schmerz, das Grauen und der Zorn.

Vuk blieb auf dem Rathausplatz stehen und starrte auf die neue Kartenverkaufsstelle der Verkehrsbetriebe, die wie eine merkwürdige schwarze, überdimensionale Panzersperre aussah. Ihm wurde plötzlich eisig kalt, als wäre die Temperatur um etliche Grade gefallen, und der Platz mit seinen Menschen und Tauben verschwamm vor seinen Augen, der Boden schaukelte wie ein Schiffsdeck, die Würstchenwagen schwankten, ihn schwindelte, sein Herz schlug unregelmäßig, und er bekam Angst.

»Ist Ihnen nicht gut?« hörte er eine Stimme aus der Ferne. »Setzen Sie sich lieber ein bißchen hin. Dahinten ist eine Bank.«

Er spürte eine Hand an seinem Ellbogen. Der Rathausplatz hörte auf zu schaukeln. Eine jüngere Frau hielt ihn am Arm. An der anderen Hand hatte sie einen kleinen Jungen. Der Kleine sah Vuk, auf dessen fahlem Gesicht kalter Schweiß stand, betreten an.

»Es geht schon besser. Danke. Danke«, sagte Vuk.

»Sie haben ausgesehen, als wollten Sie in Ohnmacht fallen.«

»Mir war auch ein bißchen übel, aber jetzt ist es okay. Vielen Dank.«

Sie ließ seinen Arm los und sah ihn ein wenig verlegen an.

»Es ist nur ...«, sagte sie.

»Alles in Ordnung. Vielleicht habe ich etwas Falsches gegessen. Danke für die Hilfe.«

Sie lächelte.

»Okay. Na, dann gehen wir mal wieder«, sagte sie und wollte mit dem Kind weitergehen, das Vuk mit der unbefangenen Aufmerksamkeit anschaute, die nur Kinder fertigbringen. Auch die Mutter sah Vuk wieder an.

»Haben wir uns nicht schon mal gesehen?« fragte sie.

Vuk hatte das gleiche Gefühl. Er kannte sie. Sie war ein paar Jahre älter als er und die große Schwester eines Klassenkameraden. Sie hieß Jytte.

»Ich glaube nicht. Es sei denn, Sie sind aus Århus«, sagte Vuk.

Die Frau lachte.

»Das bin ich bestimmt nicht!«

»Aber ich.«

»Na, dann viel Spaß noch in Kopenhagen ... Ich dachte nur.«

»Nein, ich glaube nicht«, sagte Vuk etwas grober als geplant, und er konnte ihr ansehen, daß sie es merkte.

»Na, dann woll'n wir mal«, sagte sie und ging mit dem Kind davon. Vuk sah ihnen nach. Sie drehte sich noch einmal nach ihm um. Er hob die Hand und winkte. Er wollte, daß sie die Begegnung schnell vergaß. Daß sie nicht zu lange darüber nachdachte, sondern es als banale, alltägliche Episode betrachtete. Er wollte und konnte sie nicht aus dem Weg schaffen. Das Risiko mußte er eingehen. Vielleicht hielt ihn auch das Kind davon ab, ihr nachzugehen. Vielleicht war es auch einfach die Stadt, die ihn langsam veränderte.

Vuk faßte sich wieder. Die Wirklichkeit kehrte zurück. Auf dem Haus der Industrie hoben sich klar und deutlich die Werbetafeln ab. Das Redaktionsgebäude der *Politiken* stand an seiner üblichen Ecke, die Würstchenwagen waren an Ort und Stelle, und Hans Christian Andersen saß wie immer auf seinem Sockel und blickte melancholisch in die Luft. Rasch ging Vuk zum Hauptbahnhof und versuchte unerwünschte Gedanken fernzuhalten, indem er an Emma und ihre hoffentlich bald gemeinsame Zukunft dachte.

Im Hauptbahnhof kaufte er eine Sammelkarte und das *Ekstra Bladet* und setzte sich auf eine Bank, von wo aus er die Leute beobachten konnte. In der Bahnhofshalle herrschte reger Betrieb. Alles wirkte normal. Er konnte keine verdächtigen Gestalten entdecken. Von seiner Bank konnte er die Treppe im Auge behalten, die zur Gepäckaufbewahrung hinunterführte. Sie lag am hintersten Ende der Halle mit einem Ausgang zur Reventlowsgade. Vom Bahnhof bis zu seinem Hotel war es nicht weit. Menschen aller

Altersstufen brachten Taschen, Rucksäcke, Einkaufsbeutel und Koffer zur Aufbewahrung oder holten sie ab, und Vuk konnte niemanden entdecken, der wie er das Geschehen beobachtete.

Er stand auf und schlenderte ein wenig durch die Halle, aber auch jetzt hatte er nicht den Eindruck, daß etwas nicht stimmte. In den neuen Geschäften drängelten sich die Kunden, die Cafés waren voller Gäste. Er trank eine Cola und aß einen Hamburger bei McDonalds und ging wieder ein wenig auf und ab. Ein gutgekleideter Herr mit vier langstieligen Rosen trat aus einem Blumenladen. Eine Kindergartengruppe hatte eine Ecke gefunden, wo sie artig wartete. An einer anderen Stelle hatte sich eine Schulklasse um ihren Lehrer geschart. Er verließ sich bedingungslos auf seine Intuition, und wenn er den Eindruck gehabt hätte, daß irgend etwas nicht stimmte, wenn irgendein Detail verkehrt gewesen wäre, hätte er den Bahnhof sofort verlassen und wäre nicht wiedergekommen. Dann mußten sie eben versuchen, ihm die Ware auf anderem Wege zu liefern.

Noch einmal machte Vuk seinen Rundgang durch die Halle. Zwei uniformierte Beamte gingen langsam an ihm vorbei, aber sie würdigten den ordentlich gekleideten jungen Mann keines Blickes. Sie sahen sich nur nach einem jungen Mädchen in verschlissenen, durchlöcherten Jeans und einer schmutzigen Jeansjacke um. Sie trug einen speerähnlichen Schmuck im Ohr und einen Ring in Nase und Lippe. Ihr Haar war rot und grün gefärbt. Trotz aller Selbstverstümmelung war es ein schönes Mädchen, Vuk wunderte sich, wie man sich freiwillig solche Schmerzen zufügen konnte. Ein übergewichtiger Mann mit weißem Nikolausbart saß, wie dicke Männer es zu tun pflegen, mit gespreizten Beinen auf einer Bank und betrachtete die Vorübergehenden. Sein fetter Bauch ruhte auf seinen Schenkeln. Es roch nach Essen und Staub, aber Vuk spürte keine Gefahr.

Er ging ruhig zur Treppe, über der ein Schild hing, auf dem *Reventlowsgade, Garderobe, Schließfächer* stand. Er ging hinunter und bog nach links. Die Wände waren grau und zementartig. Vuk ging eine weitere Treppe hinunter. Er sah in den Gang mit den Schließfächern. Hier herrschte ein lebhaftes Treiben vor allem junger Menschen. Mit Rucksäcken und kleinerem Gepäck. Hinter einer Doppeltür standen auf beiden Seiten die Garderobenschränke. Über den grauen Spinden waren Nummern angebracht. Vuk blieb vor der Nummer 2022 stehen. Es gab hier keine Aufsicht, aber Vuk bemerkte die Kameras, die den Raum überwachten. Daß die meisten Schränke besetzt waren, sah Vuk an den roten Fensterchen, die die Spinde hatten und die grün wurden, wenn man sie leerte. Er steckte sein Ticket in den Schlitz des nächststehenden Automaten, der die modernen Schränke steuerte. Er merkte, wie sein Puls schneller ging, als er so schutzlos mit freiem Rücken dastand, aber er spürte kein Frösteln in der Wirbelsäule, was ihn sonst schon so oft vor einer Gefahr gewarnt hatte. Hinter ihm waren die Geräusch klar und deutlich zu vernehmen, als stünde die Zeit einen Moment still, die Maschine verschluckte das Ticket. Er hörte sie einen kurzen Augenblick arbeiten, dann öffnete sich sein Schrank mit einem leisen Klicken. Er nahm einen grauen verschlossenen Samsonite-Koffer heraus und ging, ohne sich umzusehen, den Gang entlang, zuerst an einem Schalter vorbei, dann an einem Fahrradgeschäft und dann die Treppe hinauf, die zur Reventlowsgade sowie den Gleisen 1 bis 12 führte.

In normalem Tempo ging er mit dem Koffer in der Hand zum S-Bahn-Gleis hinunter, stempelte einmal ab und nahm den erstbesten Zug, der gerade einfuhr. An der nächsten Station stieg er aus, wartete einen Moment und blickte die Wagenreihe hoch und runter, ehe er genau in dem Augenblick wieder einstieg, als sich die Türen zu schließen begannen. Alles wirkte normal. Keine Panik auf dem Bahnsteig. Keiner, der fieberhaft versuchte, über Sprechfunk oder Handy einen Kontakt aufzunehmen. Er fuhr noch zwei Haltestellen weiter, dann nahm er ein Taxi zum Hotel. Normalerweise vermied er Taxis und zog Busse und S-Bahnen vor. Taxifahrer sind in der Regel aufmerksam und wachen Sinnes und haben ein besseres Gedächtnis als die meisten anderen Menschen.

Im Hotel schloß er sorgfältig die Tür ab, ehe er den Koffer öffnete. Darin lag alles, worum er gebeten hatte: eine Dragunow-Büchse mit Zielfernrohr und eine Pistole Beretta 92 F samt Munition für beide Waffen, die gut geölt und neu wirkten. Die Büchse war in drei Teile zerlegt. Er schraubte sie zusammen, während im Hintergrund in gedämpftem Ton CNN lief. Bei der Arbeit mit den vertrauten Waffen empfand er eine tiefe Ruhe. Er wußte, daß er mit der langläufigen Büchse, die sowjetische Waffentechniker unter dem Namen SWD entwickelt hatten, bis auf eine Entfernung von achthundert Metern mit großer Genauigkeit treffen konnte. Sie hatte einen verhältnismäßig kurzen Schaft, und ihr Magazin faßte zehn Schuß. Vuk hatte in seiner Karriere mit vielen Waffen geübt und viele benutzt. Die SWD war vielleicht nicht das raffinierteste Gewehr der Welt, aber Vuk fand sie zuverlässig, angenehm zu handhaben und treffsicher.

Jetzt fehlten ihm nur noch Zeit und Ort, aber die würde ihm sein neuer Agent Ole mit oder ohne Absicht beschaffen, da war er sicher. Während er arbeitete, dachte er an Emma. Er wollte ihr von seinem Aufenthaltsort aus schreiben, sobald die Aufgabe überstanden war, und sie fragen, ob sie mit ihm ein neues Leben beginnen wolle. Er dachte immer mehr an Australien. Es war nicht nur ein neues Land, es war ein neuer Kontinent. Dort gab es alle Möglichkeiten, von vorn anzufangen. Mit Europa war er fertig. Europa war dabei, sich in einen reichen und einen armen Teil zu spalten, aber sowohl der reiche wie der arme Teil der Alten Welt waren zum Untergang verurteilt. Jugoslawien war bloß der Anfang gewesen, dachte er und wischte sorgsam jedes kleinste Teil der Waffen mit den Tüchern ab, die er einige Tage zuvor gekauft hatte. Mit Emma könnte er einen Neuanfang wagen. Sie trugen beide ihre seelischen Wunden mit sich herum, aber Australien und Emma würden den Alptraum beenden, und die Blutwalze hätte keine Chance mehr. In Australien würde er alle Schrecken einkapseln können. In Australien würde er wieder fühlen können, dort würde er in seinem Innern nicht mehr dies leere Gefühl des Nichts haben.

Während Vuk seine Waffen reinigte, parkte Per Toftlund sein Auto am Fælledpark hinter dem Reichshospital. Er hatte Igor angerufen und ein Treffen am Parkpavillon verabredet. Das runde Gebäude, das im Sommer die Bühne für Musik, Essen und Bier bot, war geschlossen und leer, und hinter den schlanken hellen Säulen war es dunkel. Auf dem Rasen davor spielten ein paar Halbwüchsige Fußball, und es waren noch ein paar Stühle und Tische stehengeblieben. Per setzte sich und schaute den Jungen zu. Eine Frau in Shorts, den Hund an der Leine, lief im Zuckeltrab ihre Runden, ein einsamer Radfahrer fuhr langsam vorbei, und ein Ehepaar flanierte Arm in Arm durch den Park. Auf einer Bank saß eine Mutter mit ihrem kleinen Kind. Normal. Ganz Dänemark wirkte normal, aber Per hatte das ungute Gefühl, daß sich ein Meuchelmörder in der Stadt befand. Die Bereitschaftspolizei hatte angefangen, sich im Milieu durchzufragen, und Per hatte sich mit den Kollegen von Ordnungs- und Kriminalpolizei getroffen. Er hatte sie über den bevorstehenden Besuch von Sara Santanda informiert. Der kritische Tag wäre die Pressekonferenz auf dem Flakfort.

Aber obwohl die Politiker die Schriftstellerin dahin wünschten, wo der Pfeffer wächst, war zumindest die Polizeiführung professionell genug. Am Tag X würde er über ausreichend Leute verfügen. Sie würden die konspirative Wohnung bewachen, für Begleitschutz sorgen und im Fort helfen, das er zuvor zusammen mit Lise von oben bis unten durchkämmen würde. Alle nahmen es ernst, daß die Russen einen Mordauftrag gegen Santanda als gegeben ansahen und daß seine Ausführung honoriert werden würde. Aber sie hatten so verdammt wenig in der Hand. Ein blonder Nacken, ein Serbe – vielleicht. Kein Name, keine Nationalität, keine Personenbeschreibung. Aber vielleicht konnten die Russen helfen. Dazu wären sie jedenfalls gezwungen.

Er sah Igor kommen. Er ging auf dem Parkweg und machte zunächst einen vorsichtigen Schritt auf den Rasen, um zu sehen, ob er naß war. Als er merkte, daß er trocken war, ging er zu Per hinüber. Er trug denselben dunklen Anzug und auch den blauen Mantel von neulich, aber er sah ein wenig verärgert aus. Er hatte die Verabredung nicht gewünscht und die Sache als abgeschlossen angesehen, aber Per hatte darauf bestanden.

Per stand auf, und sie wechselten einen kurzen Händedruck. Per kam sofort zur Sache. Es würde keine so angenehme Begegnung wie beim letzten Mal werden, und er sah keinen Grund zu heucheln und nach Frau und Kindern und Wind und Wetter zu fragen. Wenn er seinen Trumpf ausspielte, sollte Igor wissen, daß er ihn von Anfang an in der Hand gehabt hatte. Wenigstens das war er dem Russen schuldig.

Per sagte hart:

»Ich möchte, daß du Krawtschow oder wie der Mann auf dem Foto sonst heißt, zu einer kleinen Unterredung bestellst. Und besser heute als morgen!«

Kammarasow war ein guter Pokerspieler, dachte Per.

Seine Augen wurden schmaler, aber sein Gesicht blieb unbeweglich.

»Das ist unmöglich«, sagte er nur.

»In Berlin. Damit er uns erzählen kann, mit wem er auf dem Bild redet. Und zwar schnell.«

»Das ist unmöglich, Toftlund.«

Per sah Kammarasow einen Moment lang an. Er blickte ihm fest in die Augen, während er aus der Innentasche seiner Windjacke ein Schwarz-Weiß-Foto holte. Er hielt es dem Russen entgegen, der seinen Blick auf das Bild fallen ließ. Per sah Kammarasow scharf an. Er ist wirklich ein Profi, dachte Per beeindruckt. Der Russe blinzelte nur ein paarmal, sonst reagierte er nicht. Per drehte das Bild um, um es selbst noch einmal anzusehen. Igor war darauf klar und deutlich mit einem Jungen zu erkennen, der nicht älter als vierzehn bis fünfzehn Jahre alt sein konnte. Per wußte, daß es an einem Herbstabend im Ørstedpark aufgenommen worden war. Igor verzog darauf über das, was der Mund des Jungen mit seinem steifen Glied anstellte, genießerisch das Gesicht, aber es bestand kein Zweifel, wer auf dem Bild zu sehen war.

Per drehte das Bild wieder um, damit Igor es anschauen konnte. Igor wollte nicht und konnte es doch nicht lassen. Der Junge hieß Lars und war jetzt siebzehn, aber auf dem Foto war er erst vierzehn. Sie hatten erst vor vier Monaten aufgehört, sich zu sehen. Per selber hatte Lars verhört und ihn die Beziehung beschreiben lassen. Per sah es Igor an, daß dieser sich darüber im klaren war, aber er ließ ihn noch ein wenig zappeln, ehe er sagte:

»Trotz Demokratie, so was ist zu Hause ja wohl immer noch bah-bah, oder?«

Kammarasow antwortete nicht. Von den Jungen, die Fußball spielten, hörten sie laute Rufe, aber sonst waren sie allein auf der Welt. Sie standen sich wie alte Freunde gegenüber, die sich zu einem gemütlichen Plausch getroffen hatten. Es war, als könnte sich Kammarasow nicht von dem Bild losreißen, das Per eklig und dreckig fand, und er verachtete den Russen, besonders weil er von Lars wußte, daß Igor in den kleinen verdammten Stricher tatsächlich richtig verliebt gewesen war.

»Und sogar in Dänemark ist das ungesetzlich, Igor. Nicht, schwul zu sein, aber Minderjährige zu pimpern.«

Einen Augenblick lang huschte ein schmerzlicher Zug über das Gesicht des Russen, ehe er seine Muskeln wieder unter Kontrolle hatte und mit einer Stimme, die nur ein ganz kleines bißchen zitterte, sagte:

»Die Zeit der dreckigen Tricks ist also noch immer nicht vorbei?«

»Wie gesagt, Igor, wir werden nie arbeitslos. Willst du es haben? Als süße kleine Erinnerung?«

Kammarasow nahm das Bild und gestand seine Niederlage und seine Wut ein, indem er es hitzig in Fetzen riß, so lange, bis sie nicht mehr kleiner werden konnten, dann schmiß er sie in die Luft, wo sie vom Wind über den Kies und um die Ecken des Pavillons bis in die Büsche geweht wurden. Dann hatte er sich wieder unter Kontrolle.

»Ich sehe zu, was sich machen läßt«, sagte er heiser.

Per Toftlund genoß die Situation. Er hatte nichts dagegen, daß der große Mann aus dem großen Land jetzt wie ein gemeiner Dorsch am Haken zappelte. »Wenn der Schwanz reingeht, geht der Verstand raus«, wie Jytte Vuldom es drastisch ausgedrückt hatte, als er ihr erzählte, was sie über Igor herausgefunden hatten.

»Gab's dafür in der alten Sowjetunion nicht fünf Jahre Knast? Ganz zu schweigen von Karriere, Ehefrau, Ehre und dem ganzen Scheiß. Und im neuen Rußland hat man von Tunten wohl kaum eine andere Meinung, oder was, he?«

Kammarasow hatte seine Fassung wiedergefunden und sah Per mit so etwas wie Verachtung an.

»Es reicht, Toftlund. Sei ein bißchen professionell. Ich habe ja gesagt, ich werde sehen, was ich tun kann.«

»In Ordnung, Igor. Und am besten fix. Es ist ja kaum zu glauben, wie schnell sich Abzüge von einem Negativ machen lassen. *Prawda, towarischtsch?*«

»Ich ruf dich an«, sagte Igor und ging.

»Ich wünsche noch einen guten Tag«, sagte Per und sah dem Russen nach, der sich mit raschen Schritten quer über das Fußballfeld der Jungen entfernte. Er ging mit hoch erhobenem Kopf und blickte nicht zurück und überhörte die ärgerlichen Rufe der Spieler. Per fühlte sich ein wenig unwohl, daß er so aufgetrumpft hatte. So verhielt man sich nicht unter Profis, obwohl er große Befriedigung dabei empfunden hatte. Aber Igor war hart im Nehmen. Er würde die Ware schon liefern. Per wollte am liebsten gar nicht daran denken, was jetzt mit Krawtschow passieren würde. Igor war durch eine harte und brutale Schule gegangen, und wenn es galt, seine eigene Haut zu retten, war er genauso rücksichtslos wie alle, die die russischen Geheimdienste zu jeder Zeit bevölkert hatten. Zar, Generalsekretär oder demokratisch gewählter Präsident. Für die, die für die Sicherheit des Staates arbeiteten, machte das keinen Unterschied. Sie waren und blieben der Überzeugung, Auserwählte zu sein und über dem Gesetz zu stehen.

Igor hatte verstanden, er wußte, wenn er nicht in den nächsten 48 Stunden mit irgend etwas auf der Matte stand, konnte er es ebensogut gleich hinter sich bringen und ins Meer hüpfen. Aber Igor war seit so vielen Jahren in der Branche, daß er die nötigen Kontakte hatte, die er brauchte, um Krawtschow zu einem kleinen Gespräch über Leben und Tod und einen Attentäter einzuladen, der sich irgendwo im Kopenhagen der Königin versteckte.

Igor Kammarasow handelte schnell, und die drei Gorillas, die schon für das Berliner Hauptquartier des früheren KGB gearbeitet hatten, griffen Krawtschow noch am selben Abend auf, als er wie gewöhnlich unter den Linden spazierenging, um sich die vielen neuen Restaurants und Geschäfte anzuschauen, die fast täglich aufmachten. Er war in Gedanken versunken, als ein grauer Mercedes am Bordstein hielt und gleichzeitig ein muskulöser Herr neben Krawtschow trat, ihm eine Pistole in die Rippen drückte und zischte:

»Los, rein, Genosse! Oder ich puste dir die Eier weg!«

So begannen seine Stunden in der Hölle.

Sie schleppten ihn in einen Keller im Kreuzberger Türkenviertel, zogen ihm Jacke und Hemd aus, setzten ihn auf einen Stuhl mit hoher Lehne, wo sie seine Füße mit einer Stahlschlinge an die Stuhlbeine und seine Handgelenke mit schneidenden Handschellen ebenso schmerzhaft stramm auf den Rücken banden.

Dann schlugen sie ihn mit sandgefüllten Socken, bis sein Gesicht anschwoll, und Arme, Rücken und Nieren so weißglühende Schmerzen in sein Hirn sandten, daß er nur noch das Bewußtsein verlieren und sterben wollte. Aber die Gorillas waren Profis und hörten auf, wenn sie merkten, daß er kurz davor war, ohnmächtig zu werden. Sie schlugen systematisch und präzise, und erst, als sie ihn richtig bearbeitet hatten, fingen sie an zu fragen. Die drei Männer in den Dreißigern waren muskulös und brutal. Wenn sie nicht von einem Staat angeheuert worden wären, hätten sie dieselbe Kraftarbeit für die Mafia oder andere Kriminelle ausgeführt. Es war ihnen im Grunde egal, wer sie bezahlte. Sie taten, womit man sie beauftragte, und ob es richtig oder falsch war, darüber dachten sie nie nach. Vielleicht würden sie nicht gerade behaupten, daß sie ihren Job liebten, obwohl es sie ganz offensichtlich befriedigte, anderen Menschen Schmerz zuzufügen. Es lag nicht in ihrer Natur, über das

Leben nachzudenken oder nach Motiven für ihre Aufträge zu fragen. Sie waren nun mal nichts anderes als die Muskelpakete für besonnenere, denkende Hirne, die nicht immer daran interessiert waren zu wissen, woher sie ihre Auskünfte bezogen. Gewalt war ein nicht wegzudenkender Teil ihres Lebens, und sie wurden gebraucht, wenn Menschen bestraft oder hier und jetzt Informationen eingeholt werden sollten. Zwei von ihnen waren verheiratet, sie liebten ihre Kinder und respektierten ihre Frauen. Der dritte war ein geachtetes Mitglied des Ringerklubs in Wladimir gewesen. Wenn ihnen der ältere korpulente Mann, der da in seinem eigenen Blut, Erbrochenen, Urin und Kot vor ihnen saß, erzählt hatte, was sie wissen wollten, würden sie ihn auf einer von Berlins vielen Baustellen aus dem Auto schmeißen, wo er darauf hoffen konnte, daß ihn jemand fand und in ein Krankenhaus brachte. Man hatte ihnen zu verstehen gegeben, daß sie ihn nicht aus dem Weg räumen sollten. Offenbar gehörte er irgendwie mit zur Familie und würde unter keinen Umständen plaudern. Denn damit würde er sein eigenes Todesurteil unterschreiben, das wußte er.

Wenn alles überstanden war, würden sie ein Bad nehmen, eine Handynummer in Dänemark anrufen und ihre Auskünfte weitergeben und dann ein paar Bier zusammen trinken, ehe sie nach Hause gingen.

Der eine Schläger riß Krawtschows Kopf an den Haaren nach hinten, das blutverschmierte Gesicht mit den geplatzten Lippen und Augenbrauen und der gebrochenen Nase zeigte zur Decke. Ohne die Stimme zu heben sagte er:

»Was ist das für ein Scheißkerl? Euer kleiner Heckenschütze. Den du im Tiergarten getroffen hast. Hm, wie heißt er?«

Trotz seines Alters war Krawtschow ein harter Bursche, aber der Schläger merkte, daß er langsam weich wurde. Alle wurden irgendwann weich. Das war völlig sicher. Alle hatten ihre Grenze, und der hier war an seiner angelangt. Er zog ihn am Haar zurück, ließ los und schlug ihn zweimal ins Gesicht. Wie auf ein Stichwort ließen die beiden andern die sandgefüllten Socken auf Krawtschows Rücken und Arme sausen. Er röchelte und rollte den Kopf hin und her.

»Wir haben jede Menge Zeit«, sagte der Schläger. »Aber du nicht. Bring's hinter dich. Nun komm schon! Der Scheißkerl! Wer ist es?«

Krawtschow hörte die russische Stimme in weiter Ferne. Ihm kam es vor, als ergäbe die bekannte Sprache keinen Sinn. Alles tat weh. Besonders in der Brust, als wenn sie sein Herz mit glühenden Zangen traktierten. Der linke Arm schmerzte, er war fast gelähmt. Er fühlte neue Schläge auf seinem Körper und vernahm das knirschende Geräusch, als ihm die Faust des Gorillas ins Gesicht schnellte. Er konnte nicht mehr.

»Vuk. Vuk.«

Er erkannte seine eigene Stimme nicht. Sie klang piepsig und falsch. Arm und Brust taten so weh. Sie durften ihn nicht mehr schlagen. Jetzt würde er sterben.

»Stop. Stop. Stop«, stöhnte Krawtschow. »Nicht mehr schlagen. Vuk. Vuk. Der serbische Däne.«

Der Schläger trat einen Schritt zurück.

»Holt ein bißchen Wasser«, sagte er. »Der Mistkerl will reden.«

15

PER TOFTLUND erhielt Kammarasows Anruf frühmorgens in seinem Büro. Sie verabredeten sich eine halbe Stunde später im Fælledpark. Per benachrichtigte seine Gruppe und bat sie zu einer Besprechung gegen elf Uhr. Seinem Assistenten John teilte er mit, daß er sicher einige interessante Informationen dabei hätte, die sie weiterbringen würden. Hoffentlich hatte er recht. Er konnte es nicht richtig erklären, aber er hatte bei dem ganzen Unternehmen ein ungutes Gefühl. Die Situation war ihm nicht geheuer, auch wenn er nicht genau wußte, warum, aber seiner Intuition vertraute er doch so sehr, daß es ihm niemals einfallen würde, seine Sorgen herunterzuspielen.

Es war ein grauer Tag, der Wind rauschte in den Bäumen des Parks, als er aus seinem Auto stieg und zum Pavillon ging. Igor Kammarasow erwartete ihn schon. Er lehnte an einer Säule und rauchte eine Zigarette. Er hatte einen schönen Anzug an, einen blauen Mantel und ein diskretes Halstuch. Es fehlte nur noch der weiche Hut, dann hätte er der tragische Liebhaber aus einem Film der vierziger Jahren sein können, aber sein Gesicht war nicht unglücklich, es war von Verachtung und Ekel gezeichnet. Kammarasow bemerkte Per und richtete sich auf, aber er grüßte nicht und gab ihm nicht die Hand, als Per ihn erreichte. Sie waren allein.

Kammarasow kam gleich zur Sache.

»Er heißt Vuk. Oder nennt sich so. Wahrscheinlich ist der Name falsch. Nachname unbekannt. Er ist blond, blaue Augen, etwa 1,85 Meter groß, 75 Kilo schwer, muskulös, durchtrainiert. Er spricht dänisch wie ein Einheimischer. Militärische Ausbildung in der Spezialschule des jugoslawischen Bundesheeres. Die Eltern waren bosnische Serben, umgekommen im Bürgerkrieg. Euer Mann ist Scharfschütze, Heckenschütze, hat seit dem Krieg da unten etliche Tote auf dem Gewissen.«

Igor Kammarasow redete, als lieferte er einen Bericht. Sein Gesicht war ausdruckslos, und er vermied, Per in die Augen zu blicken. Und nicht nur, weil er verlegen war. Irgend etwas war schiefgegangen, ahnte Per.

»Mit welchen Papieren reist er? Krawtschow muß sie besorgt haben.«

»Mit einem dänischen Paß und einem britischen. Beide sauber.«

»Namen, Igor.«

»Irgendwas mit ›-sen‹. Das Übliche. An den britischen konnte sich unsere Quelle nicht erinnern. Sie wurde ein wenig diffus. Es stellte sich heraus, daß das Herz nicht sehr stark war.«

Kammarasow sah Per an, als wollte er ihn dazu bringen, nach dem Verhör zu fragen, aber Per ließ sich nicht ablenken.

»Warum spricht er dänisch?« fragte er.

»Willst du wissen, wie ich meine Informationen bekommen habe?«

Per schüttelte den Kopf. Er konnte sich nur zu gut vorstellen, wie Igor sie so rasch und effektiv beschafft hatte.

Kammarasow blickte ihm direkt in die Augen.

»Euer Mann wurde als Sohn jugoslawischer Gastarbeiter irgendwo in Kopenhagen geboren, vermutlich 1969.«

»Wie hießen sie?«

»Darüber gibt's keine Angaben.«

»Das ist schon viel besser, Igor. Aber es gibt immer noch Löcher.«

»Es gibt nichts mehr zu holen. Meine Quelle ist plötzlich versiegt. Aber es wird schwer sein, Vuk zu finden. Er sieht aus wie einer von euch.«

»Was ist mit den Kontakten der Quelle?«

»Ich glaube, das war nicht Teil der Absprache.«

Toftlund überdachte die Lage. Vielleicht könnte er Kammarasow bitten, die Verbindungen des russischen Militärs zu den Serben zu benutzen, um die Militärpapiere dieses sogenannten Vuk zu beschaffen, aber das wäre eine langwierige Affäre, und viel Zeit hatten sie nicht, und im Grunde hatte Igor seine Schulden bezahlt. Per versuchte sich gar nicht erst vorzustellen, wie Krawtschow gestorben war und unter welchen Umständen, aber es war nicht leicht, damit zu leben. Und dieses Wissen konnte er mit keinem anderen Menschen teilen. Damit mußte er allein fertig werden.

»Okay, Igor«, sagte Per. »Habt ihr ein Bild von dem Mann?«

»Leider.«

Die beiden Männer sahen sich an. Die unausgesprochene Tatsache, daß ihretwegen ein Mensch sein Leben verloren hatte und sie gemeinsam die Schuld trugen, verband sie mit einer unsichtbaren Fessel. Per zog den kleinen, dünnen Papierumschlag mit dem Negativ hervor und reichte ihn Igor. Ohne es anzusehen steckte Igor es in die Manteltasche.

»Es gibt keine weiteren Kopien, Igor.«

Igor sah Per an. Dann sagte er:

»Leben Sie wohl, Herr Toftlund. Wir werden uns wohl kaum wiedersehen.«

Er ging. Per sah den schlanken Russen über das feucht glänzende Gras gehen. Nein, sie würden sich wohl nie wiedersehen. Igor fühlte sich in Dänemark zu Hause, aber er war gezwungen, sich eine neue Stelle zu suchen oder nach Moskau zurückzukehren. Nun, da er wußte, was sie wußten, konnte er weder offen noch verdeckt weiter operieren. Früher hätte Per versucht, die Situation auszunutzen und ihn als Agenten für Dänemark anzuwerben, aber er war froh, daß das jetzt nicht erforderlich war. Eigentlich hatte er Igor immer gemocht. Unter anderen Verhältnissen hätten sie Freunde werden können.

Toftlund versammelte seinen Stab und unterrichtete ihn über die neueste Entwicklung. Es würde immer noch unglaublich schwierig sein, Vuk aufgrund der vorliegenden Informationen in der Millionenstadt zu finden, aber Toftlund verlangte trotzdem, daß man systematisch die kleineren Hotels durchging und einen offiziellen Steckbrief für die Streifenwagen anfertigte, falls sie auf den dänisch sprechenden Serben stoßen sollten. Natürlich wußten sie, daß die Aufgabe fast unmöglich war und nur Glück ihn ans Tageslicht befördern könnte. Die Stadt wimmelte von blonden, blauäugigen, durchtrainierten, dänisch sprechenden Männern. Aber falls er einen Fehler beging, wußten sie jetzt, mit wem sie es zu tun hatten. Toftlund schärfte ihnen ein, daß Vuk lebensgefährlich war. Er war ein Killer, und sie sollten nicht versuchen, auf eigene Faust den Helden zu spielen, falls das Unwahrscheinliche einträte und er ihnen über den Weg liefe. Glänzend sah es nicht aus, aber die Stimmung war dennoch besser. Jetzt war die Sache viel konkreter. Es gab einen Meuchelmörder in der Stadt, sie hatten eine Personenbeschreibung, auf die sie sich, auch wenn sie bei weitem nicht ausreichte, beziehen konnten, und sie hatten eine konkrete Bedrohung, die vielleicht sogar *Politiken* und Simba davon überzeugen würde, den Besuch abzublasen, und die es auf jeden Fall leichter machte, die nötigen Ressourcen für die Aufgabe zusammenzukratzen.

Am Ende der Besprechung herrschte allgemeine Zuversicht.

»Bist du seefest, John?« fragte Per.

»Das weißt du doch. Warum?«

»Wir werden einen Ausflug zum Flakfort machen, aber vorher müssen wir noch ein tolles Mädel abholen.«

»Ich wußte doch, du bist irgendwie anders. Du bist verliebt, verdammt nochmal.«

»Schon möglich.«

»Sie ist doch verheiratet.«

»Das ist nicht mein Problem«, sagte Per.

»Du bist ein unmoralischer Kerl«, sagte John und nahm seine Windjacke, die über einer Stuhllehne hing. Es war die gleiche wie Pers, nur blaugrau. John war seit zehn Jahren mit einem Mädchen verheiratet, das er seit der Schulzeit kannte, und auf Per wirkte das Paar noch immer so frisch verliebt wie bei der Trauung in der Kirche. Einerseits war er heilfroh, nicht seit zehn Jahren mit derselben Frau zusammenzuhocken, andererseits war er auf Johns stabile Beziehung, sein sorgloses Heim und die beiden hübschen Söhnchen auch ein wenig neidisch. Vielleicht war er inzwischen selbst zu einem Versuch bereit, obwohl ihn der Gedanke, er müsse plötzlich alles mit einem anderen Menschen teilen und ständig Verantwortung für ihn empfinden, auch erschreckte. Aber was er gesagt hatte, meinte er auch: Lise war ein tolles Mädel.

Lise Carlsen saß in ihrem Zimmer bei *Politiken* und schrieb die Pressemitteilung, die an die Medien gehen sollte. Darin lud der dänische PEN zu einer Pressekonferenz mit dem deutschen Autor Herbert Scheer ein. Die Journalisten sollten sich am Nyhavn vor dem Lagerhaus am Kai einfinden. Dann würden sie zu Scheer geführt, der sich in der Stadt aufhielt, aber wegen der Bedrohung durch deutsche und dänische Neonazis wolle man seinen Aufenthaltsort geheimhalten. Nur vorher angemeldete Journalisten würden an Bord gelassen. Für kleine Speisen und Getränke wäre gesorgt. Sie freute sich schon auf die Zeit, wenn der

Santanda-Besuch überstanden war und sie sich wieder mit richtiger journalistischer Arbeit beschäftigen durfte. Und sie sich wieder auf all die anderen Aufgaben konzentrieren konnte, die sich auf ihrem Schreibtisch häuften. Mit der Korrespondenz, die sie in ihrer Eigenschaft als dänische PEN-Vorsitzende zu erledigen hatte, war sie hoffnungslos im Rückstand. Es war viel mehr Arbeit, als sie sich damals, als sie ihrer Wahl zustimmte, vorgestellt hatte. Sie hatte sich geehrt gefühlt, weil man sie allgemein schätzte und als gute Organisatorin ansah. Aber sie hatte den Job auch gewollt. Es war Zeit für einen Generationswechsel und dafür, daß endlich eine Frau am Tischende saß. Tagesen hatte sie freigestellt, solange der Santanda-Besuch vorbereitet werden mußte, so daß sie gegenüber der Zeitung kein schlechtes Gewissen zu haben brauchte, aber sie sehnte sich nach dem Alltag. Dann hätte sie auch wieder Kraft, ihr chaotisches Privatleben zu ordnen. Sich mit Ole auszusprechen, zu klären, was aus ihr und Per werden sollte. Sie sah Ole ja kaum noch. Gestern war sie früh nach Hause gekommen, aber Ole war nicht da gewesen. Sie hatten ohne viele Worte gefrühstückt. Er tat ihr leid. Er sah elend aus, müde und ein bißchen alt. Ohne die Vitalität und männliche Ausstrahlung, die Per auszeichnete. Er saß mit zusammengesunkenen Schultern auf seinem Stuhl und sah zerbrechlich aus. Fast porzellanhaft grau. Es war nicht fair zu vergleichen, aber sie tat es die ganze Zeit. Sie fühlte sich selber jünger und stärker. Sie lachte viel mit Per. Wann hatte sie zuletzt mit Ole gelacht? Sie hatte Mitleid mit ihm, aber wenn sie das auch nur andeutete, würde er rasend werden, das wußte sie.

»Soll ich uns heute abend was kochen?« hatte sie sogar in einem Anfall von Mitgefühl gefragt, obwohl sie wußte, daß sie bestimmt einen Rückzieher machen und entweder in die Redaktion oder zu Per gehen würde.

»Ich geh heut abend essen«, hatte er gesagt.

Sie war ganz verblüfft gewesen, daß er auch ein Leben ohne sie hatte.

»Mit wem denn?«

Ole hatte sie mit seinen müden, leicht rot unterlaufenen Augen angesehen, aber in seine Stimme mischte sich ein wenig von der alten Ironie.

»Einem Mann, Lise. Einem jungen Mann, den ich kennengelernt habe und mit dem ich mich ein paarmal unterhalten habe. Ein Mann aus Jütland, der genauso allein ist wie ich.«

Dann war sie mit der Bemerkung gegangen, sie sei spät dran, und wieder war eine Gelegenheit zur Versöhnung oder zumindest zu Gespräch und Annäherung verpaßt. Am schlimmsten war, daß sie so phantastisch guter Laune war, sobald sie die Wohnung verließ, weil sie bei einer Zeitung arbeitete, die sie mochte, und später einen Mann treffen würde, in den sie verliebt war und mit dem sie hoffentlich am Ende des Tages schlafen würde, wenn er sie zu sich nach Hause einlud. Es gefiel ihr überhaupt nicht, abhängig zu sein, aber gleichzeitig konnte sie ihn nicht entbehren. Es war, als wäre sie wieder im Teenageralter. Es war schrecklich und herrlich zugleich. Sie fühlte, daß sie lebte.

Sie steckte sich eine Zigarette an und kehrte wieder zu ihrer Pressemitteilung auf dem Schirm zurück. Es würde schon alles werden, trotz des grauen Wetters regnete es nicht, und sie freute sich auf die Fahrt zum Flakfort.

Die White Whale war ein flaches schönes Holzboot. Sie lag zwischen den anderen Holzbooten am Kai im Nyhavn. Die Restaurantterrassen vor den ockerfarbenen, roten und braunen Altstadthäusern waren voller Menschen. Die Segelschiffe schaukelten sanft hin und her, und der Wind zauste die Wimpel. Das Schiff für die Kanalrundfahrt lief zu seiner Tour durch den Hafen aus, und aus Malmö legte eins der Tragflächenboote an. Die Szenerie war wie geschaffen für eine Touristenreklame, dachte Lise erfreut. Die White Whale hatte ein kleines Achterdeck, wo ein Rettungsfloß in seinem Container aufgehängt war. Auf dem Achterdeck konnte das Schiff mit einem altmodischen großen Steuerruder sowie einem Hebel gelenkt werden, mit dem die Umdrehungen des Motors kontrolliert wurden. Vor dem Steuer befand sich eine schöne alte Glocke, aber das schlanke Motorschiff hatte natürlich auch Funkverbindung und Echolot. Der Käptn war ein Mann in den Dreißigern, er stellte sich selbst als Jon und seinen Matrosen als Lars vor. Anscheinend kannten sie Per und John, die gerade an Bord sprangen. Per half Lise und zeigte ihr zuerst das Steuerhaus, von dem aus das Schiff bei schlechtem Wetter gelenkt wurde, und die Kajüte, in der sechs bis acht Personen um einen Tisch Platz fanden. Sehr heimelig, mit Gardinen, eine kleine Küche war auch da. Aber etwas klaustrophobisch konnte einem doch zumute werden. Vom Leben auf kleinen, engen Schiffen, ob Segelboot oder nicht, war Lise nicht gerade angetan. Als Jon elegant und unbeschwert Kurs auf den Öresund nahm, wollte sie lieber auf dem Achterdeck sitzen, von wo man den malerischen Hafen sehen konnte. Sie fühlte den Wind im Haar und beobachtete das Wasser, das grau und blaugrün schillerte, wenn die Sonne durch die hochgelegenen Wolken brach. Jon, der die White Whale mit Hilfe des großen Steuerruders auf Deck lenkte, reichte ihr einen hausgemachten Magenbitter. Er schmeckte herb und stark, war aber wie gemacht für den kühlen Tag. Sie schossen in hoher Geschwindigkeit am Drei-Kronen-Fort und dann an der anderen alten Festung Middelgrunden vorbei. Draußen im Öresund, als kleinen Fleck, konnte sie bereits die äußerste Festung, das Flakfort, erkennen. Jon nahm keinen direkten Kurs auf das Ziel, sondern schien einen Bogen zu fahren. Als hätte er ihre fragende Miene bemerkt, fing er an, die See auf Steuerbord zu erklären, die er »Urent Hav«,

»Unreines Meer« nannte. Das klang schaurig und poetisch zugleich. Das »Unreine Meer« war ein großes Gebiet, das sich bis zum Flakfort und zu der Insel Saltholm erstreckte und nicht mehr als einen halben Meter tief war. Jahrhundertelang war es von Kopenhagen als Müllkippe benutzt worden. Es war voll mit Schwellen und Betonklötzen, Bauschutt und vergammelten Schiffsrümpfen. Nur Jollen und andere flachbödige Schiffstypen konnten darüber hinwegfahren. Deshalb mußten sie einen Umweg machen.

»Da wohnen ein paar richtig fette Aale da draußen«, sagte Per. »Stimmt's, Jon?«

»Klar doch. Im Laufe der Zeit wurde ja der eine oder andere tote Feind da unten versenkt, gut eingepackt in Zement«, sagte Jon grinsend.

Lise gab ihm einen Klaps. Die drei Männer flirteten mit ihr, aber auf eine angenehme Weise, Jon und John wußten ja, daß sie mit Per zusammen war. Der Matrose Lars kümmerte sich nicht um die anderen. Er war ein etwas schüchterner junger Mann, der in der Kombüse mit Kaffee herumhantierte. Per legte demonstrativ seinen Arm um sie und gab ihr einen flüchtigen Kuß. Das hatte er noch nie in der Öffentlichkeit getan. Es machte sie glücklich, daß er der Welt zeigte, daß sie zusammengehörten.

»Woher kennst du diesen Seeräuber?« fragte sie.

Jon lachte. Er war nicht sehr groß, aber schlank und kompakt wie ein guter Mittelfeldspieler. Sein Gesicht war gebräunt und voller feiner, kleidsamer Fältchen, er hatte einen gepflegten schwarzen Bart.

»Ich und die White Whale sind oft in heimlichen Diensten Ihrer Majestät unterwegs gewesen«, sagte er.

»Was soll das denn heißen?«

»Ich weiß nicht recht, ob ich das vor dem James Bond da verraten darf«, sagte Jon und zeigte auf Per.

»Du hast ja nie was getan. Hast bloß auf deinem Hintern

gesessen und deine Tausender Staatsknete kassiert, ohne einen Finger zu rühren«, sagte Per.

»Leicht verdientes Geld, was aber, wenn ...«

»Eben dafür.«

Lise verstand nicht, wovon sie redeten, aber Per erzählte ihr entspannt, daß die White Whale häufig bei Staatsbesuchen benutzt wurde oder bei Besuchen von Menschen, deren Leben von Fanatikern oder Verrückten bedroht war. Dann lag die White Whale am Kai des Außenministeriums am Asiatischen Platz, und der Sicherheitsdienst hatte eine alternative Evakuierungsroute, falls der Ballon platzen sollte, wie Per sich ausdrückte.

»Also soll die White Whale Sara zum Flakfort bringen? Das ist dein Plan, nicht?«

»Genau. Sie sieht vielleicht etwas altmodisch aus, aber sie macht siebzehn Knoten, wenn's drauf ankommt.«

»Dann hoffe ich nur, daß Sara seefest ist. Oder das Wetter gut.«

»Wär ja nicht so günstig, wenn sie gleich bei der ersten Gelegenheit, bei der ihr die Weltpresse ein paar Fragen stellt, das Kotzen kriegen würde«, sagte Per.

Die White Whale überholte einen langsamen flachen Kahn, der sein Steuerhaus ganz hinten hatte. Am Bug befanden sich unverständliche kyrillische Buchstaben, und am Achtersteven erkannte Lise die russische Flagge, aber das Boot erinnerte sie eher an die Prahme, die sie auf französischen Flüssen gesehen hatte. Der Prahm starrte vor Rost und sah so verwahrlost und ärmlich aus wie die bettelnden russischen Frauen, die sie im Fernsehen gesehen hatte.

»Das sieht aus wie ein alter Flußprahm«, sagte sie.

»Das ist ein alter, dreckiger, verfluchter scheißrussischer Flußprahm«, sagte Jon. »Irgendwann geht es für einen von denen schief. Sie sind für ruhige Flüsse gebaut, nicht für offenes Fahrwasser. Sie sind flach und unstabil und haben zu geringe Maschinenkraft. Sie stinken, sie machen Dreck und zerstören die letzten Reste des dänischen Kleinschiffverkehrs. Sie unterbieten die Frachtkosten. Ich würde wirklich wünschen, daß man die bei uns verbietet!«

»Die müssen ja auch leben«, sagte Lise.

»Dänische Seeleute auch«, sagte Jon mit einem derart mißmutigen Gesicht, daß Lise das Thema nicht weiter verfolgte. Der Tag war zu schön, um sich ausgerechnet über Politik zu streiten. Sie schaute zu dem Prahm zurück, der sich schwerfällig mit den Wellen abmühte, die gar nicht besonders hoch waren. Es schauderte sie: Es wäre alles andere als lustig, wenn so ein mit Öl oder Kohle beladener Kahn in den dänischen Fahrwassern unterginge. Das war eigentlich eine gute Story, auf die sie einen ihrer Kollegen aufmerksam machen wollte.

Das alte Flakfort zeigte sich von seiner schönsten Seite, als die White Whale zwischen den Molen in den Hafen einlief. Die Molen schlossen das Fort rundherum ein. Aus der Luft erinnerten sie an eine mittelalterliche Festungsmauer, die eine Burg umgaben. Die Hafeneinfahrt war das Haupttor, und das zwei Meter breite Stück zwischen Mole und Fort sah aus wie ein Burggraben und schützte das Fort vor dem Meer. Sonnenstrahlen durchbrachen die Wolkendecke und färbten das Wasser blau und ließen die blanken Flächen von zwei Segelbooten aufblitzen, die im Hafen vertäut lagen. Das Flakfort erhob sich wie ein kleiner grüner Hügel mit niedrigen Büschen, und Lise erkannte ein Restaurant, einen runden Pavillon mit spitzem Dach wie ein altmodischer chinesischer Hut und einen kleinen Souvenirladen. Zwei Männer saßen fröstelnd auf einer Bank, als wollten sie noch die letzten Stunden des Sommers ausnutzen. Am Kai lag ein großes Boot, das einem umgebauten älteren Fischkutter ähnelte. Es hatte ein offenes Achterdeck mit grünem Baldachin. Eine kleine Menschengruppe, überwiegend Väter mit Kindern, ging gerade an Bord. Jon ließ die White Whale langsam auf den Kai zugleiten. Lise war noch nie auf dem Flakfort gewesen, aber natürlich wußte sie, daß es eine der drei Festungen war, die als Verteidigung gegen einen Angriff auf Kopenhagen gedacht waren. Es war nie bei einem Ernstfall genutzt worden, nicht einmal am 9. April 1940, als deutsche Bomber und Truppentransportschiffe unbelästigt darüber hinweg- und daran vorbeigezogen waren. Die Kanonen hatten nicht funktioniert. Nach dem Krieg wurde das Fort stillgelegt, verfiel und wurde von Seglern, die unerlaubt anlegten, zerstört. Oder von Leuten geplündert, die auf der Jagd nach Steinen oder Kupfergegenständen waren, die es hier in rauhen Mengen gab. Jetzt war es unter Denkmalschutz gestellt worden und im Sommer ein beliebtes Ausflugsziel. Man war dabei, es zu restaurieren, aber im Innern gab es noch immer viele Kasematten und alte Munitionsräume, die für die Öffentlichkeit gesperrt waren.

Per zeigte auf den Fischkutter, der den Namen M/S Langø trug.

»Wenn Simba hierherkommt, wird das Fort geschlossen. Zu dieser Jahreszeit gibt es nicht mehr so viele Segler, und wenn hier welche ankern, checken wir sie durch. Am Abend davor durchkämmen wir das Fort und am nächsten Morgen noch einmal.«

Die M/S Langø hatte die letzten Passagiere aufgenommen, und die Schraube begann zu arbeiten.

Per sprach weiter.

»In dem Kutter da bringen wir zuerst die Presseleute her. Wir chartern ihn einfach und schließen das Fort für die Allgemeinheit. Dann kommen wir mit Simba in der White Whale und halten die Pressekonferenz im Restaurant ab ...«

»Dem Fernsehen wird's gefallen«, sagte Lise.

»Wieso?«

»Hier lassen sich wunderbare Bilder machen.«

»Massenhaft«, sagte Per trocken. »Denn ich verteile drei, vier Mann mit Gewehren und MPs oben auf dem Fort. Von dort hat man einen guten Überblick. Nicht mal ein Ruderboot kann sich unbemerkt nähern. Dazu ein paar Mann unten vor dem Restaurant. Natürlich auch bewaffnet. Bilder noch und nöcher. Aber das Fort wird so sicher sein, wie nur etwas in dieser Welt sicher sein kann.«

»Ich muß schon sagen. Du hast an alles gedacht.«

»Das hat man nie«, sagte Per.

Sie gingen an Land, und Per traf die nötigen Verabredungen mit dem Wirt, der nicht im geringsten etwas dagegen hatte, für einen Tag zu schließen, als er hörte, daß ein ganzer Kutter voller Presseleute genötigt sein würde, eine Stunde lang in seinem Restaurant auszuharren. Über seine Angestellten gab er bereitwillig Auskunft: der Koch, ein Kellner, ein Angestellter im Kiosk, ein Reiseführer und ein Tellerwäscher. Es war außerhalb der Saison, alle würden also nicht arbeiten, es sei denn, eine große Gesellschaft würde Essen bestellen, und das wäre ja nicht der Fall. Das Personal arbeitete in Schichten. Sie wurden dienstags gebracht und blieben bis Sonnabend, dann übernahm eine neue Gruppe, die wiederum bis Dienstag blieb. Sie war etwas größer, weil am Wochenende mehr zu tun war. Sie wohnten in kleinen, schön eingerichteten Zimmern im renovierten Teil der Kasematten. Es war ein bißchen wie auf See. Sie konnten Kopenhagens Lichter sehen, aber sie konnten die Stadt nicht ohne weiteres besuchen. Es war ein etwas ungewöhnlicher Job, wie auf einer Bohrplattform in der Nordsee, aber er ging ins Blut, und die meisten arbeiteten hier schon seit Jahren, auch weil der Lohn gut war. Die Polizei konnte ihre Namen haben. Dagegen hätten sie sicher nichts einzuwenden. Er kannte sie alle. Es waren keine seltsam dänisch sprechenden Ausländer darunter. Täglich kam ein Boot mit frischen Lebensmitteln, immer dasselbe, er kannte alle an Bord.

Per und Lise stiegen Hand in Hand auf das Flakfort. Die dänische und die schwedische Küste lagen klar und deutlich in dem schönen Licht. Oben auf dem Fort wuchs Gras. Per hatte recht. Sowohl die großen Frachtschiffe in den Fahrrinnen als auch die kleinen Segler hoben sich deutlich von dem blauen Sund ab. Es war unmöglich, sich dem Fort unbemerkt zu nähern. Sie gingen an den alten Kanonenlafetten vorbei ins Innere des Forts. Manche der Bunkergänge waren hell erleuchtet und sauber, andere feucht und dunkel. Es gab offene Kasematten und andere, die mit Stahltüren oder Hängeschlössern versperrt waren. In den verschlossenen Räumen mußte es kalt und feucht sein, dachte Lise. Sie stellte sich Ratten und anderes Getier in den alten Munitionsräumen vor, aber Per meinte, sie müsse hier zumindest keine Spinnen fürchten. Bei einer konstanten Temperatur von zehn Grad konnten Fliegen und andere Spinnennahrung in der Finsternis dort unten nicht überleben.

Unterwegs berichtete Per in groben Zügen, was seine Quelle ihm verraten hatte. Er brach auch mit seiner üblichen Praxis und erzählte ihr, daß Freunde vom russischen Geheimdienst Dänemark geholfen hätten. Der neue Zeitgeist. Aber er verriet ihr nicht, wie die Informationen zustande gekommen waren. Jetzt hatten sie eine Art Personenbeschreibung und wußten mit Sicherheit, daß ein Mordauftrag erteilt worden war, so daß der Widerstand, ihm die notwendigen Mittel zu geben, wohl nicht mehr so groß sein dürfte. Politiker wollten sich nach wie vor nicht mit Simba treffen, das war offensichtlich nicht zu ändern. Auch im politischen System Dänemarks ist Geld wichtiger als ein einzelner Mensch.

»Es sind verfluchte Heuchler«, sagte Lise.

Per antwortete nicht.

»Findest du nicht?«

»Es ist völlig egal, was ich meine«, sagte er und zog sie mit sich aus dem feuchten Dunkel in einen erleuchteten Gang.

Sie war ein wenig beleidigt, aber er schien es nicht zu bemerken, denn er wechselte das Thema.

»Eigentlich ist es eine beruhigende Auskunft, daß der Auftrag einem Profi erteilt wurde.«

»Das ist doch nicht dein Ernst!«

»Doch. Denn es kann zwar sein, daß er auf das Flakfort kommt, falls er überhaupt herausfindet, wo die Pressekonferenz stattfindet. Und wie sollte er das? Bislang sieht es ja so aus, als ob alle über das wirkliche Programm ihren Mund halten. Aber er kann nicht wieder weg von hier. Und er ist Profi. Nicht irgendein wahnsinniger Muslim, der sich den Märtyrertod wünscht und mit vier Kilo Dynamit unterm Hemd antanzt.«

»Warum tut er es dann?«

»*Qien sabe*? Wer weiß? Vermutlich Geld. Das treibt die Menschen gewöhnlich an. Und Sex.«

»Du bist reichlich zynisch.«

»Wirklich?«

»Ja. Es gibt auch noch andere Menschen als die, mit denen du verkehrst.«

»Die haben vielleicht ein bißchen mehr Firnis, aber zu kaufen sind sie alle. Es geht nur um den Preis, Schatz.«

»Du sollst mich nicht Schatz nennen«, sagte sie und ließ seine Hand los und ging vor ihm her auf das Licht am Ende des Betonganges zu. Sie war wütend auf ihn und auf sich selbst und fühlte sich in den dunklen Gängen unwohl, aber er sollte nicht mit ihr reden, als wäre sie ein Kind. Sie konnte den oberflächlichen Zynismus, der jetzt so verbreitet war, nicht ausstehen. Durch ihre Arbeit im dänischen PEN waren ihr bis ins Deatil sämtliche Widerwärtigkeiten bekannt, auf die Regime und mithin Menschen verfallen konnten, um andere Menschen zu peinigen und zu plagen. Sie hatte mit vielen gefolterten, gefangenen und mißhandelten Schriftstellern und Journalisten gesprochen. Über Unterdrückung und Bosheit wußte sie nur allzu gut Bescheid. Aber sie wollte deshalb auf keinen Fall resignieren und zynisch werden. Denn dann hätten die Folterknechte gewonnen. Sie wollte an das Gute glauben, daran, daß es eine Chance hatte.

Es war angenehm, wieder an die Luft zu kommen. Es hatte sich bewölkt, ein Regenschauer zog über die schwedische Küste und graue Streifen verschleierten den Horizont. Aber der Schauer erreichte den Sund nicht, und einige Minuten später wölbte sich ein vollkommener Regenbogen über dem Land. Sie nahm es als gutes Zeichen und war zum ersten Mal zuversichtlich, daß sich schließlich alles regeln würde. Das mit Ole, das mit Per und das mit Sara.

Wie in einen Film mit einem Happy-End.

16

Ole carlsen und Vuk aßen in einem kleinen französischen Restaurant in der Innenstadt zu Abend, wo Ole mehrmals mit Lise gewesen war, nachdem sie sich gerade kennengelernt hatten. Er hatte es in einem Anflug nostalgischen Gefühls vorgeschlagen, denn er fand die dortigen Preise im Verhältnis zur Qualität des Essens eigentlich übertrieben, aber es hatte einen guten Ruf und war gerade wieder sehr angesagt, außerdem hatte er Lust, seinem neuen jungen Freund zu imponieren. Als sie eintraten, hatte er auch sofort einen der neuen TV-Entertainer entdeckt, der mit mehreren Leuten an einem guten Tisch in der Ecke saß. »Ach, Carl Ohmann speist auch hier«, hatte er gesagt, aber Vuk hatte nicht sehr interessiert dreingeschaut, so als hätte er keine Ahnung, von wem Ole eigentlich sprach. Und das war doch ziemlich unwahrscheinlich, denn Ohmann war in letzter Zeit in aller Munde gewesen. Er hatte eine neue Form der sonnabendlichen Fernsehunterhaltung geschaffen, über die den ganzen Winter und Frühling diskutiert worden war. Aber an Vuk waren mehrere Dinge etwas sonderbar und paßten im Grunde nicht zu seinem prosaischen Job als Vertreter von Plastiktüten. Er interessierte sich für die verkehrten Sachen.

Vuk hatte sich gepflegt, aber lässig angezogen: helles Hemd, blaue Hose mit Bügelfalten und graue Tweedjacke, aber ohne Schlips. Mehrmals im Laufe des Tages hatte Ole daran gedacht, die Verabredung abzusagen und sich lieber einen Ruck zu geben und mit Lise zu sprechen. Er hatte bei der Zeitung angerufen und erfahren, daß sie einen Termin außer Haus hatte. Nein, sie könnten nicht sagen, wo sie sei. Er hatte sich zusammengerissen und sich um seine Patienten gekümmert, ihre Probleme angehört und versucht sie zu lösen, obwohl er immer mehr das Gefühl bekam, daß er gar nichts zu sagen hatte und nichts tun konnte, um die Neurosen, mit denen sich eine zunehmende Zahl von Dänen herumschlug, zu heilen.

Aber er war froh, an der Einladung festgehalten zu haben. Er genoß das Essen mit dem jungen charmanten Jüten, der mit seinem Leben und seiner Arbeit zufrieden zu sein schien: Er verkaufte Plastiktüten an Supermärkte, damit die Leute ihre Kartoffeln hineinstecken und selber abwiegen konnten. Angeblich lebten die Dänen ja in einer Dienstleistungsgesellschaft, in Wahrheit wurde die Dienstleistung aber immer weniger. Als eine Tankstelle noch Tankstelle hieß, gab es Service. Die Mitarbeiter füllten das Benzin ein, prüften den Ölstand, pumpten die Reifen auf und putzten die Windschutzscheibe. Als man anfing, die Tankstellen in Servicestationen umzubenennen, durfte der Kunde dann alles selbst machen. Ole sah das Paradoxe daran und fand es amüsant, als Carsten – wie sich Vuk ihm vorgestellt hatte – ihn darauf hinwies. Beim Essen hatten sie über Gott und die Welt gesprochen. Ole fühlte sich in der Gesellschaft des jungen Mannes einfach wohl. Sie hatten guten Wein bestellt und waren bei der zweiten Flasche, und Ole merkte, daß er davon den Löwenanteil getrunken hatte, außerdem mußte er zugeben, daß er ja schon etwas früher angefangen hatte. Das war eine schlechte Angewohnheit, aber im Laufe des Tages brauchte er hin und wieder einen Schnaps, deshalb stand immer eine Flache Wodka in der Praxis. Das war immer noch besser als Pillen, und wenn er demnächst sein Privatleben wieder unter Kontrolle hatte, würde die Flasche natürlich verschwinden. Aber das letzte Jahr war einfach schrecklich gewesen. Eine derartige Deroute zu erleben, fast als sähe man sich selbst von außen. Zu sehen, wie die Ehe sich allmählich auflöste und zwei Menschen sich nicht mehr füreinander interessierten. Wie konnte das geschehen? Er war Psychologe und fand keine Antwort. Er konnte das Problem analysieren, daß sie nicht miteinander sprachen, nicht zueinander paßten, sich ständig mißverstanden, aber er konnte nicht erklären, wie und wann es angefangen hatte, mit ihnen bergab zu gehen. Wann die Liebe aufgehört hatte. In den letzten Wochen war einfach alles schiefgelaufen. Und er hatte Angst, Lise zu verlieren, wenn er sich nicht zusammennahm. Es war höchste Zeit. Er gab sich selbst gegenüber gerne zu, daß er sie immer noch liebte und daß er sie ganz furchtbar vermissen würde, wenn sie ginge. Aber er konnte nicht aus seiner Haut und mit ihr die ganze Situation durchsprechen und seiner Sehnsucht und seiner Liebe Ausdruck verleihen. Eigentlich gehörte er zu einer Generation, die blind darauf vertraute, daß man alles besprechen konnte und sich durch ein gutes Gespräch alles lösen ließe, und plötzlich reichten die Worte nicht mehr. Er war sich sicher, daß Lise einen Liebhaber hatte. Er war rasend eifersüchtig, obwohl er es im Grunde für ein zerstörerisches, unmodernes Gefühl hielt, ja beinahe für eine Charakterschwäche, die mit dazu beitrug, die meisten Beziehungen zu zerstören. Jedenfalls sagte er das oft den Paaren, die bei ihm in Therapie waren. Konnte er sich deswegen nicht zusammenreißen und sich einfach vor Lise auf die Knie werfen und sie bitten, ihn wieder anzunehmen, mit ihm zu sprechen und zu versuchen, von vorn anzufangen, damit sie gemeinsam die Flamme wiederfänden, die zwischen ihnen gebrannt hatte und die nun auszugehen drohte? Vielleicht gab es noch eine kleine Glut, der sie wieder Leben einhauchen konnten. Oder war er einfach nicht dazu fähig, jemanden um etwas zu bitten? Beduselt vom Wein wurde er beim Gedanken an Versöhnung sentimental.

Vuk schenkte ihm nach und erhob sein eigenes Glas.

»Zum Wohl. Das geht auf meine Rechnung. Es war ein wunderschönes Essen. Auf Dauer ist es ja wenig vergnüglich, alleine zu essen.«

Auch Ole erhob sein Glas.

»Ich bin es, der dankt. Ich brauchte auch ein wenig Gesellschaft.«

Sie tranken. Vuk nippte an seinem Glas, während Ole das seine halb leerte. Er schmeckte den Wein gar nicht mehr richtig. Vuk merkte, daß Ole schon ein wenig lallte. Nicht sehr. Er hatte sich noch gut in der Gewalt, aber die S-Laute fingen langsam an zu summen.

»Sag mal, was sagt eigentlich deine Frau dazu, daß du mit deinen Plastiktüten so viel durch die Gegend kutschierst«, sagte Ole.

»Ich bin doch nicht verheiratet, Ole.«

»Ach ja, stimmt. Du mußt ein glücklicher Mann sein.«

»Ich bin ja noch nicht so alt. Ich hoffe, ich finde eines Tages eine feste Freundin. Und wir bekommen Kinder. Dann lasse ich mich irgendwo nieder. Im Augenblick ist es aber perfekt, ungebunden zu sein. Das Leben gefällt mir sehr gut so.«

»Ist das zu ertragen, sein Leben mit dem Verkauf von Plastiktüten zu bestreiten?«

»Kann man damit leben, tagtäglich anderer Menschen Probleme zu lösen?«

»Das ist einfacher, als seine eigenen zu lösen«, sagte Ole.

Vuk lächelte ihn freundlich an. Er wußte, daß er ein nettes und verständnisvolles Lächeln hatte, er flößte Vertrauen ein, und er war ein Mensch, der zuzuhören verstand. Diese Rolle beherrschte er zur Vollkommenheit. Vuk wartete also, Ole leerte sein Glas und ließ Vuk nachschenken, ehe er sagte:

»Eigentlich setzt man auf die Ehe all seine Hoffnungen.

Unterwegs verliert man irgendwann seine Freunde. Die wichtig waren, als man jung war. Dann kriegt man Angst. Davor, ein *Palle, allein auf der Welt* zu werden.«

»Man kann neue Freunde gewinnen.«

»Das ist schwer. Mit dem Alter wächst die Distanz zu anderen Menschen. Schleichend wie die winterliche Dunkelheit.«

Ole Carlsen hob sein Glas und lächelte ironisch über seine eigene Metapher. Vuk lächelte auch und sagte:

»Ich bin noch jung.«

»Es war ein großes Glück und sehr schön, dich kennengelernt zu haben.«

Vuk erhob sein Glas und sah Ole beim Trinken zu.

»Ganz meinerseits«, sagte Vuk. Er überlegte kurz, ob die Zeit reif war, die Initiative zu ergreifen. Oles Augen waren feucht und so verschleiert wie seine Stimme, und er war sentimental geworden, also fuhr Vuk fort:

»Ich würde ja gern noch einen ausgeben, aber ich glaube nicht, daß mein Hotelzimmer sehr einladend ist ...«

»Wir gehen zu mir.«

»Und was sagt deine Frau dazu?«

»Lise? Die ist eh nie zu Hause.«

»Es ist natürlich deine Sache, ob du darüber reden willst.«

Ole goß den Rest der Flasche in sein Glas.

»Zum Kaffee müssen wir noch was trinken. Dazu kannst du nicht nein sagen.«

Er gab der Bedienung ein Zeichen und bestellte zwei Kaffee und zwei Kognak.

»Ich glaube nicht, daß die Chance groß ist, unsere Beziehung zu retten«, sagte er, als die Bedienung die Bestellung aufgenommen hatte. Sie war jung wie die meisten Kellner in Kopenhagens Restaurants und hatte deshalb einen niedrigen Lohn. Es war typisch, daß sie nicht gefragt hatte, welchen Kognak sie wünschten. Wahrscheinlich trank sie nichts anderes als Cola, aber Ole war es eigentlich egal, welchen Kognak sie bekämen, und er fuhr fort: »Aber wir wollen es wenigstens versuchen. Wir sind ja so etwas wie erwachsene Menschen, nicht wahr?«

Vuk nickte. Das hatte Ole mehr oder weniger schon einmal gesagt, er fing an sich zu wiederholen. Das war gut, Vuk ließ ihn weiterreden.

»In einer Woche haben wir mehr Zeit füreinander. Dann müssen wir reden. Vielleicht wird es bis dahin auch einfacher. Jetzt habe ich die Sache mit dir durchgesprochen, Carsten. Du bist ein guter Zuhörer. Jetzt habe ich das Problem zumindest schon mal formuliert.«

»Danke. Aber wieso habt ihr in einer Woche mehr Zeit?«

Ole Carlsen sah ihn an. Einen Augenblick lang war Vuk nervös, ob er vielleicht zu direkt gewesen war. Die Bedienung kam und brachte Kaffee und zwei Kognak. Vuk goß ihnen Kaffee ein und vermied es, Ole in die Augen zu sehen. Da fuhr Ole fort:

»Warum wir dann mehr Zeit haben? Ich sollte das wahrscheinlich nicht sagen, aber es ist auch ein bißchen übertrieben mit der ganzen Geheimniskrämerei. Sagt dir der Name Sara Santanda etwas?«

Vuk schüttelte den Kopf.

»Nein, natürlich nicht«, sagte Ole. »Du bist ja in einer anderen Branche. Sie ist eine Schriftstellerin, die die Iraner umbringen wollen, sie kommt in einer Woche nach Dänemark, und Lise ist für den Besuch verantwortlich. Wegen der Sicherheit arbeitet sie mit dem PND zusammen und bumst im Augenblick wahrscheinlich mit irgendeinem bescheuerten Bullen.«

Ole ergriff das Kognakglas und trank es aus. Am Ende des Satzes drohte seine Stimme sich zu überschlagen.

»Das muß doch nicht so sein«, sagte Vuk.

Ole wurde ruhiger.

»Ich fürchte, es ist so, wie es ist.«

»Das tut mir leid.«

»Danke, Carsten. Du bist nett, aber wenn er es nicht ist, ist es irgendein anderer. Jedenfalls ist sie nicht zu Hause, und ich habe wirklich keine Lust, allein zu sein oder wieder in die Kneipe zu gehen, also wenn du willst ...«

»Sehr gern«, sagte Vuk und lächelte, aber Ole merkte nicht, daß es ein triumphierendes Lächeln war.

Sie nahmen eine Taxe. Ole hatte einige Gleichgewichtsprobleme, als er die Tür aufschloß. Während er auf der Toilette verschwand, sah sich Vuk die Wohnung an. Die Wohnküche war ordentlich und hübsch. Das Wohnzimmer war mit modernen, hellen Möbeln ausgestattet. Die eine Wand war mit Büchern bedeckt, und in einer Ecke standen ein Couchtisch mit einem hellen Ledersofa und zwei Ledersesseln, die edel abgenutzt aussahen. Man konnte in ihnen gemütlich Kaffee trinken oder sie ein wenig drehen und fernsehen. Auf einer antik aussehenden Anrichte standen Fotos von Ole und Lise. Sie wirkten glücklich, sie umarmten sich. Und Fotos von Reisen. Ein Flur führte zu Bad und WC, wo Vuk das Wasser rauschen hörte, und zu drei weiteren Zimmern: dem Schlafzimmer mit dem Doppelbett, einem Raum mit Computer und Büchern über Psychologie und noch einem Raum mit einem weiteren Computer. Vuk machte überall rasch das Licht an und schaute hinein, während er auf das Wasser aus dem Badezimmer lauschte. Das größte Zimmer gehörte augenscheinlich Lise. Überall lagen Zeitungen, Zeitschriften, Bücher und Disketten herum. Auf einem modernen Schreibtisch stand ein Telefon mit Anrufbeantworter. Außer einem Stapel Papier war die Tischplatte frei und aufgeräumt. An der Wand hing ein Plakat von der Expo in Sevilla und das schöne Bild einer Flamencotänzerin. Vuk ging ins Wohnzimmer zurück und blickte auf die

Straße hinunter. Sie war leer, nur ein älterer Mann führte seinen Hund spazieren. Das Licht des Kneipenschildes gegenüber spiegelte sich sanft in einer Wasserpfütze.

Ole kam herein und bat ihn sich zu setzen. Er holte eine Flasche Whisky, zwei Gläser und eine Schale mit Eis und schenkte großzügig ein. Als hätte er sich entschlossen, sich um den Verstand zu trinken, denn er leerte sein Glas in einem Zug und schenkte nach. Vuk lobte die Wohnung, die Möbel und die vielen Bücher. Er merkte, daß Ole sehr betrunken war, und war über dessen plötzlichen Stimmungswechsel wenig erstaunt. Ole sah ihn nämlich auf einmal forschend an und sagte:

»Du bist schon ein komischer Kauz, Carsten. In manchen Punkten jedenfalls. Du weißt bald alles über mich. Über dich weiß ich nicht das geringste. Was bist du eigentlich für einer?«

»Ein dummer Jüte«, sagte Vuk. Er war jetzt auf der Hut. Die Sache sollte am liebsten ohne Gewalt vonstatten gehen. Er zündete sich eine Zigarette an und reichte Ole seine Packung Prince, der sich aber eine seiner eigenen Kings aus einer gelben Schachtel nahm, die Vuk noch nie gesehen hatte.

»Ach, komm. In dir steckt mehr, als du preisgeben willst«, sagte Ole.

»Wahrscheinlich nicht mehr als in anderen Menschen.«

»Du bist Däne und doch irgendwie anders.«

»Wie meinst du das«, sagte Vuk und sah ihn wachsam an.

»Ich weiß nicht. Ich kann es nicht genau benennen. Aber zum Beispiel die Sache mit Carl Ohmann. Die meisten hätten es irgendwie kommentiert, daß er auch da war und in dem Restaurant zu Abend gegessen hat. Aber du scheinst gar nicht zu wissen, wer er ist.«

»Na und?«

»Das ist einfach merkwürdig, wenn man hier wohnt. Und das tust du doch, oder?«

»Klar.«

»Vielleicht guckst du nicht soviel fern?«

»Nein, wahrscheinlich nicht.«

Vuk stand auf, ging zu der Anrichte und nahm eines der Fotos. Es zeigte Lise irgendwo im Süden. Sie trug ein knappes Oberteil und Shorts und lächelte mit zusammengekniffenen Augen in die Kamera. Sie war braungebrannt, im Hintergrund erkannte man einige Berge und ein Stückchen blaues Meer.

»Du hast eine schöne Frau«, sagte Vuk, aber Ole ließ sich nicht beirren.

»Wo bist du zur Schule gegangen? Bist du Student? Hast du eine Freundin?«

Vuk drehte sich zu Ole um. Sein Blick wurde gefährlich, und er merkte, daß sein Lächeln künstlich war. Sie bewegten sich jetzt auf riskantem Terrain.

»Problematische Vaterbindung, schlimme Kindheit, elendes Liebesleben.« Er lachte.

»Genau.«

Vuk sah, daß Ole nun richtig voll war. Der Whisky war direkt ins Blut gegangen, er trank jetzt, ohne so zu tun, als schmeckte er noch etwas. Er schüttete das Zeug nur noch in sich hinein. Er wollte nichts mehr sehen und hören.

Ole näselte weiter:

»Genau. Wir haben alle unser Päckchen zu tragen. Du hast etwas in dir, das heraus will. Etwas Mysteriöses. Auch etwas Schreckliches. Du gehst auf einem Weg, an dem viele Wegweiser stehen, aber du hast die Orientierung verloren, weißt nicht, welchem Schild du folgen sollst. Oder vielleicht geht es in Wirklichkeit mir so.«

Vuk stellte das Bild zurück.

»Sehr schöne Frau. Du solltest es nicht zulassen, daß sie sich so viel herumtreibt.«

Ole Carlsen lachte wieder, betrunken und falsch. Er nahm

die Flasche und füllte sein leeres Glas, auch Vuk schenkte er nach, obwohl dessen Glas noch halb gefüllt war. Er tat kein Eis hinein, sondern trank nur und verfiel auf einmal wieder in eine andere Stimmung, wie es bei sinnlos Betrunkenen der Fall ist. Er wurde traurig und sentimental:

»Ja, verdammt. Schön, das ist Lise wirklich. Komm her, Carsten. Nimm noch einen kleinen. Komm schon, du mysteriöser Mensch. Schöne Frau! Herrgott, ja. Das ist sie wahrhaftig. Schön! Aber was zum Teufel hilft das schon?«

Vuk setzte sich. Er trank, und zwanzig Minuten später fing Oles Kopf an, nach vorn zu fallen, und seine Sätze wurden immer unzusammenhängender. Er hatte von Lise und seinem Leben mit ihr erzählt. Von ihrem gemeinsamen Glück und ihren Reisen. Davon, wie sehr er sie liebte und wie herrlich sie war und wie schrecklich es war, daß sie keine Kinder kriegen konnten, und von der dummen Kuh Santanda, die doch bloß abhauen sollte, und von einem blöden Bullen, der vielleicht was zwischen den Beinen, aber nichts zwischen den Ohren hatte, und davon, was für ein verflucht beschissenes Leben er führte. Und daß er es nicht mehr ertragen konnte. Am Ende konnte ihm Vuk die brennende Zigarette aus der Hand nehmen und seine Beine aufs Sofa legen.

Fünf Minuten lang betrachtete Vuk den schlafenden Ole, während er eine Zigarette rauchte. Oles Atemzüge waren schwer und tief. Als Vuk seine Zigarette zu Ende geraucht hatte, erhob er sich und stieß Ole leicht an. Er rührte sich nicht. Er war weit weg.

Vuk ging den Flur hinunter in Lises Arbeitszimmer. Der Rechner war ein IBM, den kannte er. Er schaltete ihn ein, und während er lud, zog er die Schubläden aus dem Schreibtisch neben dem Computertisch heraus, drei auf jeder Seite. Die Diskettenbox neben dem Computer war verschlossen. Auch die oberste Schublade rechts war abgeschlossen. Vuk nahm sein Taschenmesser und steckte die Klinge in den Spalt, fand den Splint und sperrte die Lade auf. Darin lagen einige Bankpapiere und ein kleiner Schlüssel. Der Rechner hatte fertig geladen und er blickte auf das bekannte Symbol von Windows 5.1.

Vuk klickte auf das Symbol von Word Perfect, und das Textverarbeitungsprogramm erschien in blauen und roten Farben. Er fand es ein wenig überraschend, daß ein großes Zeitungshaus wie *Politiken* noch immer die Version 5.1 benutzte, aber darum kümmerte er sich nicht weiter. Er setzte sich auf Lises Schreibtischstuhl und fing systematisch an zu arbeiten.

Indem er auf F5 drückte, verschaffte er sich Zugang zu einer ganzen Reihe von Ordnern. Sie hießen Artikel, Berichte, PEN, Pol, Privat, Briefe, Notizen. Vuks Hände waren ruhig, als er die verschiedenen Ordner, Dokumente und Dateien durchsuchte. Nichts. Er rechnete nicht damit, daß Lise eine ausgedruckte Version des Sara-Santanda-Programms herumfliegen ließ, aber sie war wohl auch nicht erfahren genug, sich gar nichts zu notieren. Was würde sie also tun? Ganz offensichtlich arbeitete sie sowohl zu Hause als auch in ihrem Büro bei *Politiken*.

Er nahm den kleinen Schlüssel, den er in der abgeschlossenen Schublade gefunden hatte. Natürlich paßte er zur Diskettenbox. Nach seiner Erfahrung waren Datenschutz und sonstige Vorsichtsmaßnahmen den meisten Menschen ziemlich gleichgültig. Sie waren immer der festen Überzeugung, ein Einbruch würde gerade sie nicht treffen.

Die Diskettenbox enthielt eine Reihe Disketten, die durch Karteikarten voneinander getrennt waren. Hinter der Karte »Dänischer PEN« standen vier Disketten, jede mit ihrem eigenen Titel: Aktuelles, Sitzungen, Referate, Simba. Simba klang wie ein Kodewort. Wie es ein Nichtprofi auf eine Diskette schriebe. Vuk ging nicht davon aus, daß Lise zu den Leuten gehörte, die ihre Spuren mehr als unbedingt nötig verwischten. Es erforderte Training, seine Spuren unkenntlich zu machen. Und das unverständliche Kodewort machte ihm die Arbeit im Grunde bloß leichter.

Er steckte die Diskette ins Laufwerk und fand nur den Dateinamen Simba darauf. Er drückte auf Enter, um den Text aufzurufen, aber statt dessen stand am Fuß des Schirms: Fehler. Datei geschlossen. Sie hatte sie mit Hilfe eines Kodeworts geschützt. Sie ging also davon aus, daß sie dann nicht gelesen oder kopiert werden konnte. Das war auch völlig richtig, aber ein Kode für eine Datei verhinderte nicht, daß die ganze Diskette kopiert werden konnte.

Vuk zog eine Diskette hinter der Karte »Formatiert« heraus.

»Na, dann, Lise. *Diskcopy time*«, sagte er leise zu sich selbst.

Es dauerte nur einen Augenblick, dann hatte er die Diskette kopiert und die Kopie in die Tasche gesteckt, bevor er auch die Originaldiskette wieder sorgfältig an ihrem Platz in der Diskettenbox verstaute, die er mit dem Schlüssel abschloß. Er legte den Schlüssel in die Schublade zurück. Dann beendete er Windows korrekt und schaltete den Computer aus. Nichts würde auf seinen Datendiebstahl hinweisen, mit Ausnahme einer fehlenden unbenutzten Diskette, und das würde keinem Menschen auffallen.

Vuk löschte das Licht und ging ins Wohnzimmer.

Ole lag noch auf dem Sofa. Er regte sich ein wenig, jammerte leise im Schlaf, schien aber weit weg zu sein. Der Aschenbecher war voll, und das Zimmer roch nach Zigaretten und Whisky. Er schaute sich um. Er wußte, daß er nichts hinterlassen hatte. Es war nach ein Uhr, in der Wohnung und auf der Straße war es ganz still. Darum hörte er plötzlich deutlich, wie ein Schlüssel in die Wohnungstür gesteckt wurde. Einen Augenblick später fiel die Tür ins Schloß.

Eine Sekunde lang war er gelähmt.

»Hallo, Ole? Ich bin's. Hallo. Ich bin wieder da. Ole, wo bist du?«

Vuk erkannte Lises Stimme. Das ließ ihn reagieren. Er schubste Oles Beine vom Sofa, so daß sie auf dem Boden zu stehen kamen, und schlug ihm gleichzeitig mit der flachen Hand aufs Ohr, lautlos, aber mit einer solchen Präzision, daß es Ole wecken würde. Gleichzeitig zerwühlte er sich die Haare, so daß sie ihm in die Stirn fielen, bevor er etwas Whisky aus seinem halbvollen Glas auf sein Hemd spritzte und sich mit gespreizten Beinen in einen Sessel fallen ließ. Ole wackelte mit dem Kopf, lehnte sich zurück, dann legte er seinen Kopf in die Hände und stöhnte.

Vuk war jetzt ein betrunkener Mann, der verblüfft die Frau anstarrte, die das Zimmer betrat.

Lise sah sie beide an. Mit Zorn, Ekel und Verachtung betrachtete sie Ole, die fast leere Flasche, den überquellenden Aschenbecher und den unbekannten Mann, der sie mit besoffenen, verschleierten Augen anglotzte. Ihr Zorn verdampfte, nur Trauer blieb übrig. Denn hatte sie überhaupt ein Recht, wütend zu sein? Sie kam eben aus dem Bett ihres Liebhabers, durfte sie also den ersten Stein werfen? Wenn sie Ole mit einer anderen im Bett ertappt hätte, wären sie wenigstens quitt. Aber sie stand mit dem Mann vor ihr nicht auf einer Stufe. Sie sah seinen Bauch durch das halb aufgeknöpfte Hemd, die blutunterlaufenen Augen und das fettige, zerwühlte Haar. Sie sah keinen Mann, sie sah einen Verlierer. Er tat ihr leid, und gleichzeitig fand sie ihn widerwärtig. Sie liebte ihn nicht mehr.

»Ole, ich bitte dich«, sagte sie.

»Verflucht, Ole. Deine Frau ist da. Ich sollte mich wohl lieber verziehen«, sagte Vuk und konnte den Satz nur schwer zu Ende bringen. Ole hatte den Kopf in die Hände gestützt und stöhnte.

Vuk erhob sich, wankte einen Augenblick wie ein Betrunkener, riß sich dann aber zusammen und fand mit Mühe sein Gleichgewicht. Er machte ein paar Schritte auf Lise zu, strauchelte beinahe und stellte sein Glas mit übertriebenen Bewegungen auf den Couchtisch, aber so heftig, daß es umkippte und die goldgelbe Flüssigkeit sich über die Tischplatte ergoß.

»Meine Gnädigste, man *ist* schon gegangen«, sagte er und zuckte die Schultern.

Vuk ging auf sie zu. Er sah, wie Lise den Arm hob, als wollte sie ihn aufhalten und eine Erklärung verlangen oder ihn womöglich schlagen. Er reagierte instinktiv, fing ihren Arm in der Luft ab und hielt ihn wie ein Schraubstock fest und sah sie mit nüchternen, kalten und gefährlichen Augen an.

»Wer bist du? Was machst du mit meinem Mann?« flüsterte sie heiser.

Vuk merkte, daß sie Angst hatte, ließ ihren Arm los und fiel in die Rolle des Betrunkenen zurück.

»Wir haben nur ein paar Whisky getrunken«, lallte er.

Lise trat einen Schritt zur Seite und machte ihm den Weg frei.

»Hau ab. Zieh endlich Leine.«

»Bin schon weg«, sagte Vuk und hob exaltiert die Arme, so daß er beinahe hinfiel.

Lise wartete, bis sie die Wohnungstür hörte, dann setzte sie sich Ole gegenüber. Er richtete sich auf und lehnte sich im Sofa zurück.

»Es geht so nicht mehr weiter, Ole«, sagte sie leise. »Ich will nicht mehr.«

»Lise. Laß mich eben zu Atem kommen, dann können wir darüber reden.«

Sie sah, daß er sinnlos betrunken war, und trotzdem sprach er klar und deutlich, als nähme er sich zusammen oder als ginge es ihm endlich auf, daß Schluß war.

»Wer war der Mann?«

»Irgendeiner, den ich in der Stadt getroffen habe. Carsten Soundso. Er verkauft Plastiktüten.«

Das fand er anscheinend lustig, denn er fing an zu kichern. Er langte nach Zigaretten und Glas auf einmal, gab das Unternehmen auf und lehnte sich wieder zurück.

»Ist er in meinem Arbeitszimmer gewesen?«

»Nein, wir haben hier nur rumgesessen und getrunken. Er war die ganze Zeit bei mir. Ogottogott, mein Kopf.«

»Er hat mir Angst gemacht.«

»Carsten tut keiner Fliege was zuleide. Er verkauft bloß Plastiktüten.«

Ole beugte sich wieder vor und kriegte diesmal das Whiskyglas zu fassen. Er nahm einen Schluck und fing an zu röcheln.

Lise stand auf.

»Bitte, Ole, nicht auch noch das.«

Ole mußte sich übergeben. Das war die passende Weise, eine Beziehung zu beenden. Er konnte selber saubermachen oder morgen früh in seiner Kotze aufwachen. Auf einen solchen Anblick konnte sie bestens verzichten.

Sie ging in ihr Arbeitszimmer. Es sah unberührt und normal aus. Sie zog an der rechten obersten Schublade, sie ging auf. Sie war der Meinung, sie abgeschlossen zu haben, aber das tat sie ja nicht immer. Sie nahm den kleinen Schlüssel und schloß die Diskettenbox auf. Ihr Herz schlug schneller, aber die Diskette stand an ihrem Platz. Sie steckte sie in ihre Handtasche, dann wählte sie Pers Nummer. Er antwortete sofort, sie sah ihn vor sich in dem Doppelbett, das sie vor weniger als einer Stunde verlassen hatte.

»Ich bin's. Darf ich wieder zu dir kommen?« sagte sie.

17

VUK HATTE GENUG GETRUNKEN, um die Dämonen wie Monster in seinem Unterbewußtsein auftauchen zu lassen, aber nicht genug, um sie erfolgreich verdrängen zu können. Wie gewöhnlich träumte er von den bosnisch-serbischen Bergen vor Pale, das wie eine Wolfsschanze von blutdürstigen Feinden umgeben war. Sie waren mit Turban und Pluderhosen bekleidet und trugen lange, krumme Säbel und berannten die Stadt. Es waren Männer und Frauen, die heulten und schrien und alle ohne Unterschied niedermetzelten, und der Horizont war eine einzige Feuerwand. Vor seinen Augen wurden sein Vater, dann seine Mutter und schließlich seine Schwester zerstückelt. Er streckte seine Hände aus, konnte sich aber nicht vom Fleck rühren. Er stand angewurzelt wie Lots Frau und wollte sich bewegen, wollte helfen, reagieren, töten, aber obwohl er am Leben war, verweigerten ihm seine Muskeln den Dienst. Er sah alles, sehr scharf, und war doch eingesperrt in den Panzer seines Körpers. Die Farben waren gelblich-grün vermischt mit Blutrot, und er hörte in der Ferne das Brummen des schweren Bulldozers und wußte, nun kommt der Schrei. Sein eigener Schrei, wenn der Alptraum an dem Punkt angelangte, wo die riesige Straßenwalze auftauchte und alle auf ihrem Weg zermalmte, so daß sich ihre enormen Eisenwalzen vom Menschenblut rot färbten, nicht nur vom Blut der Feinde, sondern auch von dem seiner eigenen Familie, die plötzlich wieder lebendig und verschreckt vor dem langsam mahlenden Koloß stand, und der Fahrer der Blutwalze war er selber.

Vuk erwachte nicht von seinem eigenen Schrei, sondern weil sein Zimmernachbar heftig an die Wand hämmerte. Er machte Licht und starrte zitternd und verschwitzt an die Decke, die er nur verschwommen sah und die sich leicht wie eine Wasseroberfläche bewegte, auf die ein Stein gefallen war. Sein Herz pochte wie wild. Es war schon lange nicht mehr so schlimm gewesen. Er fürchtete, er wußte warum. Sein Leben hatte kein Ziel mehr. Der serbische Nationalismus, der seinen persönlichen Haß genährt hatte, war ausgebrannt und hatte nur Leere zurückgelassen. Er zwang sich, an Emma zu denken, an ihr Gesicht, ihre schmalen, feinen Hände, ihre zarten Füße, ihre Fesseln, ihre schlanken Schenkel, ihren Nabel, ihre Brüste, wieder ihr Gesicht. Wie ein Bildhauer modellierte er sie in seiner Vorstellung, und als er sie ganz und schön vor seinem inneren Auge sah, beruhigte sich sein Puls allmählich. Er öffnete wieder die Augen. Die Decke mit der häßlichen Lampe hatte wieder scharf umrissene Konturen.

Vuk stieg aus dem Bett und holte seine Zigaretten. Er nahm sich einen Wodka aus der Minibar und rauchte. Er griff nach der Diskette, die auf dem Nachttisch lag, und ließ sie auf seiner Handfläche ruhen. Er wollte sich mit aller Macht auf seine Aufgabe konzentrieren. Er wollte sich zwingen, sie zu Ende zu bringen. Er wollte alles andere ausblenden und wieder die maschinenhafte Sicherheit erlangen, die er besessen hatte, als er noch für die Sache kämpfte.

Vuk lief im Zimmer auf und ab. Seine Armbanduhr zeigte vier. Er hatte geschrien. Er war gezwungen, morgen das Hotel zu wechseln. Er machte den Fernseher an, holte sich noch ein Fläschchen Wodka und schaute CNN, um nicht denken zu müssen, während er darauf wartete, daß es hell wurde. Er hatte Angst zu schlafen.

Vuk frühstückte und las die dänischen Zeitungen. Dann

ging er in sein Zimmer zurück und nahm die Pistole, die er in dem abgeschlossenen Koffer versteckt hatte, auseinander und setzte sie wieder zusammen. Jedesmal, wenn er das Zimmer verließ, verteilte er etwas Talkum in den Schlüssellöchern, aber bislang hatte niemand versucht, den Koffer zu öffnen.

Um zehn Uhr ging er davon aus, daß Mikael aufgestanden war. Über die Auskunft hatte er die Nummer der Eltern erfahren. Sie wohnten noch immer in dem großen Haus wie zu der Zeit, als Mikael und Vuk, der damals einen anderen Namen trug, Kinder waren. Mikael, Vuk und Peter, den Vuk in einer Nachrichtensendung des dänischen Fernsehens gesehen hatte, waren die drei Musketiere gewesen. Sie waren eng befreundet. Zum großen Teil wuchs Mikael bei seinen Freunden in Nørrebro auf, weil seine steinreichen Eltern die meiste Zeit in Spanien verbrachten. Mikael war ein Nachkömmling gewesen, und die Eltern wollten, nachdem der Vater erst einmal die Firma veräußert hatte, in Dänemark nicht mehr Zeit zubringen als unbedingt nötig. Zunächst schoben sie ihn zu einer Tante ab, die froh war, daß er ihre große Eigentumswohnung ein wenig mit Leben erfüllte. Bis er groß geworden war, blaß und sonderbar, aber da war es dann auch egal, denn da konnte er allein in dem großen Haus in Hellerup wohnen.

Das ging Vuk durch den Kopf, als er mit der S-Bahn vom Hauptbahnhof nach Hellerup fuhr. Wie oft war er diese Strecke schon gefahren. Er sah das Haus noch vor sich. Es war dreistöckig, erbaut in den Zwanzigern, mit Keller und vielen Wohn- und Schlafzimmern. Es lag direkt am Öresund, zum Baden brauchte man nur über den Rasen zu laufen. Mikael hatte nicht überrascht geklungen, als Vuk angerufen hatte. Eher schläfrig hatte er gesagt, er könne kommen, wann er wolle. Er habe das Haus für sich. Er schien ganz in seiner eigenen Welt zu leben, ohne Zeitgefühl und ohne sich zu wundern, daß Vuk sich nach so vielen Jahren plötzlich wieder meldete.

Vuk trug seine Lederjacke und hatte seine selbstgemachte Garotte in der Tasche. In Hellerup stieg er als einziger aus. Die Sonne schien von einem wolkenlosen Himmel, als er auf Mikaels Haus zuging. Der nächtliche Alptraum existierte nur noch als schwaches Grummeln in seinem Bewußtsein. Er dachte an Mikael und Peter, der schon damals Journalist werden wollte und jetzt Nachrichtenreporter war. Und Mikael? Er interessierte sich nur für eins: Computer. Vuk hatte die Diskette aus Carlsens Wohnung dabei und ging davon aus, daß Mikael den Kode knacken konnte.

Vuk machte das Gartentor auf. Die Hecke war dicht und ungepflegt und verdeckte den Blick auf einen ungemähten Rasen voller Blätter, Moos und verblühtem Löwenzahn. Aus vier, fünf verwahrlosten Blumenbeeten schoß Unkraut. Das Haus lag im hinteren Teil des Grundstücks, das zum Meer hin abfiel. Es war ein schönes weißes Gebäude, obwohl die Farbe an den Fenstern abblätterte. Es war nicht sonderlich gut erhalten, mußte aber in der Lage ein Vermögen wert sein.

Vuk klingelte. Die Glocke hatte immer noch diesen altmodisch zarten Klang und rief Erinnerungen an die Kinderspiele in dem großen Garten und die Fahrten in der Jolle oder im Schlauchboot auf dem Sund hervor. Und später an die Klassenfeste in dem offenen und gastfreundlichen Haus, in dem es nur eine Regel gab: Bevor die Eltern nach Haus kamen, mußte aufgeräumt werden. Dafür kamen sie nie unangemeldet. Sie gaben den jungen Leute eine Chance, die Normalität wieder soweit wiederherzustellen, daß die Putzfrau sich nicht übermäßig aufregen mußte.

Vuk hörte Schritte, und die Tür wurde geöffnet.

Sie sahen sich an. Mikael erblickte einen großen, muskulösen Mann mit toten, blauen Augen. Offenbar hatte sich sein Gegenüber seit Tagen nicht rasiert, denn sein Gesicht war von hellen Stoppeln übersät. Mikael sah einen Kameraden aus Kindheits- und Jugendtagen, der noch der Alte und doch ganz anders war. Besonders seine Augen hatten sich verändert. Sie sahen nicht mehr so aus, als hätten sie viel zu lachen.

Vuk sah einen kleinen schmächtigen Kerl vor sich, der schon dünnes Haar bekam. Er hatte lebendige, intelligente Augen hinter dicken Brillengläsern und hatte noch immer die Angewohnheit, sich am Ohrläppchen zu ziehen, wenn er erregt oder nervös war. Er trug abgewetzte Jeans und ein grünes Hemd über einem weißen T-Shirt. Er sah immer noch so aus wie der Freak von damals, der Clown unter den dreien, der Junge mit dem großen Haus.

»Hallo, Mikael«, sagte Vuk.

Mikael zupfte sich am Ohrläppchen. Er sah erfreut und verlegen zugleich aus.

»Janos, alter Gastarbeiter. Lange nicht mehr gesehen! Komm rein. Ich bin allein.«

»Ja, das hast du schon am Telefon gesagt«, sagte Vuk. Innerhalb weniger Stunden hatte er seinen alten, richtigen Namen jetzt zum zweiten Mal gehört. Er hatte ihn selbst benutzt, als er Mikael angerufen hatte. »Mikael. Hier ist Janos«, hatte er gesagt. Aber für ihn war es ein fremder Name, der nicht mehr zu ihm gehörte. Seine Familie und seine Freunde in Dänemark hatten ihn Janos gerufen, aber Janos starb in der bosnischen Hölle, und aus der Asche stieg Vuk, der Janos zwar äußerlich glich, aber innerlich ein anderer war. Janos war tot. Vuk wohnte in seinem Körper. Janos war ein ebenso fremder Name wie Carsten, unter dem ihn Ole Carlsen kannte.

Wie früher redete Mikael wie ein Wasserfall. Vuk erkannte das Haus mit seiner großen Halle und der Treppe zum ersten Stock sofort wieder. Die große Wohnküche quoll von Zeitungen und Computerzeitschriften über, und in einer Ecke lief der Fernseher mit MTV ohne Ton. In der Spüle häufte sich das schmutzige Geschirr, obwohl in der Küchenzeile auch eine Spülmaschine eingebaut war. Vuk sah durch das Fenster auf eine weitere Rasenfläche, die bis hinunter zum Öresund reichte. Mikael sagte, wie schön es sei, Janos wiederzusehen. Sie hätten damals viel Spaß zusammen gehabt. Und ob Janos gesehen habe, daß Peter der große Star der Fernsehnachrichten geworden sei? Für Peter sei es prima gelaufen. Fast auf direktem Wege von der Journalistenschule zum Fernsehen. Er selbst hatte ein paar Jahre an der Technischen Universität studiert, aber keine Lust mehr gehabt, als es ernst wurde. Er würde sowieso den ganzen Kram hier erben und hatte ja auch noch das in der Schweiz angelegte Vermögen. Er brauchte nicht zu arbeiten. Die Eltern spielten Golf in Spanien oder auf einer karibischen Insel. Sie ließen sich selten blicken. Sein einer Bruder lebte in Los Angeles, der andere in der Schweiz. Mikael wohnte allein im Haus. Verließ es nur, um Tiefkühlkost und Fertiggerichte für den Mikrowellenherd zu kaufen. Er sah niemanden, und das paßte ihm ausgezeichnet. Er hatte seine Computer, seine Musik und seine Bücher. Was wollte er mehr?

Mikael holte einen Liter Cola aus dem Kühlschrank, während er redete. Er brachte zwei Gläser und schenkte ein. Sie saßen am Küchentisch. Es entstand eine Pause und Mikael zog sich am Ohrläppchen.

»Es ist schön, dich zu sehen, Janos, alter Gastarbeiter. Du und Peter waren die einzigen, die ich mochte. Die andern waren doch alle bescheuert. Wann bist du nach Dänemark gekommen?«

»Vor ein paar Tagen.«

»Von da unten?«

»Von da unten, ja.«

»Okay«, sagte Mikael und trank von seiner Cola.

»Ich finde es auch schön, dich zu sehen, Mikael«, sagte Vuk. »Das Haus hier erinnert mich an meine Kindheit und unsere Teenagerjahre. War eine tolle Zeit. Ich denke immer daran als die einzige normale Zeit in meinem Leben.«

Eigentlich hatte Vuk das nicht sagen wollen, aber es kam wie von selbst, und er meinte es ernst.

»Warum bist du weggegangen?«

»Mein Vater wollte nach Hause.«

»Und dann bist du einfach mitgegangen?«

»Ich bin so erzogen worden.«

Mikael beugte sich über den Tisch und wurde ernst. So hatte Vuk ihn ebenfalls in Erinnerung. Er war ein alberner Kerl, konnte aber auch sehr ernst sein und fast von so etwas wie einer Depression heimgesucht werden, wenn er Krieg und leidende Menschen im Fernsehen sah. Sie zogen ihn auf, er sei für diese Welt zu sensibel. Er war derjenige von ihnen, der sich mit den großen Fragen des Lebens am meisten beschäftigte und über den Zustand der Dinge nachdachte. Immer war er auf der Suche nach der Antwort auf unmögliche Fragen und hatte einmal eine Lehrerin verblüfft, als die ihn verärgert gefragt hatte, an welche wichtigen Dinge er denn denke statt ihrem Unterricht zu folgen, und er ihr entgegnete: An das Rätsel des Lebens. Damals waren sie elf gewesen, und die Klasse war vor Lachen zusammengebrochen. Erst war Mikael erstaunt und verletzt gewesen, aber dann hatte er selbst angefangen zu lachen. Man wußte nie, ob es ironisch oder ernst gemeint war, wenn er in den merkwürdigsten Zusammenhängen seine Gedanken zum besten gab. Ob er sich selbst oder andere auf die Schippe nahm.

»Janos. Ich freu mich, dich zu sehen. Versteh mich nicht falsch«, sagte Mikael. »Du bist willkommen. Das ist es nicht. Aber sonst seh ich niemanden mehr. Nur Peter ab und zu mal. Ich kann die Menschen nicht leiden, Janos. Ich versteh einfach nicht, wie sie ticken. Wie ihr Programm zusammengebastelt ist. Mit andern Leuten gerate ich immer nur aneinander. Ich kümmre mich lieber um meine eigenen Sachen. Ich hocke nachts vor dem Rechner und surfe im Internet. Und manchmal fahre ich ein bißchen in meinem Schlauchboot auf dem Öresund. Weißt du was?«

Vuk schüttelte den Kopf und ließ Mikael weitermachen.

»Ich sehe keinen. Und habe doch massenhaft Kontakt. Ich spreche mit ihnen per Modem. Ich kenne Tausende Menschen auf der Welt. Von Australien bis Moskau. Und dabei gibt es keine Probleme. Ihnen ins Gesicht zu sehen ist mir viel zu anstrengend. Per Modem ist es viel einfacher. Im Cyberspace.« Er lachte etwas albern, zog sich am Ohrläppchen und fuhr fort: »Jetzt fehlt mir bloß noch, daß ich über Modem vögeln kann. Dann brauchte ich für den Rest meines Lebens überhaupt keine Seele mehr zu sehen. Dann könnte ich glücklich im Cyberspace leben.«

Vuk mußte lachen. Es war immer Mikaels besonderes Talent gewesen, andere zum Lachen zu bringen. Vuk war kurz davor, ihn wieder genauso gern zu haben, wie Janos ihn gern gehabt hatte.

»Du warst schon immer ein durchgeknallter Typ, Mikael«, sagte er. So hätte Janos es auch gesagt.

Mikael lachte fröhlich zurück. Die etwas verlegene Stimmung zwischen ihnen hatte sich gelegt, es war fast wieder wie in alten Tagen.

»Kann gut sein. Macht aber nix, wenn die Eltern den Arsch voll Geld haben«, sagte er.

Er goß Cola nach.

»Und wie geht's deinen Eltern? Da unten geht's ja drunter und drüber, nicht?« sagte er.

»Sie sind tot. Sie wurden zusammen mit Katarina ermordet«, sagte Vuk tonlos.

»Was sagst du da? Vuk und Lea sind tot? Und Katarina? Was für eine Scheiße. Das tut mir leid, Janos. Hab ich's nicht gesagt? Von Menschen soll man sich fernhalten.«

»Ja, Mikael. Das hast du gesagt.«

Die Verlegenheit kehrte zurück. Mikael zupfte sich am Ohr und pulte am Etikett der Cola-Flasche. Durch das halboffene Küchenfenster hörten sie das Meer und einen Nachbarn, der irgendeine laut heulende Gartenmaschine in Gang setzte.

»Kannst du immer noch Programme knacken wie früher?« fragte Vuk.

Mikael lebte auf. Er mußte nicht mehr über Grausamkeiten reden.

»Besser denn je.«

Vuk holte die Diskette aus seiner Innentasche.

»Was ist da drauf?«

»Der Schlüssel zum Erfolg«, sagte Vuk und lachte, und Mikael lachte auch, und die gute Stimmung kehrte zurück.

»Komm, wir gehen in die Höhle«, sagte Mikael.

Obwohl Mikael jetzt über das ganze Haus verfügte, hatte er sein altes großes Zimmer behalten. Dieselbe alte gestreifte Tapete und dasselbe alte ungemachte Bett. An den Wänden hingen nach wie vor Dinosaurier-Poster und ein neues Plakat, das Bill Gates von Microsoft zeigte, anscheinend Mikaels einziges Idol. Hier stand noch immer derselbe alte Ledersessel, den Mikael zur Konfirmation bekommen hatte, und in der Ecke der alte Schreibtisch. Das Zimmer war mit Computerzeitschriften, CD-Roms, Leitungen und Disketten übersät, aber in dem ganzen Chaos war eine gewisse Ordnung zu erahnen. Auf neuen Computertischen standen zwei große Rechner, und auf einem anderen kleinen Tisch stand ein Laptop. Es gab mehrere Drucker und viele Kabel und verschiedene Handbücher. Es gab zwei Telefone, einen Scanner, und auf dem alten Schreibtisch stand ein Farbfernseher, in dem CNN ohne Ton lief. Der Schreibtischstuhl hatte Rollen und sah neu und sehr komfortabel aus. Das Fenster war einen Spaltbreit geöffnet, und der Wind trug den Geruch von Tang und Meer ins Zimmer.

CNN zeigte Bilder aus Bosnien. Sie sahen einen Mann, der mit einer langen Stange in der Erde wühlte. Um Mund und Nase hatte er ein Tuch gebunden. Im nächsten Ausschnitt hielt er einen Schädel in der Hand. Mikael sah vom Bildschirm weg und deutete auf den Ledersessel. Vuk entfernte ein paar Zeitschriften und setzte sich. Mikael nahm auf dem Schreibtischstuhl Platz. Drehte ihn, so daß er auf den Monitor blickte und Vuk im Rücken hatte. Er bewegte die Maus, und ein Summen teilte mit, daß der Rechner aus seinem Ruhezustand erwachte.

»Ich versuche ja ein wenig auf dem laufenden zu bleiben«, sagte Mikael. »Was ist passiert? Was kann ich für dich tun?«

»Auf welche Frage soll ich zuerst antworten?« sagte Vuk.

Mikael fuhr mit der Maus über die Unterlage. Vuk merkte, daß er nervös und wieder verlegen war. Er mochte nicht über das Schicksal von Vuks Eltern und seiner kleinen Schwester Katarina sprechen, die sechs Jahre jünger als sie gewesen war, aber trotzdem meinte er, sich danach erkundigen zu müssen. Es ging ihm wie vielen Menschen. Eigentlich wollten sie nichts mehr davon hören und hatten genug von diesem unsinnigen Krieg.

»Ich weiß nicht. Auf die erste, dann kann ich währenddessen arbeiten«, sagte er.

Vuk stand auf und reichte ihm die Diskette. Mikael nahm sie und sah Vuk fragend an.

»Darauf ist eine Datei, die mit einem Kodewort geschützt ist. Kannst du da reinkommen?«

»Weißt du, welches Programm es ist?« fragte Mikael erleichtert. Jetzt war er in seinem Element.

»Wordperfect 5.1.«

Mikael drehte den Stuhl, so daß er Vuk wieder den Rücken zuwandte, und steckte die Diskette ins Laufwerk.

»Kinderspiel«, sagte er und fing an, alles mögliche einzugeben. Vuk stand schräg hinter ihm und folgte den Buchstaben und Ziffern, die über den Bildschirm tanzten.

»Was bist du eigentlich, Janos? Serbe? Oder Kroate?« fragte Mikael, während er arbeitete. »Damals wart ihr ja allesamt einfach Jugoslawen.«

»So war es auch damals schon nicht. Ihr wußtet es nur nicht besser.«

Mikael summte, während er mit raschem Drücken der Tasten daranging, den Kode zu knacken und die Datei zu öffnen.

»Gleich passiert's. Mein kleines Baby nimmt langsam Witterung auf«, sagte er.

»Die Sonne schien, als die Muslims kamen«, sagte Vuk leise. Er stand genau hinter Mikael und sprach auf seinen Nacken hinab. Mikael drehte sich nicht um, er konzentrierte sich auf Tastatur und Bildschirm.

»Ich habe das Programm selber entwickelt«, sagte er, damit Vuk das Thema wechselte. Er hatte aus Höflichkeit gefragt, aber er wollte gar nicht wissen, was sich ereignet hatte. »Es entschlüsselt alle bekannten Textverarbeitungssysteme. Könnte ich ein Vermögen mit verdienen. Wenn ich wollte«, sagte er zu seinem Schirm.

»Es war eben Frühling geworden, Mikael. Er kommt früh in den bosnischen Tälern bei Banja Luka. Wir haben in einem gemischten Gebiet gewohnt, es war vor den ethnischen Säuberungen, und alle fingen an, sich zu organisieren, aber Vater wollte nicht in die serbische Miliz eintreten. Vater hat an Tito und Jugoslawien geglaubt. An den Einheitsstaat. Sie kamen zu viert. An einem schönen Frühlingstag. Nicht viel älter als du und ich. Sie haben meinen Vater an einen Stuhl gebunden. Und ihn geschlagen, aber nur so viel, daß er nicht das Bewußtsein verlor...«

»Jetzt haben wir's gleich«, sagte Mikael und wollte sich immer noch nicht umdrehen. Er versuchte, die Worte, die hinter seinem Rücken ertönten, zu ignorieren, aber sie drangen in ihn ein und fügten ihm Schmerzen zu, er wollte sich am liebsten die Ohren zuhalten.

»Er sollte ja sehen, was sie mit meiner Mutter und meiner Schwester machten. Sie haben sie abwechselnd vergewaltigt. Vor meinem Vater. Er brüllte wie ein Tier, da haben sie ihm die Zunge abgeschnitten.«

»Zum Teufel, Janos. Ich will nicht...«

Mikael heftete seinen Blick auf die tanzenden Ziffern und Lettern, als könnten sie ihn vor den Worten beschützen, die tonlos und monoton auf ihn eindrangen.

»Ehe er an seinem eigenen Blut erstickte, schnitten sie ihm auch den Schwanz ab, Mikael. Sie haben ihn meiner Mutter in den Mund gestopft, bevor sie sie totschlugen. Dann haben sie meine Schwester erdrosselt. Und dann haben die bepißten Muslims das Haus in Brand gesteckt. Hörst du, Mikael. So starben Vuk, Lea und Katarina.«

Mikael drehte sich um und starrte ihn mit entsetzten Augen an. Er war leichenblaß geworden und wisperte:

»Und da meinen die Leute, ich sei plemplem. Nur weil ich zurückgezogen lebe. Nur weil ich keine Menschen ertrage. Nur weil ich zwischen ihnen und mir ein Modem und einen Bildschirm haben will.«

»Flüchten hilft nicht, Mikael. Die Welt kommt zu dir.«

Mikael drehte sich wieder zum Monitor um.

»So. Jetzt hat mein kleines Baby zugepackt«, sagte er. »Komm schon, Baby!«

Er drehte sich wieder um. Als wollte er Vuk in die Augen sehen, aber er schaute auf einen anderen Punkt seines Gesichts, als er fragte:

»Und wo warst du? Woher weißt du denn, was passiert ist?«

»Ich war in Belgrad.«

»Woher weißt du es dann?«

»Ich hab sie gefunden. Das war nicht so schwer. Sie wohnten zwei Häuser weiter. Immer wenn wir von Dänemark aus im Urlaub dort waren, habe ich mit ihnen Fangen und Fußball gespielt. Sie waren meine Freunde. Sie hatten mit ihrer Tat vor ihren Kumpels geprahlt. Es war einfach, sie zu finden, und dann haben sie es mir erzählt.«

»So ohne weiteres?«

»Ich habe sie überredet. Einen nach dem anderen. Es hat etwas gedauert, aber sie haben alles erzählt. In allen Einzelheiten, bevor ...«

Vuk sah Mikael an, daß er die Antwort schon wußte, es aber trotzdem nicht lassen konnte zu fragen:

»Bevor was, Janos?«

»Bevor ich sie getötet habe, natürlich.«

Mikael blickte ihm einen Moment in die Augen, dann wandte er sich wieder dem Computer zu, der ein kleines »bip« von sich gegeben hatte. Es erleichterte ihn sehr, daß der Rechner seine Aufmerksamkeit erforderte.

»So, Baby«, sagte er. »Da haben wir's! Meine Fresse, Mann. Das ist ja nur der Ablauf für irgendeinen Besuch. Warum will irgendeiner diesen Mist mit einem Kode schützen?«

»Kannst du's mir ausdrucken?«

»No problem«, sagte Mikael und drückte auf zwei Tasten, und in einer Zimmerecke fing ein Laserdrucker an zu summen, während er warmlief. Mikael lehnte sich im Stuhl zurück, richtete den Blick aber weiterhin auf den Schirm.

»Wüßte wirklich gern, was das bedeuten soll. Simba, Flakfort, Pressekonferenz, Flughafen, KW, Daten und Uhrzeiten. Seltsam. Na, ja. Ist ja nicht mein Problem. Was kann ich sonst noch für dich tun, Janos?«

Vuk zog die Garotte aus der Jackentasche und faßte sie an den beiden hölzernen Handgriffen. Mit einer raschen, geschmeidigen Bewegung schlang er den dünnen, kräftigen Stahldraht um Mikaels Hals, zog zu und trat gleichzeitig einen Schritt zurück, so daß Mikaels Körpergewicht, als der Stuhl unter ihm wegkippte, in die andere Richtung zog und er in der Garotte hing.

»Nichts. Du hast getan, was du konntest, Mikael«, sagte Vuk und zog so fest zu, daß der Draht in die Kehle schnitt und einen beginnenden gurgelnden Schrei erstickte. Zur gleichen Zeit spuckte der Laserdrucker ein DIN-A4-Blatt mit dem endgültigen Programm des Besuchs der Schriftstellerin Sara Santanda in Kopenhagen aus.

18

Nachdem Vuk Mikael stranguliert hatte, der nun mit aufgerissenen Augen und einer blutigen, langen Wunde am Hals auf dem Boden lag, studierte er den Zeitplan, den der Drucker fein säuberlich ins Ausgabefach geworfen hatte. Es war das Flakfort, das ihn faszinierte. Der Flughafen selbst war sogar im nicht sehr sicherheitsbewußten Dänemark zu gut bewacht und zu gefährlich, obwohl man den Auftrag in der Ankunftshalle erledigen könnte, wenn Santanda aus dem Zoll trat. Oder wenn sie von der Halle zum wartenden Auto ging. Es wäre wohl möglich, in dem allgemeinen Durcheinander zu entkommen, aber sehr riskant. Und er konnte nicht sicher sein, ob sie sein »Ziel« nicht einen anderen Weg gehen ließen. Damit mußte er rechnen. Sie würden sie wie eine VIP behandeln, und er hatte weder Zeit noch Mittel, sich die nötigen Informationen zu beschaffen. Vielleicht würde Teheran seinen Geheimdienst einschalten, falls das iranische Engagement verschleiert werden könnte, aber er wollte die Iraner nicht unbedingt in Anspruch nehmen, auch wenn sie sicher einiges herauskriegen würden. Die konspirative Wohnung wiederum wäre zu gut bewacht. Dann müßte es also geschehen, wenn sein Ziel ankam oder den Ort wieder verließ, in dem Augenblick, wo es sich zwischen Haus und Autotür befand, wäre es zu treffen. Ein Gewehrschuß von einem Punkt oberhalb von Bürgersteig und Wagen, aber würde er sich zu einer der gegenüberliegenden Wohnungen Zugang verschaffen können? Die Pressekonferenz wäre wohl der günstigste Moment, aber er wußte nicht genau, was Flakfort bedeutete. Bei der Konferenz würden viele Leute herumlaufen, er könnte sich einfach unter sie mischen. Das Ziel wäre verwundbar, wenn es hinter dem Mikrophon säße oder wenn es ankäme oder wieder wegginge. Das Problem würde sein, eine Waffe hineinzuschmuggeln, aber da fände sich schon eine Lösung. Das Flakfort machte ihm Sorgen. Er erinnerte sich schwach, daß vor dem Kopenhagener Hafen eine Reihe stillgelegter Küstenforts lag, aber er hatte keine Vorstellung von ihnen. Die Polizei wußte, daß das Ziel bei einer Pressekonferenz verwundbar war. Deshalb hatte man sich wahrscheinlich entschieden, sie auf dem Meer abzuhalten, da war es leicht, die teilnehmenden Journalisten und Fotografen zu kontrollieren. Sie konnten nur mit dem Boot ankommen. Gleichzeitig brauchte man nicht so viele Ressourcen, um das Terrain zu sichern. Er mußte das Fort so schnell wie möglich besuchen, um das Gelände zu erkunden. Zuallererst mußte er herausfinden, ob man öffentlich Zugang hatte oder ob es geschlossenes, militärisches Gebiet war. Das würde es schwieriger machen, aber nicht unmöglich. Einen Menschen zu töten war nie unmöglich. Es gab lediglich verschiedene Schwierigkeitsgrade. Aber alle Verträge liefen auf das gleiche hinaus: sich dem Ziel zu nähern, das Ziel zu treffen und anschließend selbst zu entkommen. So lautete der Vertrag. Alles andere war Logistik.

Vuk fühlte sich gut. Er hatte ein Programm, einen Zeitplan, einen Stichtag. Der Rest war eine Frage der Planung, der Aktion und des Glücks, das immer nötig war und das er noch nicht aufgebraucht zu haben meinte, obwohl er in seinen Träumen den Eindruck nicht loswurde, daß sich sein Konto langsam leerte. Aber er hatte jetzt einen großen Vorteil. Er hatte den Zeitplan, und sie wußten nicht, daß er ihn hatte. In fünf Tagen würde er wissen, ob es möglich war, mit Emma ein neues Leben anzufangen oder nicht. Wenn es schiefging, gäbe es keine anderen Verträge mehr, dachte er einen Augenblick, aber er verdrängte den Gedanken. Es gab keine Option, daß der Vertrag dann einfach nicht honoriert werden würde. Die Iraner würden sich damit nicht abfinden. Er wußte zuviel. Ein neuer Vertrag würde geschlossen werden und darauf stünde sein Name. Es gab nur eins: jetzt oder nie.

Sorgfältig faltete er den Ausdruck zusammen und schaltete den Rechner abrupt aus, bevor er die Diskette entnahm. Er legte sie neben den Rechner. Er würde sie später formatieren, damit die Datei mit dem Tagesablauf gelöscht wurde. Mühelos hob er Mikaels Leiche hoch und trug sie in die Halle hinunter. Er erinnerte sich an eine Treppe zum Keller. Die Tür zur Kellertreppe befand sich hinter der Küche. Er legte Mikael auf den Boden, öffnete die Tür und suchte den Lichtschalter. Trockener, staubiger Kellergeruch schlug ihm entgegen. Er faßte Mikael unter den Achseln und schleifte ihn die Treppe hinunter. Der Keller bestand aus einem langen Gang mit verschiedenen Räumen zu beiden Seiten. Sie hatten einst als Kohlenkeller, Vorratsraum und Wasch- und Trockenkeller gedient. Im alten Waschkeller standen noch immer die großen Spülbecken an der Wand, aber der alte Waschkessel war entfernt worden. Statt dessen gab es jetzt eine moderne Waschmaschine und einen Trockner. In einer anderen Ecke thronte ein gut gepflegter Außenbordmotor auf einem Brett, das auf zwei Böcken lag, und unter der Decke hing ein schwarzes Schlauchboot. Vuk hob Mikael in eines der Spülbecken und stauchte ihn ein wenig zusammen, damit er hineinpaßte. Er schaute sich um und fand in einer Ecke eine ordentlich zusammengelegte Persenning. Er breitete sie über das Spülbecken. Im Haus war Mikael ein ziemlicher Chaot gewesen, aber im Keller hatte er Ordnung gehalten. Vielleicht war er nur selten heruntergekommen. Das Haus sah jedenfalls nicht so aus, als ob regelmäßig eine Putzhilfe käme. Mikael war ein Einzelgänger gewesen, ein Sonderling.

Vuk untersuchte das Schlauchboot, das an vier Haken unter der Decke hing. Es war ein schwarzes militärisches Standardmodell. Es fehlte etwas Luft, aber neben dem Außenbordmotor stand eine Pumpe. Vuk untersuchte die übrigen Kellerräume. Einer war mit alten Koffern, Möbeln und Büchern vollgestopft. In einem anderen waren Fahrräder, ein altes Moped, Schlitten und Skier abgestellt. In einem dritten standen Gartengeräte wie Soldaten im Glied, und im letzten Raum hingen wohlgeordnet über einer Drehbank Sägen, Hammer, Bohrer und anderes Werkzeug an der Wand. Im Keller gab es alles, was er brauchte. Das Haus in Hellerup sollte sein letzter entscheidender Stützpunkt sein, von dem aus er seinen Angriff eröffnen wollte.

Er ging in die Küche hinauf. Er konnte das Durcheinander nicht ertragen und wollte aufräumen, aber zunächst ging er ins Wohnzimmer. Auf den alten Möbeln lag eine feine Staubschicht. Hier hatte sich Mikael offensichtlich nicht sehr oft aufgehalten. Drei Zimmer in Folge gingen zum hinteren Garten hinaus und boten eine schöne Aussicht über den Öresund. In einem der Zimmer standen auf einer Anrichte eine Reihe Alkoholika. Nach dem Staub auf den Flaschen zu urteilen war das Trinken keines von Mikaels Lastern. Er hatte sich an Kaffee und Cola gehalten. Von der Halle führte eine Tür in den Wirtschaftsraum und weiter in eine geschlossene Garage. Ein Auto stand nicht darin. Das hatte er auch nicht erwartet. Die Garage enthielt einen elektrischen Rasenmäher, eine Schubkarre und ein Wägelchen mit Gummireifen, auf dem Mikael vermutlich sein Schlauchboot zum Ufer hinuntergezogen hatte. Die Garage roch muffig, als hätte ein Rest des Sommers in dem verschlossenen Raum überlebt.

Vuk ging in die Küche zurück. Unter einem Stapel Anzeigenblätter auf einem Schemel, der unter dem Wandtelefon stand, fand er die Telefonbücher. Er schaute unter

»Flakfort« nach, fand aber nur ein Restaurant dieses Namens. Er zögerte kurz, dann schlug er das Branchenfernsprechbuch unter »Schiffahrt« auf und entdeckte die Eintragung einer Firma mit Namen *Spar Shipping*. Er rief an und stellte sich als Kaj Petersen aus Viborg vor, der gehört habe, daß man zum Flakfort fahren könne. Eine freundliche Frauenstimme bestätigte es. Man konnte eine Gruppenfahrt bestellen, aber es gab auch tägliche Abfahrten um 12, 14 und 16 Uhr vom 1. Mai bis zum 1. Oktober. Das Boot legte vom Nyhavn im Kopenhagener Zentrum ab. Er solle einfach vorbeikommen. »Und kann ich auch ein Boot zum Beispiel für eine Gruppe von Geschäftsfreunden chartern?« fragte Vuk.

»Selbstverständlich. Wir fahren oft auf Bestellung. Dann steht das Boot ganz zu Ihrer Verfügung«, sagte die Dame.

»Wir haben einen kleineren Geschäftsausflug geplant, wahrscheinlich so um die zwanzig Personen«, sagte Vuk.

»Das ist kein Problem. Wir können auch das Restaurant für Sie reservieren. Es gibt viele Unternehmen, die dieses Angebot in Anspruch nehmen. Natürlich überwiegend im Sommer, aber auch jetzt im September. Wir garantieren eine gute Fahrt. Gutes Wetter können wir leider nicht garantieren.«

Sie lachte, und Vuk lachte mit.

»Ich weiß, wir sind ein bißchen spät dran, aber wir hatten an den 20. September gedacht.«

»Einen Moment, bitte.«

Vuk wartete, bis sich die Dame wieder meldete.

»Am 20. ist es leider nicht möglich. Wir haben schon eine andere Vorbestellung, das Fort ist den ganzen Tag reserviert. Darf es auch ein anderer Tag sein?«

»Ich werde mich mal umhören, dann rufe ich zurück«, sagte Vuk.

»Bitte, sehr gern.«

Vuk bedankte sich. Er überlegte. Die Küche mußte warten. Er konnte heute abend aufräumen. Es war halb eins. Er konnte die Abfahrt um zwei noch erreichen, dann mußte er sich eben später im Hotel abmelden. Er schaute sich um. Der Hausschlüssel hing an einem Brett neben dem Telefon. Er guckte in den Kühlschrank. Er enthielt nicht viel mehr als Cola und ein altes Stück Butter, aber im Tiefkühlfach unter dem Kühlschrank lag ein Stapel tiefgekühlter Speisen und Fertiggerichte. Er brauchte nur etwas Brot, Käse, Salami und frische Butter zu kaufen. Er steckte den Schlüssel ein und verließ seinen neuen Wohnsitz.

Anderthalb Stunden später stand er auf dem Vordeck des umgebauten, großen Kutters M/S Langø, der nach langjährigem Dienst vor den Küsten Norwegens und der Färöer nun die Strecke Nyhavn-Flakfort befuhr. Neben ihm standen zwei Väter mit ihren mittelgroßen Kindern, drei ältere Damen und ein junges Paar. Langsam tauchte vor ihnen das Flakfort wie ein Erdklumpen im Öresund auf. Die Insel war auf ganzer Länge befestigt. Über den grauen, quadratischen Steinen wuchsen Gras und Buschwerk und auf der Spitze des Forts standen die Reste der Kanonenanlagen. Für das Restaurant war ein Pavillon mit einem weißen, hoch emporragenden Dach erbaut worden. Als sie in den Hafen einliefen, sah Vuk zwei Tore, die in das Fort selbst führten. Im Hafen dümpelten drei Segelboote, und eine kleine Gruppe von Touristen wartete darauf, mit der M/S Langø nach Kopenhagen zurückzufahren. Auf dem Kutter gab es einen Aufenthaltsraum, wo aus einer kleinen Luke Bier, Sprudel und Kaffee verkauft wurde, und das obere Deck, wo man unter einem grünen Baldachin auf Bänken sitzen konnte. Es war ein grauer, milder Tag mit leichtem westlichen Wind, der Regen ankündigte. Vuk trug einen Pullover unter der Lederjacke. Seine hellen Bartstoppeln waren deutlich zu sehen. Über der Schulter hing eine Leinentasche.

Das Restaurant pries sein Labskaus und den gebratenen Aal an. Gleich daneben lag ein kleines Geschäft, in dem Vuk eine Broschüre über das Flakfort bekam. Das Fort war auf der Vorderseite abgebildet, auf der Rückseite war ein Lageplan abgedruckt. Vuk las über die Geschichte der Festung: Errichtet 1910 bis 1916 als Küstenfort, das die Hauptstadt vor Bombardierungen schützen sollte. Eines der größten seiner Art, hatte eine Bemannung von bis zu 550 Soldaten. Es liegt auf einer Sandbank und hat eine Fläche von 30 000 Quadratmetern. Vuk erfuhr, daß die künstliche Insel 23 Meter hoch ist und der Gebäudekomplex zwei Stockwerke hat. Die Munitionslager und Mannschaftsstuben, die Maschinenhalle und die Diensträume sind durch Gänge verbunden. Es war bemannt und einsatzbereit während der deutschen Besatzungszeit von 1940 bis 1945. Wurde 1968 vom dänischen Militär verlassen und war sieben Jahre ohne Aufsicht. Nach wie vor Eigentum des Verteidigungsministeriums, Betreiber ist allerdings ein Verein. Wird im Sommerhalbjahr von vielen Touristen und Seglern besucht und wird an Gesellschaften und Firmen vermietet.

Während seiner Lektüre ging Vuk durch einen großen, gut erhaltenen und beleuchteten Gang unter dem Fort, der im Faltblatt Fortstraße genannt wurde. In die Betonwände waren neue braune Türen eingelassen, außerdem gab es Hinweisschilder für öffentliche Toiletten. Betontreppen führten zu den oberen alten Befestigungen, von wo aus Kanonen und Flakartillerie einst die schmale Straße zwischen Schweden und Dänemark geschützt hatten. Andere Treppen führten ins Innere des Forts. Einige Gänge waren hell erleuchtet und sauber. Andere waren noch nicht renoviert und lagen im Dunkeln. In den untersten Gängen war es kalt, sicher nicht mehr als zehn Grad. Vuk durchstreifte die Festung und prägte sich die Gänge und den Aufbau ein. Er ging in einen der dunklen Gänge, obwohl ein Schild an der Mauer das Betreten untersagte. Er holte eine Lampe aus seiner Umhängetasche. Es war eine starke Stabtaschenlampe, die um ihn herum graue feuchte Mauern und rostige Stahltüren mit vergilbten Schildern erkennen ließ, die ihm verrieten, daß er sich in den alten Munitions- und Pulverkammern befand. Er hörte ein Piepsen und sah im Lichtkegel eine Ratte, die an der Mauer entlanghuschte und in einem Loch zwischen der Stahltür und dem verwitterten Beton verschwand. Die Türen waren mit schweren Hängeschlössern solide verschlossen. Eines der Schlösser untersuchte Vuk im Licht der Taschenlampe. Es war einfach zu knacken. Das war ihm in einem der nützlichen Kurse auf der Spezialschule beigebracht worden. Auf der Drehbank in dem Haus in Hellerup konnte er einen Dietrich herstellen. Langsam nahm sein Plan Gestalt an. Er barg große Risiken, aber er durfte wohl davon ausgehen, daß Dänemark nicht auf Geiselnahmen eingerichtet war. Es war ein Vabanquespiel, er setzte darauf, daß die Verwirrung zumindest fünf Minuten andauern und seine Rücksichtslosigkeit ihm den nötigen Vorsprung verschaffen würde. Die Santanda würde sicherlich in einem Boot ankommen. Davon war er überzeugt, auch wenn sie natürlich einen Hubschrauber nehmen könnten, aber er rechnete mit einem Boot. Es würde ein ziemlich schnelles Boot sein, das er zur Flucht kapern würde. Wenn sie mit einem Hubschrauber kämen, wäre er erledigt. Aber daran glaubte er nicht. Möglicherweise würde einer in Bereitschaft stehen, aber das war nicht so wild. Sie wußten nicht, daß er den Zeitplan in allen Einzelheiten kannte. Das war sein As, sein Trumpf.

Vuk ging den Gang zurück. Er hörte Stimmen, machte die Lampe aus und blieb ganz still und blind im Dunkeln stehen. Er konnte nur das Licht am Ende des Ganges sehen und die Stimme des Führers hören, die wie durch einen Schalltrichter zu ihm drang.

»Dieser Teil des Forts ist verschlossen. Es fehlt immer noch an Geld für die umfassende Renovierung der Kasematten. Das Flakfort hatte in den Jahren, als es nicht genutzt wurde, viel unter Vandalismus zu leiden. Wir gehen diesen Weg weiter.«

Die Schritte der kleinen Gruppe verhallten, und Vuk steckte seine Lampe in die Tasche. Er gelangte zum Haupteingang und den neuen Türen zurück. Eine Tür ging auf, und ein jüngerer Mann in weißer Kochkleidung trat heraus. Er war überrascht, Vuk in den Räumen des Personals zu sehen. Er blieb stehen und sah ihn fragend an.

»Ich suche die Toilette«, sagte Vuk.

Der Koch zeigte den Gang hinunter.

»Die ist da hinten«, sagte er.

Vuk lächelte ihn breit an.

»Besten Dank.«

»Keine Ursache.« Der Koch mußte auch lächeln. Vuks Lächeln steckte an.

»Sie machen wohl das Essen für uns?«

»Genau. Sagt Ihnen gebratener Aal zu?«

»Hmm. Hört sich gut an.«

»Können Sie gern bekommen. Bis gleich.«

»Ja, danke. Tschüs.«

Der Koch ging an ihm vorbei, und Vuk folgte ihm bis zu dem Schild, das auf die Toiletten hinwies. Er merkte sich die Nummer des Zimmers. Sie konnte später mal nützlich sein.

Vuk stieg auf die Spitze des Forts. Er schaute nach Schweden und Dänemark hinüber. Die schwedische Küste wirkte nah und einladend. Er blickte auf Saltholm und betrachtete den Schiffsverkehr, während er eine Zigarette rauchte und über seinen Plan nachdachte. Ein russisches Küstenmotorschiff kam den Sund herauf. Es ließ einen kurzen Pfiff ertönen, als ihm ein flacher Prahm entgegenkam. Am Achtersteven des Flußprahms wehte die russische Flagge, und in

Vuks Gehirn begann eine Idee Form anzunehmen. Wieder wäre die Sache riskant, aber die Chancen stünden nicht schlecht. Wenn ihn sein Glück nicht verließ, wäre das bestimmt eine Möglichkeit.

Vuk aß gebratenen Aal im Restaurant und trank ein kleines Bier und hinterher einen Kaffee, während er weiter nachdachte. Außer den drei älteren Damen, die mit Hefegebäck, Kaffee und Zigarillos an einem anderen Tisch saßen, war er allein. Der Aal war eher merkwürdig als gut, und die Rahmkartoffeln schmeckten ungewohnt und mehlig. Sie erinnerten ihn an die Mahlzeiten seiner Kindheit bei Mikaels Tante, die richtig dänisch kochte, wie sie es nannte. Plötzlich schien er den Geschmack von Hacksteak mit gedünsteten Zwiebeln, Bratwurst mit Rotkohl, Frikadellen und gebratenem Speck mit Petersiliensoße im Mund zu haben und ihre kleine Küche zu riechen. Vermutlich lebte sie nicht mehr, Mikael hatte sie nicht erwähnt. Er wurde ein wenig sentimental und erlaubte sich einen Hauch von Nostalgie. Vieles in seinem Leben hätte anders sein können, wenn er andere Entscheidungen getroffen hätte. Falls nicht ohnehin schon alles von vornherein feststand.

Er wurde aus seinen Träumen gerissen, als er den Koch aus der Küche treten sah. Er rauchte eine Zigarette, und als er Vuk erblickte, kam er an seinen Tisch.

»Na, hat's geschmeckt?« fragte er.

»Wie Sie gesagt haben. Sehr gut.«

Der Koch nickte.

»Jetzt fahren Sie wohl auch mit dem Boot nach Hause?« fragte Vuk.

»Gottbewahre. Nicht vor Sonnabend. Wir sind von Dienstag bis Sonnabend hier.«

»Ist das nicht hart?«

»Man gewöhnt sich an fast alles«, sagte der Koch.

»Ja, wahrscheinlich«, sagte Vuk und griff nach seinem Portemonnaie, um zu zahlen.

Er fuhr zum Hotel zurück, zog seine bessere Hose und das Sakko an, knotete seinen Schlips und packte den Koffer. Die Taschen mit den Waffen waren nicht angerührt worden. Er band sich die Scheide mit dem zweischneidigen Messer um die Fessel und untersuchte das Zimmer sorgfältig, ehe er die Rezeption anrief und mitteilte, daß er leider kurzfristig abreisen müsse, aber selbstverständlich die kommende Nacht noch bezahlen werde. Er wäre in zehn Minuten unten und würde in bar bezahlen.

Dann rief er Ole Carlsen an, der schon nach dem ersten Klingeln abnahm, als hätte er nur darauf gewartet.

»Hier ist Carsten«, sagte Vuk.

»Ach, du bist's.« Ole klang enttäuscht, als ob er auf Lise gehofft hätte.

»Danke für den Abend neulich«, sagte Vuk.

»Das war ja nicht so doll«, sagte Ole.

»Nein, war's wohl nicht.«

»Ich weiß überhaupt nicht, wo sie ist.«

»Ich hab das Gefühl, es ist meine Schuld«, sagte Vuk.

»Unsinn. Das ist verkehrt.«

»Ich wollte fragen, ob du mir einen Gefallen tun kannst.«

»Ja, bestimmt. Ich hab ja nichts anderes zu tun.«

»Ich hab die erste Etage in einer Villa in Hellerup gemietet ...«

»Das hört sich ja gut an. Willst du nach Kopenhagen ziehen?«

»Nein, aber ich bin mittlerweile so oft hier, daß ich mein eigenes Domizil haben wollte. Ich hab von Hotels die Nase voll.«

»Sehr vernünftig.«

»Ich dachte ... du hast doch ein Auto und ... mit meinen Koffern und so ... vielleicht könntest du ...?«

»Klar. Wo bist du?«

»Kannst du in einer halben Stunde an der Ecke Istedgade und Reventlowsgade sein?«

»Ja, sicher. Wär ja noch schöner. Ich lasse Lise eine Nachricht da.«

»Hat sie das verdient?«

Ole lachte ohne Freude.

»Nee, eigentlich nicht.«

Sie fuhren schweigend. Ole roch schwach nach Alkohol, aber er wirkte sicher am Steuer, und er sprach klar und deutlich. Das fehlte gerade noch, daß sie ihn fänden, weil Ole in eine Alkoholkontrolle geriete. Er schien zwar traurig, aber abgeklärt. Als ob er wüßte, daß es vorbei war. Der Abend war dunkel und kalt, und der Asphalt glänzte feucht. Die Bäume bogen sich im Wind, er war stärker geworden.

Vuk wies ihm den Weg, und Ole parkte vor dem Gartentor. Vuk hatte den Koffer in den Kofferraum gelegt. Er ließ Ole ihn tragen, während er selbst den abschließbaren Samsonite und die Sporttasche nahm. Auf dem gegenüberliegenden Bürgersteig führte eine ältere Dame ihr Hündchen an der Leine. Sie trat durch das Gartentor des Hauses vis-à-vis und sah zu den beiden herüber.

»Das ist ja ein sehr schönes Haus«, sagte Ole. »Schwein gehabt.«

Vuk antwortete nicht, sondern ging die kleine Treppe zur Haustür hinauf. Er stellte sein Gepäck ab und schloß auf. Er trat einen Schritt zur Seite, machte Licht und ließ Ole an sich vorbeigehen.

»Hast du den ganzen ersten Stock?«

»Ich hab alles«, sagte Vuk. Etwas in seiner Stimme warnte Ole, er drehte sich um und wollte Vuk fragend ansehen, aber es war zu spät. Vuk rammte ihm die Faust hart in den Kehlkopf, Ole kippte röchelnd gegen den Türrahmen, an dem er langsam hinunterrutschte. In seinen Augen leuchtete die unausgesprochene Frage: Warum?

»*You know me, idiot!*« sagte Vuk und versetzte ihm noch einen heftigen, kurzen und präzisen Schlag, und aus Ole Carlsens Augen schwand jedes Licht.

Vuk schleifte Oles Leiche durch die unaufgeräumte Küche und zur Kellertreppe. Er ließ ihn die Treppe hinunterrollen und ging hinterher. Er nahm seine Autoschlüssel aus der Jackentasche, bevor er ihn zu den Spülbecken schleppte, ihn in das andere Becken neben Mikaels Leiche stopfte und beide Becken mit der Persenning zudeckte.

Die nächste Stunde lang räumte Vuk die Küche auf. Er leerte den Mülleimer, stapelte die alten Zeitungen in einer Ecke und schaltete die Spülmaschine an. Dann schob er eine Tiefkühlpizza in den Ofen. Er holte sich einen Whisky aus dem Wohnzimmer, setzte sich an den Küchentisch und studierte die Karte des Kopenhagener Hafens mit dem Flakfort, der Insel Saltholm, den beiden Küsten und den Fahrrinnen, die an den Küsten entlangliefen. Zwischen der einen, die Holländertiefe hieß, und der anderen mit Namen Königstiefe war ein Stück Meer markiert, das beinahe die Umrisse von Grönland hatte. Dort stand Middelgrund, »unrein«. Hier war das Wasser sehr flach.

Von dem Apparat in der Küche aus rief er die Handynummer an, die er von Krawtschow in Berlin bekommen hatte. Normalerweise zog er eine Telefonzelle vor, aber die Wahrscheinlichkeit, daß die Polizei Mikaels Telefon abhörte, war so gering, daß er ohne Bedenken das Risiko auf sich nahm.

Es wurde sofort geantwortet. Eine Männerstimme sagte nur: »Ja?«

»Hier ist Vuk«, sagte Vuk in seinem langsamen Russisch.

»Ich verstehe nicht«, sagte der Mann auf deutsch. Er hatte einen slawischen Akzent.

»Krawtschow«, sagte Vuk.

Er hörte ein Rauschen im Hörer, aber die Verbindung war klar und deutlich.

»Haben Sie Nummer?«

»Moment«, sagte er. Er nahm das Telefonbuch und fand tatsächlich den Namen von Mikaels Vater. Er nannte die Nummer zuerst auf russisch, dann auf deutsch. Der andere unterbrach die Verbindung.

Vuk hatte seine Pizza fast aufgegessen, als das Telefon klingelte. Er hatte nicht damit gerechnet, daß Krawtschow selbst mit dem Handy herumlaufen würde. Es lag in einer sicheren Wohnung und wurde von wechselnden Helfershelfern bedient. Vuk war der einzige, der die Nummer hatte. Wenn die Aktion zu Ende war, würde man die Nummer wieder kündigen. Mobiltelefone waren eine phantastische Erfindung. Leicht einzurichten, zu verstecken, sich damit fortzubewegen, wieder zu kündigen, schwer abzuhören. Sie hatten das Leben sehr erleichtert.

»Yes«, sagte eine andere Stimme.

»Wo ist Krawtschow?« fragte Vuk ebenfalls auf englisch.

»Ich weiß, wer du bist«, sagte die Stimme.

»Wo ist Krawtschow?«

»Sie haben ihn geschnappt. Er ist tot.«

Einen Moment lang war Vuk wie gelähmt. Die Gedanken rasten durch seinen Kopf. Seine erste Überlegung war, den Hörer hinzuschmeißen und auf der Stelle das Land zu verlassen. Der Mann in Berlin war vielleicht selbst an der Operation beteiligt gewesen. Jedenfalls schien er seine Gedanken zu lesen.

»Es waren seine alten Kollegen. Es hatte offenbar nichts mit der anderen Geschichte zu tun«, sagte die Stimme ruhig.

»Was hat er erzählt?«

»Wir haben Quellen. Nicht sehr viel. Nichts von Bedeutung. Sein Herz war schwach. Es hat nicht länger mitgespielt.«

»Der Vertrag?«

»Der steht«, sagte die Stimme. »Dieselben Bedingungen. Auf unserer Seite haben wir uns der veränderten Situation angepaßt. Der Kunde ist weiterhin darauf eingestellt, der Vereinbarung nachzukommen.«

»Ich brauche einen Transport nach Hause«, sagte Vuk.

»Also, der Vertrag wird eingehalten?«

»Ja.«

»Sprich.«

»Ein russisches Küstenmotorboot oder einen der Prahme, die ich gesehen habe. Wolga-Nefti oder Wolga-Balt.«

»Die kenne ich. Wir haben zu mehreren gute Verbindungen.«

»Er soll schon am 20. an einem bestimmten Ort sein.«

»Das ist bald.«

»Läßt sich das machen?«

»Für den richtigen Preis.«

»Der Preis ist nicht entscheidend.«

»Wir sorgen dafür, daß ab sofort einer in der Nähe ist.«

»Die genauen Koordinaten werden kurz davor durchgegeben.«

»In Ordnung«, sagte der Mann.

Vuk zögerte einen Augenblick, dann fragte er:

»Hat die Konkurrenz Wind von dem Vertrag bekommen?«

»Ja.«

Wieder hatte Vuk den Gedanken, schnellstmöglich zu verschwinden. Am Rückgrat entlang verspürte er ein warnendes Kribbeln, das Herz schlug etwas heftiger und die Handflächen wurden feucht. Das war Adrenalin, das wußte er, aber es war auch ein Gefahrensignal.

»Sind sie uns voraus?« sagte er.

»Nein. Sie tasten sich vorwärts. Sie sind nicht so weit wie wir.«

»Okay«, sagte Vuk. »Wir machen weiter.«

»Gut«, sagte die Stimme in Berlin.

Vuk holte sich noch einen kleinen Whisky und trank ihn in der Küche. Im Fernseher in der Ecke hatte er CNN angemacht. Aus Bosnien kamen nach wie vor nur schlechte Nachrichten. Dann schaltete CNN zu einer neuen Reportage weiter. Vuk sah den tibetanischen Führer Dalai Lama aus einer Tür kommen und auf die wartende Presse zugehen. Er war von Menschen umgeben, die sich um ihn drängten, während seine Mitarbeiter versuchten, ihn zu schützen. Ein paar uniformierte Polizisten wollten die Journalisten, Fotografen und Kameraleute zurückhalten, aber sie drängten nach vorn, um an den Mönch heranzukommen, der in seinem orangefarbenen Gewand klein und schutzlos aussah. Wie lange Lanzen streckten sie ihm ihre Mikros entgegen, und Vuk betrachtete interessiert das Schauspiel. Er verstand das Drängeln, Rempeln und Rufen der Journalisten nicht. Ihre Ungeduld und Rücksichtslosigkeit brachten ihn auf eine Idee, über die er nachdachte, als er in derselben Nacht Oles Wagen zurückfuhr und ihn abgeschlossen vor seiner Wohnung in Østerbro abstellte. Er warf die Autoschlüssel in einen Gulli und fuhr mit der S-Bahn zu dem Haus in Hellerup zurück.

Er ging nach oben und schaltete den Rechner ein. Für Mikael war Post angekommen, denn im Briefschlitz des E-Mail-Symbols steckte ein Brief. Er öffnete das Programm. Es waren acht neue Briefe. Vuk schaute sich einen an. Er kam aus Australien und handelte von einem neuen Programmierungswerkzeug, das Vuk nicht kannte. Auch in der übrigen Post ging es um Computer und Programme. Keiner von ihnen erwartete prompte Antwort, aber aus der Briefliste konnte Vuk ersehen, daß Mikael eine umfassende Korrespondenz geführt hatte. Er schloß das Mail-Programm, formatierte die Diskette aus Lises Wohnung und steckte sie zwischen einen Stoß neuer Disketten, der auf dem Schreibtisch lag.

Er holte die Whiskyflasche und ein Glas aus dem Wohnzimmer und ging wieder nach oben. Im ersten Stock waren mehrere Zimmer. Das große Schlafzimmer der Eltern ging zum Öresund hinaus. Der nächste Raum sah aus, als würde er als Rumpelkammer benutzt. Dann kam ein großes Bad und schließlich ein Gästezimmer mit gemachtem Bett, auf dem eine gemusterte Decke lag. Vuk zog die Gardinen vor und legte sich mit der Flasche aufs Bett. Er mußte zwei große Whisky trinken, ehe er spürte, wie der Schlaf angeschlichen kam. Er fürchtete ihn und die mangelnde Kontrolle über sein Unterbewußtsein, aber er schlief ruhig und ohne Alptraum. Für die letzten Vorbereitungen hatte er zwei volle Tage. Sein Plan stand nun fest, er wußte genau, was er zu tun hatte.

19

Lise carlsen stand auf dem Balkon von Per Toftlunds Wohnung und rauchte eine Zigarette. Sie war aufgestanden, weil sie nicht schlafen konnte. Per hatte zwar gesagt, sie dürfe in seiner Wohnung rauchen, aber sie tat es nur ungern. Seine Ordnung war ungemütlich. Sie fühlte sich in der strengen, männlichen Wohnung nicht zu Hause. Sie dachte an Ole. Letzte Nacht war sie im Zorn gegangen und hatte wohl mehr zu sich selbst als zu ihm gesagt, daß sie nicht zurückkehren werde, ehe er die Wohnung verlassen habe, aber das war wohl kaum zu machen. Sie gehörte ihnen beiden und mußte von beiden verkauft werden. Wenn Saras Besuch überstanden war, mußte sie sich nach etwas anderem umsehen. In Pers Wohnung konnte sie nicht bleiben. Sie war zu klein und gehörte zu sehr ihm, und sie würden sich schnell auf die Nerven gehen, wenn sie nicht mehr die meiste Zeit miteinander im Bett verbringen würden. Mit ihrem Einkommen allein könnte sie es sich kaum leisten, die große Wohnung zu behalten, aber das mußte sie nochmal nachrechnen. Irgend etwas mußte sie immer. Unter allen Umständen mußte sie morgen – oder wohl eher heute – nach Hause und frische Wäsche holen. Sie hatte Pers dicken Bademantel an, aber darunter war sie nackt, und die Nacht war kühl. Sie fröstelte und blickte über den dunklen Westwald und die blinkenden Lichter in der Ferne und dachte, irgendwo da draußen lauert ein Meuchelmörder. Falls es stimmte. Die Polizei hatte sich im Milieu umgehört, wie Per sagte. Sie hatten eine große Zahl von Hotels überprüft, ihre Spitzel ausgehorcht und die Besatzung der Streifenwagen darauf angesetzt, wenn sie sowieso in den Kopenhagener Untergrund gerufen wurden, aber ohne Ergebnis. Sie dachte an den Killer, den Meuchelmörder, den Attentäter. Wie auch immer man den namenlosen, dänisch sprechenden Ausländer nennen sollte, der vielleicht irgendwo in der Stadt auf seine Stunde wartete. Mit leichten Gewissensbissen warf sie die Zigarette über den Balkon, aber hier drinnen war es einfach zu sauber und gepflegt. Sie versuchte sich auf diesen Gedanken zu konzentrieren, dies Gefühl von etwas Wichtigem, das sie beschlichen hatte, als sie gerade in den Schlaf hinüberdämmerte, nachdem sie sich geliebt und wie zwei Glückskinder aneinandergekuschelt hatten. Aber sie hatte vergessen, woran sie gedacht hatte, und jetzt dachte sie nur noch an Pers starken und fähigen Körper.

Sie hörte, wie die Balkontür aufging. Per legte seine Arme um sie. Er war nackt und steckte seine bettwarmen Hände unter den Bademantel und legte sie sanft auf ihre Brüste. Er küßte ihren Nacken.

»Komm ins Bett«, sagte er.

»Ich kann nicht schlafen«, sagte sie und lehnte sich an ihn. Er liebkoste sie.

»Du sollst auch nicht schlafen.«

»Wieder.«

»Hmm.« Sie spürte seine Lippen an ihrem Hals. Seine Bartstoppeln kratzten ein wenig.

»Ich muß dauernd an was denken.«

»Ich auch«, sagte er und ließ seine Hände über ihren Bauch und bis zu ihrem Schoß hinuntergleiten.

»Das gefällt mir«, sagte sie.

»Du gefällst mir auch.«

Er drehte sie um und küßte sie, während seine Hände ihren Rücken hinunterfuhren und ihre Pobacken umfaßten. Sie spürte sein Glied, nahm es behutsam in die Hand und merkte, wie es steif wurde. Es war wunderschön, begehrt zu werden. Vielleicht war das das ganze Geheimnis der Liebe, Ziel einer solchen Begierde zu sein. Er hörte auf, sie zu küssen und trug sie ins Schlafzimmer, und hinterher schlief sie ein, ohne daß der Gedanke zurückgekehrt wäre.

Aber er war wieder da, als sie am nächsten Morgen in der kleinen Küche frühstückten. Per war seine sieben Kilometer im Westwald gelaufen und dann beim Bäcker gewesen, er hatte Kaffee gemacht und saß mit der *Politiken* in der Hand und in seiner, wie sie es nannte, Uniform am Tisch: Jeans, Hemd mit geknöpftem Kragen und Schlips, später kam noch die Pistole dazu. An die hatte sie sich immer noch nicht gewöhnt. Sie hatte eine Stunde länger geschlafen als er und fühlte sich frisch und ausgeruht.

»Per«, sagte sie. »Wieso ist dieser Killer so schwer zu finden?«

»Weil er allein arbeitet.«

Er legte die Zeitung beiseite und goß sich von dem starken schwarzen Kaffee nach.

»Wir beobachten Autonome, Linksradikale, Neonazis, Verrückte, Diplomaten aus bestimmten Ländern. Die lassen schon mal die Katze aus dem Sack, die können zum Spitzeln überredet werden, die operieren in Gruppen, in Gemeinschaften. Denen fällt es schwer dichtzuhalten. Den meisten von denen. Wenn er einer von denen wäre, würden wir ihn kriegen. Aber er spricht dänisch wie ein Einheimischer und arbeitet allein. Und so einen erwischen wir nur, wenn wir verdammtes Schwein haben.«

»Ich hab über etwas nachgedacht«, sagte sie.

Sie sah ihm an, daß er wieder eine seiner frechen Bemerkungen machen wollte, aber als er merkte, daß sie es ernst meinte, schwieg er und ließ sie reden.

»Wenn der Attentäter gut dänisch spricht, so gut, daß

man ihn für einen Dänen hält, dann muß er doch ziemlich lange hier gewohnt haben, nicht?«

Per nickte, und sie fuhr fort:

»Man lernt die Sprache nicht ordentlich, wenn man nicht hier geboren und aufgewachsen ist. Immer verrät die Sprache, ob man tatsächlich Däne ist oder nicht. Die kleinen Nuancen, weißt du.«

»Rede weiter«, sagte Per.

»Die Dänen sind ein Stamm. Wir halten einen Menschen dann für einen Dänen, wenn er die Sprache akzentfrei spricht. Wenn man sie nicht kann, fällt man in dieser kleinen Stammesgesellschaft unangenehm auf. Unser Prinz Henrik spricht kein Dänisch, wir werden ihn nie als richtigen Dänen akzeptieren. Prinzessin Alexandra wurde *everybody's darling*, weil sie schon nach kurzer Zeit im Lande Dänisch sprach. Wir haben furchtbare Angst, von der großen weiten Welt geschluckt zu werden. Unsere Sprache ist unser Schild. Deshalb ist sie so wichtig für uns.«

»Ja, Fräulein Lehrerin«, sagte er und lachte.

Sie war verärgert.

»Hör mir zu. Ich möchte meinen Gedanken zu Ende führen dürfen.«

»Mach weiter.«

»Unser Mörder also. Ich finde, wir sollten es versuchen. Er muß etwa 1969 in Kopenhagen geboren worden sein. Das war doch die Jahreszahl, die die Russen angegeben haben, nicht wahr? Und er muß auf jeden Fall neun oder zehn Jahre in die Schule gegangen sein. Vielleicht sogar aufs Gymnasium. Viele jugoslawische Jungen kann es nicht gegeben haben, die das geschafft haben. Und alle Schulen archivieren die Klassenfotos ihrer Jahrgänge. An irgendeiner Schule in Kopenhagen existiert ein Bild von dem, den du suchst. Von deinem Mörder.«

Per schaute sie anerkennend an.

»Muy bien, guappa«, sagte er, griff nach dem Handy und wählte eine Nummer, während er sie breit anlächelte, so daß sie sich wie eine Schülerin mit Fleißkärtchen fühlte.

»John, hier ist Per«, sagte er. »Laß ein paar Leute in den Gemeindebüros anrufen. Ich will die Namen der jugoslawischen Gastarbeiter, in deren Familien 1968, '69 und '70 Jungen geboren wurden. Mit diesen Namen gehen wir dann zum Einwohnermeldeamt und prüfen nach, ob sie noch hier wohnen und im Bereich welchen Schulamts sie aufgewachsen sind. Hast du das?«

Per hörte John zu und unterbrach ihn dann.

»Ich weiß, daß in den Sechzigern und Siebzigern 25 000 jugoslawische Gastarbeiter nach Dänemark gekommen sind, aber wir reden von drei Jahrgängen, also unmöglich ist es nicht, und je länger du rumquasselst, desto mehr Zeit verlieren wir. Ich bin in einer halben Stunde da.«

Per fuhr Lise zu ihrer Wohnung. Oles Auto parkte vor dem Haus, anscheinend war er da, es sei denn, er hatte ein Taxi zur Arbeit genommen, weil er in der Nacht davor wieder gesoffen hatte. Per gab ihr einen raschen Kuß.

»Ich ruf dich an«, sagte er.

»Ich fahre nachher in die Redaktion.«

Sie sah ihn wegfahren und vermißte ihn schon. Sie schloß die Haustür auf und stieg langsam die Treppe hinauf. Sie hatte keine Lust auf eine Konfrontation und beschloß, sauer zu sein und nur schnell die Kleider zu wechseln und dann zur Zeitung zu radeln. Lise gehörte zu den wenigen Menschen, die nie den Führerschein gemacht hatten. Sie hatte nie Lust dazu gehabt. Sie schloß auf. Die Wohnung wirkte verriegelt und unbewohnt. Sie rief vorsichtig und erhielt keine Antwort. Ole hatte das Wohnzimmer aufgeräumt und die Spülmaschine laufen lassen, aber nicht eingekauft. Das Licht des Anrufbeantworters blinkte, und Oles Sekretärin bat um freundlichen Rückruf, ob er krank sei und ob sie die Patienten für die nächsten Tage abbestellen solle.

Lise rief die Sekretärin an, die nicht verstand, wo Ole blieb. Er war nicht zur Arbeit gekommen und hatte nicht Bescheid gesagt. Lise sagte, es sei wohl am besten, wenn sie die heutigen Patienten abbestellte, und versprach, sich wieder zu melden. Die Sekretärin wirkte besorgt, aber auch dankbar, daß ihr jemand die Entscheidung abnahm. Lise rief in der Zeitung an und fragte, ob Ole angerufen habe, aber auch dort: Fehlanzeige.

Sie setzte sich in die Küche und trank ein Glas Saft.

»Wo zum Teufel steckst du, verdammt?« sagte sie. Sie war besorgt. Es war nicht Oles Art, ohne Nachricht zu verschwinden. Und es war absolut nicht seine Art, seine Patienten im Stich zu lassen, gleichgültig, welche Probleme er sonst hatte.

Sie zog sich um und fuhr in die Redaktion, wo sie ihre Artikel über den Sara-Santanda-Besuch für den Druck vorbereitete. Sie hatte ein Porträt geschrieben und einen Bericht über die iranische Fatwa gegen die Autorin, aber mit Tagesen abgesprochen, die Artikel nicht in den elektronischen Kreislauf der Zeitung einzugeben, wo alle sie lesen konnten. Das würde sie erst am Abend vor Saras Ankunft mit der Morgenmaschine aus London tun, damit ihre Beiträge am Tag der Pressekonferenz erscheinen konnten. Das wäre ein schöner Exklusivbericht, und Per hatte sie nicht davon abbringen können. Er hätte am liebsten jede Erwähnung vermieden, aber in dieser Frage hatte er nichts zu sagen. *Politiken* wollte die Story auf der ersten Seite. Wenigstens in diesem Fall wollte die Zeitung schneller als die elektronischen Medien sein. Nach der Pressekonferenz wollte Lise mit Sara ein Exklusivinterview in der konspirativen Wohnung führen. Damit wären sie allen Konkurrenten voraus.

Lise rief mehrere Male zu Hause an und zweimal bei Oles Sekretärin, aber auch sie hatte keine Nachricht von ihm.

Per rief an, und sie erzählte ihm von ihren Sorgen, aber er tat sie ab. Als ob er es als völlig normal ansähe, daß der Ehemann sich mir nichts dir nichts in Luft auflöste. Oder jedenfalls keine Nachricht hinterließ. Aber natürlich konnte er nicht wissen, daß sie sich sonst immer erzählt hatten, wo sie waren. Sie hatten es immer als wichtig angesehen, wenigstens einmal am Tag miteinander zu sprechen. Sogar auf Reisen, und meistens war sie es, die verreist war, hatten sie sich bemüht, einander anzurufen, und wenn es sich nur irgend machen ließ, jeden Tag. In letzter Zeit hatte sie diese Sitte zwar aufgegeben, aber zumindest Ole hatte immer gesagt, wo er war. Oder etwa nicht? Per war selbst so ein Typ, der von dem, was er so trieb, nie mehr als unbedingt nötig verriet. Aber daß Ole nichts von sich hören ließ, war ungewöhnlich. Sie sehnte sich nach dem normalen Alltag. Einfach danach, mal wieder Zeit für ein gutes Buch zu haben.

»Bist du es nicht, die ihn verlassen hat, Lise?« sagte Per beinahe frostig, was sie sehr verstimmte. Sie sagte, sie habe zu tun, war aber trotzdem froh, daß er ein paar Stunden später anrief und fragte, ob er sie um acht abholen solle. Sie hatte keine Ruhe. Sie konnte nichts anderes tun, als zu warten und darauf zu hoffen, daß Pers und Johns Nachforschungen Erfolg hatten, aber das war nicht ihre Sache.

Per holte sie ab, und sie fuhren zu ihm. Sie brauchte ihn jetzt, sie nahmen gemeinsam ein Bad und endeten zusammen im Bett, und sie vergaß Ole und Sara und alle Meuchelmörder und gab sich einfach einer Leidenschaft hin, die sie nicht zu besitzen geglaubt hatte. Sie blieb im Bett liegen und liebte ihn sehr dafür, als er mit einem Glas Rotwein, ihren Zigaretten und einem Aschenbecher zu ihr zurückkam.

»Wenn das keine Liebe ist«, sagte sie.

»Gib mir noch ein bißchen Zeit, ich gewöhne dir das schon ab«, sagte er. »Pasta und Salat?«

»Klingt himmlisch«, sagte sie und räkelte sich und fühlte sich so warm und war so glücklich darüber, in diesem Augenblick zu existieren.

Er hatte im Wohnzimmer gedeckt und berichtete von seinen Nachforschungen, und sie hatte seinen großen Bademantel an und aß. Um die Sache einzugrenzen, hatten sie sich auf die Söhne jugoslawischer Gastarbeiter konzentriert, die die 9. und 10. Volksschulklasse mit Abschlußprüfung absolviert hatten. Mit der Aufgabe waren fünf Leute den ganzen Tag beschäftigt gewesen, ein langwieriger und mühevoller Prozeß. Damals gab es noch keine EDV, so daß alle, die sie angerufen hatten, in Büchern und Listen nachsehen mußten, aber schließlich hatten sie den Kreis auf 109 Jungen eingegrenzt, die den Volksschulabschluß hatten. Sie hatten angefangen, über Einwohnermeldeamt, Strafregister und Kfz-Zulassungsstelle zu überprüfen, wer sich noch im Lande aufhielt oder verstorben war. Es war simple, langweilige, aber notwendige Polizeiarbeit. Morgen würde er mit der Liste mit etwa zwei Dutzend Namen die Schulen abklappern und versuchen, die Namen mit den Klassenfotos abzugleichen, die die Schulen aufbewahrten. Mit etwas Glück würden sie einen Namen und ein Gesicht erhalten, mit dem die Polizei mit Hilfe ihrer Computer arbeiten könnte. Die Phantomzeichnung würde an das Sicherheitspersonal verteilt werden, das mit dem Besuch zu tun hatte. Und bei Interpol könnten sie nachfragen, ob die etwas über den Mann hatten. Fingerabdrücke, Vorstrafen und ob womöglich nach ihm gefahndet wurde.

»Wir gehen hier rein nach dem Ausschlußverfahren vor«, sagte er.

»Und wenn das auch kein Ergebnis bringt?«

»Dann müssen wir von vorn anfangen. Unsere beste Versicherung ist immer noch, daß es uns gelungen ist, das Programm geheimzuhalten. Es ist nur durchgesickert, daß Simba kommt, aber keine Einzelheiten.«

»Das schmeckt gut, das hier«, sagte sie.

Er nahm einen Schluck von seinem Wein. »Was hast du morgen vor?« fragte er.

»Nichts Besonderes. Warten. Die Bewunderung meiner Kollegen genießen, wenn sie meine Artikel lesen«, sagte sie ironisch, obwohl sie es eigentlich ernst meinte.

»Willst du mich morgen begleiten?«

»Gern«, sagte sie.

»John teilt sie auf. Wir rufen vormittags an und gehen dann nachmittags auf Besuchstour.«

»Gut«, sagte sie, und er merkte, daß sich ihre Laune änderte.

»Du denkst an Ole, nicht wahr?«

Sie nickte.

»Ich verstehe nicht, wo er steckt.«

»Du wirst sehen, morgen taucht er wieder auf.«

»Ja, wahrscheinlich«, sagte sie, obwohl sie nicht so recht daran glaubte. Sie wußte nicht warum, aber sie hatte das Gefühl, daß da etwas nicht stimmte.

Am nächsten Tag zur Mittagszeit hatten sie die Liste auf 21 Namen von Söhnen jugoslawischer Gastarbeiter reduziert, die die beiden Bedingungen erfüllten: Sie hatten Mitte der achtziger Jahre ihren Volksschulabschluß gemacht, und sie wohnten nicht mehr in Dänemark. Acht Leute hatten die ganze Nacht gearbeitet, und Per mochte gar nicht an all die Überstundenbescheinigungen denken, die er später auszufüllen hatte. Seine Chefin würde beifällig nicken, wenn sich der Aufwand lohnte, und würde ihm wegen mangelnden Überblicks einen Rüffel verpassen, wenn sich das Ganze als Schlag ins Wasser erwiese. Per hatte ein schlechtes Gewissen, daß er sich an der Arbeit nicht beteiligt hatte, aber es war Routine, und in den nächsten 48 Stunden mußte er auf dem Damm sein. Außerdem mußte er zugeben, daß er nur ungern eine Nacht mit Lise verpassen würde. Er war eigentlich selbstsicher genug, hatte aber dennoch Angst, daß sie ebenso plötzlich aus seinem Leben verschwinden könnte, wie sie aufgetaucht war. Sie sorgte sich um ihren Mann. Das war möglicherweise ein schöner menschlicher Zug, zeigte aber auch, daß sie nach wie vor Gefühle für ihn hegte, und er hatte schon erlebt, daß die untreue Gattin ins sichere Nest zurückgekehrt war. Früher hatte ihm das ausgezeichnet in den Kram gepaßt, aber er war sich alles andere als sicher, ob es ihm diesmal auch gefallen würde. Ihre Beziehung entwickelte sich zu weit mehr als einer Affäre.

Lise wirkte rastlos, als sie ihre Tour zu den drei Schulen begannen, die sie ausgewählt hatten. Er wußte, daß sie den Vormittag damit verbracht hatte, Freunde und Familienmitglieder anzurufen, aber niemand hatte Ole gesehen. Eine Fahndung wollte sie noch nicht beantragen, sondern noch einen Tag warten. Er hatte nichts aus der Wohnung mitgenommen. Das Auto stand vor der Tür, aber sie konnte den Schlüssel nicht finden. Nur der Reserveschlüssel hing an seinem Haken in der Küche. Es war wie die Geschichte von dem Mann, der runtergeht, um Zigaretten zu holen und nie mehr wiederkommt. Sie borgte sich Pers Handy und rief zu Hause an, aber es meldete sich immer nur der Anrufbeantworter.

Die erste Schule brachte kein Ergebnis. Sie sahen sich die Klassenfotos an, und die Schule legte ihnen eine Liste mit den Schülernamen vor, aber es hatte nur zwei Jugoslawen gegeben, und sie hatten das falsche Profil. Der eine wohnte nach wie vor im Viertel und war mit einer Dänin verheiratet. Der andere war nur vier Wochen zuvor bei einem Verkehrsunfall ums Leben gekommen. Die nächste Schule lag in Nørrebro, ein altmodisches rotes Gebäude. Jetzt am

Nachmittag, ohne Kinder und Lehrer, wirkte sie wie ausgestorben. In der Tür erwartete sie ein älterer Herr. Er schien dort schon eine ganze Weile gestanden zu haben. Er war ungewöhnlich gut gekleidet, er trug eine altmodische Tweedjacke mit Weste und Schlips und eine graue Hose mit Bügelfalte. Sein weißes Haar war noch dicht und füllig. Sein Gesicht war ein wenig rot, als hätte er sich besonders gründlich rasiert. Lise schätzte ihn auf siebzig oder mehr. Er glich einem richtigen alten Oberlehrer, dem letzten Vertreter einer aussterbenden Rasse. Er war ganz die alte Schule, der Begriff »distinguiert« schien am besten auf ihn zu passen. Er trat einen Schritt vor und reichte ihnen die Hand.

»Gustav Hansen, Oberlehrer a. D.«

»Lise Carlsen, dänischer PEN und Redakteurin bei *Politiken*.«

»Toftlund, Kriminalkommissar.«

»Ausgezeichnet«, sagte Gustav Hansen. Seine Hand war trocken und kühl. Er hatte einen tiefen Bariton und sprach bedächtig und sehr deutlich. Mit langsamen, aber festen Schritten führte er sie durch einen Flur und eine Treppe hinauf und erklärte: »Ich weiß, Sie sind sehr beschäftigt, und ich wurde gründlichst über das Ziel Ihrer Nachforschungen orientiert. Ich glaube daher, ich habe bereits das Notwendige vorbereitet, während ich auf Ihr Erscheinen wartete. Die Direktorin war mir dabei behilflich, sie hat auch ihr Büro zur Verfügung gestellt.«

Er machte die Tür zum Direktorenzimmer auf. Die Schulleiterin war eine kleine, dünne Frau in den Vierzigern, die freundlich grüßte, aber zu verstehen gab, daß sie bei Gustav Hansen sicher in den besten Händen seien.

Gustav Hansen breitete neun Klassenfotos wie Spielkarten auf dem Schreibtisch aus und erklärte mit seiner klaren, pädagogischen Stimme:

»Das sind sie also. Die Klassenfotos der Abschlußklassen

1984, ’85, ’86, und ’87. Es waren anstrengende, aber gute Jahrgänge. Vielleicht noch immer sehr geprägt von einer etwas zu liberalen Erziehung, sozusagen Opfer des großen Tohuwabohus der siebziger Jahre, aber klug waren sie, die Kinder. Das muß man schon sagen. Das muß man schon sagen.«

Es waren Farbfotos, die einander zur Verwechslung glichen. Die jungen Menschen waren in Reihen aufgestellt und blickten direkt in die Kamera. Nur an der Haartracht der Jungen konnte man den Lauf der Zeit ablesen. Ihre Haare wurden von Jahr zu Jahr kürzer.

»Haben sie auch die Klassenlisten?« fragte Per und betrachtete die Bilder.

»Warum, Herr Kommissar?«

»Wir hätten gern die Namen zu einigen der Gesichter.«

Gustav Hansen richtete sich auf und sah Per an.

»Ich bin fünfzig Jahre lang Lehrer gewesen«, sagte er. »Ich kann mich an alle Kinder erinnern, die ich unterrichtet habe. Ich brauche keine Listen. Ich nahm sogar einmal an einem sogenannten Fernsehquiz teil, wo sie versuchten, mich aufs Glatteis zu führen. In aller Bescheidenheit muß ich sagen, daß es ihnen nicht gelungen ist. Ich möchte darauf hinweisen ...«

»Nichts für ungut«, unterbrach ihn Per. Lise hörte die Ungeduld in seiner Stimme, aber sie selbst fand den Oberlehrer faszinierend und charmant. Bei Gelegenheit würde sie einen Artikel über ihn schreiben. Hier stand ein Relikt des alten Dänemark. Es würde ein schönes kleines Porträt werden.

»Wie viele von den Jungs hier sind Jugoslawen?« fragte Per.

Gustav Hansen betrachtete die Fotos mit so etwas wie Wehmut oder Liebe, dachte Lise, ehe er sagte:

»Wir hatten einige in jenen Jahren. Dreizehn kamen aus

jugoslawischen Familien. Sechs davon waren Mädchen. Still, aber tüchtig. Das waren sie. Ja, das waren sie. Schrecklich, was heute da unten geschieht. Zu meiner Zeit in der Schule waren sie friedlich. Sieben Jungen ... aber wir hatten ja keine Ahnung, ob sie Kroaten waren oder ...«

Jetzt unterbrach ihn Lise.

»Wissen Sie noch, wer von ihnen aufs Gymnasium kam?«

»Aus diesen Jahrgängen? Warten Sie. Nicht viele. Da waren Janos und Jaumin. Und sonst ... ja. Nein, das war ein Mädchen. In Physik ein wenig schwach, aber sonst ... warten Sie ... es wurde ja langsam besser. Ihr Dänisch, meine ich. Bei denen, die hier geboren wurden. Die Muttersprache ist ja wichtig.«

Gustav Hansen war in Gedanken versunken. Er schien in seinen Erinnerungen aufgehen zu wollen.

»Gab es unter ihnen auch Blonde mit blauen Augen?« fragte Lise.

Gustav Hansens Gesicht leuchtete, er tauchte aus seinen Träumereien wieder auf.

»Das ist ja eine extraordinäre Frage«, sagte er. »An ihn habe ich gerade gedacht. Ich habe ihn ja auch schon erwähnt. Janos.«

Gustav Hansen nahm eines der Klassenfotos und zeigte auf eine sehr junge Ausgabe von Vuk. Er stand unter seinen Klassenkameraden und lächelte breit in die Kamera. Der Junge an seiner Seite war Mikael, und zu seiner Rechten stand ein anderer Junge, der Lise bekannt vorkam. Sie nahm das Foto in die Hand. Der kleine blonde Jugoslawe, auf den Hansen gezeigt hatte, erinnerte sie an irgend jemanden, aber es war der Junge zur Rechten, den sie erkannte.

»Was ist?« sagte Per.

»Ist das nicht Peter Sørensen von den Fernsehnachrichten?« sagte sie und sah Gustav Hansen an.

»Völlig richtig.«

»Janos?« sagte Per.

»Janos Milosovic. Ein außergewöhnlich begabter Junge. Ich wüßte gern, was aus ihm geworden ist«, sagte Hansen.

»Das wüßten wir auch gern«, sagte Per und kontrollierte seine Liste. Der Name war vermerkt.

Gustav Hansen sagte unwirsch, fast als halte er sie für etwas unkonzentrierte Kinder: »Ja, aber fragen Sie doch seinen guten Freund. Vielleicht weiß er was. Ich bin durchaus ein wenig stolz, ihn als Schüler gehabt zu haben. Man hat ja gleichsam das Gefühl, selbst etwas dazu beigetragen zu haben. Die Jugendjahre sind ja außerordentlich wichtig. Die Prägung der jungen Menschen.«

»Wovon reden Sie?« fragte Per und konnte seine Irritation nicht länger verbergen.

»Vom Fernsehkorrespondenten Peter Sørensen natürlich. Von den Nachrichten. Fräulein Carlsen hat ihn doch eben selbst erwähnt. Er wohnte mit Janos Tür an Tür. Sie waren sehr gute Freunde.«

Per überlegte einen Augenblick.

»Hast du die Nummer von den Nachrichten im Kopf, Lise?« sagte er und holte sein Handy hervor.

Peter Sørensen war gerade im Studio, aber sie bekamen seine Handynummer. Er sagte, er sei gegen 19 Uhr zurück, aber dann müsse er redigieren und habe alle Hände voll zu tun, aber wenn sie so um halb neun kommen könnten, wäre es in Ordnung. Per erklärte ihm, worüber sie gern mit ihm reden würden, und er klang sehr interessiert, was jedoch nichts an der Tatsache änderte, daß er vorher noch redigieren mußte.

Sie gingen noch in der letzten Schule vorbei, die aber keine neuen Kandidaten brachte. Dann suchten sie sich ein Restaurant in Nørrebro und aßen zusammen, fast schweigend. Morgen käme Sara Santanda, und in drei Tagen wäre sie bereits nach Schweden weitergereist. Lise dachte darüber nach, ob es ihre Beziehung verändern würde, wenn sie keine gemeinsame Aufgabe mehr hatten. Sie wußte es nicht. Sie hatte ihren normalerweise so guten Appetit verloren und stocherte im Essen herum. Damit Per nicht mitbekam, daß sie wieder zu Hause anrief, ging sie zum Münztelefon neben der Toilette, erreichte aber wieder nur ihren Anrufbeantworter. Sie rief auch bei der Zeitung an und sprach mit der Redaktionssekretärin, die sagte, daß ihre Artikel fabelhaft seien und ungekürzt ins Blatt kämen. Gewöhnlich gab ihr das immer einen Riesenauftrieb, aber irgendwie konnte sie sich gar nicht freuen. Sie hatte Angst, wußte aber nicht genau warum, obwohl ihr natürlich klar war, daß sie sich furchtbar um Ole sorgte und nicht verstehen konnte, wo er abgeblieben war.

Um acht fuhren sie zum Sender. Es hatte ein wenig aufgefrischt und regnete, aber morgen sollte es aufklaren, eventuell mit vereinzelten Schauern am Nachmittag. Bei diesem Regen und der Dunkelheit erschien eine Pressekonferenz auf dem Flakfort nicht gerade als glänzender Einfall.

Peter Sørensen holte sie beim Pförtner ab und führte sie in sein Büro. Er begrüßte Per förmlich und stellte sich vor. Er gab auch Lise die Hand, sagte hallo und fragte, wie es ihr gehe. Sein Arbeitszimmer war klein und unaufgeräumt, aber er hob einen Stapel Zeitungen von einem Stuhl und holte einen anderen aus dem Gang. Er selber setzte sich auf den Stuhl hinter seinem überbordenden Schreibtisch. Auf dem Computerschirm war in weißen Buchstaben auf blauem Grund ein Reuter-Telegramm aus Bosnien zu sehen. Er reichte ihnen Kaffee in Plastikbechern, und Per zeigte ihm das Klassenfoto.

»Ja, ja. Das ist Janos. Und ich selber, guck an. Wo habt ihr denn bloß das olle Foto her?«

»Sie kennen ihn also?« fragte Per.

»Na, und ob. Janos ging ein Jahr vor dem Abi nach Jugoslawien zurück. Sehr schade. Er war saugut. Ich habe versucht, ihn zu finden, als ich als Korrespondent da unten war. Nach meinen Infos ist er einer der besten Heckenschützen der Serben. Man sagt, er töte Menschen so ungerührt, wie Sie auf eine Fliege treten.«

Per sah ihn an. Lise fand, er glich einem Jäger oder einem Puma, der die Witterung seiner Beute aufgenommen hatte.

»Hast du ihn gefunden?« fragte Lise.

»Nein. Ich habe Gerüchte gehört, daß die Muslims seine Familie massakriert hätten. Ich habe auch nach ihnen gesucht. Ich konnte seine Eltern unheimlich gut leiden, und er hatte eine richtig süße kleine Schwester, aber durch den Krieg und so weiter war es unmöglich.« Er sah zu Per hinüber und fuhr fort: »Warum fragt die Polizei danach? Hat es mit Bosnien zu tun? Oder … mit Scheer?«

»Wie kommen Sie denn darauf?« fragte Per.

»Lise hat doch morgen nachmittag zur Pressekonferenz eingeladen. Die wollen ihm doch in Deutschland ans Leder. Ich soll darüber berichten.«

»Dazu kann ich Ihnen nichts sagen«, erwiderte Per förmlich.

»Natürlich nicht. Aber was wollt ihr mit Janos?«

»Mit ihm reden.«

Peter Sørensen trank einen Schluck Kaffee. Lise sah ihm seine Neugier an. Sein journalistischer Riecher witterte eine Story. Er spürte, daß da irgend etwas dahintersteckte, aber natürlich nicht, was. Er würde sie hundertprozentig anrufen, wenn die Polizei nicht mehr in der Nähe wäre, und versuchen, sie auszufragen.

»Ich hab den Kontakt zu ihm verloren. Aber habt ihr mit Mikael gesprochen?«

Er sah ihren Gesichtern an, daß sie nicht wußten, wovon er redete, und fuhr fort:

»Er war der andere Freund von Janos. Wir drei hingen

immer zusammen.« Er nahm das Klassenfoto und zeigte auf Mikael, während er weiterredete: »Mikael ist ein verrückter Vogel. Völlig vernarrt in Computer. Heute fast ein Einsiedler. Er wohnt allein in dem alten Haus seiner Eltern draußen in Hellerup. Sie sind steinreich und wohnen die meiste Zeit des Jahres in Spanien. Haben sie damals schon gemacht. Deshalb ist Mikael bei einer Tante bei uns Rabauken in Nørrebro aufgewachsen. Sie wollten ihn lieber in ein Internat stecken, aber Mikael ist die ganze Zeit abgehauen, deshalb landete er schließlich bei der Tante. Habt ihr nicht mit Mikael gesprochen?«

»Haben Sie seine Nummer?« fragte Per.

Peter Sørensen griff nach einem kleinen Taschenkalender, der auf dem Schreibtisch herumflog und schaute hinein. Er schrieb eine Telefonnummer und die Adresse in Hellerup auf einen Block, riß den Zettel ab und reichte ihn Toftlund.

»Es ist nicht gesagt, daß er abnimmt. Er ist ein bißchen komisch. Aber hören Sie, was ist das für eine Sache? Ist Janos in Dänemark? Kommen Sie etwa vom PND?«

»Vielen Dank für die Hilfe«, sagte Per.

»Ist Janos in Dänemark?«

»Das wollen wir rausfinden«, sagte Lise, obwohl Per ihr einen warnenden Blick zuwarf.

Per telefonierte auf dem Parkplatz des Fernsehens mit seinem Handy. Er sagte, er komme mit einem alten Bild. Er brauche einen Fototechniker, einen Zeichner und einen Graphiker. Er habe ein Gesicht und einen Namen. Sie müßten bis morgen früh ein Bild anfertigen. Dann rief er Mikaels Nummer an. Er ließ es lange klingeln, dann schüttelte er den Kopf und klappte sein Handy zu.

»Und jetzt?« sagte Lise.

»Ich bring dich schnell nach Haus.«

»Und dann?«

»Dann werde ich Mikael einen Besuch abstatten. Vielleicht ist er zu Hause.«

»Solltest du nicht Verstärkung anfordern?«

»Warum?«

»Falls dieser Janos in der Nähe ist.«

»Vielleicht.«

»Aber du willst nicht?« sagte sie.

»Nein, noch nicht.«

Er legte den Gang ein und fuhr los.

»Ich komm mit«, sagte Lise.

»Wieso das?«

»Dann können wir Händchen halten und uns küssen wie die Teenager.«

Er lachte.

»Okay!«

Das Haus in Hellerup lag still hinter seiner Hecke, aber in der Küche und in einem Zimmer im ersten Stock brannte Licht. Lise wartete im Auto, während Per zunächst klingelte und dann einmal um das Haus herumging. Es war kurz vor 23 Uhr, und im Viertel war es ruhig. Das Gras war naß und lang. Es sah aus, als wäre irgendein Gegenstand über den Rasen zum Sund hinuntergeschleift worden. Vor ihm lag der schwarze und verregnete Øresund. Er machte ein paar blinkende Lichter auf dem Wasser aus, aber bei dem peitschenden Regen war die Sicht sehr schlecht. Er schaute durch die Terrassentür, aber die Zimmer lagen im Dunkeln. Er zog an der Tür. Sie war abgeschlossen. Er ging zum Auto zurück. Im gegenüberliegenden Haus war die oberste Etage erleuchtet, und er bemerkte sehr wohl, daß jemand die Gardine ein wenig beiseite schob und zu ihm hinunterschaute. Hier läßt man sich nicht aus den Augen, dachte er.

Er setzte sich zu Lise ins Auto. Er roch nach Regen, die Scheiben beschlugen.

»Na gut, wir fahren nach Hause. Ich weiß nicht, ob er drinnen ist oder ob er noch kommt, aber ich werde zusehen, daß ich morgen früh einen Durchsuchungsbefehl kriege. Ich glaube schon, daß ich einen bekomme, wenn er weiterhin nicht aufmacht oder ans Telefon geht.«

»Meinst du, da stimmt was nicht?«

»Ist nur ein Gefühl. Aber, ja, ich glaube, da stimmt was nicht.« Er legte die Hand auf seinen Unterleib. »Ich hab so 'n Zittern im Urin. Das ist alles«, sagte er.

»Intuition.«

»So kann man's auch nennen.«

Sie ergriff seine Hand.

»Und nach dem morgigen Tag. Was dann?«

»Dann haben wir ein paar Tage mehr, und dann ist Simba nicht mehr unser Problem, sondern das der schwedischen Kollegen. Und dann wissen alle, daß sie auf Tour ist. Da werden die ordentlich zu tun haben, aber wahrscheinlich stehen ihnen auch mehr Mittel zur Verfügung.«

»Und danach?«

»Ich habe eine Menge Überstunden abzufeiern«, sagte er.

»Ja, ich auch«, sagte sie und blickte geradeaus. Die Regentropfen liefen an der Scheibe hinunter.

»Vielleicht könnten wir nach Spanien fahren«, sagte er leise, aber Lise kam es vor, als hörte sie eine versteckte Bitte, eine neue Unsicherheit, die ihr verriet, daß er ihre Beziehung nicht als selbstverständlich ansah.

»Das hört sich herrlich an, Per. Da ist nur das ...«

»... mit deinem Mann.«

»Mit Ole, ja. Solange er verschwunden ist, kann ich mich nicht dazu entschließen ...«

»Verstehe. Wir finden ihn. Und dann fahren wir.«

Sie wandte ihm ihr Gesicht zu, und sie küßten sich, als das Auto plötzlich von hinten erleuchtet wurde und die Regentropfen auf den Scheiben wie kleine Kristalle blitzten.

Hinter ihnen hielt ein weißer Streifenwagen, aus dem ein uniformierter Beamter stieg, während sein Kollege hinter dem Steuerrad sitzenblieb und bereits dabei war, Pers Kennzeichen in seinen Computer einzugeben.

Toftlund stieg aus.

»Guten Abend«, sagte er.

»Guten Abend«, sagte der Beamte.

Toftlund steckte behutsam die Hand in die Jackentasche und zog seinen Dienstausweis heraus.

»Toftlund, Abteilung G«, sagte er.

Der andere Beamte hinter dem Steuer öffnete halb die Tür und rief:

»Alles in Ordnung, Niels. Er gehört zur Firma.«

»Christensen«, sagte der Beamte und reichte Per die Hand. Der Regen hatte nachgelassen und hatte sich eher in einen Dunst verwandelt, der die Häuser und Hecken verschwimmen ließ und die Straßenlaternen in ein schönes, weiches Licht hüllte.

»Die Nachbarin hat angerufen«, sagte der Polizist weiter. Er war nicht sehr alt, hatte einen sorgfältig gestutzten Schnurrbart und sprach wie die meisten jungen Polizisten mit deutlich jütischem Tonfall. Wahrscheinlich träumte er davon, einige Jahre bei der Bereitschaftspolizei zu dienen und dann den tollen Job irgendwo in Jütland anzutreten. »Sie fand, Sie würden ein bißchen suspekt aussehen. Das ist ja ein Botschaftsviertel hier, da passen wir ein bißchen auf.«

»Das ist völlig in Ordnung«, sagte Toftlund.

»Sie hat vorher schon mal angerufen. Eine ältere Dame, wir kennen sie. Sie hat den Eigentümer seit ein paar Tagen nicht gesehen. Aber sie hat mehrmals einen anderen jungen Mann gesehen. Das fand sie merkwürdig, und als dann plötzlich Ihr Auto da parkte, hat sie uns angerufen.«

Toftlund überlegte.

»Sagen Sie Ihrem Kollegen, daß wir beide jetzt reingehen«, sagte er dann.

»Wir können doch nicht einfach so in anderer Leute Häuser eindringen«, sagte der Beamte.

»Auf meine Verantwortung. Und ziehen Sie Ihre Pistole.«

»Was ist denn hier eigentlich los?«

»Vielleicht nichts. Vielleicht ein Mann, nach dem wir fahnden«, sagte Toftlund und war bereits auf dem Weg durch die Gartenpforte. Toftlund war im weitesten Sinne ihr Vorgesetzter, so daß der Polizist zu seinem Kollegen im Wagen hinüberblickte, auf Toftlund zeigte und diesem folgte.

»Was ist mit deiner Kollegin?« fragte er.

»Sie ist Zivilistin. Sie bleibt, wo sie ist«, sagte Per.

Toftlund klingelte noch einmal an der Haustür. Wieder keine Antwort. Er zog seine Pistole, und der junge Beamte tat das gleiche. Trotz des kühlen Abends standen Schweißperlen auf seiner Stirn, und Toftlund sah ihm seine Nervosität an. Womöglich war er erst Anwärter. Sie gingen in den hinteren Teil des Gartens. Das schwarze Wasser des Øresunds schwappte sanft gegen das Ufer, und der Rasen unter ihren Füßen fühlte sich kalt und naß an. Per ging zur Terrassentür, die aus vielen kleinen Fenstern mit weißen Sprossen bestand, die am Kitt entlang ein wenig abblätterten. Er drehte sich zu dem Polizisten Christensen um.

»Christensen. Sie sind Zeuge, was ich tue und sage, und genau das schreiben Sie in Ihren Bericht. Ich verschaffe mir hiermit Zutritt zu diesem Gebäude, weil ich den begründeten Verdacht hege, daß sich darin eine gesuchte Person befindet. Haben Sie das verstanden?«

»Verstanden«, sagte Christensen.

Per Toftlund drehte seine Pistole um und zerschmetterte mit dem Kolben das kleine Fenster neben dem Schlüsselloch. Das Klirren des Glases war laut und deutlich vernehmbar. Per steckte die Hand hindurch und fand den Schlüssel im Schloß vor. Die Leute lernten es nie. Sie machten es den Dieben leicht hineinzukommen, und sie machten es ihnen ebenso leicht, mit der Beute wieder hinauszukommen. Er öffnete die Tür, entsicherte die Pistole und trat ein. Der junge Beamte folgte ihm. Angesichts von Toftlunds angespannter Körperhaltung hatte auch er seine Pistole entsichert, bevor er in das stille, düstere Haus trat.

20

ABER DER MANN, der sich Vuk nannte, war weg. Er befand sich beim Flakfort, das vom Regendunst eingehüllt war. Mit einem kurzen Paddel manövrierte er das schwarze Schlauchboot an die Außenseite der Mole auf der nördlichen Seite der künstlichen Insel. Er machte langsame, aber effektive Bewegungen, als er an dem Bollwerk entlangglitt. Von Kopf bis Fuß in Schwarz gekleidet war er auf dem regenfinsteren Meer kaum zu sehen. Am Boden des Schlauchboots war ein schwarzer wasserdichter Beutel von der Größe eines Seesacks festgezurrt. Im Flakfort brannten vereinzelte Lichter, aber die letzte Gäste waren längst nach Kopenhagen zurückgekehrt, die Besatzung der beiden Segelschiffe schlief, und das Restaurantpersonal saß entweder vor einer späten Fernsehsendung oder war ebenfalls zur Ruhe gegangen. Die Polizei war dagewesen, hatte ihre Identität überprüft, das Fort mit Hunden durchsucht und den Seglern, deren Identität auch untersucht worden war, mitgeteilt, daß sie die Festung morgen von zehn bis siebzehn Uhr verlassen müßten, da die Insel in dieser Zeit wegen einer Feuerlöschübung für die Öffentlichkeit gesperrt sei.

Vuk hatte jede Menge zu erledigen gehabt.

Zwei Tage zuvor hatte er am frühen Morgen im Avis-Hauptbüro in Kopenhagen einen Mittelklassewagen gemietet. Er hatte seinen britischen Paß und Führerschein sowie seine britische Mastercard vorgelegt. Er hatte eine Adresse im südlichen London angegeben und gesagt, er brauche das Auto sieben Tage. Er werde es in Stockholm abgeben, wo er sich im SAS-Hotel einmieten wolle. Innerhalb von zehn

Minuten bekam er die Schlüssel ausgehändigt, nachdem er den Wagen telefonisch vorbestellt hatte. Die Eurocardnummer war untersucht und für korrekt befunden worden.

Als erstes fuhr Vuk nach Østerbro, wo er einige Tage zuvor an einem Sportgeschäft vorbeigekommen war, das sich auf Taucherausrüstungen spezialisiert hatte. Er wurde von einem jungen, durchtrainierten Mann mit Reklamelächeln bedient, der sich aber in der Sache als äußerst kompetent erwies. Vuk brauchte eine ganze Stunde, um seine Ausrüstung auszusuchen. Er sprach deutsch mit dem jungen Mann. Erklärte nur ganz kurz, er sei aus Tschechien und es sei für ihn weitaus billiger, seine Ausrüstung in Dänemark zu kaufen, da er die Mehrwertsteuer an der Grenze zurückerstattet bekomme. Dem Verkäufer war das egal. Er bekam Provision für alles, was er an den Mann brachte, und merkte rasch, daß Vuk wußte, wovon er sprach, und zusammen suchten sie den passenden Kälteschutzanzug aus. Der funktioniert so, daß man Wasser eindringen läßt, das eine millimeterdicke Schicht zwischen Haut und Anzug bildet und somit gegen die Kälte des ihn umgebenden Wassers isoliert. Er kaufte auch eine Maske mit Schnorchel, Flossen, einen Bleigürtel und ein funktionsbereites Sauerstoffgerät mit dazugehöriger Aufhängung sowie eine kleine Boje, die am Gürtel des Tauchers oder am Anker des Bootes befestigt werden konnte, um vorbeifahrenden Schiffen anzuzeigen, daß ein Taucher im Wasser war. Er schaffte sich auch eine starke Spezialstableuchte an, die über und unter Wasser benutzt werden konnte, und einen kleinen wasserdichten Beutel, den man um den Hals tragen konnte. Er bezahlte in bar.

Anschließend fuhr Vuk zu einem Segelsportgeschäft, in dem er eine detaillierte Seekarte des Gebiets zwischen Kopenhagen und Schweden, dem Flakfort und Saltholm kaufte samt Anker und Ankerkette. Er verstaute die Sachen im Gepäckraum des Mietwagens und ging in das Wandergeschäft *Spejdersport*, wo er einen Leichtgewichtschlafsack, eine Isomatte und einen wasserdichten Rucksack, eine Campinglampe mit Batterie und einen fluoreszierenden, wasserdichten Kompaß kaufte, der um das Handgelenk zu tragen war und von Tauchern viel gebraucht wurde. Im Jagdgeschäft *Hunter's House* besorgte er sich einen großen, wasserdichten Sack, der per Reißverschluß und Kordel vollständig zugemacht werden konnte. Er bezahlte überall in bar. Er schloß seine Einkaufstour im *Magasin du Nord* ab, dem Kaufhaus, das ihm aus seiner Kindheit und Jugend noch vertraut war. Hier kaufte er eine schwarze Jeans, einen schwarzen Rollkragenpullover, eine ebensolche Strickmütze und schwarze Segelschuhe. In der Lebensmittelabteilung kaufte er Toastbrot, Salami und Käse und in der Parfümabteilung schwarzes Haarfärbemittel.

Er stellte alles in der Küche in Hellerup ab und machte eine kurze Runde durchs Haus, um nach dem Rechten zu sehen. Es gab keine Anzeichen, daß jemand eingedrungen war, im Briefkasten lag nur Werbung, während einige Schreiben in der Mailbox des Rechners waren. Er überflog sie rasch. Sie waren für Mikael und unverdächtig.

Vuk fuhr nach Helsingør und nahm die Fähre nach Helsingborg. Es gab keinen Andrang, so daß er sofort an Bord fahren konnte. Er hielt seinen dänischen Paß bereit, aber am schwedischen Ufer gab es gar keine Kontrolle. Er fuhr an Malmö vorbei nach Süden und stellte das Auto in einer Villenstraße ohne Parkbeschränkung in der Nähe des Hafens von Limhamn ab. Von dort nahm er die Fähre nach Dragør auf Amager. An Bord aß er ein Beefsteak mit Zwiebeln und las die dänischen Zeitungen. Auf der Fähre waren nur wenige Passagiere, überwiegend Rentner, die in Schweden eingekauft hatten.

Vuk nahm den Bus ins Kopenhagener Zentrum und die S-Bahn weiter nach Hellerup. Die Villa lag in der beginnenden Dunkelheit, und eine erneute Runde zeigte ihm, daß alles normal war. Er goß sich aus der Bar im Wohnzimmer einen Wodka ein und nahm das Glas mit in die Küche, wo er den Fernseher anschaltete, um die Nachrichtensendung um 18.30 Uhr zu sehen. Die Meldungen kamen vor allem aus Dänemark und ergaben für ihn keinen großen Sinn. Kleine Konflikte, die dramatisiert wurden, weil das Land alles in allem in Frieden lebte, dachte er. Nichts Neues aus Bosnien oder über Sara Santanda. Die Welt war normal. Er schob eine tiefgefrorene Pizza in den Ofen und sah sich die Seekarte an. Die Entfernung zwischen Kopenhagen und dem Flakfort betrug etwa acht Kilometer, vom Flakfort nach Saltholm war es etwa halb so weit. Interessant waren die internationalen Fahrrinnen auf beiden Seiten des »Unreinen Meeres«. Dessen Ränder waren sicher durch Seezeichen markiert. Er dachte daran, wie die M/S Langø auf ihrer Fahrt vom Hafen zum Flakfort einen Bogen gemacht hatte, statt geradewegs Kurs auf die künstliche Insel zu nehmen. Schon auf der Kopenhagener Übersichtskarte war es zu sehen. Auf der Seekarte konnte man nun klar erkennen, wie der Middelgrunden mit dem »Unreinen Meer« wie eine Sperre, wie eine Art Minenfeld unter Wasser zwischen den beiden Fahrrinnen lag, die vom Schiffsverkehr benutzt wurden. Er ging davon aus, daß das »Unreine Meer« mit seinen Untiefen eine alte Mülldeponie oder ein Schiffsfriedhof war.

Er konzentrierte sich auf die Wettervorhersage im Fernsehen. Abends war Regen zu erwarten, aber in der Nacht sollte es aufklaren. Für den nächsten Tag wurde wolkenreiches, aber durchgehend trockenes Wetter vorausgesagt, nachts eventuell Schauer, dann würde es wieder aufklaren, und für den Tag X versprach der freundliche Mann im Fernsehen sonniges, leicht bewölktes Wetter mit mäßigem Wind aus Ost und für die Jahreszeit überdurchschnittlichen Temperaturen in der ersten Tageshälfte. Zum Nachmittag zöge dann stürmisches Regenwetter aus Ost herauf. Vuk freute sich über die Vorhersage. Mehr als Regen und schlechte Sicht in der Nacht konnte er sich gar nicht wünschen.

Er nahm die Fernbedienung und schaltete zu CNN hinüber und drehte den Ton leiser. Während er seine Pizza aß, studierte er noch einmal die Seekarte, um sich ganz sicher zu sein, welche Koordinaten er nach Berlin durchgeben würde, von wo aus sie dann an den Schiffer auf dem russischen Lastkahn weitergeleitet würden. Er hoffte, daß der Prahm schon irgendwo mit vorgetäuschten Motorproblemen auf ihn wartete, vermutlich in einem kleineren Hafen in der Nähe von Kopenhagen. Er rief Berlin an und mußte eine Viertelstunde warten, ehe er zurückgerufen wurde. Die Verbindung war klar. Er gab die Koordinaten von der Seekarte zunächst auf englisch und dann zur Sicherheit noch einmal auf deutsch durch. Donnerstag zwischen vierzehn und sechzehn Uhr. Er ließ sich seine Angaben noch einmal wiederholen und sagte dann:

»Gibt's sonst Probleme mit der Konkurrenz?«

»Negativ.«

»Okay.«

»Wir schließen das Büro, wenn das Geschäft abgeschlossen ist«, sagte die Stimme aus Berlin.

»Verstanden«, sagte Vuk. »Ich brauche dann die neue Adresse.«

»Wir bevorzugen E-Mail.«

»In Ordnung.«

Vuk notierte die E-Mail-Adresse. Nun konnte er von jedem beliebigen Rechner, der ans Internet angeschlossen war, mit seinen Arbeitgebern in Kontakt treten, ohne daß irgend jemand erführe, weshalb er sie kontaktierte. Er konnte es von einem Internetcafé oder einer Bibliothek aus tun, ob in Wien oder in Belgrad, und sie wüßten nicht, wo er sich aufhielte. Er hatte sich entschieden, nach Serbien zurückzukehren. Er hatte aus den Medien erfahren, daß die NATO die Verfolgung derjenigen eingestellt hatte, die von den Feinden der Serben als »Kriegsverbrecher« bezeichnet wurden. Er würde Emma aufsuchen und mit ihr zusammen das Ende der Wirren abwarten. Auf eigenem Terrain würden sie ihn niemals finden. Für Leute wie ihn war das im Augenblick der sicherste Ort, während der Plan, einem fanatischen Muslim die Schuld in die Schuhe zu schieben, seine Wirkung zeigen durfte.

Auf der Seekarte zeichnete er seinen Kurs ein und markierte die entscheidenden Punkte. Er würde sich am Nordre-Røse-Leuchtturm, der Insel Saltholm, dem Flakfort und den Kopenhagener Türmen orientieren und bei Tageslicht die unschuldige Boje sehen, die er am Rand des »Unreinen Meeres« und der Holländertiefe plazieren würde.

Er packte die Taucherausrüstung in den Rucksack und schnürte ihn zu. In dem wasserdichten Beutel verstaute er den Schlafsack, die Isomatte und die Stableuchte. Es war immer noch reichlich Platz. Er legte seine schwarzen Ecco-Schuhe mit den Gummisohlen auf die Isomatte. Sorgfältig faltete er sein feines Tweedsakko, die graue Hose und ein hellblaues Hemd und legte sie ebenfalls hinein. Als nächstes kamen ein leicht gemusterter Schlips, ein Paar dunkle Socken und ein kleiner Spiegel, den er im Badezimmer gefunden hatte. Zum Schluß legte er die schwarze Jeans, den Rollkragenpullover und ein dickes Baumwollunterhemd darauf. Das Ganze steckte er mit einem großen Badetuch fest.

Im Keller nahm er das schwarze Schlauchboot von den Haken. Die beiden Leichen unter der Persenning würdigte er keines Blicks. Er konzentrierte sich auf das Boot. Es war in Ordnung, wenn auch etwas schlaff, als wäre es eine ganze

Weile nicht benutzt worden. Auf dem Boden des Bootes lagen zwei kleine Kanuruder und ein kurzes Paddel. Er sah sich im Keller um. In einer Ecke stand die Fußpumpe, und mühelos pumpte er das Boot auf. Es hatten vier Mann darin Platz. Es war ein Militärmodell bester Qualität. Er untersuchte den Außenbordmotor. Er schien gut gepflegt und relativ neu zu sein. Draußen auf dem Sund herumzutuckern und Schiffe zu beobachten war – außer den Computern natürlich – eins von Mikaels wenigen Interessen. Das war Vuks Glück. Im Hobbyraum fand er einen vollen Benzinkanister und füllte den Tank des Außenbordmotors auf. Nach einem Tag vollster Konzentration spürte er langsam die Müdigkeit. Während seiner Einkaufstour hatte er die ganze Zeit nach eventuellen Verfolgern Ausschau gehalten oder einfach nach Leuten von früher, die ihn wiedererkennen könnten.

Den Rest des Abends und einen Teil der Nacht verbrachte Vuk im Hobbyraum, wo er an der gut ausgerüsteten Drehbank zwei Dietriche anfertigte. Dann trank er noch einen Wodka und legte sich schlafen. Er schlief ruhig und ohne Angst vor Alpträumen. Er kannte sich gut genug, um zu wissen, daß sowohl sein Bewußtsein als auch sein Unterbewußtsein sich ganz auf die Sache konzentrieren und allem anderen keinen Raum lassen würden. Wäre die Aufgabe erfüllt, würden die Dämonen zurückkehren, aber im Augenblick ließen sie ihn in Ruhe. Er fühlte sich völlig sicher in dem Haus. Keiner wußte, daß er im Lande war, und keiner wußte, daß er den Zeitplan kannte, nach dem der Aufenthalt der zum Tode verurteilten Schriftstellerin in Dänemark ablief.

Am nächsten Morgen erwachte Vuk früh, aber ausgeruht. Als er aus dem Fenster schaute, sah er, daß der Meteorologe recht gehabt hatte. Die Wolken hingen tief und schienen regenschwer, aber es blieb trocken. Er kochte Kaffee und guckte beim Frühstück CNN. Dann räumte er den Tisch ab und holte seine Waffen. Das Gewehr legte er in den Koffer zurück. Er wollte es nicht benutzen. An den alten Kanonenluken wären zweifellos Scharfschützen postiert. Daß sein Fluchtweg funktionierte, war davon abhängig, ob er es schaffte, in den wenigen entscheidenden Minuten ein ausreichend großes Durcheinander zu inszenieren.

Er nahm die Pistole. Er hatte sie überprüft und alles in Ordnung gefunden, aber lieber einmal zu viel! Sie konnte gekauft oder gestohlen sein. Da sie nicht sehr selten war, war sie sicher legal erworben worden. Es war eine italienische schwarze Beretta, Modell 92 F, die den Wettbewerb der amerikanischen Armee für ihre neue Pistole gewonnen hatte. Sie löste den alten Colt 45 ab, der ihr sehr ähnelte. Aber sie war stabiler und sicherer zu handhaben. Eigentlich zog Vuk Revolver den Pistolen vor. Sie waren robuster und konnten viel mehr aushalten als die komplizierten Pistolen, die gerne mal klemmten, wenn man es am wenigsten gebrauchen konnte, aber sein Lieblingsrevolver Smith and Wesson hatte nur fünf Schuß, und das war zu wenig, wenn sein Fluchtweg nicht frei war. Und die Beretta war eine gute Waffe, mit der er vertraut war. Sie konnte fünfzehn Patronen im Magazin aufnehmen und eine in der Kammer, und das war entscheidend. Er lud das Magazin mit fünfzehn 9mm Patronen und schob es in den Schaft. Er überprüfte, ob sie gesichert war, und hielt die Pistole mit beiden Händen in Schußstellung. Die etwas mehr als ein Kilo schwere Waffe ließ sich gut im Gleichgewicht halten. Vuk wußte, daß das Projektil den Lauf in einer Geschwindigkeit von 390 Metern in der Sekunde verlassen würde, und aus der Entfernung, aus der er die Waffe zu gebrauchen gedachte, würde es direkt durchs Ziel gehen und auf seinem Weg furchtbare Verheerungen im menschlichen Körper anrichten. In ein oder zwei Sekunden konnte er das Ziel dreimal treffen. Vuk ging zwar davon aus, daß die Waffe ausprobiert worden war, aber er mußte selbst erleben, wie sie reagierte und wie sie zog. Er tat es nur ungern. Dänemark war ein kleines Land, in dem die Menschen dicht aufeinanderwohnten, deshalb war es schwer, einen geeigneten Ort zu finden, um sie zu testen, aber leider unumgänglich. Schweden wäre dazu besser geeignet, aber er war nicht so töricht, eine Pistole über eine internationale Grenze schaffen zu wollen. Das Risiko war zu groß.

Vuk nahm die S-Bahn nach Hillerød und stieg in die kleine Privatbahn um, die ihn durch Seelands größten Wald, den Gribskov, fuhr. Bis auf zwei Gymnasiasten, die leise über Kameraden und Lehrer diskutierten, war er der einzige im Zug. An der Station Gribsø stieg er aus und ging in den Wald. Nach zwanzig Minuten hatte er den Eindruck, von öffentlichen Wegen weit genug entfernt zu sein. Auf der einen Seite befand sich ein kräftiges Nadelbaumdickicht und auf der anderen alter Buchenbestand. Die Bäume würden den Knall dämpfen. Die Lichtung war etwa zwanzig Quadratmeter groß. In den Spalt eines alten Stammes, der vom Blitz getroffen worden war, stellte er in Kopfhöhe drei große Tannenzapfen im Abstand von zehn Zentimetern nebeneinander. Er trat zehn Schritte zurück, entsicherte und schoß. Die Pistole zog ein kleines bißchen nach rechts. Der Knall war nicht sehr laut, aber trotzdem flatterte schreiend ein Vogel auf. Die Kugel war nur wenig über dem rechten Zapfen ins Holz eingeschlagen. Er hielt die Beretta mit beiden Händen, zielte über die ausgestreckten Arme und schoß wieder. Der Tannenzapfen zerstob in einer Staubwolke. Er trat zwei Schritte vor und drückte dabei viermal schnell hintereinander den Abzug. Die beiden anderen Zapfen zersplitterten ebenfalls. Er ging zu dem Baum. Die Projektillöcher befanden sich in einer waagerechten Reihe nebeneinander.

Er steckte die Pistole zurück in die Umhängetasche, in der er sie transportierte. Sie war aus festem blauen Stoff und sah aus wie jede andere auch. Schnell verließ er den Wald auf entgegengesetztem Weg und ging dann zu der S-Bahnstation zurück, wo er eine halbe Stunde auf den Zug warten mußte. Er begegnete keinem Menschen und saß den größten Teil des Weges nach Hillerød allein im Zug.

Wieder in der Villa reinigte er die Pistole und füllte das Magazin auf. Er lud auch das Reservemagazin. Dann machte er Tee mit viel Zucker und einem Spritzer Rum und schmierte sich Brote mit Butter, Käse und Salami. Er packte sie in Folie ein und legte sie mit der Thermoskanne Tee und einer Flasche Wasser in den wasserdichten Sack, den er sorgfältig verschloß. Er packte die Pistole und das Reservemagazin in eine Plastiktüte und legte sie zusammen mit einem Kugelschreiber und einem Notizblock in die Umhängetasche. Es blieb noch Platz für Zahnbürste und Zahnpasta und einen Kamm sowie Toilettenpapier. Das restliche Bargeld, Paß und Kreditkarte steckte er in den kleinen wasserdichten Beutel, den er um den Hals tragen würde.

Im Bad schwärzte er mit dem Haarfärbemittel sein Haar und seinen kurzen, aber dichten Bart. Das Waschbecken säuberte er gründlich und warf die Tube in den Mülleimer vor dem Haus, ehe er den Kälteschutzanzug anlegte, der mit einer Kapuze versehen war. Seine Mütze setzte er trotzdem auf.

Vuk mußte das Schlauchboot hochkant nehmen, um es aus der Kellertür zu bugsieren und in den hinteren Garten hinaufzutragen. Regen schlug ihm ins Gesicht, als er auf das glitschige Gras trat und das Boot zum Sund hinunterzog, der mit kleinen krabbligen Wellen dunkel am Ende des Gartens lag. In seinen schwarzen Seglerschuhen, die er ohne Strümpfe trug, ging er zum Keller zurück, holte den Außenbordmotor und montierte ihn an das Schlauchboot, bevor er den Rucksack und den wasserdichten Sack am Bootsboden verzurrte. Die Boje band er mit der Ankerleine am Rucksack fest, dergestalt daß der Anker selbst auf dem Rucksack saß.

Er war bereit.

Vuk ging noch einmal zum Haus. Der Regen nahm zu, und er fror ein wenig an Füßen und Fingern, aber das würde vorübergehen. Plötzlich fuhr er zusammen. Das Telefon klingelte. Er verharrte einen Augenblick, ließ es klingeln, dann verschloß er die Kellertür und verließ das Haus durch die Eingangstür, die zugezogen werden konnte. Er ging nach hinten in den Garten, schob das Schlauchboot ins Wasser, entfernte sich mit dem kurzen Paddel vom Ufer, ehe er beim vierten Versuch den Außenbordmotor in Gang bekam. Sein Geräusch wurde auf dem dunklen Sund schnell verschluckt. Vuk schaute auf seinen Leuchtkompaß und die Seekarte, die er in dünnes Plastik eingeschlagen hatte. Das Boot glitt ruhig auf den kleinen Wellen dahin. Er fuhr die Küste hinunter auf den Rand des »Unreinen Meeres« zu, das das flache Boot problemlos würde überfahren können. Der Öresund war dunkel, aber in den Fahrrinnen sah er die Positionslichter mehrerer Schiffe, und er erkannte die erleuchteten Fähren, wo es sich die Passagiere bei Kaffee oder einem letzten Bier gemütlich machten. Am Rand des »Unreinen Meeres« stellte er den Motor auf die niedrigste Umdrehung und glitt vorsichtig über die verräterische Untiefe, bis er seine Position erreichte. Er überprüfte noch einmal den Kompaß und richtete sich halb auf, um richtig peilen zu können, dann versenkte er den Rucksack mit dem Anker. Der Anker und der Bleigürtel zogen ihn rasch nach unten, und er zählte etwa zweieinhalb Meter, er war also auf der richtigen Seite dessen, was dort unten an Schwellen und Beton und Gerümpel auf dem Grund lag. Als der Rucksack unten aufgekommen war, ließ er noch zwei weitere Meter

Tau auslaufen, bevor er das Messer zog, das an seiner Wade befestigt war, und das Tau kappte und die Boje daran festband. Er schaute auf den Kompaß und auf die Küste und rechts nach Nordre Røse hinüber. Er konnte die Kläranlage Lynetten und die Lichter über den Türmen von Kopenhagen sehen. Er orientierte sich an bestimmten Landmarken und wußte, daß er die Stelle mit größter Wahrscheinlichkeit wiederfinden würde. Beim Froschmanntraining in der Spezialschule hatten sie das hunderte Male geübt. Infiltration und Sabotage. Ungesehen hinein- und ungesehen wieder hinauszukommen. So etwas trainieren die Spezialeinheiten auf der ganzen Welt.

Vuk blickte wieder auf seinen Kompaß. Er fror an Fingern und Zehen, aber das war nicht schlimm, solange er sie nur bewegen konnte. Der Kälteschutzanzug schützte ihn vor dem Wasser, das ab und zu übers Boot schlug, wenn es eine falsche Welle erwischte. Er nahm Kurs auf das Flakfort, während er den Schiffsverkehr beobachtete. Er wußte, daß er unsichtbar war. Kurz vor dem Fort machte er den Motor aus und ruderte um die Hafeneinfahrt und die Insel an der Mole entlang, die das Flakfort an allen Seiten umgibt. Vuk machte das Schlauchboot an der Außenseite der Mole fest.

Er kletterte auf die Steine der Mole. Er zog den wasserdichten Sack herauf. Wären trotz Regen und Finsternis Menschen draußen gewesen, hätten sie ihn kaum sehen können, selbst wenn sie nur zwei Meter von ihm entfernt gestanden hätte. Trotzdem setzte er sich in die Hocke und lauschte intensiv. Er hörte nur den Regen, der auf die Steine und das Wasser trommelte. Die schwedische und dänische Küste waren im Dunst verschwunden. Das Flakfort wirkte verlassen. Vuk klappte den Außenbordmotor hoch und machte mit seinem Messer unter dem Wasserspiegel ein winziges Loch, dann stieß er das Schlauchboot in die Strömung. Es würde in weniger als einer halben Stunde gesunken sein.

Er schlang den Schulterriemen des Sacks um den Körper, hielt die Umhängetasche mit der rechten Hand hoch und ließ sich in das Wasser gleiten, das die Mole vom Fort trennte und es gegen die ständigen Attacken des Meeres schützte. Mit drei Beinstößen erreichte er die andere Seite und kletterte an Land.

Vuk zog den Kälteschutzanzug aus und fühlte sich verwundbar, nackt und weiß in der Dunkelheit, aber er wollte in den Gängen keine nasse Spur hinterlassen. Er machte den Sack auf, frottierte sich mit dem Badetuch ab, schlüpfte in seine schwarzen Jeans, das Unterhemd und den Rollkragenpulli und zog Socken und Schuhe an. Die nassen Seglerschuhe warf er ins Wasser und sah sie davontreiben. Er wickelte den Kälteschutzanzug in das große Handtuch und legte ihn oben in den Sack, den er wieder zuschnürte. Dann nahm er sein Gepäck und betrat die dunklen Gänge des Forts. Seine Nachtsicht war optimal, aber in den Gängen herrschte eine dermaßen tiefe Finsternis, daß er seine Taschenlampe anmachte, nachdem er zunächst angestrengt auf Geräusche gelauscht hatte. Er fand die Betontreppe und stieg in das Innere der Festung hinab. In den Kasematten betrug die Temperatur lediglich zehn Grad, und er fing an, vor Kälte ein wenig zu zittern.

Er fand die Tür mit dem Hängeschloß, die zum alten Munitionslager führte. Mit dem Dietrich bearbeitete er das Schloß. Es war simpel und ließ sich problemlos öffnen. Den anderen, etwas komplizierteren Dietrich würde er morgen brauchen. Er zog die Kette ab und betrat den finsteren, kalten Raum. Ein saurer, muffiger Geruch schlug ihm entgegen. Er hielt inne und lauschte. Er hörte nur seine eigenen Atemzüge. Er legte den Sack, die Umhängetasche und die brennende Taschenlampe in den Raum und machte die Tür zu. Es drang kein Licht heraus.

Er holte seine Taschenlampe wieder, ging zum Haupteingang, kniete sich hin und wedelte sorgfältig mit der Handfläche über den Staub, der den Zementboden bedeckte, um seine Spuren zu verwischen. Er kehrte zu der Munitionskammertür zurück, verwischte davor ebenfalls sämtliche Spuren, dann trat er ein, zog die schwere Metalltür zu und verschloß sie von innen mit der Eisenkette.

Er machte die Campingleuchte an, die den ganzen Raum erleuchtete, trockene, fahle Zementwände in einem niedrigen Gelaß. In der Ecke, in der der Zement an einem Luftloch verwittert war, bemerkte er eine rasche Bewegung. Die Ratte sah ihn an, als ob sie darüber spekulierte, wer da nach so vielen Jahren in ihr Reich eingedrungen war. Vuk ließ seine Hand zur Wade hinuntergleiten, sie umfaßte das Messer und stieß zu. Die Messerspitze traf die Ratte in die Seite, als sie versuchte, am Mauerwerk entlangzulaufen. Als sie durchbohrt wurde, stieß sie einen kurzen Schrei aus. Vuk stach sie in den Hals und den Bauch, machte die Eisentür auf und schmiß sie hinaus. Sie sah aus wie ein Opfer der gewalttätigen Kämpfe ums Territorium, in die Ratten immer verwickelt sind. Langsam sickerte ihr Blut in den Staub.

Er rollte die Isomatte aus und legte den Schlafsack darauf. Er breitete den Kälteschutzanzug zum Trocknen aus, setzte sich in den Schlafsack und massierte seine kalten Füße. Die Anstrengungen und die ständige Konzentration hatten ihn erschöpft. Er hatte Lust auf eine Zigarette, aber der Rauch wäre weithin zu riechen, und er kannte das Lüftungssystem der Kasematten nicht. Statt dessen goß er sich Tee in den Becher der Thermoskanne und aß seine Brote, während er auf den Morgen wartete.

21

Als lise schrie, drehte Per Toftlund sich um. Er hatte die Persenning von den Spülbecken gezogen und starrte auf die Leichen von Mikael und Ole. Ihr Schrei war schrill und ging in jammerndes, japsendes Schluchzen über. Die Leichenstarre war schon wieder vorbei. Die Leichen waren blaß und hatten Flecken vom abgesunkenen Blut, die Augen waren eingefallen und leer.

Per nahm Lise in den Arm und ließ sie an seiner Schulter weinen. Er streichelte ihr Haar und strich ihr über die kalte, klamme Wange. Der junge Polizist stand wie angenagelt auf der Stelle und blickte abwechselnd von ihnen zu den Toten. Er hatte schon Tote gesehen. Dazu brauchte man auf den Polizeirevieren nicht sehr alt zu werden. Aber es waren überwiegend Selbstmörder oder ältere Menschen, die einsam gestorben waren. Eine Leiche, deren Kehle von einem Stahldraht durchtrennt worden war und die zusammengefaltet in einem uralten Spülbecken steckte, hatte er noch nie gesehen.

»Ruf die Mordkommission an, Mensch!« fuhr Per ihn an, während er Lise fest im Arm hielt, die am Rande eines Schocks stand. »Und nimm das Telefon. Keinen Funk«, fügte er hinzu. Er wußte, daß die Redaktionen der Tageszeitungen den Polizeifunk abhörten. Sie hatten bald bessere Scanner als die Polizei selber. Aber er wollte die Sache zumindest 24 Stunden lang geheimhalten.

»Das ist Ole. Das ist mein Mann«, wiederholte Lise zum dritten Mal. »Warum liegt er hier? Warum habe ich nicht auf ihn aufgepaßt?«

»Lise, Lise, Lise. Es ist nicht deine Schuld«, sagte Per, und ihr Schluchzen nahm wieder zu.

Er führte sie nach oben, setzte sie in die Küche und gab ihr ein Glas Leitungswasser, das sie gierig trank. Sie hatte verquollene und rote Augen, aber das Weinen hatte nachgelassen. Sie schnappte beim Trinken nach Luft, trank aber alles aus, und Per füllte das Glas wieder auf.

Sie sah ihn an.

»Ich kenne ihn«, sagte sie.

»Wen?«

»Den Jungen auf dem Klassenfoto. Den sie Janos nennen.«

»Was willst du damit sagen?«

»Er war bei uns. Er nannte sich Carsten.«

»Wann?«

»Neulich. Er schien ein neuer Freund von Ole zu sein.«

Als sie Oles Namen nannte, schluchzte sie wieder, aber Per fand, daß sie sich gut im Griff hatte. Oder war sie stärker, als er dachte?

»Auf einmal, als ich Ole sah, hab ich das Bild mit dem Mann bei uns zu Hause in Verbindung gebracht. Warum bin ich da nicht etwas eher drauf gekommen? Warum, Per? Dann wär das hier nicht passiert!«

»Das Gedächtnis spielt uns oft einen Streich. Das eine oder andere muß noch dazukommen, ehe man sich wieder erinnert«, versuchte er es.

»Dann wär das nicht passiert!« wiederholte sie mit tränenerstickter Stimme.

Per ließ sie erst einmal in Ruhe. Gleich käme der Streifenwagen und die Leute vom Morddezernat mit den Technikern und der ganzen Ausrüstung. Das war nicht mehr seine Sache. Dies war ein Mordfall, und da hätten andere eine weit größere Sachkenntnis. Sie würden den Fall übernehmen, Untersuchungen anstellen, die Fahndung ausschreiben. Das Übliche. Er blickte auf das Gewehr, das in dem offenen

Koffer auf dem Boden lag. Janos war ohne seine Waffe verschwunden. Er hatte das Weite gesucht. Irgend etwas mußte ihn erschreckt haben. Eigentlich war Sara Santanda jetzt in größerer Sicherheit. Als ob das Lise trösten könnte, aber es milderte den Druck auf ihn. Trotzdem fragte er:

»Was wußte dein Mann?«

Sie sah ihn an. Ihre Augen waren tränenerfüllt, und er empfand große Zärtlichkeit für sie. Warum war sie nicht im Auto geblieben? Warum konnten Journalisten nie ihre verfluchte Neugier zähmen?

»Er war mein Mann. Ich hab ihm natürlich einiges erzählt.«

Er schaute sie an.

»Aha. Was soll's. Janos ist über alle Berge. Ihm ist irgendwas dazwischengekommen.«

»Ich möchte nach Hause«, sagte sie leise.

»Hast du jemanden, der zu dir kommen kann? Ich muß jetzt ...«

»Eine gute Freundin. Sie wird bestimmt kommen.«

»Gut.«

Er sah ihr an, daß sie das Erlebnis noch nicht verdaut hatte. Sie konnte immer noch zusammenbrechen.

»Ich möchte nach Hause«, sagte sie noch einmal.

»Was kann Ole ihm erzählt haben?« fragte Per. Er konnte es nicht lassen, obwohl er merkte, daß der Schmerz in ihr Gesicht zurückkehrte.

»Nichts. Ole kannte keine Details. Ich möchte nach Hause, Per.«

Per sprach fast zu sich selbst.

»Er ist kein Kamikazetyp. Er ist Profi. Simba ist jetzt sicherer. Er hat sein Gewehr nicht mitgenommen. Wußte Ole vom Flakfort?«

»Hast du gehört, was ich gesagt habe, Per? Ich möchte nach Hause.«

»Wußte er was?«

»Nein, wußte er nicht.«

»Ich besorge einen Streifenwagen, der dich nach Hause bringt.« Er reichte ihr sein Handy. »Hier, ruf deine Freundin an, und nimm was zum Schlafen, wenn du nach Hause kommst.«

»Nein, danke. Morgen habe ich einen anstrengenden Tag vor mir, das heißt heute.«

»Du mußt das doch morgen nicht machen, Lise. Kein Mensch verlangt oder erwartet, daß du dein Programm durchziehst, nach dem, was passiert ist.«

»Wenn ich nicht arbeite, geh ich vor die Hunde«, sagte sie und wählte die Nummer.

Sie konnte es nicht mehr hören, daß sie ins Bett gehen solle. Die Freundin sagte es auch, als sie in Lises Küche saßen und Wein tranken und rauchten, und Tagesen rief an und sagte das gleiche und wiederholte es noch einmal, als sie im äußersten Flügel des Kopenhagener Flughafens standen. Kapierten sie denn nicht, daß sie nur durch konzentrierte Arbeit einen Nervenzusammenbruch verhindern konnte? Und Trauer und Schuld auf Distanz halten konnte? Ihr war klar, daß es furchtbar werden würde, wenn der Besuch überstanden war und die Polizei Oles Leiche nach den abschließenden Untersuchungen und der Obduktion freigab und sie an Bestattung, Anwälte und Zukunft denken mußte. Dann wäre sie mit ihrer Trauer und Schuld allein, aber den Zeitpunkt, wann sie der Welt für eine Weile entfliehen wollte, wollte sie trotz allem selbst bestimmen.

Lise wartete zusammen mit Per, John und Tagesen auf den Flug aus London. Sie hatte einen Rock und eine feine Bluse mit Jacke angezogen. Sie hatte sich sorgfältig und stärker geschminkt als sonst, und doch schimmerten ihre Blässe und ihr Gram hindurch. Sie hatte ein paar Stunden an der Seite ihrer Freundin geschlafen, die ihr die Hand gehalten hatte. Die Polizei war von ihrer normalen Praxis abgewichen und hatte eine vorläufige Nachrichtensperre verhängt. Nicht um sie vor den Kollegen von der Presse zu schützen, sondern ausschließlich deshalb, damit Janos nicht erfuhr, daß sie seinen Stützpunkt entdeckt hatten, falls er nicht sowieso über alle Berge war. Per trug seine üblichen Sachen, während Tagesen einen Anzug anhatte. Per war mitgeteilt worden, daß Saras British-Airways-Flug gelandet war. Sie hatte die Erlaubnis, als erste von Bord zu gehen.

Väterlich legte Tagesen den Arm um Lises Schulter.

»Du brauchst dir das hier nicht anzutun, Lise. Du kannst ruhig nach Hause fahren«, sagte er noch einmal.

Sie schüttelte seinen Arm ab.

»Ich arbeite lieber. Ich halte es nicht aus, rumzulaufen und nichts zu tun.«

»Es ist doch nicht deine Schuld.«

Sie trat einen Schritt von ihm weg.

»Ich will einfach lieber was tun.«

»Da kommt Simba«, sagte Per und gab über sein Sprechfunkgerät den beiden Autos Bescheid, die auf dem Flughafengelände am Ende des Gebäudeflügels warteten.

Sara Santanda sah aus wie auf den Fotos, war aber nicht mit dem traditionellen iranischen Frauengewand bekleidet wie auf einigen der bekannteren Bildern. Sie hatte einen langen Rock mit Hemdbluse und Jacke an. Sie trug ihre mittlerweile berühmten goldenen Ohrringe. An ihrem Arm hing eine kleine Handtasche, die sie absurderweise wie die jüngere Margaret Thatcher aussehen ließ. Aber Lise erkannte ihr sanftes Lächeln, als sie auf sie zukam und Tagesen begrüßte, der sie überströmend willkommen hieß, während Per in sein Walkie-Talkie sprach. Lise sah die ganze Szene wie durch einen Nebel, aber sie riß sich zusammen und sagte willkommen und welch eine mutige Frau sie doch sei. Und Sara gab artig zurück, wie sehr sie sich freue, Lise wiederzusehen.

Per geleitete sie zu einem Notausgang hinaus und zu einem wartenden Volvo Sedan mit getönten Scheiben. Tagesen setzte sich mit Sara Santanda und Lise in den Fond, während Per vorne neben dem Fahrer Platz nahm. John saß mit der Polizistin Bente als Beifahrerin in einem zivilen Ford Escort, und im Laufe weniger Sekunden setzten sich die beiden Autos in Bewegung. Wenn Lise nicht alles wie durch dünne Watte gesehen hätte, wäre ihr die Effektivität der Aktion durchaus bewundernswert erschienen.

Tagesen konversierte mit Sara in seinem gepflegten britischen Englisch, das er in Cambrigde gelernt hatte, während Lise durch das Fenster auf die Verwüstungen blickte, die irgendwann einmal der Beginn einer Brücke nach Schweden werden sollten. Aber vorläufig ähnelte das Ganze eher dem Gebiet einer mittleren Erdbebenkatastrophe.

»*You had a war here?*« fragte Sara Santanda mit ihrer hellen, ironischen iranisch-englischen Stimme.

»*They are building a bridge to Sweden. Just like you are building a bridge between cultures with your courage*«, sagte Tagesen in seiner eigentümlichen intensiven Art, die Lise normalerweise stolz machte, für ihn zu arbeiten, sie heute aber nur peinlich berührte. Zum ersten Mal war sie froh über das Programm. Tagesen würde Sara mit einer handverlesenen Schar von Schriftstellern, Intellektuellen und Verlegern zu einem Brunch in seine Kopenhagener Wohnung einladen, während Lise für die Pressekonferenz auf dem Flakfort zuständig war. Sie würde mit den Journalisten hinüberfahren. John würde mit den sechs Beamten, die Per zur Verfügung gestellt worden waren, auf direktem Wege zum Flakfort fahren. Per hatte die doppelte Anzahl erbeten, aber Vuldom hatte ihm wieder einige Leute entzogen, als er ihr berichtete, daß der Attentäter womöglich geflüchtet war. Immerhin hatte er die Hundestaffel behalten, mit der er das Fort noch einmal durchkämmen wollte. Per würde mit Sara und Tagesen die White Whale besteigen. Auf dem Flugplatz in Værløse, der nur zehn Minuten Flugzeit vom Flakfort entfernt lag, stand ein Hubschrauber in Bereitschaft. Lise sah Per an, daß er nicht geschlafen hatte. Er war blaß, hatte aber einen wachen Blick und schien vom letzten Rest Adrenalin in Gang gehalten zu werden.

Tagesen bedauerte, daß noch kein Minister oder prominenter Oppositionspolitiker zugesagt hatte, Frau Santanda zu treffen. Leider hielten sich die Politiker bedeckt, um das Verhältnis zum Iran nicht zu gefährden. Das war schlimmste Realpolitik.

Sara sah aus dem Fenster.

»*It does not surprise me*«, sagte sie. »*Follow the money, then you are never surprised when it comes to human behaviour, especially with people in power. The Danes are no different, I am sure.*«

»*Right, but still*«, sagte Tagesen und nestelte an seinem Schlips.

»*Anyway, it is nice to be out*«, sagte Sara Santanda und lächelte, während die Autos der Innenstadt von Kopenhagen entgegenfuhren. Lise freute sich zumindest ein klein wenig, daß sie sie später interviewen würde, obgleich sie sich ständig in der Gefahr wähnte, in diesem Nebel zu verschwinden, in dem sie immer nur Oles tote, leere Augen sah. Normalerweise wäre sie über einen solchen Tag hellauf begeistert gewesen, auch darüber, daß ihre Artikel die Zeitung des Tages beherrschten, aber das einzige, was sie empfand, war die Leere in ihrem Innern, so als wäre ihr Körper mit Dunkelheit erfüllt.

Und das Dunkel war auch noch da, als sie einige Zeit später am Kai beim Lagerhaus am Nyhavn stand. Es war ein schöner Tag, und hier und da genehmigten sich die Leute auf den Caféterrassen ein Bier. Es war alles so normal, daß sie Lust hatte zu schreien. Wie konnten sie da so rumsitzen, als wäre nichts? Wußten sie nicht, daß die Welt voll Schrecken und Schuld war? Die Segelschiffe lagen still am Kai. Es duftete nach Teer und Salzwasser und Essen aus den Restaurants. Ein junges Pärchen saß auf der Kaimauer, ließ faul die Beine überm Wasser baumeln, und beide hatten ein Bier in der Hand. Vom Kongens Nytorv drang der Lärm der Autos herüber, und Spaziergänger drehten sich nach den etwa dreißig Presseleuten um, die sich am Landungssteg versammelt hatten. Sie nahm sich zusammen. Sie hatte noch einmal Make-up aufgelegt, um den nächtlichen Schock zu verbergen, aber sie fühlte sich nackt und durchsichtig und vertraute ihrem Lächeln nicht, als die letzten Kollegen per Taxi oder zu Fuß ankamen. Die M/S Langø lag am Kai, und der Käptn schaute auf die Menschenansammlung. Fünf Fernsehanstalten waren dabei, darunter eine deutsche und das Team der Agentur Reuter, das sich wie viele andere auch langsam ausrechnen konnte, daß es hier um Sara Santanda ging. Sie kannte die Kameramänner des ersten und zweiten Programms und den neuen vom dritten sowie die meisten Kollegen von den Zeitungen, aber manche Gesichter hatte sie noch nie gesehen. Aus der Anmeldeliste wußte sie, daß auch viele ausländische Journalisten da waren. Wie sie erhofft hatten, hatte der Name Scheer gezogen, und einige Kollegen, die sie persönlich kannte, durften auch noch mit auf die Liste, als sie etwas verspätet anriefen, nachdem ihnen der wahre Sachverhalt klar geworden war. Zwei zivile Beamte standen am Landungssteg und verglichen die Pressekarten mit ihrer Liste, ehe die Journalisten an Bord durften. Sie nahmen es gutgelaunt hin. Derlei Dinge waren sie gewohnt.

Lise entdeckte auch Peter Sørensen, der mit seinem Kameramann in der Schlange vor dem Landungssteg stand.

»Hallo, Lise«, rief er. »Wohin geht's? Zum Flakfort?«

»Alles weitere an Bord, Peter«, sagte sie und zwang sich zu einem Lächeln.

Die letzten kamen aufs Schiff. Es wehte ein mäßiger Wind, es war leicht bewölkt und relativ mild, also versammelte sie ihre Kollegen unter dem Baldachin auf Deck. Kaffee und Tee, Gammel Dansk, Bier und Mineralwasser standen bereit. Lise stellte sich auf eine Sitzbank und blickte über die Versammlung.

»Okay, please be quiet«, sagte sie und war selbst überrascht über ihre ruhig und sicher wirkende Stimme. *»My name is Lise Carlsen from Danish PEN. I will speak in English because of our foreign collegues.«*

Sie machte eine Pause. Sie hörten auf zu reden und sahen sie an.

»Thank you«, sagte sie mit der Ruhe im Körper, die man braucht, um Haltung bewahren zu können. *»Wir fahren jetzt zum Flakfort in der Mitte des Öresunds, wo wir die Schriftstellerin Sara Santanda treffen werden. Sie ist heute früh in Kopenhagen eingetroffen.«*

Ein Raunen ging durch die Versammlung, und sie begann auf ihre Fragen zu antworten.

Vuk war doch noch eingeschlafen, wachte aber vor sechs Uhr morgens auf. Die Campinglampe brannte noch. Er aß das letzte Sandwich und trank den Rest des Tees und des Wassers. In dem kleinen Spiegel untersuchte er sein Gesicht. Das Haarfärbemittel hielt. Er säuberte sein Gesicht mit dem Handtuch und kämmte sich sorgfältig, ehe er sich auszog und den Kälteschutzanzug überstreifte. Er war noch ein wenig feucht und klamm. Er hängte den wasserdichten Beutel mit dem Geld und den Papieren um den Hals und zog Hemd und Hose über den Kälteschutzanzug. Er band sich den Schlips um und zog das Sakko an. Er untersuchte noch einmal sein Gesicht und die Teile des Körpers, die er in dem kleinen Spiegel einfangen konnte. Vielleicht beulte die Kleidung ein wenig aus, aber nicht mehr als bei einem

Mann, der ein paar Pfunde zuviel angesetzt hatte, das aber nicht akzeptieren wollte und noch immer die alten, zu eng gewordenen Sachen trug. Die Scheide mit dem Messer band er unter der Hose um seine Wade, checkte Pistole und Magazin und behielt sie in der Hand. Er saß auf dem Schlafsack. Dann löschte er die Lampe und konzentrierte sich darauf, wach zu bleiben und auf eventuelle Geräusche zu achten.

Erst gegen zehn Uhr hörte er Schritte und Stimmen. Sie machten ihre letzte Runde. Er hörte, daß sie einen Hund dabei hatten. Er war gut trainiert und bellte nicht, hatte aber Witterung aufgenommen. Er konnte ihn draußen jaulen hören. Er mußte schon seit geraumer Zeit pinkeln, hatte sich das aber verkniffen, damit ihm nicht etwa ein Hund auf die Spur käme.

»Hier ist nichts«, erklang eine Stimme. »King! Komm her! Das ist nur 'ne tote Ratte.«

»Was ist mit der Tür?« sagte eine andere Stimme.

»Moment.«

Vuk entsicherte die Pistole. Sie rüttelten an der Tür.

»Gar nichts. Bloß Ratten, die sich ein Kämpfchen geliefert haben. King ist ein verdammter Rattenjäger. Sie machen ihn wild. Füchse und Ratten, dann drehen Hunde durch.«

Er hörte sie weggehen und gab ihnen eine halbe Stunde. Wenn sie die Kasematten durchsucht hätten, würden sie sich wahrscheinlich oben auf dem Flakfort postieren, von wo sie jedes sich nähernde Schiff sehen konnten. Das Personal bereitete im Restaurant das Mittagessen vor. Die übrigen Beamten würden sich auf der Rasenfläche vor dem Restaurant aufhalten, um die Presse und später das Ziel zu empfangen. So hatte es im Programm gestanden. Er hoffte, daß sie es auch einhalten würden und daß er ihre Absichten richtig deutete.

Vuk öffnete die Tür. Er stand in völliger Finsternis. Nur

weit hinten an der Treppe war ein schwacher Lichtstreifen zu erkennen. Langsam und leise schloß er die schwere Eisentür und legte die Kette mit dem schweren Schloß vor.

Vorsichtig ging er mit der Pistole in der einen Hand und der nicht angeschalteten Stabtaschenlampe in der anderen den Gang entlang. Er kannte die Örtlichkeit und brauchte kein Licht, wollte aber darauf vorbereitet sein, einen eventuellen Gegner zu blenden. Eine Etage höher konnte er langsam etwas sehen. Das Licht fiel schwach von oben in die Kasematten. Er lehnte sich an die Wand und wartete. Er bemerkte weder Bewegungen noch Geräusche mit Ausnahme eines ständigen Summens. Es mußte der Generator sein, der das Fort mit Strom versorgte. Er ging weiter und erreichte den breiten Hauptgang, in den durch die offenen Eingänge an beiden Enden Licht fiel. Wieder preßte er sich an die Mauer und wartete ab, ob alles ruhig blieb. Auf leisen Gummisohlen huschte er den Gang entlang zu den Personalräumen. Er zog den Dietrich aus der Tasche und brauchte nur eine Minute, um das simple Ruko-Schloß in der Zimmertür des Kochs zu knacken.

Wie erwartet war der Koch nicht da. Er bereitete das Mittagessen vor. Er hatte ein kleines Zimmer mit Bett, Waschbecken, Fernseher, großem Radio mit CD-Spieler und Kassettendeck sowie einem Tischchen mit einem Stuhl mit hoher Lehne davor. An der Wand hingen ein Bild der dänischen Europameister im Fußball und zwei nackte Frauen aus dem *Playboy*. Auf dem Tisch stand das Foto einer rundlichen, jungen Frau, in der Vuk die Freundin des Kochs vermutete. Mühsam zog er sich erst die Hose runter und dann den Schutzanzug auf, pinkelte dankbar ins Waschbecken und spülte sorgfältig nach. Er fühlte sich linkisch und unheimlich verwundbar, als er mit der Hose an den Füßen und dem Rücken zur Tür stand.

Er zog seine Kleider wieder richtig an, setzte sich mit

dem Gesicht zur Tür, holte eine Zigarette aus dem wasserdichten Beutel und nahm einen tiefen Lungenzug. Er wartete auf das Eintreffen der Presse. Sein Plan war, nach oben zu gehen und sich unter sie zu mischen, wenn sie durch das Fort spazierten und Sara Santanda erwarteten. Laut Programm würde die Presse eine halbe Stunde vor dem Ziel da sein. Ein Journalist mehr oder weniger würde der Polizei nicht auffallen. Sie hatten alle überprüft und das Fort durchsucht. Die Presseleute würden nicht unter scharfer Beobachtung stehen. Sie erwarteten die Bedrohung von außen. Sie würden nach außen, nicht nach innen schauen. Und das war ihr großer Fehler.

John erhielt den Bericht der Hundestaffel. Alles war durchsucht und nichts bemerkt worden. Er blickte zu den Befestigungen und den vier mit Gewehren bewaffneten Beamten hoch, die da oben postiert waren. Die Segelschiffe hatten den Hafen verlassen. Nur das Schnellboot der Hafenpolizei lag dort vor Anker. Auf dem Kai standen zwei weitere Beamte. Und Bente, die die Verbindung zur Bereitschaftszentrale hielt. Mehr war nicht zu tun. Er wählte Pers Nummer auf dem Handy. Per vertraute dem Funk nicht. Er zog das Mobiltelefon vor, das die Presse jedenfalls bisher nicht abhören konnte.

»Per? John hier. Alles gesichert. Die Person kann kommen.«

»Prima, John. Die Presse ist auf dem Weg. Der Zeitplan stimmt.«

Der Chef des Restaurants kam heraus und stand vor dem Pavillon.

»Na, und jetzt?« fragte er.

»Ihre Gäste sind in einer halben Stunde hier. Die Pressekonferenz beginnt in einer Stunde.«

»Wir sind bereit. Wollen Sie in der Zeit eine Tasse Kaffee?«

»Danke, sehr gern«, sagte John.

Per würde Sara in einem Auto mit getönten Scheiben von Tagesens Wohnung in der Innenstadt zum Kai am Eigtved-Lagerhaus bringen, wo das dänische Außenministerium liegt. Dort warteten Jon und sein Matrose mit der White Whale. John schaute auf seine Uhr. Dann würde Per Sara in die geschlossene Kajüte führen, wo die Gardinen vorgezogen waren. Dann käme Tagesen, und sie würden in Richtung Flakfort aufbrechen. Sie würden ihn anrufen, wenn sie auf dem Weg waren. Für eine Tasse Kaffee war Zeit. Alles lief wie geplant. Sogar das Wetter spielte mit. Leicht bewölkt mit blasser Sonne, am Horizont über Schweden türmten sich freilich bereits die schwarzen Wolken. Wie vorhergesagt würde es wohl am Nachmittag regnen und der Wind zunehmen, aber dann war zumindest diese Hürde schon genommen.

Die M/S Langø steuerte den Hafen des Flakforts an. Die Kameraleute waren schon seit einer Weile beschäftigt gewesen. Es war ein wunderbares Bild, wie das Flakfort beim Näherkommen langsam aus dem Öresund emporwuchs. Und dann die Scharfschützen auf der Spitze des Forts mit dem Himmel als dramatischem Hintergrund. Die dicken schwarzen Wolken am Horizont, die grünen Böschungen des Forts und die groben Feldsteine des soliden Mauerwerks. Bessere Bilder konnte man sich gar nicht wünschen.

Peter Sørensen sah zu Lise hinüber.

»Sehr fernsehtauglich, Lise. Ist das extra für uns?«

»Es ist auch ein sicherer Ort«, antwortete sie. Sie hatte auf viele Fragen antworten müssen, auch zur Geschichte der Insel. Daran waren vor allem die ausländischen Journalisten interessiert, und für ihre Trauer hatte sie gar keine Zeit gehabt oder sie jedenfalls irgendwo in ihr tiefstes Inneres abgeschoben. Sie wußte, daß sie wieder an die Oberfläche steigen würde, aber sie würde nicht zusammenbrechen.

»Hat Janos mit der Sache hier zu tun?« fragte Peter.

»Warum fragst du danach?«

»Du kannst die Katze ruhig aus dem Sack lassen, Lise.«

»Ich verstehe nicht, warum du danach fragst«, sagte sie und merkte, wie ihre Stimme ein wenig zitterte, weil ihr der Gedanke an Janos die gräßlichen Bilder wieder ins Bewußtsein rief.

Sie wurde von einem Reuter-Reporter erlöst, der wissen wollte, wem das alte Militärfort gehörte und ob es im Krieg eine Rolle gspielt hatte. Sie fing an zu erklären und spürte dabei Peters skeptischen Blick im Nacken. Sie legten an und gingen an Land. Als sich die Journalisten und Fotografen ein wenig zerstreuten, suchte sie rasch das Weite. Einige holten sich ein Bier im Restaurant, andere machten Fotos, während sie warteten. John beobachtete sie. Hier gab es nichts zu tun. Sie waren überprüft, und ihnen zu verbieten herumzulaufen, wäre ohnehin umsonst. Aber der Vorteil am Flakfort war ja, daß man genau wußte, wer sich auf der Insel befand, und daß keiner hinzukommen konnte, ohne entdeckt zu werden.

Vuk hörte jemanden auf dem Gang vor dem Zimmer des Kochs und stand auf. Er holte den Notizblock aus der Tasche, verließ den Raum und ging auf die Toilette. Er schloß sich ein und wartete, bis er eine laute Stimme hörte, die rief:

»Sie kommt. Ihr Boot fährt ein.«

Er hörte schnelle Schritte auf dem Gang, verließ die Toilette und ging drei Männern und einer Frau hinterher, die eilig vor ihm herliefen. Er kam aus einem der Haupteingänge heraus und sah, wie Journalisten und Fotografen am Kai zusammenströmten und drängelten und schubsten, um den besten Platz zu erwischen. Sie kamen aus dem Restaurant, von den Befestigungsanlagen oder vom Kiosk, wo sie sich die Wartezeit damit vertrieben hatten, in Broschüren zu blättern. Das Schiff, das langsam in den Hafen steuerte, war ein niedriges, schönes braunes Motorboot aus Holz, und oben drauf stand der Käptn und betrachtete die Szenerie auf dem grasbewachsenen Kai. Vuk sah das Ziel aus der Kajüte treten. Es stand zwischen zwei Männern. Der eine mit der Windjacke sah aus wie ein Leibwächter. Der andere war im Anzug und mußte eine Art Gastgeber sein. Vuks Mund war ein bißchen trocken, und sein Herz pochte etwas schneller. Aber das war in Ordnung. Adrenalin war unentbehrlich. Er war bereit.

22

Tagesen stand auf dem Achterdeck der White Whale. Es erfüllte ihn mit Stolz, daß sich so viele Medienvertreter eingefunden hatten, aber auch ein wenig mit Unbehagen, daß das Ereignis unter dem Schutz bewaffneter Polizei stattfinden mußte. Aber am stolzesten war er doch darauf, daß es ihm und seiner Zeitung gelungen war, dieses Treffen auf offener See – so wollte er es in einem der nächsten Leitartikel beschreiben – Wirklichkeit werden zu lassen. Vielleicht hätte Lise hier neben Sara Santanda stehen sollen. Vielleicht hatte er zuviel von der Veranstaltung an sich gerissen. Aber er mußte an die Zeitung und an sich selbst denken. Er war der aktivistische Chefredakteur einer aktivistischen Zeitung. Natürlich war der dänische PEN wichtig, aber an einem solchen Tag, an dem seine Zeitung Geschichte schrieb, mußte der PEN eben ein wenig in den Hintergrund treten. Er war sich sicher, daß Lise das auch irgendwie einsah. Vermutlich hätte sie aber doch protestiert, wenn dieses tragische Ereignis nicht gewesen wäre. Sie war eine zähe Person, die nie aufgab, aber alles in allem klappte die Arbeitsteilung zwischen ihnen optimal. Außerdem war sie ja eine Angestellte der Zeitung. Sara Santanda kam in erster Linie aufgrund von *Politiken*. Und weil Lise bei *Politiken* angestellt war, bekam der PEN einen Teil der Ehre ab, dachte Tagesen zufrieden.

Er sah Sara Santanda und die schußbereiten Kameras, das Blitzlicht und die eifrigen Gesichter und die schubsenden Körper. Manchmal wunderte er sich über den Beruf, den er sich ausgesucht hatte und den er hier vertrat. Sie waren wie ein Wolfsrudel, das Witterung aufgenommen hatte. Selbst besonnene Journalisten vergaßen jede Höflichkeit und gute Erziehung, wenn es sich um eine gute Story handelte und man einen Platz in der ersten Reihe ergattern mußte.

»Es tut mir leid, daß das Fort so abseits liegt«, sagte er auf englisch.

Sie schenkte ihm dieses freundliche, sanfte Lächeln, das er in den paar Stunden ihres Beisammenseins schätzen gelernt hatte. Er konnte nicht verstehen, wie diese sanfte, freundliche Frau mittleren Alters bei den Priestern in Teheran eine derart blinde Wut ausgelöst hatte. Er verstand es nicht, aber aller Vernunft zum Trotz freute er sich über die offensichtliche Macht des Wortes. Daß das geschriebene Wort so viel bedeutete. So viel Einfluß besaß. Das hatte er in seinem Leitartikel heute morgen geschrieben. Morgen freute er sich schon darauf, die feigen dänischen Politiker zu geißeln, die sich nicht einzufinden wagten, weil sie um den Export fürchteten. *Follow the money.* Folge dem Geld. So könnte die Überschrift lauten.

»Das ist schon in Ordnung«, sagte Sara und winkte den Reportern zu. »Es ist wunderbar. Und ich liebe das Meer. Allein der Geruch. Ich finde, es ist schön. Es ist ja erst der Anfang. Der erste Schritt. Ich mache meine ersten Schritte ins Freie genau wie ein kleines Kind.«

Die Journalisten riefen wild durcheinander. Wie es ihr gehe? Ob sie Angst habe? Wann sie gekommen sei? Und die Fotografen warfen sich gegenseitig vor, dem anderen die Sicht zu versperren.

»Ruhe«, sagte Tagesen. »Bitte Ruhe! Lassen Sie Sara Santanda bitte an Land kommen und ins Restaurant gehen, dort haben Sie für Ihre Fragen dann reichlich Gelegenheit, und nach der Pressekonferenz will Sara dem Fernsehen auch gerne noch Einzelinterviews geben. Meine Damen und Herren, ich bitte um etwas Ruhe!«

Per Toftlund betrachtete den ganzen Zirkus. Er verstand die Presseleute nicht und fand sie ungeheuer nervtötend und egozentrisch. So wie sie sich gerade aufführten, bestätigten sie alle seine Vorurteile. Er ging voraus und nahm die vier Schritte auf den Kai hinauf, wo er auf Sara wartete und mit seinem breiten Rücken die Presse zurückdrängte. Er ergriff ihre Hand und half ihr aus dem niedrigen Holzboot an Land. Journalisten und Fotografen drängelten und schubsten weiter. Per machte John ein Zeichen, der sich einen Weg zu ihm bahnte, damit sie zu zweit der zarten Autorin ein wenig Luft verschaffen konnten. Sie lächelte und winkte und schien die Aufmerksamkeit zu genießen, obwohl in ihren Augen auch eine zunehmende Nervosität angesichts der zudringlichen Presse zu erkennen war.

»Please, ladies and gentlemen. Please. Let's be civilized«, sagte sie, und ihre ruhige Stimme schien die Gemüter zu besänftigen. Zumindest entstand ein wenig Platz, als sich alle ein wenig zurückzogen und einen Kreis um sie bildeten. Peter Sørensen stand mit seinem Mikro und seinem Fotografen hinter sich in der ersten Reihe. Ein Kameramann stieß Per an und nahm ihm die Sicht. Per fluchte, konnte sich aber nicht dazu entschließen, seinerseits den Mann zu schubsen. Das Verhältnis der Polizei zur Presse war sowieso schon nicht das allerbeste.

»How are you, Miss Santanda?« fragte Peter Sørensen.

»I am fine, young man, and very happy to be here«, antwortete sie.

Alle Aufmerksamkeit war auf Sara Santanda gerichtet. Keiner nahm von Vuk Notiz, der vom Haupteingang herbeigekommen war und sich jetzt am äußersten Rand der Menge befand. In der Rechten hielt er einen Block und einen Kugelschreiber. Er ließ sie fallen und langte mit der Hand quer über den Bauch in die Umhängetasche und zog die Pistole, entsicherte sie und preßte sie gestreckten Arms an sein Bein. Er stieß den Mann vor sich heftig in den Rücken, so daß der nach vorn taumelte und einen anderen mit sich riß. Sie waren wie Kegel, die wackelten, aber nicht umkippen wollten. Allgemeines Gemurre wurde laut, aber es verschaffte ihm Platz, Vuk stand nur einen Meter von seinem Ziel entfernt, das ihm den Rücken zugewandt hatte und in ein Mikrofon sprach. Peter Sørensen fühlte die große Unruhe in dem Pulk, schaute auf, blickte in Vuks Augen und erkannte ihn trotz Bart und dunklem Haar.

»Janos!« rief Peter Sørensen.

Vuks Arm war auf dem Weg nach oben, aber als er den Jugendfreund Peter wiedererkannte und ihm in die Augen sah, war er eine Sekunde lang wie gelähmt.

Lise stand am anderen Ende der Menschentraube, aber Vuks Schubserei hatte einen Keil entstehen lassen, so daß sie ihn plötzlich auftauchen sah, als wäre er geradewegs aus dem Boden geschossen.

»Carsten!« schrie sie.

Wieder bewegte sich Vuks Arm nach oben, aber Toftlund hatte die Bewegung bemerkt und warf sich wie ein grätschender Fußballer nach vorn, wodurch sich zuerst ein Kameramann einmal um sich selbst drehte, ehe Pers 86 Kilo Sara Santanda trafen und sie und ihn selbst zu Fall brachten. Mit einem dumpfen Geräusch prallte Sara unter ihm auf dem Boden auf. Per hörte, wie die Luft aus ihren Lungen gedrückt wurde, und er hörte das Geräusch eines Arms, der brach, oder einer Schulter, die ausgekugelt wurde. Sie stöhnte, aber er drückte seinen schweren Körper auf ihren und drehte sich gleichzeitig so weit um, daß er Vuk sehen konnte.

Per hörte einen Schuß und spürte den Luftdruck des Projektils über seinem Nacken. Er hörte noch einen Schuß. Der erste traf den Fotografen der Fernsehnachrichten in den Hals, durchbohrte ihn und drang in die Schulter seines

Nebenmanns ein. Vuks zweiter Schuß ging mitten durch den Oberarm einer Reporterin und flog dann weiter in die Wade eines Pressefotografen. Beide fingen an zu schreien, Panik breitete sich aus. Manche warfen sich auf den Boden. Andere versuchten wegzurennen. Wieder andere standen da wie angewurzelt.

Aus dem Augenwinkel sah Vuk, wie ein Mann in Zivil eine Pistole aus dem Holster am Gürtel zog. Vuk schnellte herum, faßte die Beretta mit beiden Händen und schoß John zweimal in die Brust, dann legte er der nächststehenden Frau den Arm um den Hals und hielt sie schützend vor sich, während er ihr die Pistole in den Hals bohrte. Es war Lise.

Sie keuchte, aber sie weinte nicht. Sie empfand eine Mischung aus Angst, Wut und Verzweiflung.

Die beiden Verwundeten wimmerten. John lag leblos auf dem Boden, das Blut sickerte ihm aus der Brust und unter dem Rücken hervor, wo die Projektile wieder ausgetreten waren. Bente stand mit ausgebreiteten Armen da, den Mund zu einem stummen Schrei geöffnet. Der Kameramann lag auf dem Bauch, das Blut sprudelte ihm aus dem Hals. Die Presseleute hatten sich etwas zurückgezogen, sie starrten vor sich hin oder lagen im Gras und blickten verstört auf. Manche schluchzten. Andere waren blaß und standen kurz vor einem Schock. Peter Sørensen kniete neben seinem Kameramann. Sara Santanda stöhnte vor Schmerz unter Pers Gewicht. Er bedeckte sie vollständig mit seinem Körper und hatte seine Pistole gezogen.

»Stay down«, sagte er zu ihr.

»You broke my shoulder and several ribs«, sagte sie, sie schien fast zu lachen. *»Is that saving me?«* fuhr sie fort, und er hörte die großen Qualen in ihrer Stimme.

»Stay down«, wiederholte er. Sie war eine erstaunliche Frau.

Vuk hob die Pistole und zielte auf Per.

»Geh weg. Mit dir habe ich keine Rechnung zu begleichen«, sagte er.

Per rief:

»Wenn er noch einen einzigen erschießt, ist er reif. Geisel oder nicht Geisel. Das ist ein Befehl.«

Die beiden uniformierten Beamten hatten die Ruhe bewahrt. Sie hatten ihre Maschinenpistolen entsichert und waren einen Schritt beiseite getreten, so daß sie Vuk und Lise in der Schußlinie hatten. Per kannte sie von früheren Einsätzen. Es waren gute, ruhige Leute, die nicht so leicht in Panik verfielen.

Lise spürte, wie sich Vuks Würgegriff verstärkte. Plötzlich ging ihr auf, was Per gesagt hatte.

»Per«, versuchte sie, aber der Druck auf ihrer Kehle war so stark, daß sie kein Wort mehr herausbrachte. Sie sah es in Pers Augen. Er hatte sich entschieden. Sie sah ihn bittend an, aber seine Augen schweiften ab und hefteten sich auf den Mann mit der Pistole.

Seine Pistole auf Vuk gerichtet sagte Per:

»Janos. Du kriegst sie nicht. Schießt du noch einmal, bist du fertig. Du kriegst sie nicht. Das weißt du. Wir geben sie nicht auf.«

Vuk warf einen raschen Blick nach rechts und links. Die beiden Uniformierten hatten ihre Schußposition eingenommen, ihre Waffen zeigten ruhig auf ihn. Er wußte, oben auf der Festung lagen die Scharfschützen. Es war an der Zeit, sich seine Niederlage einzugestehen und den Fluchtplan durchzuziehen. Vuk hielt seine Pistole auf Per gerichtet, der Sara mit seinem Körper abschirmte, während Vuk Lise wie einen Schild vor sich hielt.

»Okay«, sagte Vuk ruhig und fing an, langsam rückwärts Richtung Kai zu gehen. Es kam Bewegung in die Menge, und die Polizisten traten einen Schritt näher.

»Stop!« brüllte Vuk. »Keiner rührt sich. Ich hab nichts

zu verlieren. Dann kommt erst die hier dran, dann Sara und dann noch ein paar andere. Ich hab keinen Bock, geschnappt zu werden. Ist das klar?«

»Das ist klar«, sagte Per. Er hörte Saras schwere, pfeifende Atemzüge, sie wimmerte. Hoffentlich war ihre Lunge nicht gequetscht worden. *»Stay down«*, flüsterte er ihr zu, ehe er laut sagte:

»Stell deine Forderungen.«

Rasch warf Vuk einen Blick hinter sich. Schiffer Jon stand mit seinem Matrosen auf der Brücke seines Boots und starrte wie versteinert auf die Szenerie. Das Ganze hatte weniger als eine Minute gedauert.

»Er wird mich wegbringen. Der Matrose geht von Bord. Sie kommt mit. Verläßt ein Boot das Flakfort oder steuert mich eins aus Kopenhagen an, sterben beide.«

»Was ist mit den Verletzten? Sie brauchen Hilfe«, sagte Per. Er war blaß, aber die Hand mit der Pistole zitterte nicht, und er hielt Blickkontakt mit Vuk.

»Wenn innerhalb der nächsten halben Stunde ein Boot ablegt, sterben sie«, sagte Vuk mit seiner klaren, tonlosen Stimme.

»Du hast keine Chance. Gib auf«, sagte Per. Er schaute auf Johns leblosen Körper und wußte, daß noch andere getroffen worden waren. In erster Linie ging es darum, den Verletzten zu helfen und Janos loszuwerden. Sie könnten ihn auch später noch schnappen.

»Fuck you«, sagte Vuk.

Per umklammerte seine Pistole fester, als zöge er es in Erwägung zu schießen. Lise war vor Entsetzen wie von Sinnen. Nicht nur über den Mann, der ihr den Hals einklemmte, sondern auch über den, mit dem sie geschlafen hatte und der nun bereit zu sein schien, sie zu opfern.

»Laß es lieber sein«, sagte Vuk, wofür sie ihm innerlich dankte.

»Abgemacht«, sagte Per.

»Per«, versuchte Lise zu sagen, aber die Klammer um den Hals wurde noch fester, als Vuk sie rückwärts zog und sie so weiter als Schutzschild benutzte.

»Komm hoch!« befahl Vuk dem Matrosen, der die Kaimauer hinaufkletterte und sich davonmachte.

Vuk wuchtete sich, nach wie vor Lises Hals umklammernd, aufs Boot. Sie spürte, wie stark er war, aber sein Arm fühlte sich merkwürdig an, als wäre die Jacke mit etwas Gummiartigem gefüttert. Einen Moment lang schien er zu straucheln und lockerte kurz den Griff um ihren Hals, aber geschickt gewann er das Gleichgewicht zurück, und die Schmerzen von seiner eisernen Umklammerung kehrten zurück.

»Abfahrt!« sagte Vuk zu Jon, der leichenblaß auf der Brücke stand.

Vuk hatte sich hinter seinen Rücken zurückgezogen, so daß er nun von ihm und Lise verdeckt war. Er traute den Schützen auf der Festung nicht über den Weg. Einer von ihnen könnte durchaus versuchen, aufs Ganze zu gehen.

Mit der Hand am Startschlüssel guckte Jon zu Toftlund hinüber.

»Abfahrt!« sagte Vuk.

Toftlund lag noch immer auf dem Boden und schützte Sara mit seinem Körper.

»Abfahrt«, wiederholte Vuk. »Ich habe nichts dagegen zu sterben. Ich komme aus einem Land, in dem der Tod zum Alltag gehört. Aber dich nehm ich mit. Und dann ist die hier dran, und dann kommen bestimmt noch ein oder zwei weitere dazu. Also, Abfahrt!«

Toftlund nickte, der Matrose auf dem Kai löste die Vertäuungen, der bestens gewartete Motor der White Whale startete sofort und Jon manövrierte sie vom Kai weg. Als das Boot die Hafenausfahrt erreicht hatte und die schäumende Schraube anzeigte, daß Jon die Umdrehungen erhöhte, sprang Per auf.

»Værløse! Den Hubschrauber!« brüllte er Bente zu, die an ihrem Funkgerät hantierte, ihren kurzen Rapport aber gefaßt durchgab. Die meisten Presseleute blieben liegen, als ob sie sich über die Ereignisse immer noch nicht im klaren wären, während andere langsam auf die Beine kamen.

Toftlund sah der White Whale hinterher, die nun mit voller Kraft den Hafen verließ.

Er wandte sich an Bente.

»Im Restaurant muß es einen Erste-Hilfe-Kasten geben. Kümmre dich drum!«

Er drückte auf die Sendetaste seines Funkgeräts und gab seinen Bericht durch, in dem er betonte, daß der flüchtige Geiselnehmer besonders gefährlich sei und daß man sich der White Whale nicht nähern solle. Der Hubschrauber solle sofort zum Flakfort kommen, mit Ärzten an Bord. Dann ging er zu John und kniete neben ihm nieder. Ihm konnte kein Arzt mehr helfen. Wut und Verzweiflung überkamen Per, als ihm endlich bewußt wurde, daß Lise mit an Bord war. Sie war die Geisel, die geopfert werden mußte, um das Objekt zu schützen. Jetzt war sie nicht mehr nur eine Geisel, jetzt war sie Lise. Er sah zu Sara Santanda hinüber, die sich mit Tagesens Hilfe aufgesetzt hatte. Sie weinte und hielt sich mit dem rechten Arm die Seite, während der linke merkwürdig schlaff herunterbaumelte. Daß sie am Leben war, war der einzige Lichtblick in einer Situation, die im übrigen nicht schlimmer sein konnte. Er sah dem flachen, schmalen, eleganten Holzboot hinterher, das mit Lise an Bord davonfuhr.

Die White Whale schaffte siebzehn Knoten, und Vuk befahl Jon, das Äußerste aus seinem Boot herauszuholen. Das Flakfort verschwand achtern, und als Vuk überzeugt war, daß sie sich außer Reichweite der Scharfschützen befanden, stieß er Lise zu Jon hinüber. Er begab sich ganz auf den Achtersteven hinaus, um freies Schußfeld zu haben. Er lehnte sich an den runden weißen Container, der das aufblasbare Rettungsboot enthielt. Jon stand an dem runden, altmodischen Steuerruder. Lise hatte auf einmal Todesangst. Vuk, Carsten oder Janos oder wie er nun hieß, war gefährlich ruhig. Nur die Schweißperlen auf seinem Nasenrücken verrieten vielleicht den Druck, unter dem er stand. Jons Hände zitterten, er mußte das Ruder fest umklammern. Die White Whale stampfte in den kleinen Wellen, die durch den Wind entstanden waren. Er schien Regen mitbringen zu wollen. Die Sonne war weg, und die schwarzen Wolken über Schweden zogen jetzt über den Öresund. Lise schaute auf den Verkehr: die Fähre nach Limhamn, Segelschiffe in Küstennähe, ein Tanker, der majestätisch in Richtung Ostsee glitt, und ein Flugzeug, das über Saltholm eine sanfte Drehung flog. Ein Küstenmotorschiff unter russischer Flagge, das den Kopenhagener Hafen verließ, und ein Stück vor ihnen einer dieser häßlichen Lastkähne, der sie an ihre Ferien in Frankreich erinnerte und der offenbar mit der Strömung zu kämpfen hatte, so langsam wie er fuhr.

»Rauchst du?« fragte Vuk.

Sie nickte.

»Steck mir eine Zigarette an!«

Sie hatte ihre Handtasche verloren und sah ihn verwirrt und ängstlich an.

»Käptn?« sagte Vuk.

Jon zog eine Packung Prince aus der Tasche und reichte sie Lise zusammen mit einem Feuerzeug. Sie entzündete die Zigarette mit zitternden Händen und streckte sie ihm hin. Er nahm sie entgegen, sehr ruhig, während er mit der Rechten nach wie vor die Pistole auf sie richtete.

»Ihr dürft euch auch gern bedienen«, sagte er, als wären

sie auf einem Empfang und führten eine höfliche Konversation.

Sie machten sich ebenfalls eine Zigarette an, es war nicht leicht bei dem Wind.

»Wohin?« fragte Jon, nachdem er einen tiefen Zug genommen hatte.

»Genau nach Westen, Richtung Hafen.«

»Das geht nicht. Dann gerate ich ins ›Unreine Meer‹. Die White Whale ist alles, was ich besitze.«

»Don't fuck with me, mister«, sagte Vuk.

»Wir reißen ihr den Bauch dabei auf.«

Vuk hob die Pistole, und Lise kauerte sich neben Jon zusammen.

»Tu, was ich sage. Genau vor dem ›Unreinen Meer‹ kriegst du einen neuen Befehl, dann geht's südlich in die Holländertiefe«, sagte Vuk.

»Die nehmen dich hops, wenn du an Land gehst«, sagte Jon.

Vuk antwortete nicht. Er rauchte.

»Wie konntest du das tun? Wer bist du?« sagte Lise tränenerstickt. Sie fror in ihren dünnen Sachen und zitterte am ganzen Leibe. »Warum Ole? Warum? Was hat er dir getan?«

»Maul halten!« fertigte er sie ab.

Das Funktelefon piepte. Vuk hob die Pistole als Zeichen, sie sollten es piepen lassen.

Er schaute zum Himmel. Nicht mehr lange, dann würde der Hubschrauber auftauchen.

»Wo hast du die Rettungswesten, Käptn?« sagte er.

Jon zeigte auf einen der Kästen, die auf dem Achterdeck als Bänke dienten. Die White Whale machte jetzt gute Fahrt und teilte die Wellen, und der erste Regentropfen traf das blankpolierte Deck.

»Hol zwei raus«, befahl Vuk Lise.

Jon sah ihn an. Es schien, als hätte er einen Teil seiner

Angst verloren, vielleicht weil er hinter dem Ruder der White Whale in seinem Element war.

»Du erwartest ein Schiff. Stimmt's? Du hast ein Schiff, das auf dich wartet.«

»Halt die Fresse!« sagte Vuk.

Jon drehte das Ruder ein wenig, die White Whale änderte langsam den Kurs.

»Wo willst du hin?« sagte Vuk.

»Sie hat eins achtzig Tiefgang. Ich muß in der Fahrrinne bleiben. Siehst du die Boje da vorne!«

Aber Vuk behielt ihn und Lise im Auge, die den Kasten aufgemacht hatte und auf die orangefarbenen Rettungswesten schaute.

»Kurs halten und Westen anziehen. Alle beide«, sagte Vuk und warf den Zigarettenstummel über die Reling.

»Was hast du vor, verdammt noch mal?« sagte Jon.

»Es ist eure Entscheidung«, sagte Vuk. »Entweder mit oder ohne. Aber die Fahrt ist hier zu Ende, also komm lieber in die Gänge!«

Vuk entfernte einen Splint und betätigte den Auslöser, und der weiße Container flog achtern in das grau schäumende Wasser. Er zog an der Leine, und das runde Rettungsboot fing an, sich aufzupumpen.

»Was machst du da?« rief Jon.

»Seht zu, daß ihr endlich fertig werdet«, sagte Vuk.

Lise zog die Rettungsweste über den Kopf und versuchte, sie zuzubinden, aber sie kam mit den Schnüren nicht zurecht. Jon hielt mit der einen Hand das Ruder, mit der anderen half er ihr. Lise zog ihm eine Rettungsweste über den Kopf, und er band sie mit geübten Handgriffen. Vuk hörte den Hubschrauber, noch bevor er ihn sah. Es waren zwei. Einer dieser großen, die bei Rettungsarbeiten gebraucht werden, und ein kleinerer, der bei der Verkehrsüberwachung eingesetzt wird. Sie kamen in ziemlicher Höhe über der Küste heran. Der große Sikorsky flog zum Flakfort weiter, während der kleine über das Rettungsboot flog, kippte und auf die White Whale zukam.

»Los geht's!« rief Vuk und hob die Pistole, aber sie waren wie gelähmt. Das Meer war graustriemig vom Regen, der immer stärker wurde, und Lise kam es vor, als hätte das Boot eine wahnsinnige Geschwindigkeit. Der Hubschrauber kam näher und ging über der White Whale nieder. Vuk schoß zweimal schnell hintereinander und zersplitterte die Scheibe vor Jons Kopf, so daß die Scherben ins Steuerhaus regneten. Sie mußten ihn im Fernglas haben, denn der Hubschrauber zog nach rechts und stieg rasch, als wollten sie ihm signalisieren, daß sie sich fernhalten wollten.

»Ich hab gesagt: Los!«

Vuk hob die Pistole und zielte Jon genau zwischen die Augen. Jon ließ das Ruder fahren, stieg auf die Reling und warf sich so weit, wie er konnte, hinaus. Vuk machte Lise mit der Pistole ein Zeichen. Lise zitterte am ganzen Körper und wußte nicht, wie sie auf die Reling kommen sollte und sich überwinden könnte zu springen. Sie wußte bloß, daß sie mehr Angst hatte, an Bord zu bleiben, als vor der grauen, kalten See. Sie sah Jon in den Wellen hinter der White Whale auf und nieder schaukeln, dann sprang sie und schnappte nach Luft, als sie in das kalte Wasser eintauchte. Sie geriet in Panik und schluckte Wasser, aber durch die Rettungsweste wurde sie gedreht und an die Oberfläche gezogen, so daß sie auf dem Rücken lag und in die schwarzen Wolken hinaufsah. Sie sah, wie die White Whale sich von ihr entfernte, und trat Wasser. Eigentlich war sie ja eine ausgezeichnete Schwimmerin, und das Wasser war zwar kalt, hatte aber nach dem langen, warmen Sommer noch immer um die zwölf bis vierzehn Grad. Und sie war heilfroh, nicht mehr bei diesem kalten, ruhigen Mann zu sein, der niemals lächelte. Sie winkte Jon zu, und sie schwammen auf dem Rükken aufeinander zu. Der Hubschrauber flog tiefer und machte eine Runde. Sie winkten zu ihm hoch, er stieg, drehte und kam wieder. Ein gelbes, viereckiges Ding fiel von der einen Seite des Hubschraubers herunter, traf zwischen ihr und Jon auf dem Meer auf und begann sich automatisch zu einem Rettungsboot aufzupumpen. Lise schwamm darauf zu. Sie erreichte es gleichzeitig mit Jon, klammerte sich daran fest und weinte und lachte zugleich. Jon zog sich hoch und hievte sie ins Boot, wo sie sich erbrach und so sehr weinte, daß sie glaubte, sie könne nie mehr wieder aufhören.

Jon kniete neben ihr. Er blickte der White Whale hinterher und orientierte sich an den Landmarken. Sie fuhr über die Holländertiefe, drehte dann aber nicht nach Süd oder Nord, sondern fuhr geradeaus weiter.

»Du Teufel!« brüllte er und drohte mit der geballten Faust hinter der White Whale her. »Du verpißter, widerlicher, mörderischer, destruktiver Teufel!«

Und dann explodierte die White Whale in einem rotgelben Schein, als Vuk sie mit voller Kraft in das »Unreine Meer« steuerte, wo ihr eine alte Eisenbahnschwelle den Boden aufschlitzte und ihre Fahrt mit einer solchen Kraft bremste, daß der Dieseltank zerbarst. Der Dieselkraftstoff vermischte sich mit dem Gas aus der Flasche in der Kombüse und wurde vom glühenden Metall des Motors entzündet.

Der Beobachter im Hubschrauber hatte die beiden Menschen im Meer im Auge behalten, um sicher zu sein, daß sie heil ins Rettungsboot kamen, so daß er Jons Eindruck nicht bestätigen konnte, eine schwarzgekleidete Gestalt habe die White Whale wenige Sekunden, bevor sie ins »Unreine Meer« raste, verlassen. Der Beobachter wollte auch nicht mit Sicherheit sagen, ob die White Whale bemannt gewesen war oder nicht, denn er hatte sie erst in dem Augenblick im Fernglas gehabt, als sie explodierte.

Der Hubschrauber ging sehr tief hinunter und suchte das

Gebiet ab. Sie entdeckten eine Boje, die mit der Strömung wegtrieb, aber kein Anzeichen von Leben im Wasser. Zwei Segelschiffe änderten ihren Kurs, um zum Explosionsort zu kommen, aber die Bootsführer kannten das »Unreine Meer« und hielten sich in respektvollem Abstand. Ein russischer Flußprahm und andere größere Schiffe in der Nähe der Unglücksstelle setzten ebenfalls die Geschwindigkeit herunter – wie es die Seefahrtsregeln beim Untergang eines Schiffes vorschrieben. Auf den Schiffsfunkfrequenzen gab es knisternde Anfragen in mehreren Sprachen. Die Schifffahrt erhielt Bescheid, Kurs zu halten. Die Verkehrsverhältnisse seien schwierig und Hilfe sei auf dem Weg.

Aber der Mann, der die White Whale in das »Unreine Meer« gesteuert hatte, war weg, als die ersten Privatsegler in die Nähe der Untergangsstelle kamen. Die einzige Spur war seine Tweedjacke, die nicht weit von seinem rechten Schuh auf dem Wasser trieb, dreihundert Meter vom Unglücksort entfernt. Wahrscheinlich wurden ihm die Kleidungsstücke vom Körper gerissen, als ihn die Explosion ins Wasser schleuderte.

Die Sicht wurde schnell schlechter, als der Oststurm mit hartem Wind und peitschendem Regen von Schweden über Seeland zog, und als die Dunkelheit einfiel, wurde die Suche eingestellt.

Der russische Lastkahn, der an ungünstiger Stelle in der Fahrrinne am »Unreinen Meer« mit Maschinenproblemen zu kämpfen hatte, bekam den abgekämpften Motor wieder in Gang und setzte in langsamem Tempo seine geplante Reise nach Limhamn in Schweden fort, wo er eine Ladung Sojaschrot löschte, und wo der Bootsführer eine handfeste Rüge bekam, weil er mit so geringer Maschinenstärke bei schlechtem Wetter den Öresund befahren hatte – und das, nachdem er wegen Problemen mit ebendieser Maschine, die nicht mal einen Skoda antreiben konnte, schon 48 Stunden lang festgesessen hatte. Der Kapitän erklärte in schlechtem Englisch, daß er nach dem Zusammenbruch in seinem Land Geld verdienen mußte, wo es eben ging. Und daß er niedrigere Frachtkosten in Rechnung stelle als andere, gehöre doch, wie er glaube, zur Marktwirtschaft, die er ja lernen müsse. Der Hafenmeister in Limhamn teilte ihm mit, daß er nicht noch einmal einen schwedischen Hafen anlaufen dürfe, und das gelte auch für seine Kollegen und ihre zum Sinken verurteilten Seelenverkäufer. Schweden habe seinem Schwesterschiff Wolga-Nefti, das mit Öl fuhr, bereits das Verbot erteilt, nochmals einen schwedischen Hafen anzulaufen.

Dem russischen Kapitän war das egal. Er konnte jetzt ohnehin in Rente gehen. Der junge Mann hatte um nichts anderes als saubere Kleidung, Wodka, Kaffee und Zigaretten gebeten. Trotz Taucheranzug völlig durchfroren war er über die niedrige Reling geklettert – eine Stunde, nachdem irgendein Freizeitsegler sein im übrigen hübsches motorbetriebenes Holzboot mitten auf eine der größten Unterwasser-Müllkippen gesetzt hatte, die direkt vor einem belebten Handelshafen lag. Der schweigsame junge Mann war über die Reling gekommen, als sie südlich von Saltholm langsam nach Limhamn einliefen; es war dunkel und regnete Bindfäden. Seinen vier versoffenen Besatzungsmitgliedern war mitgeteilt worden, daß sie mit plötzlicher Blind- und Taubheit geschlagen zu sein hatten, wie sie jeden ereilen kann, der Geld oder zuviel zu trinken kriegt – oder eine Kombination aus beidem.

So daß den jungen Mann also nur der Kapitän gesehen hatte.

Und der Kapitän stellte keine Fragen. Bestimmte Dinge gingen ihn nichts an. Er kannte die Typen, die ihn kontaktiert und bezahlt hatten, und mit denen war nicht zu spaßen. Er kannte solche Kerls wie den schweigsamen Jungen, der über seine Reling geklettert war. Aus seiner Zeit als

U-Boot-Mann in der sowjetischen Marine. Er hatte diese Sorte Jungs an der einen wie der anderen Seite dieser seichten Küsten an Land gesetzt. Sie abgesetzt und wieder abgeholt, ohne daß die Imperialisten auch nur das mindeste bemerkt hätten. Die Jungs waren Elitesoldaten in dem guten alten Land gewesen, und sie kletterten und schwammen, als hätten sie Ziegenhufe und Kiemen. Damals hatte ihn der Patriotismus angetrieben. Diesmal hatte er 25 000 Dollar erhalten, um zu einer bestimmten Zeit an einem bestimmten Ort zu sein. Er hatte die Boje und die schwarze Gestalt gesehen, die verdammt wenige Sekunden vor der Explosion ins Wasser sprang und nur einmal auf der Leeseite des brennenden Wracks die Nasenlöcher aus dem Wasser steckte, ehe sie wieder untertauchte und man die Boje treiben sah. Er war in den unterirdischen Wald aus verdrehtem, mit Algen überzogenem Metall, aus Beton und verwitterten Mauersteinen geschwommen, die teuflische Klippen bildeten. Der Kapitän wußte, was sich da unter Wasser abgespielt hatte. Es dürfte ihn nur wenige Sekunden gekostet haben, zunächst das Mundstück klarzukriegen und dann die restliche Ausrüstung und dann seinen ollen Pott anzupeilen, der für solch ein Sümmchen gern bereit war, ihn an einem dafür vorgesehenen Bügel unterm Rumpf ein Stück des Weges mitzuziehen. Der Kapitän trank noch einen Wodka und dachte einen Moment, daß er es sogar fast gratis gemacht hätte. Bloß um das gute alte Gefühl aus der Jugendzeit noch einmal zu erleben.

Aber auch nur fast, dachte er, als der junge Mann auf der leeren Kaianlage verschwand. Und dann brüllte er seine besoffenen, faulen Matrosen an, sie sollten die Finger in Bewegung setzen, damit sie Kurs auf Königsberg nehmen könnten, bevor die Polizei ankam und blöde Fragen stellte, wie sie nur die Polizisten aller Länder und aller Systeme stellen konnten.

23

Lise und per saßen, ohne daß ihre Körper sich berührten, nebeneinander auf dem Sofa in Lises Wohnung und sahen die Fernsehnachrichten um 21 Uhr. Vor sich hatten sie jeder ein Glas Rotwein und die Reste einer fast unberührten Mahlzeit, die Per aus einem chinesischen Imbiß geholt hatte. Sie waren bei der zweiten Flasche, aber der Wein hatte sie nur noch matter und schläfriger gemacht. Lise hatte seit dem »Ereignis«, wie sie es nannte, an Gewicht verloren, und das stand ihr nicht, aber er hatte doch den Eindruck, daß ein klein wenig Farbe in ihre Wangen zurückgekehrt war. Vielleicht war es nur der Wein. Sie hielt ihn auf Distanz, die er nicht überwinden zu können glaubte, es war, als wäre in ihrer Beziehung ein Schlagbaum niedergegangen. Eigentlich wußte er natürlich, warum, aber keiner von beiden hatte bislang Lust oder Mut gehabt, darüber zu sprechen. Vielleicht gab es auch Dinge, über die man lieber nicht sprechen sollte. Er war selber so erschöpft. Er hatte alles satt: die Besprechungen, die Berichte, die Chefs, die Mutmaßungen der Presse und den Gedanken, daß die Verantwortung an ihm hängenbleiben würde. Voller Reue und Trauer über Johns Tod und über sein eigenes Unvermögen gegenüber der Witwe und den hinterbliebenen Kindern. Er hatte diese ganze verfluchte Sache satt, die nur Opfer gefordert hatte.

Er verfolgte die Nachrichten nicht, sondern betrachtete Lise wieder. Er empfand eine große Zärtlichkeit für sie, aber es schien, als wäre das wilde Verliebtsein schon ausgebrannt, ehe es noch in voller Blüte gestanden hatte. Der Funke war erloschen. Vielleicht waren es die Nerven. Vielleicht würde das Feuer zurückkehren, wenn sie wieder miteinander schlafen könnten. Sie hatten es einmal versucht, aber da hatte sie angefangen, so herzzerreißend zu weinen, um später zu sagen, daß sie ihn liebe, weil er nicht einfach ging, aber ob er nicht doch lieber auf dem Sofa schlafen oder vielleicht besser nach Hause gehen wolle. Oder auch bleiben. Sie wolle nur in Frieden gelassen werden, aber nicht allein.

Nun saß er da und stellte sich schon darauf ein, gleich in seine Wohnung zu fahren. So hatte es die letzten Tage immer geendet. Sie trafen sich abends, und der eine tastete nach dem anderen, ohne daß sie einander erreichten, ohne daß sie miteinander sprachen, und dann ging er ohne böse Worte oder auch andere Worte als ein banales tschüs oder auf Wiedersehen, bis morgen. Sie wollte nicht allein sein, und sie wollte nicht mehr mit ihm schlafen. Er sollte bleiben und gleichzeitig abhauen. Er war verzweifelt und müde und verwirrt und wußte nicht, was er tun sollte, aber er versuchte, Zeit zu schinden, denn gleich müßte er sich verabschieden und in seine leere Wohnung zurück, wo ihn die Gedanken und das Schuldgefühl wie Dämonen von den Wänden ansprangen.

Lise sah die Nachrichten mit halb geschlossenen Augen, richtete sich aber auf, als Peter Sørensen vor der Tür des Staatschefs auftauchte und in der linken Ecke des Bildschirms das kleine Wörtchen »Direktübertragung« aufleuchtete.

Peter Sørensen sagte in die Kamera, daß Staatsminister Carl Bang heute von seiner Reise zu den jütischen Wahlkreisen nach Kopenhagen zurückgekehrt sei. Diese Reise habe es dem Staatsminister unmöglich gemacht, die aus dem Iran stammende Schriftstellerin Sara Santanda zu treffen, die auf dem Flakfort vor Kopenhagen einem Mordversuch ausgesetzt gewesen war.

Dann kamen die Bilder vom Flakfort, die sie schon so oft gesehen hatten, Vuks kaltes Gesicht, das wegen des Lichts und der schwarzen Haupt- und Barthaare schwer zu erkennen war. Man sah die Pistole und am Rand des Bildes Per, wie er auf Sara zugrätschte, dann kippte das Bild, als der Kameramann getroffen wurde. Johns Leiche, die Leiche des Kameramanns, das Blut und die bleichen, entsetzten Mienen. Per sah Lise an, aber sie schaute auf den Schirm. Vielleicht hatte sie die Sequenzen mittlerweile so oft gesehen, daß sie ihr nicht mehr weh taten. Es war in allen Zeitungen von hinten bis vorne durchgekaut und bereits »Flakfortmassaker« getauft worden. Immer wieder wurden in den normalen Nachrichtensendungen und in den unzähligen Sondersendungen die immergleichen Bilder gezeigt.

Peter Sørensen sagte, daß Sara Santanda sich wieder versteckt halte und an einem geheimen Ort in Großbritannien wegen eines Schocks und wegen der Verletzungen behandelt werde, die sie sich zuzog, als Kriminalkommissar Per Toftlund vom Polizeilichen Nachrichtendienst sie fast totschlug, statt sie zu beschützen. Toftlund war der Verantwortliche des Santanda-Besuchs, wolle sich aber nicht äußern, sagte der Reporter.

»Scheißkerl«, sagte Per.

»Psst ...«, machte Lise, als die Kamera wegzoomte und zeigte, wie Carl Bang aus der Glastür des Staatsministeriums trat und sich für ein Interview in Pose stellte. Bang wählte seine Interviews mit Sorgfalt aus, und er bevorzugte es stets, sich in den Nachrichten direkt zu Wort zu melden, damit in seinen Ausführungen nicht herumredigiert werden konnte. In dieser Sache hatte er bisher nur eine kurze Pressemitteilung rausgeschickt, ansonsten durfte sich sein Justizminister damit herumschlagen. Das war seine übliche politische Vorgehensweise. Die Leutnants durften rekognoszieren, debattieren, streiten und sich von den Medien das Fell über die Ohren ziehen lassen, und wenn sich dann eine bestimmte Linie abzeichnete, trug er ein paar väterliche Worte bei. Er wollte nicht ins Fernsehen, ohne selbst Ort und Zeit bestimmt zu haben. Nun war entschieden worden, eine Untersuchungskommission einzusetzen, die den ganzen Ablauf unter die Lupe nehmen und den Verantwortlichen ausfindig machen sollte.

»Herr Staatsminister, Sie haben sich bis dato nicht äußern wollen«, sagte Peter Sørensen, »aber der Justizminister hat gesagt, daß die entsprechenden Leute für die furchtbaren Vorkommnisse auf dem Flakfort zur Verantwortung gezogen werden sollen. Ist das auch Ihre Meinung?«

Carl Bang wollte gerade in die Kamera schauen, erinnerte sich aber noch aus seinem Medientrainingskurs daran, daß das einen schlechten Eindruck auf die Zuschauer machte. Also blickte er Peter Sørensen ernst an und entgegnete mit dieser Stimme, die er selbst für würdig, bestimmt und verantwortlich hielt, die aber so manch anderer priesterlich und nervtötend oberlehrerhaft fand:

»Zunächst möchte ich gern sagen, daß die Ereignisse ungeheuer bedauerlich und tragisch sind. Und überdies auf dänischem Grund und Boden. Das ist vollkommen unerhört und vollkommen unannehmbar. Dies kann nicht deutlich genug betont werden. Zugleich dürfen wir uns aber darüber freuen, daß Frau Santanda am Leben ist. Es wird gerade untersucht, ob die zuständigen Behörden im Hinblick auf den Schutz der großen Schriftstellerin, die in unserem Land zu Gast war, für ausreichende Sicherheitsvorkehrungen gesorgt haben. Natürlich wird auch jemand die Verantwortung dafür zu tragen haben, daß es dem Terroristen gelungen ist zu entkommen. Falls dies tatsächlich der Fall ist. Hier gibt es ja widersprüchliche Informationen. Wenn es ein Versagen gegeben haben sollte, werden die Verantwortlichen ... hmm, wie soll ich sagen ... zur Verantwortung gezogen. Das ist selbstverständlich. Es wird absolut nichts unter den Teppich gekehrt. Der sinnlose Terrorismus hat Dänemark erreicht. Dem müssen wir Rechnung tragen.«

»Was ist mit dem Iran? Hat der Vorfall irgendwelche Konsequenzen für das Verhältnis Dänemark – Iran?« fragte Peter Sørensen.

Carl Bang schaute den Zuschauern wieder einen Moment in die Augen, dann drehte er seinen Kopf, legte ihn ein wenig schräg und sah Peter Sørensen an.

»Die vorläufigen Untersuchungen deuten ja darauf hin, daß der Attentäter allein handelte. Daß er ein geistesgestörter Fanatiker war. Wir sollten also keine voreiligen Schlußfolgerungen bezüglich anderer souveräner Nationen ziehen, sondern die Untersuchungen abwarten, um uns ein genaues Bild der Vorkommnisse machen zu können. Alles scheint ja darauf hinzudeuten, daß der Terrorist auf seiner Flucht ertrunken ist. All das wird untersucht werden, und erst wenn wir alle notwendigen Fakten haben, werden wir dazu Stellung nehmen und sorgfältig darüber nachdenken, ob sie Anlaß zu weiteren Überlegungen geben.«

Peter Sørensen versuchte zu unterbrechen, aber der Staatsminister fuhr unverdrossen fort.

»Ich möchte die Gelegenheit benutzen, den Hinterbliebenen des Journalisten, der bei der Ausübung seiner Tätigkeit umgekommen ist, und des Beamten, der sein Leben im Dienst verloren hat, mein tief empfundenes Beileid auszusprechen!« Er legte eine kleine Pause ein, schaute in die Kamera und drehte wieder den Kopf. »Wir haben es mit einem tragischen Ereignis zu tun, das in unserem sonst so sicheren Land glücklicherweise eine absolute Seltenheit ist. Ich fühle mit den Hinterbliebenen jener Menschen, die auf dem Flakfort getötet wurden, wie auch mit jenen, die ihre Lieben durch die Hand dieses barbarischen Terroristen an anderen Stellen verloren. Danke.«

Carl Bang schickte sich an zu gehen, aber Peter Sørensen sagte schnell:

»Haben Sie es bereut, für eine Begegnung mit Sara Santanda keine Zeit gefunden zu haben?«

Carl Bang erlaubte sich ein kleines, müdes Lächeln.

»Selbstverständlich. Ich bedauere es sehr, daß in meinem Kalender nichts mehr frei war. Es wäre ein außerordentliches Erlebnis gewesen, einer so großen Schriftstellerin zu begegnen. Ich hatte es fest vor. Ich hoffe auf eine andere Gelegenheit.«

»Glauben Sie im Ernst, sie wird noch einmal nach Dänemark kommen wollen?« fragte Peter Sørensen, aber Carl Bang hatte schon auf dem Absatz kehrtgemacht und war in die Sicherheit hinter der Glastür des Staatsministeriums entschwunden.

»Heuchler. Die sind alle unerträglich«, sagte Lise.

»Wir dürfen die Suppe auslöffeln. Wie immer«, sagte Per.

»Du persönlich?«

»Ja. Ich kriege am Ende den Schwarzen Peter zugeschoben«, sagte er nüchtern.

»Das ist ungerecht.«

»Das ändert nichts daran.«

Sie schwiegen und guckten auf den Bildschirm, ohne recht dabeizusein.

»Aber wo ist er geblieben?« sagte sie.

Per zuckte die Schultern.

»Quien sabe?« sagte er auf spanisch. »Wer weiß?«

»Ich hab irgendwie das Gefühl, daß er entkommen ist«, sagte Lise.

»Das glaube ich nicht.«

»Warum habt ihr dann nicht die Leiche gefunden? Warum lagen da zufällig zwei russische Schiffe in der Nähe? Sie könnten gut der Mafia gehört haben. Wieso hat man seinen Mietwagen bei der Silja-Fähre nach Finnland gefunden?

Hat der sich da vielleicht von alleine hingestellt? Übern Öresund geschwommen vielleicht? Sag mir das!«

Er kannte das alles schon. Es war der beliebteste Sport der Presse, Szenarien, Spekulationen, Mutmaßungen zu entwickeln. Per hatte davon die Nase voll, besonders weil er schlichtweg nicht verstand, wie Vuk entkommen konnte, falls er entkommen war, aber das würde er schon noch herauskriegen. Wenn er die Erlaubnis dazu bekam. Er dachte daran, was Lise eben gesagt hatte. Übern Öresund geschwommen vielleicht? War das eine Möglichkeit? Daß Vuk eine militärische Kampftaucherausbildung hatte? Falls ja, eröffnete das neue Perspektiven. Dann könnte er Dinge, die normal Sterbliche nicht können. Die man nur auf den Spezialschulen auf der ganzen Welt lernte und die Per selbst gelernt hatte. Aber das erforderte, daß sich die Serben in Belgrad in die Karten gucken ließen, und das wäre nur durch diplomatischen Druck zu erreichen, was wiederum hieße, daß das Außenministerium darangehen müßte, Deutsche, Russen und Amerikaner zu bearbeiten. Wenn man an seine Militärpapiere käme? Jedenfalls müßte man damit anfangen, die Taucher- und Sportgeschäfte in Kopenhagen anzurufen. Er wurde ein wenig zuversichtlicher. Es gab Möglichkeiten, wenn er denn durfte. Was wahrscheinlich nicht der Fall wäre. Noch vor zehn Sekunden wollte er alles hinschmeißen, jetzt wimmelte es in seinem Kopf schon wieder von Ideen. Vermutlich war es umsonst. Er mußte damit rechnen, daß sie ihn während der Untersuchungen vom Dienst suspendierten.

Aber er begnügte sich damit zu sagen:

»Er ist unter irgendeiner Schwelle unter Wasser eingeklemmt. Und wird im Augenblick von den fetten Aalen gefressen, die da unten rumschwimmen. Die werden lecker dies Jahr.«

Sie stieß ihm den Ellbogen in die Seite und schüttelte sich

vor Ekel. Das machte ihn unglaublich glücklich. Zum ersten Mal war sie wieder imstande gewesen, ihn einfach mit ein klein wenig Humor zu nehmen.

»Du bist eklig«, sagte sie, aber ihre Stimme verriet, daß sie es nicht so meinte.

»Falls er entkommen ist – und ich sage: falls –, werden wir ihn irgendwann fassen. Wir haben seinen Namen, sein Foto und Unmengen von Fingerabdrücken. Auf der ganzen Welt wird nach ihm gefahndet, und es ist so sicher wie das Amen in der Kirche, daß wir ihn eines Tages erwischen. Wenn ihn nicht die Scheißperser selber abknallen, weil er den Vertrag nicht erfüllt hat. Er wird den Rest seines Lebens auf der Flucht sein. Er wird sich nie schlafen legen können, ohne sich vorher umschauen zu müssen. Keinen Schritt machen können, ohne auf der Hut zu sein. Er muß sein ganzes Geld zu seinem Schutz ausgeben. Er wird keinem Menschen vertrauen können. Immer gezwungen sein, unterwegs zu sein. Er wird sich selbst in den Wahnsinn treiben. Er wird Fehler machen. Dann stirbt er, oder wir kriegen ihn. Falls er noch am Leben ist.«

»Ich wüßte gern, wer er war. Oder ist. Dieser Vuk, Janos, Carsten oder wie auch immer.«

»Ein Produkt der neuen Weltordnung«, sagte Per, und Lise hörte die Erschöpfung in seiner Stimme. Sie waren beide mit den Nerven am Ende, aber womöglich könnten sie sich gegenseitig helfen, sich wieder aufzurappeln. Was hatte sie denn groß zu verlieren? Konnte sie darauf hoffen, die Liebe wiederzufinden? War sie nicht täglich von einsamen Menschen umgeben, die heimlich Kontaktanzeigen studierten? Was hatte sie zu verlieren?

Per lehnte sich im Sofa zurück. Lise nahm die Fernbedienung und stellte leiser, nahm seine Hand, schmiegte sich an ihn und merkte, wie überrascht und freudig sein Körper reagierte.

»Du hast mich zu Tode erschreckt, Per«, sagte sie leise.

»Ich weiß.«

»Ich habe mich verraten und verkauft gefühlt.«

»Ich weiß.«

»Ich hatte irrsinnige Angst.«

»Ich weiß.«

»Ich werde das wahrscheinlich nie vergessen können.«

»Ich weiß.«

»Egal, was passiert.«

»Das ist mir klar.«

»Aber ich will's versuchen«, sagte sie und wandte ihm ihr Gesicht zu. Er streichelte ihre Wange, als wäre sie ein kleines Kind.

»Ich werde mit Sicherheit erstmal suspendiert werden«, sagte er, legte einen Finger auf ihre Lippen und fuhr fort: »Ich glaube, ich werde nach Spanien fahren ...«

»Ich möchte gerne mit, wenn du willst. Dann werden wir sehen, was passiert.«

»Mehr kann ich nicht verlangen. Wenn ich dich bloß nicht verliere«, sagte er.

»Das tust du schon nicht. Jedenfalls nicht sofort«, sagte sie und schloß die Augen.

Leif Davidsen im Paul Zsolnay Verlag

Der Augenblick der Wahrheit
Roman
Aus dem Dänischen von Peter Urban-Halle
1999. 432 Seiten

Der dänische Bestsellerautor Leif Davidsen ist eine absolute Entdeckung. Mit seinem preisgekrönten Buch ist ihm ein packender und ungeheuer dichter Roman gelungen: über die immer komplexer werdende Identität des modernen Menschen und über die Heuchelei der Mediengesellschaft. Ein Thriller der Spitzenklasse, der zum Nachdenken anregt.

Christiane Korff, *Brigitte*

Wenn Leif Davidsen einen neuen Thriller auf den Markt bringt, dann weiß der dänische Leser, daß er nicht nur eine spannende, gekonnt erzählte Geschichte zu erwarten hat, sondern daß er auch Hintergründiges zu aktuellen politischen und sozialen Problemen erfährt ... Die handelnden Personen sind geografisch und zeitgeschichtlich genau fixiert und in Operationen realer Geheimdienste und Terrorgruppen verstrickt. Seine Bücher lesen sich wie Tatsachenberichte, so dicht sind sie am aktuellen Geschehen. Graham Greene wird nicht zufällig in seinem ersten nun auf deutsch vorliegenden Roman angeführt ... Was Sjöwall / Wahlöö und Henning Mankell mit ihrem kritischen Bewußtsein für gesellschaftliche Vorgänge innerhalb der schwedischen Literatur und auch international bedeuten, das darf man für Dänemark Leif Davidsen zuschreiben.

Lutz Volke, *Berliner Morgenpost*

Henning Mankell im Paul Zsolnay Verlag

Die Wallander-Romane

Die fünfte Frau
1998 (Originalausgabe 1996)

Die falsche Fährte
1999 (Originalausgabe 1995)

Mittsommermord
2000 (Originalausgabe 1997)

Hunde von Riga
2000 (Originalausgabe 1992)

Der Mann, der lächelte
2001 (Originalausgabe 1994)

Mörder ohne Gesicht
2001 (Originalausgabe 1991)

Die Brandmauer
2001 (Originalausgabe 1998)

Die Afrika-Romane

Der Chronist der Winde
2000 (Originalausgabe 1995)

Die rote Antilope
2001 (Originalausgabe 2000)